中國新聞史研究輯刊

四 編

主編　方漢奇

副主編　王潤澤、程曼麗

第 **12** 冊

抗戰時期報人的淪陷——
以金雄白爲中心的考察

王 保 平 著

花木蘭文化事業有限公司

國家圖書館出版品預行編目資料

抗戰時期報人的淪陷——以金雄白為中心的考察／王保平 著 ——
初版 — 新北市：花木蘭文化事業有限公司，2019〔民 108〕
目 2+228 面：19×26 公分
（中國新聞史研究輯刊 四編；第 12 冊）
ISBN 978-986-485-821-7（精裝）
1. 金雄白 2. 傳記 3. 中國新聞史
890.9208   108011533

ISBN-978-986-485-821-7

中國新聞史研究輯刊
四 編 第十二冊   ISBN：978-986-485-821-7

抗戰時期報人的淪陷——
以金雄白為中心的考察

作　　者　王靖雨
主　　編　方漢奇
副 主 編　王潤澤、程曼麗
總 編 輯　杜潔祥
副總編輯　楊嘉樂
編　　輯　許郁翎、王筑、張雅淋　美術編輯　陳逸婷
出　　版　花木蘭文化事業有限公司
發 行 人　高小娟
聯絡地址　235 新北市中和區中安街七二號十三樓
　　　　　電話：02-2923-1455／傳眞：02-2923-1452
網　　址　http://www.huamulan.tw 信箱 hml810518@gmail.com
印　　刷　普羅文化出版廣告事業
初　　版　2019 年 9 月
全書字數　212797 字
定　　價　四編 13 冊（精裝）新台幣 26,000 元
版權所有・請勿翻印

抗戰時期報人的淪陷——
以金雄白爲中心的考察

王保平　著

作者簡介

王保平，山東曲阜人，1991 年出生，中國人民大學新聞學院 2017 級博士生，日本愛知大學中國研究科 2018 級博士生。碩士畢業於中國傳媒大學新聞學院，期間曾赴臺灣世新大學交流學習。碩士學位論文是爲《抗戰時代報人的淪陷——以金雄白爲中心的考察》。先後在《新聞與傳播研究》《新聞界》《新聞愛好者》《教育傳媒研究》《新聞春秋》等期刊發表論文數篇。

提　要

　　抗戰時期是中國近現代新聞史上波譎雲詭、紛亂複雜的特殊時期。在這一時期，大至整個國家報業發展進程的折損和方向轉移，小至報人職業生涯與人生命運的沉浮跌宕，均發生了重大的轉折。也正是在轉折過程中，一些報人出而通敵，落水附逆，一步步淪爲日僞殖民主義文化侵略的工具，給當時的中國社會造成了嚴重的傷害。在這一批漢奸報人中，金雄白是一則典型個案。本文以金雄白爲中心，專注於他投敵附逆的前後報界經歷，試圖就他爲何以及如何投敵，投敵後的所作所爲以及所造成的嚴重危害這兩大主題展開研究，以此來推演出筆者對於「抗戰時期報人淪陷」的認識與評斷。

　　本文認爲，面對漢奸報人，我們不能僅僅止步在對他們進行道義與情感批判的層面，研究者更應該從他們淪陷後所帶來的連鎖效應上，認清楚這種歷史怪胎的運轉邏輯與他們所造成的嚴重危害。所謂報人的淪陷，並非僅僅指涉著奴化宣傳與對國共兩黨等抗日力量的輿論攻擊上。它眞正的破壞力在於這些漢奸報人在面對日本殖民主義文化侵略的時候，所採取的一種自動調適與積極配合的姿態。在這種姿態下，淪陷的報人既完成了自我救贖，使得眾多落水漢奸找到了心理慰藉，克服了精神障礙；又麻痹了廣大民眾，提供給人們一種轉移話題，在民族危亡關頭逃避現實的藉口，從而使得淪陷區的社會風氣與道德淪落不堪。

本書係中國人民大學 2018 年度
拔尖創新人才培育資助計劃成果

目次

緒　論

第一節　選題緣起與問題意識

　　抗戰勝利後國民政府於 1945 年 11 月、12 月先後頒佈了《處理漢奸條例》、《懲治漢奸條例》，在舉國強烈要求下，開始了對日偽漢奸的審判。曾經擔任過汪偽「國民政府」「中央政治委員會法制專門委員會副主委」，於周佛海手下主營過《中報》、《平報》、《海報》等報紙的金雄白難逃法網。「偽平報社社長金雄白，經高院數度審訊，於上周終結，昨爲宣判之期。十時正，由劉庭長偕兩推事升刑一庭宣判。其主文：金雄白，通謀敵國，圖謀反抗本國，處有期徒刑二年六月，褫奪公權兩年，財產依例沒收。判畢，復向金曉論曰：你雖任各項偽職，但自三十一年起即辭去各職，且有人證明你對抗戰不無微功，故減刑二分之一。如不服，可申請上訴。金聞判後，面帶笑容，頻頻點首，禾由其辯護律師要求申請期間准予交保，未准，仍還押忠監。」〔註 1〕最終他以「漢奸罪」被判十年有期徒刑，後以「協助抗戰，有利人民」減爲兩年六個月。

　　對金雄白來說，這是他一生中最重大的轉折點。他於 1925 年 7 月進入報界，由《時報》而《京報》、《中央日報》、《時事新報》、《晨報》，以及「大白新聞社」，暨汪偽時期的《中報》、《平報》、《海報》。職務從校對做起，外勤、編輯、翻譯、廣告、戰地記者、攝影、經理、社長，無一不做。他因社會新聞起家，靠政治新聞成名，後來親身捲入政治，落水投敵，成爲漢奸。汪偽

〔註 1〕金雄白幸虧抽身早，判處徒刑二年六月〔N〕，大公報（上海版），1946-10-29。

政權給予了他席豐履厚的物質生活，「寄身於全國最繁華的十里洋場，恣意愜心，優游度日，一切紙醉金迷之地，鶯啼燕叱之場，幾無日沒有他的蹤跡。在同一時期雇有三位名廚烹調，擁有五輛汽車代步」〔註2〕，讓他登上了報人生涯中最爲輝煌的時刻。然而，抗戰勝利後，他也爲此付出了最爲慘痛的代價。在獄中，他「逢人就醜表功，他說：抗戰愈久，他的功勞愈大。他還常常責備汪精衛、周佛海、羅君強，不該作出賣祖國的勾當」。〔註3〕出獄後，家產籍沒，聲名掃地，再難容身於大陸，只得避走域外，孤身漂泊。對於這段牢獄歲月，他說，「讓我更體味到什麼是政治；也給我增添了人生難得的經驗，更由此而知道什麼叫人情冷暖與世態炎涼。」〔註4〕1952年他在香港經商失敗，此後不僅饔餐難繼，也遭盡了親友的白眼與垢辱。雖然他的《汪政權的開場與收場》、《記者生涯五十年》等書轟動一時，但也難以改變他晚年的凄慘生活，直至最終客死他鄉。

抗戰時期是中國近現代新聞史上波譎雲詭、紛亂複雜的一個特殊時期。它對於中國新聞事業發展進程的損折與影響，大至整個國家報業的空間轉移，小至知識分子命運的沉浮跌宕，可以說怎麼評估也不爲過。〔註5〕報人，在那個動盪的大時代裏，作爲對家國命運最爲關注、對個人前途最爲敏感、對時局反應最爲迅捷的一個群體，他們的職業生涯抉擇與命運流轉，既彰顯著個人欲求與國家民族意識相互糾葛的人格色彩；背後還潛隱著更爲複雜的歷史情景與社會脈絡，纏結著報人與時代相互書寫的結構性因素。

個人與時代是交光互影的。社會學家米爾斯說，要瞭解世界上發生了什麼，甚至要瞭解個人發生了什麼，都必須把個人看成「社會裏面傳記與歷史交匯的小點」〔註6〕。在歷史上道德與政治動亂的時代，傳統文人曾經存在著三種方向的抉擇：「隱」、「忠」、「降」〔註7〕。到了抗戰時代，身處淪陷區的

〔註2〕 蔡登山，叛國者與親日文人〔M〕，臺灣：秀威信息科技股份有限公司，2015：167。

〔註3〕 上海漢奸群像〔N〕，大公報（上海版），1947-8-5。

〔註4〕 蔡登山，叛國者與親日文人〔M〕，臺灣：秀威信息科技股份有限公司，2015：160。

〔註5〕 章清，國難之際「報章版圖」的重構〔J〕，史學月刊，2015（10）。

〔註6〕 〔美〕米爾斯，社會學的想像力〔M〕，陳強，張永強譯，北京：三聯書店，2005：6。

〔註7〕 這些類型在魏斐德關於明清之際的研究《洪業》中有精彩的論述，相關論述同時見於趙園，明清之際士大夫研究——作爲一種現象的遺民〔M〕，北京：北京師範大學出版社，2014。

知識分子們也大體面臨著三種形式的反應：消極抵抗、積極反抗、附逆合作〔註8〕。那麼，作為知識分子群體中更為具象的報人，他們在淪陷時空中的一舉一動則具有更為細緻綿密的表徵，與「報人與時代相遇」這一語境下的特殊意義指涉。

之所以如此強調報人於知識分子中的具象性和他們與時代相遇下表徵的特殊性，有兩方面原因：

首先，報人與知識分子之間是存在張力的。職業報人的活動往往依存於在商言商的私營報刊，而知識分子的辦報意趣則往往皈依於文人論政的同人報刊，兩者具備完全不同的運作模式與發展邏輯。早在中國近代新聞事業的誕生初期，「最先接觸和接納西方文化的，並不是主觀上對西學西藝有所認識的開明士紳，而是外國商人、教士足跡所致的沿海口岸地區的凡夫俗子。」〔註9〕在這批凡夫俗子中，王韜創辦《循環日報》成就了「書生辦報」的典型代表，而史量才接辦並創新《申報》則奠定了商業性報紙的基本模式。由此，也就劃定了職業報人與知識分子之間的鮮明分野。〔註10〕隨後，在中國新聞事業追求現代化的進程中，雖然伴隨著《申報》、《時報》與《世界日報》等私營報刊的催生，報人職業化的進程加快。〔註11〕但長期以來，文士、學者、報人往往角色交叉混雜，文士、學者在報館兼職論政，報人在大學教書都非常普遍，不像現代西方報刊專業化角色那樣涇渭分明。一邊是，知識分子紛紛辦報以圖重回政治中心〔註12〕；另一邊是，大批職業報人也籍文求名求利，以為進身之階。這就形塑了近現代新聞史上報人與知識分子之間身份認知的高度重合。與此同時，在學界，「革命史」與「文人論政」相繼成為描述中國近現代新聞事業發展脈絡的經典範式；這種將報人與知識分子合併泛稱的研究視角也遮蔽了兩者的現實張力與身分區別。

〔註8〕〔美〕傅葆石，灰色上海 1937～1945：中國文人的隱退、反抗與合作〔M〕，張霖譯，北京：三聯書店，2012：6～7。

〔註9〕桑兵，晚清學堂學生與社會變遷〔M〕，桂林：廣西師範大學出版社，2007：23～24。

〔註10〕吳廷俊，秉持公心發言論事──「書生辦報」再檢視〔A〕，考問新聞史〔M〕，上海：復旦大學出版社，2013：112。

〔註11〕黃瑚，中國新聞事業發展史（第二版）〔M〕，上海：復旦大學出版社，2001：111～119。

〔註12〕李金銓，民國知識人辦報以圖重回政治中心──專訪《報人報國：中國新聞史的另一種讀法》主編李金銓教授〔N〕，東方早報，2013-8-7。

　　其次，在報人與時代相遇的語境裏，報人的經歷鑲嵌了時代的烙印，而時代的描摹也在報人筆下演繹出波瀾壯闊的面相。作爲報人來說，在大時代來臨時，他們記錄政治，也介入政治；適應時代，也書寫時代。記錄時代是報人的天職，但報人與政治關係太密切，報人或身不由己、或半推半就、或主動選擇都會介入政治。媒體人和權力結構像跳一支探戈舞，領舞的總是權力結構，跟舞的總是媒體人，領者和跟者配合才跳得起舞。換句話說，權力結構是首要的現實界定者，而媒體人是次要的現實界定者。〔註13〕因此，報人始終是在時代鋪設的場域中各顯神通，演繹百態。對於時代而言，報人處在上層社會的底層，他們在權力邊緣記錄著時代的遞嬗與動亂，撰寫著歷史的初稿；有時因緣際會，有時因勢利導，有時身不由己，可能會在重要的歷史關頭或時刻，捲入權力中心，留下個人的痕跡。正是在報人的筆下，時代才得以於盡顯大風大浪之後，仍然波瀾叢生。緣由於此，近代以來，閱讀報刊才將廣大的新聞消費者帶入到「以國家爲主體、忽略實際功用、超越個人聞見的政治現實」之中〔註14〕；而由此反觀作爲報刊經營方與新聞生產者的職業報人，他們的報刊活動就不僅僅是「歷史長河中必不可少的浮沉泡沫，是那個時代不可缺少的見證」；〔註15〕他們更是歷史與現實的生產者。他們不但寫在時代的邊上，更寫在了時代的中心點上。

　　縱觀金雄白之一生，記者生涯五十年起起伏伏，但他的職業生涯卻打滿了太多政治投機、落水附逆、文化漢奸的烙印。金雄白曾在晚年自述，「在一次興亡的大時代中，我偶然動了匹夫之念，投身於一個不尋常與不易爲人所諒的時代大悲劇中。在有些人看來，這眞是『莫須有』也！而我於身敗名裂之餘，直到今天，只有對國家與故人的哀傷，卻並不曾對自己有一絲追悔。」〔註16〕字裏行間不見其對當年投敵附逆之抉擇而後悔，也未見其淪爲漢奸的負罪感。相反的是，他卻說自己「錯選了這一行職業」〔註17〕，更慨歎，「覆轍堪虞，不要再參加任何有政治臭味的活動；文字賈禍，更要拋棄以筆墨爲

〔註13〕李金銓，報人報國：中國新聞史的另一種讀法〔M〕，香港：香港中文大學出版社，2013：403。

〔註14〕卞冬磊，古典心靈的現實轉向：晚清報刊閱讀史〔M〕，北京：社會科學文獻出版社，2015。

〔註15〕陸鏗，陸鏗回憶與懺悔錄〔M〕，臺北：時報文化出版公司，1997：623。

〔註16〕朱子家（金雄白），黃浦江的濁浪〔M〕，香港：吳興記書報社，1964：自序。

〔註17〕朱子家（金雄白），黃浦江的濁浪〔M〕，香港：吳興記書報社，1964：180～181。

生的這一份故業。」〔註 18〕那麼，筆者想要問的是金氏在做出投敵附逆抉擇之時，所謂「偶然動了匹夫之念」到底是什麼意思？他具體的投敵過程是怎樣的？他在投敵之前經歷了怎樣的職業生涯，投敵之後又犯下了哪些漢奸罪行？他晚年這種不後悔投敵，卻後悔做報人；鄙夷政治活動卻哀傷國家故人的自白又意味著什麼？

結合上述思考，以金氏為中心，或許筆者可以追問的是，在動盪的抗戰時期裏，報人的淪陷到底意味著什麼？他們做出投敵附逆抉擇的邏輯與糾葛又是什麼？這背後究竟運作著怎樣的歷史情景與群體表徵？在報人與時代相遇的語境中，他們又在進行著怎樣的自我辯白與時代述說？

第二節　研究現狀與文獻綜述

一、關於金雄白

目前學界尚無關於金雄白的專門文章與著作，絕大部分資料散見於各類人物傳記、民國史工具書與新聞史資料、散文雜憶與文史檔案中。

在各類人物傳記中，有關金雄白的介紹較分散。較為典型的有三本著作。《叛國者與親日文人》是臺灣文史作家蔡登山 2015 年最新出版的人物傳記，其中有專門一章介紹金雄白，即「金雄白與汪偽政權的前後因緣」〔註 19〕。該書對金雄白一生經歷有所梳理，宏觀搭建出較為完整的金氏職業生涯的輪廓。《民國報人：新聞史上的隱秘一頁》是大陸文史作家張功臣於 2010 年出版，較早地涉及到金雄白的人物系列著作；該書中單列一章「歷史轉彎的地方——時報館裏的金雄白」〔註 20〕，其中對金雄白早年的《時報》生涯作了詳盡的介紹。另外，在臺灣作家劉心皇早年所著的《抗戰時期淪陷區文學史》一書中，金雄白位列「南方偽組織的文藝作家（一）」中的第十三位，其中對金氏附逆前後的報人經歷作了簡要介紹，提及到他的一些著作與文章，特別點出了其《汪政權的開場與收場》一書中的「餘言」一節。〔註 21〕整體上看，

〔註 18〕金雄白，記者生涯五十年（上）〔M〕，臺灣：躍升文化事業有限公司，1988：2。

〔註 19〕蔡登山，叛國者與親日文人〔M〕，臺灣：秀威信息科技股份有限公司，2015：151～168。

〔註 20〕張功臣，民國報人：新聞史上的隱秘一頁〔M〕，濟南：山東畫報出版社，2010：102～155。

〔註 21〕劉心皇，抗戰時期淪陷區文學史〔M〕，臺灣：成文出版社，1980：77～78。

目前大多數著作對金雄白僅僅止步於個人經歷的描述，只是人物形象的簡筆勾勒，還缺乏具體深入的研究。

在民國史工具書與新聞史研究書目中，如《20世紀中華人物名字號辭典》〔註22〕、《當代中國社會科學學者大辭典》〔註23〕、《中華民國史大辭典》〔註24〕、《民國人物小傳》（第九冊）〔註25〕、《中國國民黨史大辭典》〔註26〕、《中國抗日戰爭大辭典》〔註27〕、《中國近現代人物名號大辭典》〔註28〕、《中國名人年鑒》（上海之部 1943）〔註29〕《上海新聞史 1850～1949》〔註30〕等書中均有以詞條或簡介形式對金雄白的報人經歷及其所創辦的《平報》、《中報》等方面有所介紹。

在散文雜憶，《金雄白與汪僞政權的前後因緣》〔註31〕是臺灣作家蔡登山2009年發表在《書城》上的一篇文章，其內容與《叛國者與親日文人》一書中關於金雄白的介紹區別不大。《金雄白與〈汪政權的開場與收場〉「讀人閱史」之五》〔註32〕是蔡登山2010年發表在《全國新書信息月刊》上另一篇關於金雄白的介紹性文章。《從金雄白談張愛玲》是林東林2009年發表的一篇小文章。文章主要是從金氏著作《亂世文章》中回憶張愛玲的文段進行張愛玲

〔註22〕周家珍（編），20世紀中華人物名字號辭典〔M〕，北京：法律出版社，2000：348。

〔註23〕陳榮富，洪永珊（編）：當代中國社會科學學者大辭典〔M〕，杭州：浙江大學出版社，1990：589。

〔註24〕張憲文（編）：中華民國史大辭典〔M〕，南京：江蘇古籍出版社，2001：1237。

〔註25〕劉紹唐（編），民國人物小傳（第九冊）〔M〕，上海：上海三聯書店，2015：104。

〔註26〕李松林（編），中國國民黨史大辭典〔M〕，合肥：安徽人民出版社，1993：497。

〔註27〕中國第二歷史檔案館《中國抗日戰爭大辭典》編寫組，萬仁元，方慶秋，王奇生（編），中國抗日戰爭大辭典〔M〕，武漢：湖北教育出版社，1995：450。

〔註28〕陳玉堂（編），中國近現代人物名號大辭典〔M〕，杭州：浙江古籍出版社，1993：593。

〔註29〕張丹子（編），中國名人年鑒（上海之部 1943）〔M〕，中國名人年鑒社，1944：587。

〔註30〕在馬光仁所編著的《上海新聞史》一書中，其「汪僞集團抵滬與漢奸報刊的氾濫」、「策劃召開東亞新聞記者大會」、「汪僞報刊的發展」等章節均出現了對金氏的片段描述。參見馬光仁（編），上海新聞史（1850～1949）（修訂版）〔M〕，上海：復旦大學出版社，2014。

〔註31〕蔡登山，金雄白與汪僞政權的前後因緣〔J〕，書城，2009（6）：47～53。

〔註32〕蔡登山，金雄白與《汪政權的開場與收場》「讀人閱史」之五〔J〕，全國新書信息月刊，2010（136）：17～23。

形象的評價性描述，其中也有片段文字對金雄白的生平作了敘述〔註 33〕。另外，在一些學術論文中，不乏有研究者將金氏的《記者生涯五十年》、《黃浦江的濁浪》等書目以爲史料引用，但可惜的是只用其言而不見其人。如《論民國時期報人跳槽的動因及影響》〔註 34〕、《中國近代公雇訪員與專職記者的新陳代謝——以 1920～1930 年代上海新聞業爲中心的討論》〔註 35〕、《1920～30 年代的上海報人與幫會》〔註 36〕、《日軍佔領下的上海媒體文化的轉變（1937～1945）》〔註 37〕《汪僞政權上層漢奸群體研究》〔註 38〕等論文中均有關於金氏及《時報》、《平報》的一鱗半爪。

　　除此之外，我們還可以在一些文史檔案資料中尋找到金雄白的身影。由於金氏的《汪政權的開場與收場》、《記者生涯五十年》、《亂世文章》等書目均是極具史料價值的回憶文集，吸引到許多學者研究的目光。因此，大量的文史掌故中總能找尋到有關金氏的隻言片字，如高陽所著的《粉墨春秋》、陳重伊的《杜月笙外傳》、文斐編著的《民國大漢奸周佛海密檔》等，此不贅述。2008 年末至 2009 年初，《南方都市報》曾在「閱讀週刊・專欄」刊登何家幹《關於金雄白》系列文章一至五期〔註 39〕，其內容仍然是圍繞《汪政權的開場與收場》所作的人物解讀。

二、關於抗戰時期淪陷區的研究視野

　　2015 年 8 月臧運祜在《人民日報》上發表《把淪陷區研究作爲抗戰史研究的重要內容（學科走向）》一文，其中提到，新中國成立以來，關於淪陷區的研究雖取得了豐碩成果，但仍有較大的提升空間。「一、從研究歷程與現狀看，比起開始較早且已有較爲豐碩成果的僞滿洲國與東北淪陷區、汪僞政權

〔註 33〕林東林，從金雄白談張愛玲〔J〕，出版人：圖書館與閱讀，2009（3）：56。
〔註 34〕路鵬程，論民國時期報人跳槽的動因及影響〔J〕，新聞記者，2012（12）：34～41。
〔註 35〕路鵬程，中國近代公雇訪員與專職記者的新陳代謝——以 1920～1930 年代上海新聞業爲中心的討論〔J〕，新聞與傳播研究，2014（8）：30～45。
〔註 36〕路鵬程，1920～30 年代上海報人與幫會〔J〕，國際新聞界，2015（4）：157～172。
〔註 37〕陳細晶，日軍佔領下的上海媒體文化的轉變（1937～1945）〔J〕，抗日戰爭研究，2010（4）：71～79。
〔註 38〕張生，汪僞政權上層漢奸群體研究〔D〕，南京大學碩士學位論文，2014：114～137。
〔註 39〕何家幹，關於金雄白（一）至（五）〔N〕，南方都市報・閱讀週刊專欄，2008-10-19～2009-1-18。

與華中淪陷區研究，其他偽政權和淪陷區的研究開始較晚，各淪陷區研究還不夠均衡。同時，迄今為止還沒有一部對淪陷區進行總體研究的專著，關於淪陷區史料的編輯與出版狀況也亟待加強。二、從研究範圍與主題看，關於淪陷區政治、軍事方面的研究仍有很大提升空間，而社會、文化等方面的研究就更為少見（僅有「淪陷區文學史」算是個例外）。三、從研究理論與方法看，關於偽政權與淪陷區的研究基本上從屬於日本侵華史的範疇，在理論與方法上尚乏善可陳。」

臧先生還提醒學界，要「加強社會史和文化史研究。與政治史和軍事史的研究成果相比，淪陷區的社會史和文化史研究一直是薄弱環節。就社會史而言，淪陷區的上層與底層社會狀況、一億多城市與鄉村民眾的生活狀況，在研究上尚有很大開拓空間；日偽在淪陷區通過『協和會』『新民會』『大民會』等組織實施社會控制的問題，也需要在既有研究基礎上予以強化；淪陷區民眾不甘做亡國奴的抗爭歷史，理應成為抗戰史研究的重要內容。就文化史而言，淪陷區的新聞、出版、廣播、電影、戲劇、文藝、學術等文化事業的發展狀況，對其進行分門別類和綜合性研究的成果也不多見。」〔註40〕

目前，在中國抗戰新聞史的研究視域中，研究者大多認同「一個戰爭，兩個戰場，三種政權」認識和主張〔註41〕。其中，解放區（根據地）、國統區的研究豐富且深入，相較之下，關於淪陷區、偽政權的研究則相對薄弱，並處於邊緣位置。因此，針對這一問題，不少研究者曾指出，抗戰時期最為富庶且為日偽政權所統治的廣大淪陷區，作為戰時中國的「半壁江山」，理應成為抗戰新聞史研究的重要內容。〔註42〕

劍橋大學的近代史教授伊凡斯在《何謂歷史學？》一文中說，「歷史學除了追求真相之外，還有第二項基本特質，即它不只要重建、描繪過去，還要

〔註40〕臧運祜，把淪陷區研究作為抗戰史研究的重要內容（學科走向）〔N〕，人民日報，2015-8-19。

〔註41〕已故學者王檜林曾將抗戰形態做過上述概括，一個戰爭不必解釋，兩個戰場即國民黨領導的正面戰場和共產黨領導的敵後戰場，三種政權即敵後抗日根據地政權、國民黨統治區政權和淪陷區政權。

〔註42〕《抗日戰爭研究》編輯部，筆談「抗日戰爭與淪陷區研究」〔J〕，抗日戰爭研究，2010（1）：126。另外，目前趙玉明、哈豔秋、倪延年等學者都在積極倡導抗戰新聞史應該加強淪陷區新聞事業的研究，詳情參見哈豔秋，「勿忘歷史：抗戰新聞史」學術研討會文集〔C〕，北京：中國廣播影視出版社，2016：281～418。

理解、詮釋過去。解釋與詮釋在歷史學里居於中心地位」。〔註43〕解釋與詮釋
就需要理論與話語，在目前關於淪陷區的研究視野中，除歷史學自身的理論
方法外，研究者還會自覺不自覺地運用各類文化研究理論與意識形態話語。
這種話語大體分爲四種：一爲中國傳統的「大一統」觀或「正統觀」話語，
將日本在華所扶植的各類政權組織、人員等皆稱爲「僞××」的表述就屬此
類，即所謂「漢賊不兩立」；二爲民族主義話語，大部分研究「淪陷區」的話
語應屬此種；三是現代化理論或社會轉型理論，以「傳統」、「現代」、「社會
轉型」等爲核心解釋概念；四爲殖民主義理論，以種族主義和社會達爾文主
義爲支撐，主要體現日本右翼學者爲日本在華殖民統治辯護和美化的立場。
這四種話語在淪陷區的研究視野上存在著複雜的競合關係，既有所重疊又相
互對立。

　　汪僞政權文化，是帝國主義文化與封建、半封建文化結成反動同盟的較
爲完備的形態。〔註44〕作爲淪陷區新聞事業重要的組成部分，汪僞新聞事業
的典型性、代表性就在於它不僅僅在理論上、制度上、實踐上超出了以前及
同時期的其他傀儡政府的新聞事業；更重要的是，汪僞新聞事業作爲淪陷區
「漢奸新聞」的高峰發展階段，它在僞「國民政府」所統治的淪陷區中佔有
極爲重要的地位，乃至成爲汪僞政權的「統治血脈」。關注它，就意味著對淪
陷區新聞事業做到了具有代表性的整體把控，更具備了以此管窺日本侵華過
程中殖民主義文化侵略特徵的典型性。

三、關於淪陷區人物的個案挖掘

　　在淪陷區人物研究方面，一直以來，研究的關注點集中在汪精衛、陳公
博、周作人等一大批僞政權的高級首腦和社會名流身上，且仍存在較大的提
升空間。一是對於已經被既有研究所覆蓋的汪精衛、陳公博、周佛海等精英
分子，相當多的著作在「漢奸」與「叛國」的分析框架內，研究結論多落腳
在對其個人經歷與選擇的道德與人格評價上，對其背後的時代脈絡與歷史情
境以及他們投敵附逆的結構性因素多有遮蔽。二是仍有一批當時的政治人
物、文化名流、上層人士處於史料碎片化和研究空白的地帶，對於底層民眾

〔註43〕《抗日戰爭研究》編輯部，筆談抗日戰爭與淪陷區研究〔J〕，抗日戰爭研究，
　　　　2010（1）：126。
〔註44〕曾景忠，中華民國史研究述略〔M〕，北京：中國社會科學出版社，1992：316。

的關注也基本處於失焦的狀態。

近些年出現了一些涉及淪陷區人物研究的新成果，如涂曉華的《上海淪陷時期〈女聲〉雜誌研究》，其中對《女聲》雜誌的作者與編輯群體進行了實證考察，並以此拓及到淪陷時期上海的報刊發展情況以及知識分子的言說狀態，市民文化發展等主題。〔註 45〕李傑瓊的《半殖民主義語境中的「斷裂」報格：北方小型報先驅〈實報〉與報人管翼賢》。本書結合半殖民主義的語境，運用綿密的手法對漢奸報人管翼賢的悲劇與《實報》的淪陷進行呈現，並最終落腳在半殖民主義語境下私營商業報刊發展的歷史性內生弊病與現代化盲區的探討層面〔註 46〕。傅葆石的《灰色上海：1937——1945 中國文人的隱退、反抗與合作》以淪陷區上海三類作家爲例描摹了淪陷區內中國知識分子「隱、忠、降」的三種處世之道。楊佳嫻的《懸崖上的花園：太平洋戰爭時期上海文學場域（1942～1945）》〔註 47〕考察了上海全面淪陷後作家群體中場域的運行網絡，以及與戰後臺灣文學發展的聯繫。卜正民的《通敵：二戰中國的日本特務與地方精英》〔註 48〕則引導讀者觀察淪陷區底層人物通敵合作的基本脈絡，讓讀者明晰通敵合作本身比想像得更爲複雜，更爲模棱兩可。這些書目對於筆者均具有極大的啓示性意義。

第三節　研究基礎與章節安排

首先，圍繞金雄白個案研究的核心材料即金氏曾出版的一系列著述。目前大陸比較流傳廣泛的是《汪政權的開場與收場》、《記者生涯五十年》這兩本書；而他還寫過《黃浦江的濁浪》、《春江花月痕》、《亂世文章》（五冊）、《江山人物》、《女間諜川島芳子》，日文的《中共の十大問題》、《中共の內幕》、《同生共死の実體》等書。這些書目並不見於大陸，十分慶幸的是筆者已經利用 2016 年赴臺灣交流學習的機會，完成了全部的資料收集工作。目前筆者手中

〔註45〕涂曉華，上海淪陷時期《女聲》雜誌研究〔M〕，北京：中國傳媒大學出版社，2014。

〔註46〕李傑瓊，半殖民主義語境中的「斷裂」報格：北方小型報先驅《實報》與報人管翼賢〔M〕北京：中國社會科學出版社，2015。

〔註47〕楊佳嫻，懸崖上的花園：太平洋戰爭時期上海文學場域（1942～1945）〔M〕，臺灣：臺灣大學出版中心，2013。

〔註48〕卜正民，通敵：二戰中國的日本特務與地方菁英〔M〕，林添貴譯，臺灣：遠流出版社，2015。

已經具備了一些較難尋覓如《亂世文章》（五冊）完整版的掃描件。

　　其次，金雄白一些散寫的文章較集中於上世紀六七十年代沈葦窗主辦的《大人》雜誌。最後是關於金氏一生報人生涯中的各報章原件，如《時報》、《平報》、《中報》、《海報》等。針對香港《大人》雜誌，筆者從臺灣帶回來500餘張電子照片，並與網絡流傳的各種小文進行過比照，對金雄白的散見文章有所搜集與準備。針對各報章原件，筆者在國家圖書館已經查閱到相關線索，例如國圖具備《平報》、《中報》的縮微膠卷，可以閱覽。

　　最後，在具體章節安排上，本文設計第一章交代淪陷京滬的時空構成，描摹金雄白投敵附逆的時空背景，為後續研究做好鋪墊。第二章回溯金雄白早年的《時報》經歷，從他進入報界成為報人的起點出發，探究他由來已久的職業身份與時代境遇的互動演變。第三章重點論述金雄白投敵附逆的前前後後，詳細梳理出金雄白作出此一抉擇的真實原因。第四章挖掘他在汪偽時期的主要新聞活動，探究他主持下的《中報》與《平報》的經營與表現概況。第五章展開回答開篇問題「何謂報人的淪陷」，並對淪陷報人作出評斷。結語則是在報人與時代相遇的互動語境內，將落腳點放在報人於個人欲求與家國操守之間矛盾抉擇的層面。

第一章　淪陷在即：京滬淪陷的時空構成

　　何謂「通敵」，歷史學家卜正民曾就此給出過解釋，「在出現佔領當局所產生的壓力之下繼續運用權力者。」〔註1〕筆者之所以使用「淪陷」一詞來描述淪陷區報人的狀態，無非是想要借用這一層含義，以指涉報人的通敵附逆以及由此而產生的一系列連鎖反應。在本文中，所謂「淪陷」有兩重含義，一是它劃定了具體的時空範圍，即 1937 至 1945 年間日本佔領下的京滬報界；二是它特指淪陷區報人所面臨的生存與倫理困境，以及他們之所以選擇投敵的具體原因與前後經歷。

第一節　淪陷在即與漢奸泛起

　　「為了擔任記者這一行的職業關係，也許在一般普通人中，我是看到過死人較多的一個。槍斃、殺頭、絞死、上弔、服毒、溺斃、刀殺、火焚、攣割，什麼都目擊過了。若論同時看到成堆的死屍，也已有過多少次了。而『八一三』抗戰初起之翌日，上海大世界遊戲場前飛機誤投炸彈的慘劇，成千人血肉橫飛，連司空見慣的我也且為之震驚失措了……但看到成百輛的汽車，癱瘓在那裡，已經燒得只留了一個剝落的車身，裏面盡是焦炭似的屍體，車上的玻璃屑更碎滿了四周的地面。路上更盡是些縱橫狼藉肢體不全的死屍，

〔註1〕卜正民，通敵：二戰中國的日本特務與地方精英〔M〕，林添貴譯，臺北：遠流出版社，2015：8。

無頭、斷臂、折足、破腹的一個挨著一個，凝結而帶紫色的鮮血，染紅了這一帶的路面。最慘的景象是血肉橫飛的結果，一星星的人肉，沾滿了附近的牆壁……悲慘、淒厲、恐怖、驚駭的情形，這是爲我平生所僅見。」〔註2〕金雄白在事後回憶起 1937 年 8 月 14 日那個「血色星期六」的時候，仍然心有餘悸，由此可見，當時「八一三」淞滬會戰的爆發所給他帶來的心理衝擊與震撼。

1937 年 7 月 7 日，震驚中外的「盧溝橋事變」爆發。雖然當時國民政府曾試圖將此視爲地區性事件，加以解決。因爲，在此之前，中日兩國軍隊在平津地區發生過多次衝突，均未演化成全面戰爭。而此時，日本已經做好了侵略準備，正急欲尋找藉口，全面侵華。因此，事變一發生，日本軍政當局便借題發揮，蓄意擴大事態。〔註3〕日本全力發動戰爭機器，國民政府退無可退，不得不抵抗。雙方的增援部隊像潮水般源源而至，「地區事變」向「全面戰爭」極速發酵，中國迅速陷入一場決定民族生死存亡的大戰。〔註4〕8 月 7 日，蔣介石正式決定全力以赴，領導抗戰，主動將戰爭的主戰場從華北轉移到了上海。〔註5〕於是，8 月 13 日，淞滬會戰打響，戰火迅速由平津蔓延到京滬。8 月 14 日，國民政府發表《自衛抗戰聲明書》，其中公告了自「盧溝橋事變」以來中日交涉的經過，並聲明，「中國爲日本無止境之侵略所逼迫，茲已不得不實行自衛，抵抗暴力」〔註6〕。自此，正式揭開了中國全面抗戰的序幕。

上海，這座中國當時最爲發達先進的國際化大都市；自 1842 年南京條約被確立爲通商口岸之後，就幾度於時代動盪的侵襲下得以保全。歷經百年風雲仍然熙熙攘攘的「十里洋場」，終於也投入到這一場全民族的抗戰之中。其實早在 1932 年，上海已然經受過「一二八」事變的襲擾；到了 1937 年「盧溝橋事變」爆發，「這座人間天堂，也自知戰禍終將不可避免，但當時還以爲上海將爲華北戰事的擴大與延續，也許尚須相當時日」。〔註7〕卻不料，戰爭的到來如此迅疾。在 1937 年的 8 月至 10 月三個月間，整個上海突遭著一場

〔註2〕 朱子家（金雄白），黃浦江的濁浪〔M〕，香港：吳興記書報社，1964：66～70。
〔註3〕 胡德坤，中日戰爭史（1931～1945）〔M〕，武漢：武漢大學出版社，2005：117。
〔註4〕 〔美〕費正清，費維愷（編），劍橋中華民國史 1912～1949 年（下卷）〔M〕，北京：中國社會科學出版社，1994：546。
〔註5〕 李君山，爲政略殉─論抗戰初期京滬地區作戰〔M〕，臺北：臺灣大學出版社，1992：188。
〔註6〕 戴逸，孫景峰（編），中國近代史通鑒 1840～1949 抗日戰爭〔M〕，北京：紅旗出版社，1997：503～504。
〔註7〕 朱子家（金雄白），黃浦江的濁浪〔M〕，香港：吳興記書報社，1964：67。

巨變。一邊是中國軍民在同仇敵愾的愛國熱情下，獲得了一種前所未有的團結；正義、勇敢、救亡每天都在上演，廣大民眾也被動員起來，形成了一股民族不可侮的巨大「民氣」。另一邊是中日雙方的軍隊源源不斷地開進上海，頻仍而拉鋸的戰事使得此地變成了巨大的「血肉磨坊」；苦難、悲慘、恐怖屢屢在周遭發生，身處其中的每個人都面臨著巨大的命運與精神的磨難。

對於中日兩國而言，這場戰爭不僅意味著兩國政治經濟軍事等實力的全面對抗，還意味著兩個民族之間文化命運的終極較量。對於個人而言，這場戰爭也意味著每個人在國家與民族的危亡關頭如何自處的一個抉擇考驗。戰爭的拉鋸往往導致原有政治秩序的崩潰，而地區的淪陷也極易誘發社會環境的異變。就在中國軍隊尚在與日軍激戰，國人屍骨未寒、鮮血未乾之際，一些人出於主動或是被動等原因，出而通敵，淪為漢奸。他們的出現，對於日本侵略者來說，是正中下懷的。因為，「沒有一個佔領者只靠武力就能進行管理。再兇殘堅定的征服者也需要當地人的指點與告密。成功的佔領有賴於得到征服者內部有叛意、同情或是有野心的人的共謀。」〔註8〕中國歷史上，漢奸問題由來已久，雖歷經千百年的唾罵，但總會有人甘冒天下之大不韙，鋌而走險。到了抗戰時期，漢奸泛起，成為逆流。這種給整個民族帶來巨大傷害的怪胎，不僅滋生於中國內部所存在的各種複雜的社會歷史病因和心理文化毒素；它更是日本帝國主義在侵略中所採取的一系列對華政策的直接產物。

早在 1931 年「九一八事變」之後，日本帝國主義侵佔東北的過程中，他們就已經多次利用漢奸以達成侵略目的；而在日軍兵鋒指向平津地區之前，日本的特務間諜、浪人商侶早已對中國各地經營多年，對潛在的漢奸人脈也心有定數。所以，1937 年 7 月 29 日，國民政府二十九路軍自北平撤退，平津立即宣告淪陷；第二天，日軍就策劃成立了以江朝宗為委員長的「北平市地方維持會」，實行了「以華制華」的策略與利用漢奸的方針。

此後，隨著平津淪陷形勢的明朗化和日軍佔領區的逐步擴大，日本在對華政策上逐漸重視將利用漢奸的方針納入整體政策的範疇。1937 年 8 月 1 日，北平、天津均在日軍授意下成立了「地方維持會」。8 月 8 日，日本制定《華北事變處理綱要》，其中提出，「對當地居民自發建立的政治機構應加以指導，使之實行帝國所希望的統治，把它看作解決華北問題的基礎加以扶植和培養。」

〔註8〕卜正民，通敵：二戰中國的日本特務與地方精英〔M〕，林添貴譯，臺北：遠流出版社，2015：18。

〔註9〕9 月 13 日，北平、天津的兩地「維持會」重組構成了「平津治安維持聯合會」。1937 年 10 月 1 日，日本出臺了《中國事變處理綱要》，以政府決策的方式確立了應對「中國事變」可能長期化的方針。該綱要爲華北、華中、華南，分別提出了對策。其中，「華北對策」稱，「解決華北問題之宗旨，以實現日滿華三國共存共榮爲目標，在中國中央政府之下使華北眞正明朗化」；其意欲使得華北「行政上雖屬中央政府，但對上述地區之行政首腦，須爲實現日華和睦之適當有力者」〔註 10〕，由此可見，在這種對策中，日本侵略者利用漢奸的用意非常明顯。《中國事變處理綱要》的出臺，實際上爲日本侵略者在利用漢奸、扶植傀儡政權上提供了政策的依據；而正是在這一政策的指引下，各地「維持會」、「自治會」等漢奸組織的運作步伐明顯加速。

1937 年 10 月底，中國軍隊的上海防線崩潰，淞滬戰局接近尾聲。在大批知識分子、政府要員、工廠機關遷往內地的同時，上海附近的漢奸活動也日益頻繁。先是各類流氓分子組成的「便衣隊」，游擊四出，直接爲日軍的戰事服務。而後，在上海市區的閘北，南市、浦東以及寶山、嘉定、川沙、南匯、奉賢等郊區縣鎮相繼淪陷後，大批「維持會」、「治安會」、「自治會」一類的地方漢奸組織紛紛成立，以替日軍起到「安定後方」的作用。11 月 11 日，除了宣佈中立的外國租界以外，上海周圍被日軍全面佔領。12 月 5 日，以蘇錫文爲市長的「大道市政府」宣告成立。至此，上海地區宣告易手，成爲日僞政權所支配下的淪陷區。

第二節　僞政權的成立與淪陷區的環境

毫無疑問，僞政權與淪陷區是日本帝國主義發動侵華戰爭並實施殖民統治的必然產物。〔註 11〕僞政權的成立與淪陷區的鋪展，也是伴隨著日本軍事侵略的深入而一步步架設起來的。淪陷區既是日軍的佔領區，又是日軍扶植之下各類僞政權與漢奸組織的勢力範圍。它們與日本侵略者或是重疊關係，日軍允許僞政權分享部分政治權力，僞政權所發佈的政令，得到日軍的授權，

〔註 9〕〔日〕堀場一雄，日本對華戰爭指導史〔M〕，北京：軍事科學出版社，1988：69。

〔註 10〕日本防衛廳戰史室（編），日本軍國主義侵華史料長編（上）〔M〕，天津市政協編譯委員會譯，成都：四川人民出版社，1987：369。

〔註 11〕臧運祜，抗日戰爭時期的淪陷區研究述評〔J〕，中共黨史研究，2015（9）：101～107。

具備一定的效力。或是補充關係，偽政權在日軍兵鋒過後的權力真空地帶，建立組織，填充權力，繼續為日軍戰事服務。或是輔助關係，偽政權輔助日軍在廣大的城郊鄉村等邊遠地區樹立權威，發佈政令，產生效力。作為日本侵略者的幫兇與輔助佔領的工具，偽政權指涉著中華民國政治版圖的分裂，而淪陷區則指涉著國民政府失去管轄後社會環境的異變，它們是一對天然的權力共生體。

1937 年 12 月 1 日，日本東京大本營給前線日軍下達了重大命令：一是要華北派遣軍在北平成立統一的「新政權」，二是要華中派遣軍佔領民國首都南京。這項命令一出，就意味著日軍的侵略意圖已經從迫使中國讓步的「軍事打擊、略施薄懲」，轉變為推翻國民政府，另立接受日本指導的「新政府」之佔領行動。〔註 12〕對於身處前線的日軍侵略者來說，「軍事打擊、略施薄懲」是一回事；另立「新政府」，進行佔領又是另一回事。前者的目標不過是動員大規模軍事力量，將對手擊敗；後者的要求則是要侵略者將注意力轉向刺刀之下的廣大佔領區。要物色人選，建立偽政權，並確保它能夠在全民反對的前提下，獲得承認，正常運作；而欲達到這一目標，就不單單要期待偽政權對日軍的積極配合，以達到日軍軍事上的全面勝利；更重要的是所扶植的大大小小的偽政權勢必要著力進行意識形態社會基礎的打造，並試圖在國家認同上全面壓倒國民政府，塑造出統治的正當性，以此來實現「全面解決中國問題」的最終目的。

1937 年 12 月 14 日，也就是在南京為日軍佔領的第二天，以王克敏為「行政院長」的「中華民國臨時政府」就在北平宣告成立。這完全是一個由日本華北派遣軍自導自演的漢奸傀儡政權。緊接著，12 月 24 日，日本的內閣會議通過《處理中國事變綱要》。其中提出了「華北處理方針」，即在政治上以成立防共親日政權、經濟上以建立日滿華不可分離的關係為目標，促進該政權逐漸擴大和加強，指導「新中國」逐步形成新的中心勢力。然而，與中央政府談判成功時，上述新政權應根據和平條件進行調整。〔註 13〕實際上，這就是「臨時政府」的行動綱領，也昭示出日軍欲使「臨時政府」取國民政府而代之的企圖。相對於華北派遣軍扶植「臨時政府」的做法，日本華中派遣軍

〔註 12〕卜正民，通敵：二戰中國的日本特務與地方精英〔M〕，林添貴譯，臺北：遠流出版社，2015：8。
〔註 13〕謝蔭明，淪陷時期的北平社會〔M〕，北京：北京出版社，2015：38～39。

顯然是不甘落後的。在攻佔了京滬地區之後，他們同樣積極物色新的合作對象，建立偽政權，以便其實現對京滬地區的有效佔領，從而取代國民政府。1939 年 1 月 18 日，日本政府發表聲明，表示「不以國民政府為對手」，正式結束了同國民政府的公開交涉。1938 年 3 月 28 日，在華中派遣軍的扶植下，以梁鴻志為「行政院長」的「中華民國維新政府」成立。就這樣，在日軍華北與華中兩支派遣軍的策劃下，南北兩大偽政權相繼成立。為了統一整合南北偽政權的力量，7 月 15 日，日本五相會議制定了《建立中國新中央政府的指導方針》，策劃首先使「臨時及維新兩政府合作，建立聯合政府。其次，使蒙疆聯合委員會與之聯合，以後上述各個政權，逐漸吸收各種勢力，或與他們合作，使之形成真正的中央政府。」〔註14〕

日軍一邊在籌組偽政權，欲以其取代國民政府；另一邊為了迫使國民政府投降，也進行了大規模的作戰行動。儘管 1938 年 10 月武漢、廣州相繼被攻佔，但是國民政府再遷重慶，擺出了徹底抗戰的架勢，使得日軍不得不走進了「軍事至上」的死胡同：軍事上的節節勝利不僅未能使得所扶植的偽政權，成功取代並吸收國民政府；反而因為各種偽政權的存在與運作，遲滯了日軍解決中國問題，從中國戰場抽身的計劃與步驟。因此，在這樣的時機下，日軍便將勸降國民政府的希望放在了汪精衛、周佛海等人所倡導的「和平運動」上來了。也正是在日本特務機構的步步引誘與支持下，汪偽集團才得以順利地叛國投敵，汪偽「國民政府」才得以成功登場，並逐步將「臨時政府」與「維新政府」以及其他各地偽政權吸收重組，成為偽政權中勢力最大、形態最完備的一股。

就在日本侵略者積極扶植與利用各類偽政權的同時，他們也絲毫未放鬆對廣大淪陷區的文化改造與殖民活動。當然，日本在其所佔領的各個區域之間，所採取的是不同的殖民統治政策；而不同的偽政權也施行不同的奴化宣撫綱領，各個淪陷區環境的演變也經歷著不同的遭遇，衍生出相互各異的特殊性。但是，整體來看，日偽政權所採取的改造與殖民途徑，無非有兩種，一是破壞原有的國民政府統轄時期所建構的社會秩序與文化取向；二是重建出一套符合日本帝國主義邏輯的順從控制的新的言說環境與國族認同。同樣，與日偽政權極力想要達成的改造意圖與殖民統治並存的是，淪陷區內並

〔註14〕黃美真，張雲（編），汪精衛集團投敵〔M〕，上海：上海人民出版社，1984：90。

不缺乏反抗抵制與消極應付等多元行為。作為日偽政權從始至終都未能完全消化的特殊存在，淪陷區並非一塊靜待宰制的區域。

　　上海，作為當時中國的文化中心與日偽政權最為看重且著力經營的區域。它在淪陷時期所呈現出的社會文化景象，最具典型性。1937 年 11 月，上海淪陷。孤島之內的聲音雖然觸及力有限，但仍然保持著高昂的抗日立場；並與日偽政權所控制的各種勢力，形成了壁壘森嚴的兩個陣營。雙方筆戰之外，更雜以槍戰；反抗抵制與破壞滲透等衝突矛盾一再上演。到了 1941 年 12 月，太平洋戰爭爆發，租界淪陷，孤島不再。日偽當局立即就對整個上海實行了嚴酷的法西斯統治。曾經的文化重鎮一步踏入「最黑暗的歲月」。自由的失去、物質的匱乏和精神的壓抑，使整個「東方巴黎」變成了一座大監獄。〔註15〕一方面，日偽政權對文化出版事業進行了嚴格的清理，停辦一切反日傾向的報刊，迫害曾經宣傳抗日的知識分子，查封淪陷前有影響力的書局，禁售一切稍有歷史牽連的書籍。日偽當局對租界的破壞，不遺餘力，甚至「要租界居民將所藏的抗日書報，以及有關國民黨史事的文獻，一齊拿出來當眾焚燒，並且限定連燒三天。要是隱藏不拿出來燒掉，以後搜查出，就有被處罪的危險。」〔註16〕當時，留駐上海的鄭振鐸曾帶著深沉的眷戀描寫出一幅令人泣血的場景，「我看見東邊的天空，有紫黑色的煙雲在突突的向上升，升得很高很高，然後隨風而四散，隨風而淡薄，被燒的東西的焦渣，到處的飄墜。其中就有許多有字跡的焦紙片。我曾經在天井裏拾到好幾張，一觸手便粉碎；但還可以辨識得出字跡。」〔註17〕漫天飛舞的焦紙片是淪陷區上空不散的陰影，恐懼、憤怒與羞恥在人們情感中交織迭現。

　　另一方面，在對原有的社會秩序與文化事業橫加破壞的同時，日偽當局又努力把文藝、思想、新聞等納入侵略戰爭殖民主義的宣撫與奴化軌道上來。雖然日軍確定，「自大東亞戰爭發動，文化人之使命與任務益形重大，文化事業之推動已屬不容或緩」。〔註18〕但以異邦人的身份直接介入淪陷區的各項文化事業，往往不得要領，故仍需要本地合作者的支持，以運用原有的各種資源，達成目的。〔註19〕於是，一時間，除了日軍直接主持下的殖民文化勢力

〔註15〕陳存仁，抗戰時代生活史〔M〕，上海：上海人民出版社，2001：206。
〔註16〕陳存仁，抗戰時代生活史〔M〕，上海：上海人民出版社，2001：199。
〔註17〕鄭振鐸，燒書記·蟄居散記〔M〕，福州：福建人民出版社，1982：34～35。
〔註18〕上海市檔案館（編），日偽上海市政府〔M〕，北京：檔案出版社，1986：935。
〔註19〕楊佳嫻，懸崖上的花園：太平洋戰爭時期上海文學場域（1942～1945）〔M〕，

外，上海地區還出現了爲各類僞政權搖旗吶喊的漢奸文化勢力。另外，正是由於日僞政權積極進行文化統制以謀求擴大影響的刺激，反而給予了一些灰色書報閃展騰挪的縫隙與模糊解釋的中間地帶。因此，當時上海也出現了以儘量不表明自身傾向爲特徵的灰色文化勢力。〔註 20〕日僞政權一邊在進軍破壞，一邊又在「收拾民心」。嚴峻的統制與反抗的姿態並存，複雜的局勢與模糊的地帶同在；這既是上海淪陷時期所呈現出的社會文化環境，也是整個淪陷區在社會文化方面所演繹出多元面相。

第三節　淪陷之際上海報人的進退出處

人，既是社會文化的塑造者，也是言說環境的承載者。上海的淪陷，不僅導致了整個社會文化環境的風雲突變，對於當時曾一度引領全國抗日輿論的上海報人來說，是進是退，是去是留，如何自處就成爲一個生死攸關的抉擇。

自晚清民國以降，上海就一直是近現代中國報業的重鎮。望平街上，報館林立，才人出沒。這裡既被視作全國輿論的中心，也是對報人最有吸引力的地方。不僅江南文士會聚於此，以報爲業；北方報界的頂尖人物，如黃遠生、邵飄萍、徐凌霄等，也都是憑藉上海報界特約記者的身份，專門撰寫「北京通信」，才名貫天下的。甚至是，赫赫有名的天津《大公報》，也要積極進駐上海報界，推出滬版，才能更有底氣地宣稱成爲全國性的大報。上海對報界之所以有如此魅力，能夠吸引到全國最優秀的報人。最大的原因，就是因爲租界的存在。也正是憑藉著租界的保護，上海報界才得以享有最大程度的新聞自由，幸免於近代以來國內歷次的政治運動與戰火兵燹，以致聲名震動全國。這裡既是報人的發跡地，也是報人的避難所。

早在抗戰初期，由於平津淪陷區文人的大舉南下，上海知識分子的隊伍一度達到歷史上的最高峰。〔註21〕到了 1937 年 11 月 12 日，淞滬會戰接近尾聲，中國軍隊全線撤離，日軍侵佔，使得租界地區成爲一座「孤島」。一些知識分子與文化機構爲了避免日軍的打擊迫害，被迫紛紛向延安、重慶、昆明、香港等地分散轉移；但也有一些報館與報人，出於各種各樣的原因，留駐孤

臺北：國立臺灣大學文史叢刊，2013：63。
〔註20〕涂曉華，上海淪陷時期《女聲》雜誌研究〔M〕，北京：中國傳媒大學出版社，2014：15～18。
〔註21〕李相銀，上海淪陷時期文學期刊研究〔M〕，上海：上海三聯書店，2009：24。

島，未能離開。他們不得不在日益逼仄的空間內，面臨複雜的形勢與嚴峻的環境，做出調適與抉擇。

1937 年 12 月上旬，南京淪陷，上海報界的環境空前緊張起來。日軍所扶植的「大道市政府」成立新聞檢查所，通知各報：從當月 15 日起開始檢查各報小樣，未經檢查之新聞，一概不准登載。此通告一出，上海報界舉市騷然。對於當時的報館來說，接受日僞當局的檢查就標誌著承認了日僞統治的合法性，是否遵檢就意味著必須要在抵抗或順從之間做出選擇。爲此，當時的《申報》、《大公報》、《時事新報》、《民國日報》無不先後停刊，只有《新聞報》和《時報》願意接受檢查，求得繼續出版。〔註 22〕在拒絕送檢的報紙中，《大公報》的態度最爲剛烈，它在 12 月 14 日連發兩篇社論《暫別上海讀者》和《不投降論》，表明報人的決心：「我們是奉中華民國正朔的，自然不受異族干涉，我們是中華子孫，服膺祖宗明訓，我們的報及我們的人，義不受辱。我們在不受干涉不受辱的前提下，昨天的『通告』使我們決定與上海讀者暫時告別。」〔註 23〕「現在萬鈞國難的重壓下，凡是中國人，已無黨派的分別，政見的異同，大家絕不投降，到今天，一切無話說，唯有同舟共濟，生死榮辱，一切與共。」〔註 24〕據 1937 年《上海公共租界工部局年報》所載，「自11 月華軍退出上海後，出版物之停刊者共 30 種，通訊社之停閉者共 4 家，包括中國政府機關之中央通訊社在內。」〔註 25〕一時間，上海報界風聲鶴唳，死寂一片。只有兩家由外商發行的《大美晚報》和《華美晚報》，憑藉著洋商的招牌，得以在拒絕日僞檢查干涉的情況下，維持發行。

就在各大報相繼停刊之後，一批報人深受《大美晚報》與《華美晚報》策略的啓發，均以此辦法將所辦報刊改頭換面，懸掛洋商招牌，繼續發行。如此，孤島之內如《文匯報》、《每日譯報》、《中美日報》等「洋旗報」紛紛出現。這些「洋旗報」，一方面秉承著國民政府的命令，擁護抗戰政策，進行廣泛的愛國抗日宣傳；另一方面它們與國民政府留駐上海的大批地下人員，保持著密切的聯繫，以暗殺鋤奸、情報傳遞等手段積極與日僞勢力作鬥爭。

〔註 22〕張功臣，民國報人：新聞史上的隱秘一頁〔M〕，濟南：山東畫報出版社，2010：364。

〔註 23〕暫別上海讀者〔N〕，大公報（上海版），1937-12-14（1）。

〔註 24〕不投降論〔N〕，大公報（上海版），1937-12-14（1）。

〔註 25〕馬光仁（編），上海新聞史（1850～1949）（修訂版）〔M〕，上海：復旦大學出版社，2014：825。

　　「洋旗報」的出現，自然大大激怒了日僞當局。爲了控制這一局面，他們一邊逼迫租界工部局鉗制「洋旗報」的抗日宣傳，一邊組織起大批漢奸流氓等勢力在租界內外製造暗殺等恐怖事端，以此作爲鎮壓手段。孤島報界立時陰雲密佈，充滿肅殺之氣。1938 年初，日本特務機關「興亞會」將一批漢奸流氓組織起來，成立了一個以常玉清爲頭目、以日本浪人小林爲顧問的「黃道會」，專門對付孤島內的抗日報刊與愛國報人。也就是在這個組織的策劃實施下，孤島之內相繼發生了一系列暗殺與恐怖事件。《社會日報》的蔡鈞徒遭砍頭，被懸首示眾；《華美晚報》的朱作同收到血淋淋的死人手臂，《文匯報》更收到腐敗的手臂、子彈的郵包，還有十幾封恐嚇信件。在這樣的氛圍下，當時幾乎每一個報人都曾爲自己的腦袋和手臂，提心弔膽。〔註26〕

　　除了層出不窮的恐怖事件直接威脅上海報人的生命安全外，日僞勢力還積極對各類抗日報刊與報人進行收買滲透，欲使之從根本上轉變立場。1939 年 3 月，日僞特務就試圖通過《時報》經理王季魯轉告《文匯報》經理嚴寶禮，願意投資五十萬元，條件是《文匯報》必須改變抗日立場，並酌登主張和議的漢奸言論，最後遭到了《文匯報》同人們的斷然拒絕。〔註27〕

　　1939 年 5 月，汪僞集團一夥來到上海，將上海作爲從事「和平運動」的主要基地。爲了建立傀儡政權，掃清輿論上的障礙，他們一方面以「七十六號」特工組織對孤島內的抗日報刊與報人進行了窮凶極惡的迫害，使得暗殺、綁架等恐怖事件有增無減，大批愛國報人紛紛遭難。另一方面，採用各種利誘收買手段，借助各種私誼人情關係，積極拉攏黨羽，招降納叛。1939 年 7 月，汪僞集團的《中華日報》得以復刊，上海報界更是壁壘森嚴，報人的處境愈見險惡。此時，他們所面臨的抉擇就是一個直截了當的命題：抗戰還是投降，做愛國者還是當漢奸。

　　當時，身處租界的金雄白同樣面臨著如此複雜的局勢。他雖然明面上執行著律師的職業，但他從未停止報界活動，更時刻關注著時局的演變。1939 年 8 月，他的故人周佛海抵達上海，託人帶話，要找他見一面。在周遭壁壘森嚴的複雜環境中，他不會不知道若同周佛海見面就等於落下了嫌疑；若是同周佛海等人合流，也就等於做了漢奸，就勢必爲世人所不齒唾棄。在此之

〔註26〕〔美〕傅葆石，灰色上海：1937——1945 中國文人的隱退、反抗與合作〔M〕，張霖譯，北京：三聯書店，2012：44。

〔註27〕馬光仁（編），上海新聞史（1850～1949）（修訂版）〔M〕，上海：復旦大學出版社，2014：868。

前，他甚至一度以自己的人格作擔保，為某一家公司所遭受的「漢奸組織」的罪名，開脫嫌疑。當著上海各報記者的面，他也曾言辭屬屬地說過，「本人尚有人格，決不為漢奸辯護」如此一類冠冕堂皇的公開表態〔註28〕。而此時，面對周佛海的會面邀請，容不得他再猶豫，他不得不做出一個決斷。

〔註28〕砂石業罷運風潮，昨仍僵持未決〔N〕，申報，1939-2-16〔10〕。

第二章　入職報界：金雄白早年的《時報》經歷

　　一個人在做出命運重大抉擇的時候，不單單取決於他當時周遭的環境因素；更重要的是，他一貫的行爲模式與長久形成的性格特點。對於報人來說，職業生涯的起點往往起筆著一生的脈絡，具有不同尋常的意義。顧執中就曾將自己出身《時報》視爲「進入了一所併不理想的新聞學校」〔註1〕，金雄白也多次強調他早年入職《時報》對其一生所產生的重大影響與留下的深刻印跡。因此，追索金雄白，他早年的《時報》經歷就是一個永遠繞不開的開篇話題。

第一節　報人職業的明確與金雄白進入報界

　　20 世紀 20 年代是上海報界競爭異常激烈的時期。出於保住經營的考慮，無論大報還是小報都積極求新求變。作爲上海三大報之一的《時報》，它自誕生起就是以「推陳出新」的標榜而立足於報界的。因此，相較於《申報》與《新聞報》，雖然《時報》在商業性與大眾化上無法匹敵，但「隨時而變」並非嘗試性地初探，甚至相較之下身段更爲靈活〔註2〕。早在狄楚青時期，《時

〔註1〕顧執中，戰鬥的新聞記者〔M〕，北京：新華出版社，1985：44。
〔註2〕《時報》創刊之初就特別注重在報紙內容與體例方面的革新，它最先採用對版式設計，首創時評、專電、特約通訊及專刊等，給當時沉悶的報界吹進了一股清新之風。20 世紀 20 年代，上海報界競爭中各類大報積極向小報學習，吸收小報的優點，增設專刊，特別是更加注重娛樂消閒等內容的呈現，以招

報》就已經在脫離政黨派系色彩上實現了一次成功的轉型。〔註3〕到黃伯惠接手以後，《時報》的面貌發生了巨大的變化：它由一份深受知識分子歡迎、熱衷政治與文學的報紙，變成了一份以社會新聞、體育新聞和圖片專版見長、充滿娛樂化和休閒化元素的報紙。〔註4〕

值得一提的是，在中國近現代報業發展史上，大體可分爲政黨辦報、文人辦報、民營商業辦報這三種範式，這三種範式重迭，又長期並存〔註5〕，而《時報》的轉型則是貫穿的。對於《時報》而言，如果說褪去康梁派系的政黨色彩，由「黨人報」轉變爲「文人報」，得益於狄楚青、陳冷等報人對獨立性的堅守；那麼，革去熱衷政治與文學的「知識階級的寵兒」的面向〔註6〕，擁抱「大報小報化」之風〔註7〕，由「文人報」一轉爲「商人報」，則發軔於黃伯惠、金劍花、金雄白等報人自身辦報理念的追求。

傳統的文人辦報往往鄙於求利，不怎麼考慮報紙的印刷、發行、廣告、旅費、營業和銷路，難免遭遇經營困境，以致斷送報紙的前途。〔註8〕在狄楚青主持期間，《時報》在廣告與銷路上原本就不能與《申報》、《新聞報》爭衡，而且一直備受財務赤字的困擾，不得不依靠狄氏有正書局以爲挹注〔註9〕。到了黃伯惠接辦之時，又值上海報界競爭異常激烈之季。前有申新、時事新報的鼎足而立，後有「洋場才子」〔註10〕主持下各類小報的爭芳鬥豔。黃伯惠

徠讀者。在上海三大報中，《申報》曾先後開辦《常識》、《汽車》等增刊，《新聞報》也開辦《新知識》、《經濟新聞》等專欄，編輯內容更見軟化。當然，這些軟化的趨勢與小報還是存在很大距離的。只有《時報》發生了劇烈的轉型，一舉由「正報」轉變成了「黃報」。

〔註3〕 季家珍，印刷與政治：《時報》與晚清中國的改革文化〔M〕，王樊一婧譯，桂林：廣西師範大學出版社，2015：254～259。

〔註4〕 邵綠，都市化進程中《時報》的轉型（1921～1939）〔D〕，復旦大學博士論文，2013：3。

〔註5〕 李金銓，文人論政——知識分子與報刊〔M〕，桂林：廣西師範大學出版社，2008：15。

〔註6〕 胡適，十七年的回顧〔A〕，胡適文存（第二卷）〔C〕，合肥：黃山書社，1996：285～286。

〔註7〕 樊仲雲，中國報紙的批評〔A〕，黃天鵬（編），新聞學演講集〔C〕，上海：現代書局，1931：60。

〔註8〕 陳紀瀅，報人張季鸞〔M〕，臺北：重光文藝出版社，1957：98。

〔註9〕 金雄白，記者生涯五十年（上）〔M〕，臺灣：躍升文化事業有限公司，1988：112，另據包天笑回憶，《時報》得以支持數年下去，也很靠有正書局爲之補助。參見包天笑，釧影樓回憶錄〔M〕，太原：山西古籍出版社，1999：425。

〔註10〕「洋場才子」是指近代上海十里洋場裏從事文化事業的舊派文人，如李伯元、

感到《時報》非徹底革新，難以與人爭衡，於是，他便與陳冷等商議革新計劃〔註11〕，由此開啓了《時報》再一次的轉型道路。

　　一般而言，報人的理念和報館的發展大體上須相互契合，否則難以成事。黃先後延攬了一批「極一時之選、有聲於報業」且立意革新的採編團隊〔註12〕。這其中包括曾任《申報》主筆、主持過1905年《申報》改革的金劍花、蔡行素、吳靈園、畢倚虹、戈公振等。正是在這樣一批報人的運轉下，《時報》轉型之路漸趨明朗。而與這種轉型道路相衍生的，就是這一批報人職業角色由「傳統文人」轉向「自由職業者」的漸趨明確。〔註13〕專職記者的出現、「報學教育一時之盛」、上海新聞記者聯誼會的成立更相繼加速了報人邁向職業化的步伐。〔註14〕

　　立意革新的黃伯惠熱情滿滿，「在他的理想中，不但要與申新兩報競一日之長，還希望在中國的新聞事業上能放一異彩」。〔註15〕一方面他「每天日夜都在報館」，「全力以赴，而且不但是經濟，更付出了他全部的時間與精力」。另一方面也爲《時報》的報導轉向劃定了規則。黃本出於興趣愛好的動機接手《時報》〔註16〕，就難免「太偏重於個人的理想，會以一己的興趣來決定報紙的內容，而強加於讀者。」〔註17〕他力仿美國赫斯特黃色新聞的

包天笑、周瘦鵑等。他們的舊學根底深厚，詩、文、書、畫是他們的拿手絕活，而其時科舉既廢，仕宦之途已斷，在此之際，報業勃興，於是他們紛紛在報紙的副刊上，騁其不羈之才，或寫小説，或寫筆記，或寫詩詞，或談掌故，一時之間，蔚成風潮。所以，習慣上，並不指涉新文學作家。在近代文學的研究中，它一直被視作唯利是圖、製造文化垃圾的下流文人。參見孟兆臣，中國近代小報史〔M〕，北京：社會科學文獻出版社，2005：19。

〔註11〕方漢奇（編），中國新聞事業通史（第二卷）〔M〕，北京：中國人民大學出版社，1996：188。

〔註12〕朱子家（金雄白），亂世文章（第一冊）〔M〕，香港：吳興記書報社，1956：209。

〔註13〕徐小群，民國時期的國家與社會〔M〕，新星出版社，2013：257～258。

〔註14〕路鵬程，中國近代公雇訪員與專職記者的新陳代謝——以1920～1930年代上海新聞業爲中心的討論〔J〕，新聞與傳播研究，2014（8）：34～38。

〔註15〕金雄白，記者生涯五十年（上）〔M〕，臺灣：躍升文化事業有限公司，1988：114，另據包天笑的說法，黃在遊歷歐美之後，志願頗高，希望在新聞界做出一番成績。參見包天笑，報壇怪傑黃伯惠〔J〕，大成（臺北），1984（131）：32。

〔註16〕袁義勤，黃伯惠與《時報》〔J〕，新聞大學，1995（2）：42。

〔註17〕金雄白，記者生涯五十年（上）〔M〕，臺灣：躍升文化事業有限公司，1988：118。

風格〔註18〕，注重突出社會新聞，曾明確示意編輯部，只要是工部局警方或法院公開宣佈的案子，一律刊登〔註19〕。因此，《時報》的同人們也遵循著這一規則設定，在新聞興革中由以往熱衷政壇文學漸漸轉向了關心民間百態。所以在1925年〔註20〕，當顧執中到《時報》入職報到時，總編輯金劍花就對他明確說：「我痛恨政治，最不喜歡政治新聞，你在這裡，就去跑跑火燒、盜竊、賊偷等社會新聞罷！」。〔註21〕

　　此時，與顧氏一同進入《時報》的就是金雄白。也就是說，金顧二人進入《時報》的時機，正值《時報》積極向社會新聞靠攏的轉型階段，這就意味著，他們受教於報界的第一堂課，已經不再是於政壇要人間盤桓折衝的時政通訊，而是那些原本不上檯面、講究獵奇煽情的地方社會新聞。〔註22〕

　　金雄白出身於江蘇青浦一個破落的舊式文人家庭。少時習於荒嬉，未嘗一日苦志讀書，〔註23〕並未打下堅實的舊學基礎。到中學時代，進了洋學堂，獲得了此後立足社會的本錢。〔註24〕一是他所練就的寫作工夫，極佳的文筆直接奠定了他此後能夠獲得金劍花青睞，得以投身報界；二是他所經受到上海新書報的濡染，無形中形塑了其早年的家國認知與進入社會的路徑。

　　在清末民初，新書報對讀書人的影響無論怎樣估計恐都不過分，而上海作爲新書報的誕生地或中轉站，它的文化輻射力直接讓江浙地方讀書人有了

〔註18〕 方漢奇（編），中國新聞事業通史（第二卷）〔M〕，北京：中國人民大學出版社，1996：191。

〔註19〕 袁義勤，上海《時報》〔J〕，新聞研究資料，1990（3）：166。

〔註20〕 顧執中與金雄白兩人回憶錄中均說，兩人是同時受雇《時報》的，但顧的回憶是1923年，金的回憶卻在1925年。又顧氏說，自己在《時報》幹了三年而於1927年轉入《新聞報》，故推測顧氏進入《時報》不在1923年，應是金氏所說的1925年更爲準確。且顧氏的回憶多有時間上的錯誤。馬振華事件、陸根榮事件等均發生在1928年間，其時顧氏已經離開《時報》轉入《新聞報》，但他在回憶錄裏仍說，自己在《時報》，和金雄白、雷姓青年（雷筱馥）一起經歷了這兩個新聞事件，還對金雷二人的行爲表示不齒，這種回憶的矛盾之處令人心疑。

〔註21〕 顧執中，報人生涯：一個新聞工作者的自述〔M〕，南京：江蘇古籍出版社，1985：180～181。

〔註22〕 顧執中就說自己初入報界就進入了一家並不理想的新聞學校，不理想的原因就在於，黃伯惠所聘請的諸多同仁大肆渲染社會新聞，致使《時報》由一份富有文化氣息的報紙，下降爲滿載黃色新聞的小報。詳見顧執中，戰鬥的新聞記者〔M〕，北京：新華出版社，1985：44。

〔註23〕 金雄白，記者生涯五十年（上）〔M〕，臺灣：躍升文化事業有限公司，1988：2。

〔註24〕 金雄白，記者生涯五十年（上）〔M〕，臺灣：躍升文化事業有限公司，1988：43。

更多與外界交流與溝通機會，進而增加了走出當地社會，爭奪權勢，謀求上位的可能性。〔註25〕據金雄白回憶，「從中學二年起，有關政治思想的書籍，已從上海不斷寄來。不少同學在晚間上自修課時，竟不再好好地溫習學校中的功課，而以無政府主義的刊物來埋首鑽研」。五四運動爆發後，這群深受無政府主義思想影響的中學生們，自行召開學生大會實行罷課，一面捐錢買紙印傳單，一面開會演講刷標語。十五歲的金雄白，「穿上學校的制服，攜了一條板凳，走遍大街小巷，一面搖鈴，一面登上板凳，在烈日下聲嘶力竭地講些剛剛拾來的牙慧，覺得十分得意，儼然以愛國志士自居了」。〔註26〕中學畢業後，又得益於報刊廣告改變了他報考大學的初衷。當時正值上海總商會新設商品陳列所招考事務員，家族中人勸他，「現在時代不同了，過去讀書，學而優則仕，可以把讀書作爲終身職業。現在不管你是大學畢業，還是出洋留學回來，到頭來大部分人還是要經營商業。上海是全國的通商大埠，而總商會的會董們又盡是些闤闠名流，你如能被錄取，進去辦事，與他們日夕相見，則近水樓臺，不失爲一個良好進展機會。」〔註27〕由此，不知不覺中，金雄白進入社會的職業路徑已爲報刊所導引。可以說，中學的新書報體驗給金雄白鋪陳開了一條讀書人的新出路。

　　1921 年金雄白走出青浦，邁進大上海，以優異的作文成績考中了上海總商會的商品陳列所事務員。當時他的頂頭上司爲楊卓茂，就是周佛海夫人楊淑慧的父親，他應該怎麼也料想不到他與周佛海還有這層緣分。在總商會任職的時間大概是兩年，他不僅涉足商界事務，還積極對時局發表看法；沒有憑藉商會獲得進身資本，反而因支持楊卓茂，「領導」內部罷工而遭資方辭退。〔註28〕離開總商會的金雄白無路可去，他轉而接受了本埠晨社之聘。這是一

〔註25〕瞿駿，小城鎮裏的「大都市」——清末上海對江浙地方讀書人的文化輻射〔J〕，社會科學研究，2016（5）：160～172。

〔註26〕金雄白，記者生涯五十年（上）〔M〕，臺灣：躍升文化事業有限公司，1988：48～49。

〔註27〕金雄白，記者生涯五十年（上）〔M〕，臺灣：躍升文化事業有限公司，1988：60。

〔註28〕據《申報》報導金雄白此時的活動軌跡大體如下：1922 年 10 月，本埠商品陳列所開第二次絲織及刺繡類研究會，金雄白作爲招待參會。1923 年 7 月，海寧路商界聯合會召開，金雄白等人發表演說，對武人專橫，表示痛恨，主張贊同總商會民治委員會計劃，並擬請該會通電全國公私各團體推派代表，召集純粹議員，共同會議，解決時局，選舉孫中山爲正式大總統。1924 年 6 月 27 日，金雄白正式離開總商會陳列所，當時報導稱，「金君與該所同事，感情極爲融洽，一旦分別，頗覺依依。該所同事二十餘人，開會歡送，並邀心心

家以廣告電影雜誌為主業的出版公司。此時，任職晨社的金雄白已能撰寫影評獲取稿費了。筆者考證，1924 年 7 月 30 日，他就曾在《申報》上發表《「好兄弟」「苦兒弱女」之比較》一文，對新出品的「好兄弟」、「苦兒弱女」兩部電影多有批評。〔註29〕1925 年 6 月，時年 21 歲的金雄白和兩個族弟去上海戈登路大裕里探望伯父，時任《時報》總主筆的金劍花。正是得益於金劍花對其文筆的青睞，金雄白得以進入《時報》，正式投身了上海報界。

將自己投身報界的路徑視作充滿偶然性的機緣所致，這是民國報人在回憶中經常使用的一種說辭。金雄白在回憶進入《時報》的契機時，再三強調是「無意中混進了上海報壇」〔註30〕。但說是無意，實則有心。他曾在《談辦報》中自述，「中學時代就對新聞事業發生了很大的興趣，五四運動中就在學生會裏從事宣傳工作，更決定了此後投身新聞界的志願。」〔註31〕在總商會服務之際，就將報上刊出名字，視作「一件何等高興的事」；投稿於《商報》，「更唯恐為編者所不用，特地在稿末注上了『卻酬』兩字，以圖僥倖。」〔註32〕同樣，與金同時代的顧執中、陶菊隱、曾虛白等皆有類似的表達，但他們卻又不厭煩瑣地反覆陳述其入身報界的心願與種種準備。〔註33〕由此看來，

照相館攝影，以誌紀念。」詳情參見商品陳列所第二次研究會紀〔N〕，申報，1922-10-17（13）；海寧路商界聯合會近訊〔N〕，申報，1923-7-1（15）；團體消息並紀〔N〕，申報，1924-6-28（21）。

〔註29〕金雄白，「好兄弟」「苦兒弱女」之比較〔N〕，申報，1924-7-30（19），另《申報》1924 年 8 月 3 日第 22 版刊載的《本刊啓事》中稱，「金雄白等人，諸君鑒，七月份辱承投電影戲劇等稿，略備酬資，請各具條蓋章，向本館會計處領取為盼」。由此可見，金當時已經在寫影評賺稿費了。

〔註30〕金雄白，記者生涯五十年（上）〔M〕，臺灣：躍升文化事業有限公司，1988：66。

〔註31〕金雄白，談辦報〔J〕，古今，1943（20-21）：16。

〔註32〕金雄白，記者生涯五十年（上）〔M〕，臺灣：躍升文化事業有限公司，1988：66。

〔註33〕顧執中在回憶中多次吐露自己投身《時報》的偶然性，說「自跨入社會後，為衣食奔波，當過店員、描圖員，到母校代課；後來輾轉教堂理事，工部局外國監牢，救火會、水上巡捕房等，最後卻進入了報館當了新聞記者，一直幹了三十二年，成為終身職業」；又曾描述自己是「忽然被介紹到上海《時報》當的外勤記者」。但他又毫不諱言，「新聞記者這一職業是我多年來縈夢著的和祈求著的工作。」「小時弄文舞墨，跟著父親寫些副刊短稿寄送報社，發表出來，心中不禁大喜，希望將來能參加這一項工作」；還不厭其煩地闡述其進入《時報》之時，閱歷、思想、文筆等方面所具備的相當成熟的主觀條件。詳見顧執中，報海雜憶〔M〕，北京：中國文史出版社，1986：1～3；顧執中，報人生涯：一個新聞工作者的自述〔M〕，南京：江蘇古籍出版社，1991：175，182；顧執中，戰鬥的新聞記者〔M〕，北京：新華出版社，1985：44～48，

於他們而言，投身報壇與其說乃機緣所致，不如說是苦苦追求所得。

　　還有一點值得注意，上世紀 20 年代，白話文的推廣如火如荼。當時的中學生尙難以用文言文熟練表達，而寫作白話文則得心應手。作爲白話文運動的最大受益者，一大批中學生們湧進報刊行當，成爲潮流〔註 34〕。雖然，當時新聞學作爲一門新興學科已經在上海及全國其他大學中出現，但幾乎沒有記者是從大學裏的新聞學院或者新聞系畢業的，而且很少有人會關心記者的教育背景，只要他們能勝任工作即可。〔註 35〕報人原本就是一份重視經驗與人脈的工作，而這種對專業教育門檻的忽略，更催使一批熟絡社會、人脈交錯的中學生們成爲上海報界第一代專職記者。金當時和顧一樣，只有中學文憑。他之所以如此強調自己入身報界之時的「無意」，多半是一時的謙詞。〔註 36〕這不僅表露他對因緣際會的錯愕，背後也潛隱著報人職業化的一種發展流

　　同樣，陶菊隱也說自己投身報界完全得益於汪先生（忘其名）的熱心介紹，乃是身處「彷徨歧路」下被「逼上梁山」的。但他又認爲，入報人一行「正投所好」，「新聞記者是一種自由職業，不必仰面求人，可以憑一支筆打天下，是懷著這種心情闊進長沙新聞界的」。他早年求學時代就已多爲上海《時報》撰寫小品文、地方通訊等，將其視作自己的一塊「根據地」了。詳見陶菊隱，記者生活三十年：親歷民國重大事件〔M〕，北京：中華書局，2005：5～22，曾虛白也自陳他在聖約翰大學畢業後，幾經工作挫折，在感到「生活的絕望」之時，意外結識了「決定終身事業應走那條路的」董顯光，並自此認定「新聞事業做其終身職業」。而曾於聖約翰大學時代就積極爲校刊《約翰聲》撰稿，這些稿件涉及到其對當時言論自由的擔憂與社會上諸多報刊表現的失望。也就是說，曾在求學時代就已經特別留心報界的情況，且校園的新聞實踐活動也強化了其對新聞工作的體認；而這不能不說爲他此後投身報界奠定了些許淵源所在。詳見曾虛白，曾虛白自傳（上）〔M〕，臺北：聯經出版事業公司，1988：69～71。

〔註 34〕王奇生，獨家|王奇生：歷史走過岔路口就不能回頭〔EB／OL〕，搜狐文化，http://mt.sohu.com/20161227/n477039847.shtml。

〔註 35〕顧執中，報人生涯：一個新聞工作者的自述〔M〕，南京：江蘇古籍出版社，1985：33。

〔註 36〕金雄白後來曾有回憶，說自己士農工商兵，樣樣都試過，而新聞記者與律師，勉強躋身於士人之林。「以一個沒有一技之長的人而能混跡於社會，是僥倖」。躋身報界，「如近水樓臺，對半世紀來的政治社會方面，有了較多見聞。」他雖於晚年因賣文爲生，自嘲自己爲文丐；但談起報界經歷，卻又頗爲自得，甚又說自己能夠存身報壇，是十分幸運的，「以如此低能，尚且混跡這麼多年」。他還曾在回憶中說，「褒，既恐引起反響；貶，自非我之所願」。因此，說無意、說僥倖，說低能，綜合來看，多半爲謙詞的一種。參見金雄白，記者生涯五十年（上）〔M〕，臺灣：躍升文化事業有限公司，1988：13，90；金雄白，亂世文章（第一冊）〔M〕，香港：吳興記書報社，1956：222～227。

向：在當時做報人已成爲一種非常明確具體的選擇。

第二節　北伐戰爭的到來與走向政治一線的外勤記者

金雄白入《時報》時，已是金劍花主持《時報》筆政的第五個年頭。那時的金「儀表甚好，天資尤高」，聰明且能言善辯，「不修邊幅，舉止輕浮，也不關心政治」。〔註37〕一進《時報》先做練習校對的工作。當時《時報》，處理要聞的是蔡行素、姚鴛雛，負責本埠版的是吳微雨，畢倚虹、張碧梧主編「小時報」，戈公振專管「圖畫時報」。他們都是滬上久負文名的才幹，且多屬松江青浦同鄉，裙帶長繫，趣味相投，內部環境寬鬆。在伯父金劍花的關照下，金雄白兩月不到就升任助理編輯，幫編本埠新聞。這一段時間，他外出跑新聞、上門兜廣告，翻譯英文報、編輯小品文，譯電碼、校稿樣，無一不做，由此磨練出了日後成爲名記者的潛質。

1926 年春，金雄白被正式提升爲外勤記者。金雄白曾自詡，「不敢說我是中國報壇上第一批的專任外勤記者，不過當時其他各報，在我之前，也並未有過專職的外勤人員。」〔註38〕，金能夠成爲外勤記者，不僅僅是個人能力的嘗試，外勤記者的出現正是當時上海報界爲在社會新聞領域一決高下的產物。1926 至 1930 年間，在上海都市經濟與市民文化繁榮的刺激下，小報成爲上海報界的一股風潮，它們有一個共同的特點就是刊登各類社會新聞、奇事逸聞、內幕秘聞、街談巷議等，以招徠讀者。〔註39〕在這樣的風潮下，聰明的大報紛紛向小報學習，更加注重滿足市民的娛樂消閒需求〔註40〕，這就使得長期不受重視的社會新聞成爲報界競爭的重要領域。那麼，原本爲各報提供雷同消息且內容粗陋、讀來寡味、效率低下、素養淪喪的公雇訪員自然成爲新聞業進步的一大障礙，外勤記者的悉數登場也就成爲一種必然的趨勢。〔註41〕

金雄白所採的第一篇社會新聞，就是人體寫生。當時劉海粟在上海美術

〔註37〕顧執中，戰鬥的新聞記者〔M〕，北京：新華出版社，1985：45。

〔註38〕金雄白，記者生涯五十年（上）〔M〕，臺灣：躍升文化事業有限公司，1988：133。

〔註39〕方漢奇（編），中國新聞事業通史（第二卷）〔M〕，北京：中國人民大學出版社，1996：198～199。

〔註40〕沈史明，我國小型報發展簡述〔J〕，新聞學論集，1983（7）：185。

〔註41〕路鵬程，中國近代公雇訪員與專職記者的新陳代謝——以 1920～1930 年代上海新聞業爲中心的討論〔J〕，新聞與傳播研究，2014（8）：30～34。

專門學校選用妙齡女郎作「模特兒」，「我毫不諱言自己就想去看看，與眾樂樂，也讓讀者知道，怎樣一個女人竟一絲不掛地站在大庭廣眾之前，讓人們纖毫不遺地去著意描寫。」〔註42〕金曾明確說這是一段毫無內容的特寫。筆者查閱1926年1月至5月間的《時報》原件，並未發現內容較明確、風格較出彩的「模特兒」報導，因此，他所謂的「該篇報導因題材新穎，獲得了良好的反應」之說，難免有自我吹噓的嫌疑。不過，當時「劉海粟模特兒案」正值公眾熱議時期，而四五月間的《時報》上不間斷地呈現此一事件的相關追蹤報導，可以推測的是，金雄白或許正是借助著這一波報導熱潮而一舉成名的〔註43〕。

當然，相比傳統的軍政要聞，社會新聞的採訪也並非易事。金顧二人都坦言，採寫社會新聞時所遭遇的困難所在。顧氏之難，難在採訪盜匪、火警等事要「有勇氣，能戰鬥」〔註44〕。而金氏之難，則是寫作上「筆墨難隨時代」。1926年五月間金氏初涉的另一篇社會新聞是《晏摩氏女校之琴科畢業禮毛月娥女士迭奏名曲》。對於鋼琴演奏一竅不通的他被要求寫滿一整版，這著實讓他思索了一番。文中寫到，「鋼琴琤瑽之聲，如疾風暴雨之驟至，或如細雨打窗，或似春蠶食葉，方嗚咽淒婉，又悲壯蒼涼，不可捉摸。」〔註45〕事後他說，此篇報導在「最重要演奏的藝術方面，搜索枯腸，只好把古文與詩詞中一切可以形容讚美歌聲的句子，都引用上了。」〔註46〕此間，金還籍名加入了「上海新聞記者聯歡會」，正式獲得了行業內部的認同。

〔註42〕金雄白，記者生涯五十年（上）〔M〕，臺灣：躍升文化事業有限公司，1988：134。

〔註43〕具體報導例如，記東瀛之模特兒〔N〕，時報，1926-3-8；姜懷素驚心裸體畫像，昨又呈孫傳芳請禁〔N〕，時報，1926-5-5；模特兒已諮請租界查禁，危道豐批覆姜懷素〔N〕，時報，1926-5-13；孫傳芳令禁人體模特兒〔N〕，時報，1926-5-28，上述報導基本不涉及人體寫生之詳情，大多描寫的是模特兒案爭議雙方的意見往復情況。另據筆者查閱，當時《時報》雖重社會新聞，但其中絕大部分是刑事、民訟、盜匪、火警一類的新聞，且這些新聞多屬內容陳述，基本未出現誨淫、獵奇的黃色報導。也就是說，此時的《時報》還並未完全「黃色化」，尚不及1928年間的黃色程度。所以，從1926年春《時報》的整體風格上推斷，金雄白所謂的第一篇人體寫生的特寫，估計應該不會有太出格的地方，他獲得「瓶梅」這個筆名應該在1927年後，這也與他在1928年間所炒作的黃色新聞有一些差距。

〔註44〕顧執中，戰鬥的新聞記者〔M〕，北京：新華出版社，1985：50。

〔註45〕晏摩氏女校之琴科畢業禮，毛月娥女士迭奏名曲〔N〕，時報，1926-5-16（3）。

〔註46〕金雄白，記者生涯五十年（上）〔M〕，臺灣：躍升文化事業有限公司，1988：137。

就在金雄白熱衷奔波社會新聞之際,一個「大時代」突然到來,「逼著我們對自己不得不有更高的要求,付出更大的努力。」〔註47〕這個「大時代」就是指北伐革命自南向北,席卷上海的時代。所謂「更高的要求」與「更大的努力」,一是指,在北洋軍閥困獸猶鬥的形勢下,報人生存的環境越發艱難。1926年秋冬,上海逐漸進入了軍閥發威的恐怖時期,顧執中「已放棄了對盜竊、賊偷等社會新聞的採訪,連金雄白也不能繼續下去了」。〔註48〕再是指,《時報》靠偏重社會新聞而漸漸轉型,革命大潮的到來,無形中就逼迫著這些報人,要麼迎面衝上去,要麼偃旗息鼓,匿跡銷聲。

南方革命軍興起初期,上海爲軍閥孫傳芳的勢力範圍,報界仍奉北京政府爲正朔;所以「但凡登載北京的消息,總是取較尊重的態度」,「從各報的專電上看來,關於北京的消息不問要緊不要緊往往刊登在最前頭」〔註49〕。而且,對於近代以來歷次避開政治動盪與戰禍兵燹的上海來說,「從大清皇朝變爲中華民國,只像是舊店新開地換了一個招牌」。〔註50〕人們對政治的翻雲覆雨只當是戲臺上的換幕而已,無關痛癢,漠不關心。因此,對於1926年的北伐,上海許多人仍以爲其以一域抗全國,難免曇花一現,「連領導北伐的蔣介石,人們還是在誓師新聞中初次看到了他的名字。租界以內,一切的居民仍如以往一樣,抱著隔岸觀火的心理,沒有感想,更沒有反應。」〔註51〕

北伐進程,不僅是一場軍事的南北角力,也是一次人心向背的攻守勢易。〔註52〕北派報紙對南軍的北伐進程,日益呈現危機意識。「黨軍已過汀泗橋,武漢人心惶惶」〔註53〕;北伐軍由鄂入贛,長驅東下。「南京人心異常惶恐,人民終日如在驚濤駭浪中,夜間不敢安枕」〔註54〕。奉系張作霖向孫傳芳伸出援手,派軍進駐上海,此時,「正如春雷驚蟄,終於驚醒了八十多年來上海

〔註47〕金雄白,記者生涯五十年(上)〔M〕,臺灣:躍升文化事業有限公司,1988:139。

〔註48〕顧執中,戰鬥的新聞記者〔M〕,北京:新華出版社,1985:72～73。

〔註49〕胡仲持,上海新聞界〔A〕,黃天鵬(編),新聞學論文集〔C〕,上海:光華書局,1930:199。

〔註50〕朱子家(金雄白),黃浦江的濁浪〔M〕,香港:吳興記書報社,1964:2。

〔註51〕朱子家(金雄白),黃浦江的濁浪〔M〕,香港:吳興記書報社,1964:2。

〔註52〕高郁雅,北方報紙輿論對北伐之反應──以天津大公報、北京晨報爲代表的探討〔M〕,臺灣:學生書局,1998:133。

〔註53〕芳,吳佩孚赴前線督師經過〔N〕,晨報,1926-9-5(5)。

〔註54〕寒秋,恐怖中之南京〔N〕,晨報,1927-3-27(5)。

人的沉迷春夢。」〔註55〕一時間，上海氣氛緊張起來，「儘管上海租界以內，表面上一切還如常地在歌舞升平，而市民們漸漸地在注意到戰局的變化，已把兩軍的勝負，破例地作爲茶餘飯後的談助了。」〔註56〕望平街頭的貼報欄前，每天人頭攢動；報館對於時事政治的注意力，也從北京的專電，轉移到前線的戰訊。而這是民國以降，上海報界前所未有的現象。〔註57〕

市民有所談，報人有所動。當時正值奉系軍閥畢庶澄來上海佈防，由此，畢氏也就成爲了金衝向政治一線的首個採訪對象。金說採訪畢氏，「爲了職務上的關係，也爲了一份好奇心」。〔註58〕「職務上的關係」，好理解，時局所致；但「好奇心」所指的乃是畢氏於上海妓院中盛行的風流逸事。他對畢氏風流的一面回憶頗多，印象也極深，而正式採訪則相對簡略，不過三言兩語，客套一番。在他眼中，畢不單單是一個政治人物，他身上還帶著戰亂時局中「紅粉佳人」的傳奇色彩。也就是說，金雄白涉足政治新聞的起始，仍然帶有濃厚的獵奇興趣，這顯然是他長期採訪社會新聞所訓練出來的職業嗅覺所致。

「由於軍事一天一天地逼近上海，擔任外勤記者的我，也感到責任一天重似一天。然而要發掘新聞，又苦於各方面既無布置，更無聯繫，這就完全要依靠自己去暗中摸索。更不幸的是，在天曙前的一段黑暗時期中，卻受到了雙重的壓迫，每天都在彷徨無計、膽戰心驚中工作。」〔註59〕大時代步步逼近。金雄白所面臨的，不僅僅是外勤記者的採訪危險，還有報館身處多方勢力犬牙交錯中的困境。「黑暗時期」、「雙重的壓迫」高度概括了北伐軍抵達淞滬前夕新聞界所面臨的混亂局面：國民黨部分要員，利用租界內軍閥勢力所不及，鼓動報業從事革命宣傳；共產黨領導的工會勢力迅猛壯大，要求報業爲工人起義造勢；而北洋軍閥則陷入了末日恐慌，垂死掙扎，一反一貫的籠絡收買政策，以「大刀隊」逼迫報業就範。

〔註55〕金雄白，記者生涯五十年（上）〔M〕，臺灣：躍升文化事業有限公司，1988：141。
〔註56〕朱子家（金雄白），黃浦江的濁浪〔M〕，香港：吳興記書報社，1964：5。
〔註57〕張功臣，民國報人：新聞史上的隱秘一頁〔M〕，濟南：山東畫報出版社，2010：117。
〔註58〕金雄白，記者生涯五十年（上）〔M〕，臺灣：躍升文化事業有限公司，1988：144。
〔註59〕金雄白，記者生涯五十年（上）〔M〕，臺灣：躍升文化事業有限公司，1988：141。

　　時代變局於報人而言，既是政治立場的考驗，也是思想分歧的鏡鑒。面對如此危境，在擁護革命的顧執中眼裏，除了痛恨孫傳芳「大刀隊」亂殺人的情況外，還直指上海租界內蠢蠢欲動的帝國主義勢力。「他們也看錯了形勢，根據漢口、九江等地的情形，錯誤地估計北伐軍一旦進入上海，定會收回租界，於是英日法等國都派軍嚴守，也危言聳聽，大肆宣傳。」〔註60〕對於政治保守的金雄白而言，軍閥恐嚇與工運逼迫則給他留下了不良印象。一方面，「謝福生（《申報》記者）的被綁，已使同業們惴惴不安，我又爲了職務而遇險，當時胡憨珠兄辦的一張《報報》上，刊載了《刀下留人的金雄白》，談虎色變，益發使擔任採訪職務的同業們，都有裹足不前之勢。」〔註61〕軍閥還命令各大報紙不允許「刊載對於亂黨有利的消息」，並強迫他們簽字。「前線沒有記者，各地的通信員又不發電訊。我們只好就近在上海發掘，僅靠外國電訊中所獲得的一片鱗爪，加以改寫搪塞之計。」〔註62〕另一方面，以汪壽華爲代表的工會則積極開展宣傳戰，每天將宣揚革命的油印件秘送各報，強迫刊登，且不准隨意改動刪減內容，否則就發動群眾在望平街上燒毀所有報紙。

　　掙扎於「亂黨」與「反革命」的邊緣，報館左右爲難。於是在1926年春節前，爆發了《時報》、《申報》、《新聞報》、《時事新報》集體停刊的事件。停刊持續了十日之久。事後，史量才曾深感痛惜，表示「今後不論環境多麼險惡，盡可能不停刊。停刊一天，就少了這一天的記錄，將留下歷史的遺憾」。〔註63〕

第三節　新聞檢查制度的鋪設與黃色新聞的始作俑者

　　「大時代」的到來，可謂「雷聲大，雨點小」。1927年3月22日，爲配合革命軍北伐，中共領導上海工人發動第三次起義，趕走直魯聯軍，佔領上海。白崇禧指揮的東路軍不費一槍一彈得以進駐。先頭部隊抵達龍華的當日

〔註60〕顧執中，戰鬥的新聞記者〔M〕，北京：新華出版社，1985：72～73。
〔註61〕朱子家（金雄白），黃浦江的濁浪〔M〕，香港：吳興記書報社，1964：12。
〔註62〕金雄白，記者生涯五十年（上）〔M〕，臺灣：躍升文化事業有限公司，1988：152。
〔註63〕張功臣，民國報人：新聞史上的隱秘一頁〔M〕，濟南：山東畫報出版社，2010：125。

下午，金雄白再闖險境，一路向龍華飛奔而去，沿途「絲毫看不到半絲戰爭的跡象」〔註64〕。最終金雄白成功採訪到薛岳和劉峙，第二天就刊出獨家新聞，金雄白很是喜悅，「可以說是五十年記者生涯中，在毫無競爭下首次做出的微末貢獻」。〔註65〕

3月26日，金雄白又與《申報》的金華亭、《時事新報》的葉如音等聯袂出動，一起採訪了蔣介石。〔註66〕這是金首次謁見「蔣總司令」。當時，他向蔣問了一個問題，「工人糾察隊是否可以像軍警那樣持有武器？」蔣氏回答，「在革命的軍政時期，工人糾察隊如其能夠完全遵守法令的話，是可以容許的。」對於這個辭令，他後來感慨道，「那時不但我們沒有政治頭腦，而且感覺上也十分遲鈍，全不能察言觀色、舉一反三。蔣氏既說得那樣含蓄，當時我們就毫未察覺到清黨之舉，竟已迫在眉睫。」〔註67〕

北伐軍進入上海之初，受到了市民們的熱烈歡迎，臨時市政府成立，上海一度成為赤旗飄揚的世界。但革命形勢瞬息轉變，「四一二」蔣介石叛變革命，另組市府施行統治，收緊了政治局面〔註68〕，也極大地改變了上海報界的環境。表面上，一大批國民黨報人，登堂入室，名位大漲。如《民國日報》的葉楚傖與邵力子紛紛入職政府，總編輯陳德徵更掌握了國民黨上海市黨部和文教機關的大權；《商報》的潘公展也一躍成為上海市的社會局長。〔註69〕更深刻的是，在國民黨新聞檢查制度的逐級鋪設下，報業環境不可避免地日益惡化。

北伐不僅是國民黨政治版圖的擴大，也是其新聞檢查制度範圍不斷擴大

〔註64〕金雄白，記者生涯五十年（上）〔M〕，臺灣：躍升文化事業有限公司，1988：170。

〔註65〕金雄白，記者生涯五十年（上）〔M〕，臺灣：躍升文化事業有限公司，1988：176。

〔註66〕對於當時採訪蔣的情形，金雄白與顧執中記述不同。金說，「由於《新聞報》的顧執中，在同業中人緣不佳，所以事實上《申報》的金華亭、《時事新報》的葉如音和我聯成了一線，互通消息，時常共同出發採訪，無形中並抵制顧執中的活動，也處處給他以打擊。」見記者生涯五十年〔M〕：173 顧執中則說，「樓下會客室中，有一大群的新聞記者早就在幾點鐘前鴉雀無聲地枯坐著，所有《申報》《新聞報》《時事新報》等記者都早已先我到達。但我們竟得先行上樓，先得為蔣介石接見。」見報人生涯〔M〕：238，256～257。

〔註67〕金雄白，記者生涯五十年（上）〔M〕，臺灣：躍升文化事業有限公司，1988：175。

〔註68〕曾憲林等，北伐戰爭史〔M〕，成都：四川人民出版社，1991：254～264。

〔註69〕朱子家（金雄白），黃浦江的濁浪〔M〕，香港：吳興記書報社，1964：33。

的過程。〔註 70〕早在北伐出師之際，革命軍就以戰時特殊情勢爲由，在政治部內設新聞檢查委員會，每到一地即實行「軍檢」。「黨軍攻下一地，首先注意之事，即爲接辦當地報館，各報之本外埠新聞，需儘量登黨務，而且各報需常登其黨綱。」〔註 71〕北伐軍底定淞滬後，國民黨認爲上海報界「言論一有失實，影響於國民革命前途甚大」〔註 72〕，所以一到上海就開始對報界進行管控。3 月 28 日，國民黨發佈《國民革命軍戰時戒嚴條例》，「禁止有妨害革命軍事工作與有反革命情形之集會、結社、言論、新聞、雜誌、圖書、標語、告白等」；〔註 73〕還規定每天都要刊出由政治部供稿的通告性文件，各人民團體的文告、啓事、通電等，甚至以整個半版的廣告欄篇幅，刊登東路軍前敵總指揮部政治部擬定的標語口號。4 月份，上海各報廣告版連篇累牘都是這般材料，標題字體特大，內容密密麻麻，有耐心閱讀的人已然不多。〔註 74〕正因爲此，金雄白、潘公展、胡仲持等還曾代表成立不久的上海日報記者公會，去往革命軍東路前敵總指揮部陳述維護言論自由的要求。〔註 75〕6 月，當局設立「國民黨中央執行委員會宣傳部上海辦事處」，專司上海新聞統制。8 月，組織上海新聞監察委員會，頒佈《上海新聞檢查委員會組織條例》。由此，上海地區的新聞檢查制度基本確立下來。

中國近代新聞檢查制度的設立可以追溯到清末《報律》的制定。北洋軍閥時期，新聞檢查嚴苛粗暴，惟軍閥意志是從。雖然，國民黨早期爲了北伐師出有名，以「有道伐無道」的名義，曾一度爲新聞界許下「言論自由」的諾言。然而，北伐結束後，國民黨建政東南，著力謀求新聞統制，要使「新聞界黨化起來」；不但租界報紙的檢查「飛地」被取消，而且新聞檢查的手段日益嚴密。這對於剛從北洋軍閥苛酷統治下解放出來的報人來說，盼來的不是「絕對的言論自由」，而是被甩入更加專橫獨斷的「黨治」軌道。

〔註 70〕 王明亮：國民黨新聞檢查制度源流考鑒——以北伐前後（1926～1930）的穗沙滬漢爲重點的考察〔A〕，毛章清，陽美豔，劉泱育（編），北大新聞史論青年論衡〔C〕，北京：清華大學出版社，2015：465。

〔註 71〕 了了，黨之宣傳政策與報紙〔N〕，晨報，1927-6-18（5）。

〔註 72〕 白崇禧昨招待各報記者談話〔N〕，申報，1927-4-17（13）。

〔註 73〕 黃嘉謨，白崇禧將軍北伐史料〔M〕，臺灣：中央研究院歷史研究所，1994：46。

〔註 74〕 賈樹枚等（編），上海新聞志〔M〕，上海：上海社會科學院出版社，2000：482。

〔註 75〕 日報記者公會委員會記〔N〕，申報，1927-4-6（15）。

　　相比晚清北洋時代，民國報人對國民黨的新聞檢查反應更爲強烈。陶菊隱曾說，「國民黨檢查報紙，達到了無孔不入的程度；比過去北洋軍閥控制上海時期屬害多了。」〔註76〕胡政之坦言，北伐成功，「黨部成立，言論便漸不如軍閥時代自由，因爲黨人們都從此道出來，一切玩筆法，掉花槍的做法，他們全知道，甚至各處收發的新聞電報檢查之外，還任意加以修改，這比以前的方法，進步何止百倍。」〔註77〕金雄白同樣面臨了如此困境，他說「許多同業們都參加了政府工作，他們太熟悉報界的內情，提出的許多約束報紙對症下藥的方法，使我們知所畏懼，而既不敢再有聞必錄，更不敢再昌言無忌了。」〔註78〕其中緣由，除了國民黨新聞檢查制度日益完備，剛性鉗制「不許說」之外；更令報人苦不堪言的是，「新聞一元主義」〔註79〕下「不許不說」的強迫壓力。

　　「當局對於租界以內報紙的管理，採取了消極與積極的手段，雙管齊下。所謂消極的手段，即是實施了新聞檢查制度；而積極的則是各機關逐日分發新聞稿，責令各報照登。」〔註80〕當時上海各大報館均實行的「專桌檢查」，即在報社編輯部辦公室特設一張「專桌」，供市政府、市黨部與警備司令部派出的三位檢查員審查新聞。政府還強制要求報紙不斷刊登工作報告與標語口號，使得長篇累牘、千篇一律的報告、口號佔據版面；同時又下達「不准開天窗」的命令，報館被刪減的新聞必須用其他報導加以填補，以此來掩蓋新聞檢查的痕跡。

　　於報館而言，如果說將一些消息忍痛割愛，所受的影響尚且不大，而強迫登載，就使各報陷入手足無措的境地。《時報》於 1927 年 4 月至 7 月間，各類「黨部通告」、「政治啓事」、「工會消息」充斥版面，原先登載商業廣告

〔註76〕陶菊隱，記者生活三十年：親歷民國重大事件〔M〕，北京：中華書局，2005：122。

〔註77〕胡政之，中國爲什麼沒有輿論？〔J〕，國聞週報，1934（11-2）：1～5。

〔註78〕朱子家（金雄白），黃浦江的濁浪〔M〕，香港：吳興記書報社，1964：33

〔註79〕新聞一元主義是國民黨爲強化黨營新聞事業，以獲取「新聞最高領導權」的一種新聞統制理論與措施，欲實現「將黨的勢力伸入整個新聞界，逐漸使之化於黨」的目的。國民黨制定了積極影響非黨營新聞事業的政策，著重將政治統制滲透進新聞業務活動中去。國民黨「新聞一元主義」的提出，既是多年來新聞統制經驗的總結，也是汲取法西斯主義的新聞原則與經驗的結果。詳見方漢奇（編），中國新聞事業通史（第二卷）〔M〕，北京：中國人民大學出版社，1996：394～397。

〔註80〕朱子家（金雄白），黃浦江的濁浪〔M〕，香港：吳興記書報社，1964：33。

的頭版與二版幾乎完全佔據，且各種口號標語均使用與報名同等的特大字號。更甚的是，4月4日的「本埠新聞」，完全是「各業職工會消息」；5月3日的「本埠新聞」完全是「告國民革命軍全體將士」。早先四版的社會新聞壓縮爲一版。6月1日，「爲希求進步起見」，連登載消閒小品文的「小時報」副刊都被停掉，改由「時報新光」「竭其駑駘，勉效驅馳」〔註81〕。如此局面下上海報界了無生氣。當時《大公報》的旅行記者考察上海，說「滬上自黨軍佔領，各報殆已全然黨化，每日登載消息，千篇一律，令人閱之鬱悶。」〔註82〕而胡適更在日記中憤言，「上海的報紙都死了，被革命壓死了」。〔註83〕

　　面對如此困境，報人採取了諸多補救之法。在《時報》內部，當時升爲採訪部主任的金雄白聯合「本埠新聞」編輯吳靈園就進行了一番悉心謀劃。兩人分工，吳負責政治新聞，金主導社會新聞，「一面仿傚日本報紙的編排方法，改革版面，把過去死板的每版的一律分爲六批，題目與內容，不分長行短行的方式徹底調整了。一面取法美國報紙的社會新聞，每一起有重要性或趣味性的新聞，都加以生動描寫。」〔註84〕所有黨政團體傳來的「官樣文章」照樣刊載，但社會新聞版塊則搜羅社會各種奇聞異事，再加以生動渲染，從而達到減輕版面官文枯燥乏味的效果。

　　「爲報紙的銷路計，社會新聞，尤其有關男女桃色新聞的事件，確是一帖萬應靈藥。」金雄白明顯把握住了廣大讀者的低俗趣味與獵奇心理。兩人的謀劃與《時報》老闆黃伯惠一拍即合，於是《時報》上開始源源不斷地出現如小說一般情節豐富、筆觸煽情的黃色新聞。可以明確的是，《時報》並非黃伯惠接手之始就顯露出「黃色化」典型傾向。1927年6月前後，可以稱爲《時報》向黃色新聞轉型的兩個具體階段。在此之前，《時報》雖重社會新聞，但不過是一般盜匪、刑案、火警類的消息陳述，未出現大量誨淫獵奇的黃色報導。而自1927年5月29日，《時報》改「本埠新聞」爲「上海記載」，分（上）（下）兩版；其中（上）版刊載上海軍政要聞，（下）版刊載地方社會新聞。也就是，自6月後，《時報》的「上海記載」（下）版才出現了連篇累牘的黃色新聞，《時報》的「黃色化」才一發不可收拾。而此中轉變正是源於金吳二人的此番「改革」。

〔註81〕新光宣言〔N〕，時報，1927-6-1（3）。
〔註82〕南政雜記（八）〔N〕，大公報，1927-10-15（2）。
〔註83〕胡適，胡適日記全集（第5集）〔M〕，臺北：聯經出版有限公司，2005：132。
〔註84〕朱子家（金雄白），黃浦江的濁浪〔M〕，香港：吳興記書報社，1964：35。

　　《時報》所熱炒的黃色新聞，在社會民眾中大受歡迎。尤其是 1928 年間的「汪世昌與馬振華失戀自殺事件」和「黃慧如與陸根榮主僕戀事件」，《時報》率先披露，且持續進行了長達七八個月的跟蹤報導，使得當時讀者們已然將其視作小說，「每天清晨還是曙光初透，而望平街上早已是萬頭攢動，人山人海，等不及報販的分派，群以先觀為快」。〔註85〕也正是借著這些煽情、婚戀、兇殺、暴力等賣點，《時報》銷售量得以一路飆升，其他如《時事新報》、《申報》、《新聞報》等也隨即引起傚仿熱潮。一時間，上海報界外勤記者「四大金剛」〔註86〕爭鋒並立，黃色新聞成為報界競逐的狂熱風氣。

　　不可否認，《時報》黃色新聞的氾濫，直接源於黃伯惠、金雄白等報人對美國赫斯特辦報風格的主動模仿與借鑒。但單純將這一趨勢視作美國新聞業黃色浪潮對中國報界的感染與移植，就顯然忽略了中國黃色新聞生發於傳統低俗色情文化這一條歷史脈絡。在中國傳統文化的光譜中，低俗色情文化是一條非主流且被嚴控，屢遭毀禁卻死灰復燃的傳承線索。得益於明代市民社會與商業文化的繁榮，以《金瓶梅》為代表的一批色情文學曾在坊間被廣泛傳抄〔註87〕。同樣，在二十世紀二十年代的上海灘十里洋場，移民社會與都市文化的興盛自然成為低俗色情文化發育的土壤。一批樂於花月之事且深諳讀者心理的報人難免沉浸其中，轉而又成為了低俗色情文化的主動生產者與傳播者。這一點，在金雄白的身上體現得極為明顯。金邁進上海之時，喜好玩樂的個性讓其不時流連於風月場所，對男女之事了若指掌，於低俗色情文化之中浸潤甚深。再加上他擅長文筆，於外勤採訪中大展章臺身手，報章寫作上極盡春色描繪，就顯得得心應手，遊刃有餘。他一度於黃色新聞採寫中使用了「瓶梅」的筆名，〔註88〕他改革後的《時報》，顯然也成為了一處傳統

<hr>

〔註85〕金雄白，記者生涯五十年（上）〔M〕，臺灣：躍升文化事業有限公司，1988：182～183。

〔註86〕上海外勤記者「四大金剛」：《申報》金華亭，《新聞報》顧執中，《時事新報》葉如音，《時報》金雄白。這一稱號的出現，應該在 1928 年初。

〔註87〕格非，色情文學為什麼興起於明朝〔J〕，青年史學家，2017-1-2。

〔註88〕金雄白曾著有《春江花月痕》一書，專門介紹他流連上海風月場所的經歷。其中，細緻的刻畫展示出他體察內情的熟詳，優美的文筆體現出他描繪春色的功力。詳見朱子家（金雄白）：《春江花月痕》，臺北：躍升文化事業有限公司，2001 年。1927 年間，金採訪一起「石女案」，他以白描的手法，秉筆直書，引起了《申報》史量才與陳冷的注意。史調侃此種寫法，為「金瓶梅」之手段，陳告訴金後，金就索性一度以「瓶梅」為筆名了。詳見金雄白，記者生涯五十年（上）〔M〕，臺灣：躍升文化事業有限公司，1988：30～31。

低俗色情文化的生產與傳播平臺。

第四節　陳冷辭退金雄白

　　《時報》憑藉黃色新聞而熱銷，但也因此幾遭封禁的厄運。1928 年，國民黨宣佈中國進入「訓政階段」，制定《指導普通刊物條例》和《審查刊物條例》，開始對新聞界實行審查追懲制度。1929 年又頒佈《宣傳品審查條例》和《出版條例原則》，明文規定「宣傳反動思想」與「敗壞善良風俗」的出版品，都「不得登記」。〔註89〕此時正值國民黨以社會中堅自居，整肅社會風氣，不許報界「有傷風化」之際，而《時報》的一些報人如金雄白又曾觸怒過 CC 系黨政要員，甚至一度捲入了蔣汪內鬥的漩渦〔註 90〕，這就難免爲當局留下了口實。所以，當時就有人於國民黨中央全會上，舉報《時報》有「誨淫誨盜之嫌」，應當勒令停刊。那時候，金雄白已經離開《時報》，但仍被視作黃色新聞的「始作俑者」，被勒令前往南京聽訓。他生性桀驁又能言善辯，所以面對新聞處長的斥責，據理力爭，還舉出歐美報紙重視社會新聞的案例以爲佐證，最終，風波得以僥倖化解。

　　金雄白正式離開《時報》是在 1929 年初。當時是出於「太上老闆」陳冷的主意，金氏回憶原因多半是由於兩人性格實在相距太遠，而且他又多次頂撞陳冷，爲其所忌。金雄白對陳冷的名聲和性格多半不屑。他搞不懂陳冷爲何能先後得狄楚青、史量才的垂青，「推心置腹，視爲股肱，歷數十年而信任不衰。」更不明白，陳有何才能同《大公報》的張季鸞比肩，被蔣介石，「奉爲上賓，往被召見，視爲智囊」。〔註91〕兩人之間的齟齬，由來已久，淵源甚深。

　　陳冷確實是有怪脾氣的。〔註 92〕但金雄白將自己的離職完全歸咎於兩人

〔註89〕 方漢奇（編），中國新聞事業通史（第二卷）〔M〕，北京：中國人民大學出版社，1996：397。

〔註90〕 金曾於 1928 年的國民黨二屆四中全會召開期間，於採訪過程中頂撞陳果夫，兩人鬧得極不愉快。另在同年，蔣汪內鬥，汪精衛失敗。金又曾給汪精衛透露桂系行動的消息，助其逃離上海。詳見金雄白，記者生涯五十年（上）〔M〕，臺灣：躍升文化事業有限公司，1988：213～219；98～101。

〔註91〕 金雄白，記者生涯五十年（上）〔M〕，臺灣：躍升文化事業有限公司，1988：126～127。

〔註92〕 包天笑，釧影樓回憶錄〔M〕，北京：中國大百科全書出版社，2009：407～408。

性格不合，則不免夾雜了太多的主觀臆測。陳冷曾在《二十年來記者生涯之回顧》中說，「余謂做報最簡單之規則，惟愼擇可靠之訪員，據訪員之報告再證以各種之參考，採爲記事。然後根據記事，發爲明白公平之評論，如是而已。記者之職業，不可自視太高。即有高尙之人，矜才使氣。意欲自顯其文章經濟，而不暇計及事理者，是亦未能忘情於利用者也。」〔註93〕在陳冷的標準裏，金雄白身爲外勤記者，熱炒起整個上海報界的社會新聞，於中「狠狠發了一筆小財」；又在政治採訪時與政界多有瓜葛，與汪系、桂系中人多因「一則新聞消息而建立較深的友誼」，表現虛驕，顯然有太多「矜才使氣」的色彩，難脫「利用報紙以攫財弋位之心」。

　　陳冷性情雖然「冷血」，但辭退金雄白，還是兜了一個大圈子。「先伯父忽然打電話來要我去看他。一到他就給我看《申報》總編輯張蘊和先生給他的信，信內表示陳冷要他轉告先伯，到次歲新年復刊時，我就不必再去《時報》了。」〔註94〕短短一年之後，辭退金雄白的陳冷，也離開了《申報》，轉而從事實業，主持中興煤礦去了。從此，陳冷不再見於時局，亦不再見於新聞史的主流書寫。有學者分析，陳冷之去職，與當時黨治新聞界不合於陳冷長期堅持的新聞實踐有關。陳冷不受蔣介石之籠絡，敢於說不，自重「獨立」與「自由」的姿態；而促成他退出報界的，或與他的南京之行直接相關。〔註95〕

〔註93〕陳冷，二十年來記者生涯之回顧〔A〕，柳斌傑（編），中國名記者（第二卷）〔C〕，北京：人民出版社，2013：58～59。
〔註94〕金雄白，記者生涯五十年（上）〔M〕，臺灣：躍升文化事業有限公司，1988：130。
〔註95〕陳建華，陳冷：民國時期新聞職業與自由獨立之精神〔A〕，李金銓，報人報國：中國新聞史的另一種讀法〔M〕，香港：香港中文大學出版社，2013：247～248。

第三章　蹉跎與投敵：金雄白報人生涯
　　　　的流轉

　　一個人滑向命運的深淵，並非一夜之間的錯誤所鑄，尤其對於那些遊走於社會前沿與權勢周遭的報人而言，更是如此。相較於尋常人物，他們的嗅覺更靈敏，適應的姿態更靈活。金雄白離開《時報》後經歷了諸多職業曲折，這些曲折如同一把把刻刀截削出他閃轉騰挪的身段，雕飾出他經營嬗變的心機。他從中一點點獲得教訓，也一步步走向深淵。只有擷取這些斑駁的動態光影，才能從他自身生涯的脈絡中更好地理解到他為何以及如何做出投敵附逆的抉擇。

第一節　三次在《時報》的「臨時客串」

　　1929 年 1 月初，金雄白正式被《時報》辭退。他曾多次在回憶裏提及自己與《時報》同於 1904 年誕生的緣分，言辭中更可以明顯看出他對《時報》與黃伯惠等同人頗有感情。〔註1〕離開《時報》的他並沒有完全與《時報》脫離關係，除了 1929 年因為「誨淫誨盜之嫌」的舉報，他作為「被革除的舊員」冒名替代《時報》負責人去南京聆訓外，他還有過三次為《時報》「客串」服務的特殊經歷。第一次是 1929 年 6 月初的孫中山奉安大典，第二次是 1932 年 1 月底的「一·二八」事變，第三次是 1936 年 12 月中的西安事變。

　　這三次幫忙的經歷，情況不一。第一次，金雄白在《時報》上詳細披露了孫中山奉安大典的具體情形。從戒備、布置、行列、執紼服裝、禮節，到

〔註1〕金雄白，記者生涯五十年（上）〔M〕，臺灣：躍升文化事業有限公司，1988：
　　　　111，184，227。

抵陵情形、觀眾、誌哀、誄辭、電告等細節情狀，一一展現。他甚至有幸親眼看到了孫中山的眞實遺容。報導中說，「總理遺容，略呈暗紫色，頰稍削，眼窩稍陷，但容貌則一切如生，使人興精神不死之感。」〔註2〕整篇報導《時報》用了「空前未有」的題眼，佔據了整整一個版的篇幅。可以說，這是《時報》「黃色化」後於1929年間少有的對時政新聞所給予的重點關注。第二次，金雄白的報導直接捲入進了「一·二八」事變之中。這應該是金第二次參與的涉日外交事件的重大報導了，他最初的涉日外交報導可以追溯到1928年7月間的濟南慘案國際新聞調查團。當時，濟案爆發後，中國在國際輿論中一時處於孤立無援的境地。雖然中國的新聞界人士在濟案中大都表現出高昂的民族精神，中文報紙也都對日本進行了不遺餘力的揭露與批駁，奈何沒有西文報紙、廣播電臺等報導，中國報人們縱然滿懷激憤，亦無力影響到外界視聽，更無法爭取到國際同情與聲援。一時間，重視國際宣傳就成爲南京國民政府朝野上下的共識。〔註3〕由此，在外交部的策劃下，濟南慘案國際新聞調查團應運而生，金雄白也就作爲《時報》代表參與其中。〔註4〕可惜的是，濟案國際新聞調查團成立既遲，且行程匆匆，又備受日方監視。它以記者的親歷視角總共發佈了三篇《膠濟視察記》，向外交部提交了一份調查報告，既未引起國際關注，也未產生較大的社會影響。〔註5〕如果說，在1928年濟案國際新聞調查團中，金雄白不過是其中的一名小角色；到了1932年的這一次就不同了。

首先，自1931年「九一八」事變之後，東北淪陷，日本侵略勢力深入華北。空前的民族危機使民眾比過去任何時候都關心時局的變化，更需要詳盡的新聞報導。而風起雲湧的抗日救亡運動，更直接推動了新聞事業，特別是私營報業的大轉折與大發展。除了宏觀層面上報刊數量的大規模增加、分佈地區的重心南移、有影響力的大報增強了實力外；在中觀層面上，夾雜在國

〔註2〕 孫中山先生靈寢今日奉安〔N〕，時報，1929-6-1（1）。

〔註3〕 趙慶雲，濟南慘案與國際宣傳〔J〕，山東科技大學學報（社會科學版），2007（5）：76。

〔註4〕 金雄白，記者生涯五十年（上）〔M〕，臺灣：躍升文化事業有限公司，1988：111，184，222。

〔註5〕 濟案國際新聞調查團的相關情況，除了金雄白《記者生涯五十年》中有所介紹，同時期的《申報》也留存記載。詳情可參見各國新聞記者赴濟調查〔N〕，申報，1928-7-9（15）；上海中外記者團，膠濟觀察記（附圖片）〔N〕，申報，1928-7-21（9）；上海中外記者團，膠濟視察記（三續）〔N〕，1928-7-24（9）。

共兩黨之間的私營報業於政治傾向中出現了日益明顯的分野。國民黨執政初
期，私營報業對於國民黨統治總體上抱著歡迎順應的態度。對於國民黨的內
政外交、各派勢力間的鬥爭，猶豫，觀望，多於明確表態。在新聞報導上，
客觀報導新軍閥之間的各次戰爭。但是隨著蔣政府統治力量的強化，新聞統
制的逐步發力，特別是「九一八」後國內形勢的急劇變化，私營報業的中立
立場保持不住了。在抗日救亡運動的推動下，一些私營報業順應進步的潮流，
開始在報導中反映民眾的要求，批評國民黨的各項政策，有的甚至明顯表現
出與蔣政府不合作的態度，如《申報》；另一部分私營報業或者屈從於國民黨
的壓力，或者倒向國民黨方面，甚至同蔣政府達成默契，為蔣的「不抵抗政
策」等作辯解、詮釋和宣傳，如《大公報》。〔註6〕自北伐時代起，私營報業
在北洋軍閥和國民黨易代之際，曾經歷了一次大規模的政治洗牌和報業震
盪。而這一次，私營報業在政治傾向上的分野，並非是國共兩極政治格局對
壘的直接作用〔註7〕，正是國民黨倒行逆施與抗日救亡運動互相激盪下時勢發

〔註6〕 方漢奇（編），中國新聞事業通史（第二卷）〔M〕，北京：中國人民大學出版
　　　　社，1996：412～425。

〔註7〕 曾虛白主編的《中國新聞史》一書中，曾將這一階段私營報業的言論表現視
　　　　作共黨操縱的反政府宣傳。謂「北伐以後，國內統一與和平威脅最大的是共
　　　　黨。民國十八年，全國反動刊物，比十七年竟增加到百分之九十，其中共黨
　　　　刊物占百分之五十四強，改組派占百分之二十四，國家主義派刊物，占百分
　　　　之五強，無政府主義派刊物占百分之四，第三黨刊物占百分之二。由此可以
　　　　知道當時言論的紛歧、複雜和政府處境之難。九一八後，共黨利用民眾愛國
　　　　的心理以及反日為藉口，展開大規模的反政府宣傳，實際上，他們是想把政
　　　　府的力量，轉移到對付日本的一方面去，他們可以因此獲得喘息的機會，國
　　　　內輿論也確實受到這一宣傳的影響，主張對日戰爭。據民國二十三年的，中
　　　　央有關當局的統計，當時全國報刊，言論正確的約占百分之二十五，言論失
　　　　常的約占百分之十五，其中仍以共黨刊物最多，其他如國家主義派占反動刊
　　　　物總數約百分之五，第三黨、社會民主黨約各占百分之三，國家社會黨和無
　　　　政府黨各占百分之一。」詳情參見曾虛白（編），中國新聞史〔M〕，臺北：三
　　　　民書局印行，1984：404～405。其實，如果關照到當時的一些私營報刊的具
　　　　體表現，如《申報》，則可以明顯發現，這種將抗日救亡運動的形勢視作共產
　　　　黨操縱宣傳的結果，完全是一種倒置因果的論述。以《申報》而言，其政治
　　　　傾向的轉變正是出於抗日救亡形勢的催動，而非共產黨的滲透與操縱。也正
　　　　是為了順應「一致對外」的呼聲，《申報》才對蔣政府以「剿匪」為藉口發動
　　　　內戰的政策給予批駁，連發三篇「剿匪與造匪」的反內戰時評。另外，在國
　　　　民黨文化圍剿的高壓之下，爭取言論自由的鬥爭成為全國文化界的共同任
　　　　務。1933 年的「劉煜生事件」與記者節的發起，正是文化界對蔣政府表達不
　　　　滿的明證。

展的必然結果。

　　其次，在微觀層面上，關注時局成爲大報與小報共同的報導熱點。與二十年代中後期黃色小報氾濫時的情況不同，一些曾經偏重社會新聞、熱衷黃色報導、追求娛樂消閒的報刊，也紛紛以「號外」的形式搶發重大的時事政治新聞。在「九一八」、「一·二八」、「八一三」等重大事件爆發時，幾乎所有小報都在頭版刊登消息，並大量報導各地抗日救亡動態，甚至一些小報以通欄標題的形式印上抗日口號，如「大家抗日，永遠經濟絕交」「團結足以抗日，抵制足以救國」等。〔註8〕當時，《時報》在報導傾向上雖然以消遣娛樂爲主，著重於體育新聞與社會新聞，但作爲全國性的大型日報，它對時局也頗爲關注，不僅以「號外」形式專事報導重大的時局政治新聞，還頻繁在報紙正文版面上加蓋大號「黑體字」，以突顯時事的重要性（如下圖）。

（時報，1932 年 1 月 26 日，　　　　（時報，1932 年 1 月 28 日，
第二張第一版）　　　　　　　　　　第二張第一版）

　　1932 年初，金雄白因受黃伯惠偏愛，再度爲《時報》臨時幫忙。當時，據《時報》報導，上海市民爲躲避戰火已經多有走避，社會局面一度頻臨失控，他們對信息的需求相較平時也更加孔急。〔註9〕「在事變發生之前，誰都

〔註8〕方漢奇（編），中國新聞事業通史（第二卷）〔M〕，北京：中國人民大學出版社，1996：505。
〔註9〕閘北多搬家，晚間早收市〔N〕，時報，1932-1-29（2-1）。

知道戰事將無可避免，不要說華界的居民，紛紛遷避，即身處租界以內的人，亦復人心惶惶。」時任上海市長的吳鐵城頻頻與日方接觸，以期挽救危局，最關鍵的一次交涉，就在 1 月 28 日當天的上午。在這樣的緊張情況下，金雄白出馬採訪到了身繫上海安危的吳鐵城。金回憶說，當日上午吳曾向媒體公開表示，「與日方交涉，已完全取得協議，戰爭確定可以避免了」；「我是上海市長，又是負責進行交涉的人，不相信我的話，就不要來問我」。就是根據這兩段簡短的講話，金雄白以其消息重要，可以安定人心，就撰寫了一則《時報》號外。該新聞使用了最大的木刻紅字標題，橫貫全版，報導了與日方和平解決的喜訊。「號外一出，市民就爭購一空，大家都像鬆了一口氣，許多本已從華界遷出而流離道左的閘北居民，自認為庸人自擾而又紛紛遷回。」〔註10〕結果，當晚十一時三十分左右，日方推翻臨時協議，突啟戰釁，閘北大火，致使諸多市民罹難。金曾將這一事件視作自己闖下的滔天大禍，「在我半生的記者生涯中，此事迄今每一念及，還覺無限疚心。原來一二八當天的下午，誰都看得出戰事將一觸即發，但報紙的報導，應該根據事實，而不是僅憑記者主觀的推斷。戰事真的開始了，想到數小時以前我在『號外』上報導了完全相反的消息，也許現在那邊的居民，正在咀咒著我。這時正在寒冬，朔風凜冽中，我額汗竟不住的沿著面頰直流」。〔註11〕金雄白為這件事感到愧疚是一個報人正常的心理活動，或可以從這件事看出金在職業素養上的輕率與對時局形勢的眩惑懵懂。

　　第三次金雄白為《時報》效力，更為重要，直接臨時「客串」了一把「總編輯」的位置。1936 年春，《時報》需要聘請一位老練的總編輯，黃伯惠就商於金雄白，希望他能代為推薦。當時金與何西亞〔註12〕甚為交好，又正值上

〔註10〕金雄白，記者生涯五十年（上）〔M〕，臺灣：躍升文化事業有限公司，1988：111，184，232～233。

〔註11〕朱子家（金雄白），黃浦江的濁浪〔M〕，香港：吳興記書報社，1964：63～64。

〔註12〕目前，在新聞史人物研究的視域中，何西亞仍然是一個絕大多數研究者感到既熟悉又陌生的名字。感到熟悉，是因為當下的諸多研究成果中，不乏有研究者將何西亞的一些言論與文章作為史料引用，許多著作中更是屢屢出現他的身影。比如路鵬程的《論民國時期報人跳槽的動因及影響》《新聞記者》，2012（12）：35），沈藝的《抗戰時期的香港〈國民日報〉社》（《世紀》，2011（3）：72），具體在有關民國時期盜匪問題的研究文章中，何西亞的名字更是被大量提及。但是，他與金雄白一樣，也是「只用其言而未見其人」，這也正是令研究者感到陌生的所在。很多人對何西亞瞭解，僅僅止步於「民國報人」四個字，一些新成果中對他的介紹也多是「曾任《時事新報》總編輯、《晨報》

海《晨報》因爲孔祥熙與陳立夫、陳果夫的內部火並，被蔣介石面諭「永遠停刊」〔註13〕；總編輯何西亞無處可去。於是，金就向黃著意推薦了何；而黃又對何此前於《時事新報》的表現非常滿意。兩下一拍即合，何西亞於1936年11月就成爲了《時報》的總編輯。不久，西安事變爆發，蔣介石被困，政局出現大變動，報館比平時更見繁忙。而此時，陳布雷苦於冗事繁雜，急需可信任之人處理要件，就又將何西亞調去南京幫忙。就這樣，原本推薦他人的金雄白歪打正著地一下子成爲了《時報》的「代總編輯」。

　　金雄白主持《時報》的時段應該與西安事變的處理相吻合。也就是說，金是組織《時報》對西安事變展開報導的審核者與負責人。當時，他已經操持著律師的行當，一面要兼顧自己本身的職業，另一面要照管著《時報》的審編工作；又要跳舞，還要打麻雀，一時間令他分身乏術，辛苦異常。具體考察《時報》對西安事變的報導，可以發現一些細微而令人好奇的特點。比如，一、在報導內容上，《時報》與《申報》等其他報紙並無二致，但側重明顯不同；《時報》專注於特殊政要人物的動態消息，而非全域性的情勢演變。12月13日，《申報》報導主標題爲《西安昨發生重大事變》〔註14〕；而《時

　　總編輯」而已，甚至有研究以訛傳訛，將何西亞視作「日本學者」（參見池子華，流民問題與近代社會〔M〕，合肥：合肥工業大學出版社，2013：57）。有鑒及此，筆者查閱相關史料，現將何西亞相關材料粗整如下：何西亞，（1898～1984），浙江杭州人，民國時期知名報人。原名何思誠，字西亞，多以字行於民國報界。何出身寒微，1921年進入上海報界，總校對做到總編輯，一生從事報刊活動。曾任《時事新報》副總編輯、《晨報》總編輯、《時報》總主筆、《大滬晚報》總編輯、《商報》總編輯、《國民日報》總編輯、《申報》秘書主任及董事會秘書等職。抗戰時期，曾受金雄白游說投敵，但堅決不從；解放戰爭時期，曾掩護過地下黨員。上海解放之初，正是由他負責將《申報》轉交給上海市軍管會的。新中國成立後，受譚震林等人邀請，參與人民政協工作，任職浙江省政協委員等職。曾撰寫《中國新聞紙的常用字問題》、《上海〈時事新報〉從研究系落入國民黨手中的演變概要》等文章，著有《中國盜匪問題之研究》、《東北視察記》、《上海抗戰血淚史》、《唐宋元明清農工生活詩選》等書。相關材料可參見，何理常，「苦於不肯圓，又方得不徹底」——無黨派愛國人士何思誠的人生歷程〔A〕，浙江省政協文史資料委員會（編），浙江文史資料（第64輯 史海鈎沉）〔C〕，杭州：浙江人民出版社，1999：195～201；何勤功，77健康人生：我的個人實踐〔M〕，成都：四川大學出版社，2013：105。

〔註13〕張常人，蔣介石面諭「永遠停刊」的「CC喉舌」——上海《晨報》〔A〕，文昊（編），他們是怎樣辦報的〔M〕，北京，中國文史出版社，2005：455～476。

〔註14〕西安昨發生重大事變〔N〕，申報，1936-12-13（3）。

報》的主標題則為《撤辦張學良》〔註15〕。其後《營救蔣委員長》、《蔣精神健旺》、《兩路總司令》、《蔣今日返京》等主標題層出不窮。二、《時報》的主標題似乎遵循著一種固定的格式。相比其餘新聞標題均使用大號黑體字的情況，它對西安事變的報導均使用特大號顏體字，且字數多為五六字，絕少出現七八字的主標題。筆者考察這種標題格式，並非報導西安事變的專屬使用，12月30日曾以此格式報導了《林大將組閣》〔註16〕的新聞，這種格式大約持續到來年的2月5日才告一段落。當然，這些特點並不能披露出關於金雄白個人的一些蛛絲馬蹟，但作為當時《時報》的「代總編輯」，上述表現則可以視作金主持下的新聞報導活動。後來，西安事變和平解決，何西亞返滬，金雄白自然交代了庖代的職務，何做《時報》總編輯一直持續到1937年7月間。〔註17〕

金雄白曾說，他與《時報》工作上的關係，至此完全告一段落；「但因賓主關係而發生的友誼，則一直未曾中斷」。〔註18〕之所以金會屢次被「老東家」《時報》要求「客串」，臨時幫忙。他說，自從其離開，「《時報》並未另雇新人接替其職務。原有採訪部的同事，都是負責上海方面的本埠新聞，主要自然是社會新聞了，所以逢到政局或有變動的時候，就會感到缺乏適當的人選可以調遣。也居然一再承館主黃伯惠先生獨垂青眼，時常要我臨時幫忙」；「當一經受邀，竟然毫不遲疑地自以為尚有剩餘價值可供利用而欣然接受，這在一般的雇傭關係上，不能不說是一個異例了」。〔註19〕的確，此時已經淪為「黃報」的《時報》，在政事新聞上的報導力度已經明顯不如前期，與同時期的《申報》、《新聞報》等更是不能匹敵。而且，黃伯惠為《時報》所選擇的這條「黃色新聞」之路，也是大多數報人同行所不看好的。〔註20〕因此，在政局變動之時，《時報》就會急需一些有經驗的政治新聞記者去獲取信息，從事採訪報導。但黃能屢次對金「獨垂青眼」，卻不僅僅得緣於金的外勤經驗與政事報導

〔註15〕撤辦張學良〔N〕，時報，1936-12-13（6）。

〔註16〕林大將組閣〔N〕，時報，1936-12-30（6）。

〔註17〕何理常，「苦於不肯圓，又方得不徹底」——無黨派愛國人士何思誠的人生歷程〔A〕，浙江省政協文史資料委員會（編），浙江文史資料（第64輯 史海鈎沉）〔C〕，杭州：浙江人民出版社，1999：196。

〔註18〕金雄白，記者生涯五十年（上）〔M〕，臺灣：躍升文化事業有限公司，1988：111，184，239。

〔註19〕金雄白，記者生涯五十年（上）〔M〕，臺灣：躍升文化事業有限公司，1988：111，184，228。

〔註20〕徐鑄成，報海舊聞〔M〕，上海：上海人民出版社，1981：23。

能力。這種雇傭關係上的「異例」，恰恰證明了當時私誼網絡在民國報人關係網中所生發的聚合效應。

所謂私誼網絡，主要是指由學緣、親緣、地緣、幕緣等因素所組成的私人交往網絡。在傳統中國社會，知識分子主要依靠私誼網絡交流往還、結社立會，以獲取身份認同、文化資本和政治權力。〔註 21〕晚清時期，中國社會從傳統邁向現代，社會交往日趨多元複雜，但私誼網絡仍然是當時知識分子交往和聚集的重要途徑。到了民國時期，在倫理本位的涵化下〔註 22〕，強關係——弱制度的社會格局更直接嵌入並作用於報人中間關係網絡的構建與運作，由此進一步形塑了重人情——輕體制的報業管理模式與報人相處之道。〔註23〕他們在私誼網絡的盤根錯節中找尋到歸屬感與職業身份認同，在人情脈絡的千絲萬縷下編織了具備時空延展性的凝聚力與職業忠誠度。對金雄白來說，《時報》不僅僅是他報人生涯的第一站，更是他人生際遇與鋪設社會關係的發跡點。他與黃伯惠之間，鬱結著金劍花、陳冷等老一輩報人的淵源；與《時報》同仁蔡行素、姚鵷雛、吳微雨、畢倚虹、張碧梧等，多屬松江青浦同鄉，裙帶長繫，趣味相投，關係匪淺；與其服務《時報》時期、憑藉《時報》平臺所結交的報業同行、文化名流、政商要人等關係更是盤桓交織，紛繁迷亂，這些直接牽涉著他此後職業生涯的軌跡與命運抉擇的流轉。

第二節　南京《京報》《中央日報》《時事新報》及上海《晨報》間的輾轉〔註24〕

1929 年春，金雄白承何西亞推薦，去浙江省民政廳做了一月又十二天的小公務員，專事浙江省政府外宣。期間，他總共「經歷」了三件事。一是編

〔註21〕何宗美，明末清初文人結社研究續編〔M〕，北京：中華書局，2006：1～40。

〔註22〕民國仍是倫理本位的社會。所謂倫理本位，簡言之，即始於家庭親子血緣關係的倫理關係，涵化了整個社會人際關係，三綱五常成爲國家政治和社會道德及社會秩序的根本原則，因此中國的社會缺乏西式的團體組織和團體生活，而只有倫理關係網絡和情誼生活習俗。詳細可參見梁漱溟，中國文化要義〔A〕，《民國叢書》編輯委員會（編），民國叢書（第一編 4），上海：上海書店出版社，1989：84～95。

〔註23〕路鵬程，私誼網絡：晚清報人聚合途徑研究〔J〕，國際新聞界，2010（4）：108。

〔註24〕之所以注明爲南京《京報》、上海《晨報》，是特意與歷史上一度出現的北平《京報》（社長邵飄萍、湯修慧）、北平《晨報》（總編輯陳博生，爲研究系機關報）區別開。

輯了五期的《民政月報》；二是在同僚的孤立下，立下了要讀一個大學文憑的虛榮心；三是結識了時任浙江省代理主席兼民政廳長的朱家驊。不久，因爲諸多不滿，金雄白又辭掉了此一職務，由杭州重返上海。

　　1929 年夏，金突然接到陳立夫的邀請，要其擔任陳所辦南京《京報》的採訪主任一職，由此開啓了他短暫的南京《京報》的工作經歷。對於陳立夫，金雄白曾自認爲是他於 1927 年至 1932 年間較有交往淵源的政壇要人，又稱他爲「陰差陽錯地使其入身政途而歸於泡影」的「兩度成全者」〔註 25〕。金陳相識源於 1927 年 3 月 26 日蔣「總司令」抵滬的當晚。其後，金以「非國民黨員的身份」爲陳奔走，物色人選，助陳建立了京滬、杭滬甬兩路的特別黨部，與 CC 系關係匪淺。〔註 26〕但可疑的是，陳卻沒有招之入黨爲官，反而接連兩次邀他在與陳有關的新聞界幫忙，而且直接使其終止了兩次可以晉身做官的打算。〔註 27〕

　　陳立夫創辦南京《京報》是在 1928 年 4 月間。這是一份徹頭徹尾的國民黨蔣介石派系附隨報刊。當時蔣政府積極以黨營名義強化中央各新聞機構，各個擁蔣派系也趁勢將自己的勢力滲入新聞界，創辦或控制了一大批「應聲蟲」媒體〔註 28〕。南京《京報》就是這一時期 CC 系宣傳的工具。陳自述，「辦這一份報的目的，在於透過這份報紙來宣傳主義，領導民眾，鼓舞全國的士氣，以完成北伐，早日實現三民主義；報紙的政策是極力反對與蘇俄聯盟政策，也決不與共產分子妥協合作，同時我們支持並贊成與以平等待我們的友邦聯盟」。該報創刊一年之後，因爲內容嚴謹、消息敏確，發行量就達一萬三千五百餘份，超過了《中央日報》，成爲南京的第一大報。〔註 29〕

　　民國報刊史上，曾出現過三份《京報》。取名爲《京報》，大都與所處地區爲首都的原因直接相關。陳立夫就解釋，該報之所以起名叫《京報》是因

〔註 25〕　金雄白，記者生涯五十年，（上）〔M〕，臺灣：躍升文化事業有限公司，1988：243。

〔註 26〕　《申報》曾報導過褚民誼承金雄白介紹到京滬、杭滬甬兩路的特別黨部去做演講的事。詳情參見昨日全市慶祝總理誕辰紀念〔N〕，申報，1928-11-13（13-14）。

〔註 27〕　朱子家（金雄白），黃浦江的濁浪〔M〕，香港，吳興記書報社，1964：148～150。

〔註 28〕　方漢奇（編），中國新聞事業通史（第二卷）〔M〕，北京：中國人民大學出版社，1996：384。

〔註 29〕　陳立夫，成敗之鑒——陳立夫回憶錄〔M〕，臺北：正中書局，1994：124。

爲，「南京已經確定爲首都了，其名稱指出是京都的報紙」〔註30〕。這原本沒有什麼爭議，但有趣的是，當南京《京報》逐漸走俏之際，它提出了諸多關於故都北京應改爲北平的建議，終爲當局所採納。〔註31〕到了 1929 年 6 月，湯修慧承繼邵飄萍未竟事業，重新復刊了北平《京報》〔註32〕。兩家《京報》同時登場，於是就出現了「報名」之爭。有說法稱，湯修慧入南京訪陳，謂其報名與伊所辦者雷同，要求更易；陳卻毫不讓步，說「國府已將北京改爲北平，邵夫人之京報，亦易名爲平報，不亦善乎？」湯立即反駁，「京報與北京大學，同其光榮歷史，北京大學既未更名，則予爲紀念先夫爲黨犧牲之功績，對於京報原名，亦當保留。先生若堅持須用京報作報名，則請於報眉上另加南京兩字，以示區別；否則予願將予之京報，整個出盤於先生也」。最終，陳氏讓步，以經費補助消弭爭議〔註33〕。隨後不久，南京《京報》因爲與《中央日報》「幾有不容並存之勢」〔註34〕，遂自動停刊。

　　金雄白入職南京《京報》正值該報風行京滬之際，他一入該報就做了採訪部主任。恰逢蔣張閤和談會議，報社就派金隨節採訪。同行的人中，就有周佛海。「車行的第一天，他（蔣介石）過來一看到我，就笑笑點頭，接著環視了車中各人後，問我：『都相識嗎？』我指指一個不修邊幅而外形象是小學教員的那一位，搖搖頭，表示並不相識，蔣氏就爲我介紹說，『他是周佛海』。」這便是金周二人的初識。金在回憶中慨歎，「那裡會想到經過這一次介紹之後，我與佛海就成了往來較多的朋友，也且因他之故，便改變了我後半生的全部命運。」〔註35〕

〔註30〕陳立夫，成敗之鑒——陳立夫回憶錄〔M〕，臺北：正中書局，1994：123。
〔註31〕關於北京改爲「北平」的由來，陳立夫曾在臺灣《東方雜誌》上撰文回憶說，「這份民間報紙（指南京《京報》）消息靈通，很敢說話，所以銷路日增，居然超過主流報紙的份數。有一天我忽然想到首都既決定在南京，『北京』這一名稱應該稱，以免殘餘軍閥再圖在那裡起野心設政府，經過一番考慮，應改用『北平』名稱」。於是，由羅時實執筆，按陳立夫意圖寫了《正名之重要》一文。這篇向國民黨政府建議的文章發表後，各方面反映積極，立即被採納，於是 1928 年 6 月間北京正式改名爲「北平」。參見鄭華（編），萬事溯源：趣味知識小百科〔M〕，北京：金盾出版社，2013：190～191。
〔註32〕宋素紅，湯修慧與《京報》〔J〕，新聞愛好者，2003（3）：30～31。
〔註33〕辛陀，報海秘辛〔N〕，中報·中流，1940-4-19（5）。
〔註34〕曾虛白（編），中國新聞史〔M〕，臺北：三民書局印行，1984：359。
〔註35〕金雄白，記者生涯五十年（下）〔M〕，臺灣：躍升文化事業有限公司，1988：6。

金雄白隨蔣此行，乃至在整個南京《京報》任職期間都沒有突出的表現。原來，《京報》本有駐平記者秦墨哂負責採集北平新聞，且秦比金在新聞界出道早，資格老，金的到來就引起了秦的不滿。但秦可能不太清楚面前的這位年輕人後生可畏，是正在冉冉升起的報界新秀，且與參與此次和談會議的南京政要有著深厚的人脈關係。秦可能更不瞭解的是這位年輕人的火爆性格，曾因與報館同事口角竟要街頭決鬥，爲和競爭對手搶奪新聞不惜拳腳相向，甚至此次隨蔣路上，還與同行打成一團。因此，秦一見面就質問金，「《京報》有我在，爲什麼還要派你來，報社方面是不是對我的能力有所懷疑啊？」金立刻針鋒相對道，「既然你有信心，好像我來了倒成爲多事，那麼我可以不發一電，不寫一字，一切就由你偏勞了。」因此，金就對新聞不聞不問，秦又無突出的表現，遂使南京《京報》與《中央日報》的競爭，相形見絀。從北平回來後，金雄白自知，「此行既因負氣，復貪逸樂，以致一事未作，有虧職責」，於是毅然辭職。〔註36〕金雄白在南京《京報》前後算起來約有四五個月的時間。

離開南京《京報》的金雄白，再次回到了上海。在周佛海的接濟下，他的生活未因失業受到影響。不久，南京《京報》自動停刊，陳立夫再次打斷了他原本入職上海市政府的打算。1930 年春，又是在陳的力勸下，金重返南京，入職《中央日報》採訪部主任。其時，《中央日報》初於 1929 年 2月由上海遷至南京復刊，由具有閻系背景的魯蕩平接任總編輯。〔註37〕陳

〔註36〕金雄白，記者生涯五十年（下）〔M〕，臺灣：躍升文化事業有限公司，1988：7，12。

〔註37〕目前在大陸出版的新聞史著作中，關於 1929 年南京復刊的《中央日報》社長與總編輯問題，絕大部分都稱由國民黨中宣部長葉楚傖擔任社長，嚴慎予任總編輯。例如方漢奇（編），中國新聞事業通史（第二卷）〔M〕，北京：中國人民大學出版社，1996：355；蔡銘澤，中國國民黨黨報歷史研究（1927～1949）〔M〕，北京：團結出版社，1998：54；黃瑚，中國新聞事業發展史（第二版）〔M〕，上海：復旦大學出版社，2009：179。但是金雄白又稱當時他入職《中央日報》時，社長爲魯蕩平。筆者查詢臺灣出版的《革命人物史略》，其中有治喪委員會撰寫的「立法委員魯蕩平先生事略」，裏面談到「回京之日，蔣公款待慰勉，並贈銀元五千，辭不受。旋奉令接任南京中央日報社長兼總編輯。」參見蕭繼宗（編），革命人物史略‧第十五集〔M〕，臺灣：中央文物供應社，1976：372。又，查《七十年中國報業》，其中說，「《中央日報》遷寧後，由國民黨中央宣傳部黨報委員會領導，中宣部部長葉楚傖任該委員會主席，總編輯爲嚴慎予，後由魯蕩平、賴璉接任」。參見賴光臨，七十年中國報業〔M〕，臺灣：中央日報社，1982：124。故此，綜合上述研究，本文採信賴氏說法，金雄白入職《中央日報》時，總編輯應爲魯蕩平。

之所以物色到金，不完全因爲金個人從事報業有年，多有經驗；更重要的是，他曾交給金雄白一項特殊的使命，要他暗中留心魯蕩平的行動。再爲馮婦的金雄白在《中央日報》並不順心。一者是因其桀驁放肆與揮霍無度的品性，既對工作懶散，又嫌怨待遇偏低；再者是因爲他所背負的暗中使命，已爲魯蕩平察覺，兩人明爭暗鬥，勢成水火。〔註38〕1930 年 4 月，中原大戰爆發，金被派往平漢線探訪。結果是他僅僅體驗了四五天的戰地記者生活，做了一回「戰地流浪者」；回京後，與魯徹底決裂，終於難留《中央日報》，只能再次跳槽。

　　1930 年夏，金雄白接受《時事新報》主筆潘公弼邀請，擔任《時事新報》與《大陸報》、《大晚報》、「申時電訊社」組合而成的四社駐京辦事處主任。四社是在 20 世紀 30 年代私營新聞業大發展的背景下，由張竹平所創辦的具備報業托拉斯雛形的聯合體。1932 年秋四社成立於上海，旗下四家媒體在新聞報導和業務經營上，互通有無，進行合作，曾給當時的新聞界造成了很大的影響。後四社因爲接受福建蔡廷鍇等反蔣派資助，終於在 1935 年被孔祥熙劫奪，淪爲孔系控制的新聞壟斷工具。

　　在四社任職期間，金雄白仍未有較突出的表現，反而因爆出蔣胡內鬥之事闖下了大禍，被蔣介石判處了政治上的「死刑」。當時是 1931 年春，國民黨在南京召開國民會議，一則是欲通過《中華民國訓政時期約法》，爲蔣掌控國民政府最高權力確立法律基礎；再則是爲「國民政府主席」改稱「大總統」鳴鑼開道，實現蔣獨裁的野心。因爲「約法之爭」，蔣介石與胡漢民的內鬥，已經到了不可調和的地步。蔣更於 2 月間扣留了胡，爆發了「湯山事件」；一時間社會輿論譁然，議論紛紛。爲了掩人耳目，蔣氏最初還想對外封鎖消息，「自一日晨起，電報與京滬長途電話，皆嚴密檢查，消息無法傳出」；後更以總司令部的名義通知各報「不許登載」。〔註39〕但紙是包不住火的，那時金雄白，「每每失之好勝，總希望報導不能落後」，且認爲「不論會議的本身與政局上的巨變，都是值得追查的大新聞」，〔註40〕於是追蹤此事。

〔註38〕 朱子家（金雄白），黃浦江的濁浪〔M〕，香港：吳興記書報社，1964：189～190。

〔註39〕 金以林，國民黨高層的派系政治：蔣介石「最高領袖」地位是如何確立的〔M〕，北京：社會科學文獻出版社，2009：137。

〔註40〕 金雄白，記者生涯五十年（下）〔M〕，臺灣：躍升文化事業有限公司，1988：22。

　　他特意去了湯山，想訪問胡氏，只見到了「奉命休養，概不見客」八個大字。休養豈有奉命之理，此中奧妙自不言可喻。見不到胡漢民，又極想探聽有關他當前處境的反應，於是，就去探訪每天准許進見胡，且知曉內情的邵元沖。「我不但與邵氏相熟，連其門房也認識我，因此一投刺立即被延入他書房中坐候。不料桌上卻放有胡氏在湯山的兩首近作，一首是胡氏口占而由邵氏筆錄的，另一首也是胡氏口占而由其女公子木蘭女士所手錄的，我一見如獲至寶，不管三七二十一，就取來塞向懷中。剛剛偷藏好，邵氏也下樓了，因為詩中充分表達出胡氏當時的心境，已不煩多問，因而敷衍數語，急急像逃也似的辭出，還來得及趕上四時的京滬特別快車，遂徑往下關，交車上茶役帶交總社，翌日的報上，兩首詩的鋅板，還赫然佔了一大篇幅，又因為這是邵元沖與胡木蘭親筆所寫的字跡，要否認也就無從否認。」〔註41〕

　　這兩首詩充滿著諷刺和牢騷：

集曹全碑字

> 山居尚有三間屋，字報平安慰婦心。
> 幽谷起為雲造雨，闢泉烈若土流金。
> 身閒擬續清涼賦，地遠曾無故舊臨。
> 有病要從方藥理，儒生修養事難禁。

憶組庵

> 太傅沖和未易師，灌蘭鋤艾尚無詩。
> 擬從吏部謊棋癖，肯學君虞有妒癡。
> 風景不殊君逝後，江山無恙我憂時。
> 去年今日經風雨，正是回章索和詩。〔註42〕

這兩首詩並連同在胡寓所外「奉令休養，概不見客」的招牌，以及用花邊包框的形式所披露出會議將討論「大總統」的消息；這三條報導一經刊上《時事新報》，就引起了南京《民生報》、《新民報》等相續轉載。此舉當然令蔣介石大怒。3月6日下午，蔣「見展堂詩報甚憤激」。為此，上述兩報旋即被首都警察廳「報處罰停刊一星期」〔註43〕。此事的「始作俑者」金雄白自然也

〔註41〕金雄白，記者生涯五十年（下）〔M〕，臺灣：躍升文化事業有限公司，1988：23。

〔註42〕胡漢民詩重錄〔N〕，華字日報（香港），1931-3-10（1）。

〔註43〕金以林，國民黨高層的派系政治：蔣介石「最高領袖」地位是如何確立的〔M〕，北京：社會科學文獻出版社，2009：139。

難逃蔣的懲處。

　　蔣介石對上海報紙的輿論歷來重視。雖然每天日理萬機，但對上海各報每天都親加詳閱。「那天蔣氏一看到《時事新報》上我的『傑作』，勃然震怒，把書桌上的報紙，一揮手就摔滿了一地，並高聲傳喚左右。那天坐在鄰室辦公室的恰好是周佛海，蔣氏指指《時事新報》給他看，連說『荒謬！荒謬！』命他打電話給首都衛戍司令部拘捕《時事新報》駐京負責人加以查究。周佛海知道闖禍的是我，就向蔣氏委婉解釋，說我在北伐時期，曾經有過一些貢獻，也一直沒有過什麼越軌行動，這次也許出之無心，如於此時拘捕記者，或會引起其他誤會，可否由他當面嚴切告誡？從輕了事。給佛海這麼一說，蔣氏沉吟了一刻，點了點頭就不再說什麼了。」周氏一回到家，就立刻找來金雄白，出於友誼的關係警告他，不要再過露鋒芒，特別囑咐說，「這幾天，老總肝火很旺，如再有什麼問題發生，我再也幫不了你，希望你特別當心。」

　　金雄白自述，「隔了幾天，在國府例行的中山先生紀念周講話上，蔣氏登上主席臺，餘怒未消，神情嚴肅，一開口就說：『上海的《時事新報》，本爲研究系的機關報，也且一向是一張反動透頂的報紙。當總理逝世之時，全國報紙都表示了極大的哀悼，而唯有《時事新報》的評論，竟然還寫了諷刺與不敬的言辭。最近該報的言論報導，越來越見荒謬，如其再不知悛改，將不得不採取必要的處置。』蔣氏在講話時，還不時向我怒目而視。國民政府的紀念周，在禮堂上文東武西，雁行序立，肅穆無嘩，立在我面前的是邵力子，在蔣氏講話時，他伸手向後，暗暗地拉拉我的衣袂，全場也知道我就是《時事新報》的駐京代表，都以不尋常的眼色來掃我，在此情形下，我的窘況，恐尤甚於鋃鐺入獄也。」〔註44〕

　　這一次，幸虧有周佛海從旁勸解，才護得金雄白免受牢獄之災。可是他終究觸及到了蔣介石的底線。金曾說，「回想到年輕時代敢作敢爲的荒唐行徑，充滿了朝氣，爲所欲爲，可不顧一切的利害，以視老來的凡事躊躇卻顧，正覺此情的不可復得。在蔣氏北伐後的最初幾年中，我們還時常有晉見他的機會，以我的語沒遮攔，衝動任性，在蔣氏心目中，一定存有犯上作亂而是一個不安分傢伙的印象，使此後半生中，不止一次地受到了影響。」〔註45〕

〔註44〕金雄白，記者生涯五十年（下）〔M〕，臺灣：躍升文化事業有限公司，1988：
　　　　24～25。

〔註45〕金雄白，記者生涯五十年（上）〔M〕，臺灣：躍升文化事業有限公司，1988：
　　　　190。

　　在國民黨建政初期，蔣介石曾網羅了大批文人進入政府任職，對報界人才更爲留意，但對常在身邊出現的金雄白獨無表示，或許就與金一些不入流的言行有很大關係。到 1936 年全國初次舉行國民代表選舉時，金雄白作爲新聞記者職業團體推出的代表參加競選，全國同業遴選的共有九人，南有「六君子」，北有「三大賢」，兩派競爭十分激烈，在初選中金雖當選了，但在隨後將初選名單送交中央黨部審查時，蔣介石又將他的名字圈定淘汰了〔註46〕。金回憶在蔣氏面前的自己，常常自稱爲「一個搗亂成性的大孩子」，對他的屢屢「出醜」，話語裏雖間有狡辯，但更多的是一種自認倒楣的無奈。〔註47〕金雄白被蔣判處了政治前途上的「死刑」，這也間接種下了他日後離蔣投汪的遠因。

　　1931 年冬，金雄白再難容於《時事新報》，又經過短暫的《時報》客串幫忙，轉而於 1932 年春，接受了上海《晨報》社長潘公展與總編輯何西亞的邀請，入職成爲該報的第一任採訪部主任。創辦人潘公展本爲 CC 系的骨幹分子，上海《晨報》同樣也是 CC 系控制的骨幹報紙。由於這張報紙有著明確的政治目的和背景，又被當作企業來經營，加上主持人大都是在上海報界「混」過一段時間的「老手」，所以在創刊不到一年的時間，就大露頭角，辦得相當「有聲有色」，被認爲是一張「異軍突起」的報紙。〔註48〕作爲一名報界「老手」，金雄白入職後，不僅要在平時對時事作詳盡的報導，更關鍵的是還要負責爲該報布置新聞網的工作；可以說，上海《晨報》的「異軍突起」離不開金雄白的工作。

　　民國時期報刊的新聞網與報人的關係網是一對高度共生的關係。一方面，民國報人是以自己爲中心，通過先賦性和自獲性關係網，延伸向四面八方，聯接上三教九流，從而建構出一個四通八達、消息靈確的新聞採集網絡，因而新聞網是直接嵌入到關係網的差序格局中運行的，它的規模更受制於關係網的脹縮〔註49〕；另一方面，新聞網在提高新聞採集效率的同時，更使得

〔註46〕《申報》曾刊登「國民大會自由職業團體新聞記者代表候選人」得票名單，金雄白以十一票名列第四位。參見本市推選結果〔N〕，申報，1936-9-25（13）。
〔註47〕朱子家（金雄白），黃浦江的濁浪〔M〕，香港：吳興記書報社，1964：42～46。
〔註48〕張常人，蔣介石面諭「永遠停刊」的「CC 喉舌」──上海《晨報》〔A〕，文昊（編），他們是怎樣辦報的〔C〕，北京：中國文史出版社，2005：455～456。
〔註49〕所謂先賦性關係網，既包括記者與生俱來的親緣、地緣關係網，也包括記者投身報業之前在長期的學習實踐中自然形成的學緣關係網。所謂自獲性關係網，是指記者和消息來源之間並沒有多少前定關係可資利用，必須依靠自己

民國報人的關係網複雜化，正如美國社會學家甘斯所指出的，專門負責某一條線和領域的專線記者由於經年累月與消息來源朝夕共處，形成極其密切的關係，「其結果是記者陷入與消息來源之間各自負有責任義務的共生關係之中」。〔註50〕正是憑依著新聞網的交錯，民國報人與政商要人、文化名流之間才形塑了基於利益交換的「工具性關係」、基於意氣相投的「情感性關係」、基於親學鄉緣的「既定性關係」，這樣可大略分為三種類型的關係網絡。他們正是在理性計算、情感聯絡、道德義氣等社會因素的相互影響與制約下，間於齊楚，折衝樽俎，縱橫捭闔。

金雄白曾回憶說，「以政治新聞而論，固然要熟悉各派各系間錯綜複雜的微妙關係，多少也需要有過與政要較多的接觸。在社會新聞方面，華界的警備司令部、警察局、水警總隊、英法兩租界的巡捕房，以至救生局、救火會與各大醫院、慈善機關，一一都需要安排有人。」潘公展之所以要金去幫忙的最大原因，「也就是為了我在這方面較為熟悉之故。」〔註51〕在上海《晨報》內部，潘公展事無鉅細，大小皆抓。〔註52〕採訪部的事雖由金負責，但他絕無用人之權。此間，除了安排《晨報》的新聞網外，在日常的時事報導活動上，金應該沒有特別出色的表現。當年5月，《申報》披露他曾意外經歷了一次「檢查旅客糾紛」，因拒絕接受檢查被巡警侮為「共匪」而險遭嚴懲〔註53〕；

主動創造出某種共同基礎而建立起的關係網絡。究其建構手段的特徵而言，可略分為：搭（記者在工作之外的社交場所、交際應酬嘗試與對自己工作有幫助的人建立關係）、鑽（記者處心積慮、千方百計地去交接人脈，建立關係，一般對象多為高不可攀的權貴名流人物，且最富有權謀性）、聯（記者通過自己關係網中的某個「中間人」與陌生人或無關係的人聯上關係）。有關先賦性關係網與自獲性關係網的詳細論述，可參見楊中芳，彭泗清，人際交往中的人情與關係：概念化與研究方向〔A〕，楊國樞等（編），華人本土心理學（下冊）〔C〕，重慶：重慶大學出版社，2008：470～504，有關民國記者關係網與新聞採集網的共生關係，詳見路鵬程，民國記者的關係網與新聞採集網〔J〕，國際新聞界，2012（2）：108～113。

〔註50〕 〔美〕赫伯特·甘斯，什麼在決定新聞：對CBS晚間新聞、NBC夜間新聞、《新聞週刊》與《時代》週刊的研究〔M〕，石琳，李紅濤譯，北京：北京大學出版社，2009：166～167。

〔註51〕 金雄白，記者生涯五十年（下）〔M〕，臺灣：躍升文化事業有限公司，1988：30。

〔註52〕 張常人，蔣介石面諭「永遠停刊」的「CC喉舌」——上海《晨報》〔A〕，文昊（編），他們是怎樣辦報的〔C〕，北京：中國文史出版社，2005：456。

〔註53〕 檢查旅客之糾紛〔N〕，申報，1932-5-13（10）。

又點名調侃他在出席中國向日本接管上海江灣地區儀式時，「到來最遲，措手不及，神色最著急」的採訪窘態。〔註 54〕半年以後，金再次辭職。未曾料到的是，就在他離開後不到兩年的時間，頗有前途的上海《晨報》也因爲孔陳之間的火並，在蔣介石面論下「永遠停刊」了。

　　縱觀 1929 年至 1932 年間，金雄白輾轉於南京《京報》、《中央日報》、《時事新報》及上海《晨報》的經歷，四年之內四易其職，頻繁跳槽，個中原因雖然不一，但除了他參與到政治人物間的明爭暗鬥之外，這也與其遇事急躁衝動，做事任意率性的個性直接相關。正如他在回憶錄中所說，「我的個性每每流於衝動任性，前半生中所做的事，很多未經考慮，不計後果，就率意爲之」。〔註 55〕其實，作爲一種知識密集型的行當，報人原本就是份人才流動率高的職業。對於民國報人來說，在一家報館裏的出入進退更屬平常。據 1935 年申時電訊社所進行的全國新聞工作人員調查顯示，在 1437 名報人中，平均工作年資爲 3 年半，近七成報人工作年限爲 3 年以下。〔註 56〕由此可見，「合則留，不合則去」的報人跳槽，應屬於三十年代民國報界普遍存在的現象。這其中，既有報人自身肇因，也有報館組織動因，還有報業發展環境方面的宏觀原因。正是這三者交相互動，協同作用，才導致了報人發生頻繁跳槽行爲。〔註 57〕像金雄白這樣，或因性格率性衝動與報館同人扞格不入而跳槽者，在當時不乏其人，如龔德柏、馮英子等皆因性格使然而有相同的遭際。

第三節　從報人到律師的職業轉變

　　回顧 1929 年至 1932 年間的報界經歷，還有一點不可否認，這個階段的金雄白基本是一個職業失敗者。除了與周佛海相識，屢次受他恩情外，報刊活動上不僅毫無建樹，還闖下了幾番大禍；試圖從政，反因爲學歷較低而被同僚孤立；人情交往，又與關係較深的陳立夫產生芥蒂。對於陳立夫，金雄

〔註 54〕葉華，接管江灣死市記〔N〕，申報，1932-5-23（11）。

〔註 55〕金雄白，記者生涯五十年（下）〔M〕，臺灣：躍升文化事業有限公司，1988：35。

〔註 56〕李開軍，中國記者歷史專題研究〔M〕，濟南：山東文藝出版社，2009：266～354。

〔註 57〕路鵬程，論民國時期報人跳槽的動因及影響〔J〕，新聞記者，2012（12）：34～41。

白是有知遇之感的〔註58〕；但連番的打擊，讓他疑惑叢生。「連我自己也感到奇怪，爲什麼兩次去南京從事本業，而且兩次又都是出於陳立夫先生的堅邀，雖然我沒有什麼能力，但總也不至如此地會連交白卷？」〔註59〕在金雄白的經歷中，陳立夫是他結識周佛海前就攀附甚深的政要；可是，接連幾次的事業挫折，使得金陳之間，漸失信任，終成交惡。

早在陳立夫力勸金雄白入職《中央日報》之時，他就以爲陳誤會了他的熱衷所在，耽誤了他晉身做官的前程而心有不滿。〔註60〕到了金於《中央日報》憤而辭職之時，陳立夫曾給金一封信，內中含有責備的意思。「那時我年少氣盛，什麼事都任性以逞快一時，我覆了他一封措辭十分激烈的信，從此也就不再通音信。」到了上海《晨報》服務期間，金雄白再次接到潘公展遞信，說是「陳立夫先生很記掛你，希望你去南京和他談一談，他沒有說是什麼事，想來或許有藉重之意」〔註61〕。金當即回覆道，「我不想再去見他，因爲我於脫離《中央日報》後，曾發生過不愉快的事，一度且曾寫信回他，有過激切的話，言猶在耳，無意再有所干擾了」。潘又說，「他既不計前嫌，怎麼認眞的反倒是你，你吃虧的就是任性，也實在太不懂政治了」。經過潘公展的力勸，金雄白終於又去南京見了陳立夫。

陳立夫並未重提舊事，開門見山地就想要金幫助他辦一個「民族通信社」。「現在黨方雖然已有了中央通信社，但我想另辦一家民營形式的，規模要像路透社那樣成爲世界性的報導機構，初步先把國內新聞辦好，名字擬稱爲『民族通訊社』，因你在這方面有經驗，地位也較爲超然，將來希望由你負責，現在先請寫一個計劃大綱，要於一星期內完成，帶來與我共同商量，再作最後決定。」〔註62〕金雄白當場應承下來。不難看出，這是 CC 系再一次向新聞界滲透，以謀求強化黨營新聞事業的舉動。其時，上海新聞記者公會初步成立，金雄白在業界同行之中口碑較佳，以票選第四名的成績而當選第一屆記者公會的執行委員。〔註63〕他之所以能再次被陳立夫垂青，很大可能是

〔註58〕 金雄白，記者生涯五十年（下）〔M〕，臺灣：躍升文化事業有限公司，1988：36～37。

〔註59〕 金雄白，記者生涯五十年（下）〔M〕，臺灣：躍升文化事業有限公司，1988：19。

〔註60〕 朱子家（金雄白），黃浦江的濁浪〔M〕，香港：吳興記書報社，1964：189。

〔註61〕 朱子家（金雄白），黃浦江的濁浪〔M〕，香港：吳興記書報社，1964：150。

〔註62〕 金雄白，記者生涯五十年（下）〔M〕，臺灣：躍升文化事業有限公司，1988：32～33。

〔註63〕《申報》曾報導 1932 年 6 月 25 日，上海市新聞記者公會成立時的情景，其

源於當選執行委員和潘公展的著力推薦。無疑，這也是 CC 系游說金入夥的一次機會。

等到金雄白按時完成計劃大綱，陳立夫卻變了臉色，「我已放棄了這個擬議，有人說你在上海以此招搖，消息洩漏了出去，已經遭到了外面的反響，我決定不辦了」。一聽到這話，金任性的脾氣又犯了，他十分氣憤地說：「這事只有你我和公展知道，要洩漏那只有你自己洩漏。辦一個通信社有什麼值得可以招搖之處？也許反響的不是外面而是你的內部吧！我從來沒有參加你這一系，現在你要以一個局外人來主持一個單位，難怪你的左右要有反響了。你不辦，看我自己辦一個給你看。」〔註 64〕金雄白招搖與否，真假未知；CC 系內部嫉妒而從中作梗，恐怕也並非空穴來風，但這段話一出口，就意味著陳金關係徹底決裂了。

離開了陳立夫，金雄白意氣用事，決定自辦通信社。他先後找了時任鐵道部次長的曾仲鳴、實業部部長陳公博、江蘇省教育廳長周佛海等人幫忙，獲得開辦經費與每月補助後，竟又因打牌輸了個精光。他兩手空空地返回上海，因陋就簡地辦了一家「大白新聞社」。之所以叫這個名字，「固然因為我的名字中有個白字，也是以『真相大白』來作為辦社的宗旨」。〔註 65〕1932 年 9 月 20 日，大白新聞社於上海正式宣告成立，向外發稿。當時《申報》上曾刊登了關於它的消息，其中稱，「內部組織計分採訪、出版、廣告、攝影等多部，將於新聞界中別樹新轍。按金君服務報界十年，於採訪方面尤有豐富之經驗，所聘各外勤記者編輯等皆屬一時之選，前途正大有希望也」。〔註 66〕

自 1926 年至 1937 年間，全國通訊社的數量呈現驚人增長。在私營通訊社方面，一些報人將通訊社的創辦看得過於簡單，似乎是很容易的事，在資金、人力和設備都還缺乏的條件下，就匆忙辦起通訊社的組織，不免過於浮濫。〔註 67〕因此，大部分私營通訊社，組織規模較小，設備簡陋，活動局限

中披露了當選執行委員十五人，包括馬崇淦（六十一票），嚴諤聲（五十八票），何西亞（五十票），金雄白（四十五票）等。詳情參見：記者公會成立〔N〕，申報，1932-6-26（13）。

〔註 64〕朱子家（金雄白），黃浦江的濁浪〔M〕，香港：吳興記書報社，1964：151。

〔註 65〕金雄白，記者生涯五十年（下）〔M〕，臺灣：躍升文化事業有限公司，1988：37。

〔註 66〕大白新聞社開始發稿〔N〕，申報，1932-9-21（15）。

〔註 67〕方漢奇（編），中國新聞事業通史（第二卷）〔M〕，北京：中國人民大學出版社，1996：417。

在本地新聞的採訪，新聞來源狹窄，發稿採用複寫和油印的方式，每日發稿極不穩定，大多經月便告終結，旋起旋滅。大白新聞社，同樣如此。「這一個通信社，起因於一時的負氣，本無整個計劃，也且先天不足之外，再加過度斫傷，遂以營養不良，而形成後天失調，一開始就已意興闌珊，隨便請了兩位外勤記者，寫一些人有我有的新聞，每天分送各報，因無特殊的表現，自全不爲同業所重視。」〔註68〕

在金雄白的認識中，受人恩惠，必有相報。〔註69〕大白新聞社既每月獲得周佛海等人的資助，一旦周有需要，他勢必有所裨助。在1933年初，鎮江《江聲報》經理兼主筆劉煜生被時任國民黨江蘇省政府主席顧祝同下令槍決，罪名是「宣傳共產」，而證據僅僅是《江聲報》副刊《鐵犁》上發表的《當》、《下司須知》、《端午節》等幾篇社會小說。案件一經發生，報界群情激奮，全國輿論譁然。上海新聞記者公會爲聲討顧祝同，專設「劉案專門委員會」，金雄白被公推爲委員。〔註70〕本來，同爲報人，兔死狐悲，金也曾爲劉煜生之死而感到悲憤，一度於上海新聞記者公會上爲被暗殺的《時事新報》駐京記者王慰三仗義執言〔註71〕；但江蘇省府恐事態鬧大，難以收場，就由時任江蘇教育廳長的周佛海委託報界「劉案專門委員會」委員金雄白，從中疏通，消弭化解。

「此事使我很爲難，兔死狐悲，何能無動於衷？如倒過來去幫政要的忙，良心上也太說不過去了，但我一生的弱點就是太重友情，就往往會做出以私害公的事來。」〔註72〕金雄白當然自知不敢犯眾怒，且人微言輕，沒有這樣的能力，也只能在記者公會開會時做些小動作來轉移話題，降低報人同業的火氣。〔註73〕這件事的收場最後仍然是國民黨當局象徵性地做了點讓步，出

〔註68〕 金雄白，記者生涯五十年（下）〔M〕，臺灣：躍升文化事業有限公司，1988：38。
〔註69〕 金雄白，記者生涯五十年（下）〔M〕，臺灣：躍升文化事業有限公司，1988：40。
〔註70〕 上海市記者公會宣言，昨開緊急會議呈請中央查辦，組劉案專門委員會負責辦理〔N〕，申報，1933-2-2（13）。
〔註71〕 1933年2月15日，上海市新聞記者公會召開執行委員會議，會上金雄白提議《時事新報》駐京記者王慰三被人慘殺，應電請首都軍警當局限期緝凶，並呈請《時事新報》優恤案，決議通過。詳情見，記者公會昨開執委會〔N〕，申報，1933-2-16（13）。
〔註72〕 金雄白，記者生涯五十年（下）〔M〕，臺灣：躍升文化事業有限公司，1988：40。
〔註73〕 金雄白在《記者生涯五十年》中曾有記述自己在記者公會上，提議先舉行理監事的選舉，然後檢票時再討論議案，以爲釜底抽薪之計。又《申報》於1934年4月15日報導記者公會情形，其中提及「由金雄白臨時動護，提前

臺《保護新聞事業人員》通令，「特通令各省市政府、各軍隊軍事機關，對於新聞事業人員，一體切實保護」。〔註74〕有心保顧的蔣介石，也被迫宣佈改組江蘇省政府，免去了顧祝同的主席職務，令其退出政界，重回軍界，算是一個交代；再加上，顧祝同託了杜月笙出面調停，此案才告一段落。在這件事上，可以看出此時政商要人的關係網要明顯重於報人同業的凝聚力。金雄白的此次權衡，徹底暴露出他對權勢人物的攀附。這種性格，在翻雲覆雨、識人品性的政客面前，就意味著金的被收買被利用不是一件難事。

　　1935 年，帶病延年的大白新聞社沉屙難起，關門大吉〔註75〕。又遭遇了一次報業失敗，金雄白意興闌珊，「在社會上混跡了十年，深深地感到一般用人的情況，是不問學識，而只重學歷，一個中學的畢業生，注定不可能會有光明的前途。」經過了十年的闖蕩，他顯然是對自己的學識閱歷頗感自得的，之所以會在職業上屢遭挫折，不被重用，他將原因歸結到了學歷較低上。他對浙江省民政廳時期的從政經歷，因為學歷問題而被同僚孤立，耿耿於懷；憑藉著服務上海《晨報》時曾在持志學院（上海外國語大學前身）獲得的一張法學畢業文憑，他轉行做起了律師行業〔註76〕。從報人到律師，金雄白可

─────────────────────────────

選舉，俾一面開票，一面討論議案，以節省時間。經多數通過，先發選票選舉。至唱票時，因多數會員以職務關係，已先行退席；乃將甲·嚴屬防止偽國漢奸混入新聞界活動案、乙·重請實現記者職務保障案、丙·提請組織專門委員會案、丁·呈請解釋出版法第十九條案、均交執行委員會辦理」。兩者記述相合，估計金所述情況應為此次會議。詳見金雄白，記者生涯五十年（下）〔M〕，臺灣：躍升文化事業有限公司，1988：40；市記者公會昨開，三屆春季大會，選出新執監委員〔N〕，申報，1934-4-15（15）。

〔註74〕政務院通令保護新聞事業人員〔N〕，申報，1933-9-2（13）。

〔註75〕1935 年 1 月 6 日，《申報》曾刊登《大白社遷移新址》這樣一則啟事。內容如下：大白新聞社係金雄白所主辦，發稿迄今，瞬逾二載。所有稿件，顧蒙各報採登，茲以原址不敷展布，業於元旦起遷至南京路大陸商場六○九號辦公，電話九五二一九。1935 年 2 月 12 日，金雄白的律師事務所也遷移至大陸商場六○九號，電話也是九五二一九，以此推測，大白新聞社停止業務應該在 1934 年，正式關門則是 1935 年 1 月 6 日。詳見，大白社遷移新址〔N〕，申報，1935-1-6（14）；金雄白律師遷移新址〔N〕，申報，1935-2-12（14）。

〔註76〕金雄白獲得法學畢業文憑，可堪一個「混」字。當時上海社會案件頻發，律師行業亟需，而想要在上海獲得一張大學文憑，屬法學最為容易。他是在 1932 年至 1934 年間於持志學院就讀的。期間，他就仿前清捐監之例，掛個名，交了費，兩年中也就幾天的時間去聽課。為了縮短大學就讀時間，他託人辦了一張大學轉學證明。他的畢業論文為《中國歷代婚姻法論》。後來，他還是託了潘公展的關係才順利拿到了畢業文憑。參見金雄白，記者生涯五十年（下）〔M〕，臺灣：躍升文化事業有限公司，1988：42～48。

謂實現了一次跨度較大的職業轉變。

　　之所以選擇轉行做律師，除了學歷文憑上的選擇所定，金還特意解釋，一是害怕文字賈禍，二是爲了賺錢，且申明在他做律師期間與新聞界的關係已告中斷。〔註77〕其實這兩個原因，都不難理解。所謂文字賈禍，他自己就曾幾番開罪於當局，險遭牢獄之災；同時，他還親歷了「劉煜生案」，爲「王慰三案」仗義執言，甚至一度爲「南京《新生報》停刊事件」，營救過成舍我〔註78〕。親身經歷與耳濡目染，他見多了「有人突告失蹤，有人當街斃命」的情景。池魚之殃，文網羅禍，他心生退意，當屬實情。所謂爲了賺錢，自《時報》起，他對做報人的清苦之味，感受尤深；近些年的報界經歷又是靠周佛海等人的接濟與恩惠，才得以周轉。欲轉行謀生，改善收入，也是自然。〔註79〕而縱觀自 1929 年至 1934 年的經歷，還有一點不可忽略，就是這種職業轉變或可稱爲其屢遭報業敗績，又屢犯禁忌於蔣系晉身無望後，心灰意懶下的一種權宜性新職業嘗試。他說自做律師起，與新聞界的關係已告中斷；而事實是，做律師期間他一直於上海新聞記者公會擔任要職，報界的聯絡活動從未停止〔註80〕。由此推測，他的轉行並非對報人職業的不自信，而是對個人前途的不自信。

　　在正式轉行前，金雄白曾有過一次出席法庭的「牛刀小試」。〔註81〕他正

〔註77〕金雄白，記者生涯五十年（下）〔M〕，臺灣：躍升文化事業有限公司，1988：49。

〔註78〕記者公會昨電中宣會，營救成舍我〔N〕，申報，1934-7-27（10）。

〔註79〕金雄白回憶自己的報人經歷，多有「冷暖自知的生涯」、「報人清苦的況味」等描述；另有多次源於自己與同業之間薪水的比較與在意，而表達自己對報人職業的厭倦與想要轉行的意願。具體可以參見朱子家（金雄白），黃浦江的濁浪〔M〕，香港：吳興記書報社，1964：188～190。

〔註80〕據《申報》報導，金自 1934 年 9 月 1 日，掛牌成爲律師後，並未脫離上海記者公會。自 1934 年 12 月至 1937 年 3 月間，他仍以「執監委員」的身份多次出席公會的春秋季定期大會。1935 年間金雄白報界活動頻繁。1 月，曾被記者公會推舉參加委員會，專案援助《時事新報》所解雇職員三十餘人。2 月，聯華公司推出新片「新女性」涉嫌侮辱記者，金被公會推舉爲代表，負責與聯華公司交涉。4 月，公會決議金負責辦理春季大會前應否確切調查各報社會員案。12 月，記者公會決議電呈中央執行委員會及國民政府要求迅速撤廢新聞檢查所，提出爭取言論自由記載自由案，當場推定金等人即席起草電文。詳見今日開緊急會援助時事新報被解職者〔N〕，申報，1935-1-8（10）；聯華新片「新女性」侮辱記者，記者公會開緊急會議推代表四人嚴重交涉〔N〕，申報，1935-2-11（12）；記者公會秋季大會誌盛〔N〕，申報，1935-12-24（10）。

〔註81〕兩女醫被控〔N〕，申報，1934-6-2（16）。

式執業律師，則可以追溯到 1934 年 8 月 29 日，當時《申報》上登出這樣一則啓事。「名記者金雄白君，名希民。歷任《上海時報》、《時事新報》、《晨報》、南京《中央日報》、《京報》等編輯記者等重要職務。前年復創辦大白新聞社，繼續服務報界，達十餘年。蜚聲滬上，素負時望。金君對法學尤有較深研究，能文善辯，雅擅辭令，現已加入上海律師公會，定下月一日起執行律務。事務所設於大陸商場五樓五零四號（電話九二六五四）。金君交遊遍海內，於滬上各界情形尤爲熟悉，現已爲滬上著名各大商廠等聘爲常年法律顧問，各種民刑訴案及非訟事件，各界亦紛往委辦。金君籍隸青浦，松青一帶均屬故舊，將加入松江律師公會，爲桑梓服務。」〔註82〕

　　由此，金雄白開啓了他的律師職業生涯，經歷過門庭冷落，也體味到熱鬧繁華。一時煊赫，一時氐惆。〔註83〕直到 1939 年夏，周佛海再次找到他。

第四節　周佛海的游說與金雄白的投敵

　　在中國近現代新聞史上，曾經有過兩次全國輿論高度一致聲討的事件。第一次是袁世凱復辟稱帝；第二次則是汪精衛通敵，發表「豔電」。不只在近代史上，直到今天，汪精衛的叛國投敵，仍可謂是一個無論學界民間均熱衷討論的話題，其中的撲朔迷離、曲折盤桓爲世人津津樂道，各種猜測、學說、分析、估計、聯想、謠言交相混雜，無不令研究者與關注者眼花繚亂，甚至在千奇百怪的文章中，還會有一些離奇的觀點與認識時隱時現。關於這一問題，目前學界大致提出過以下幾種主要見解：一、汪蔣鬥爭，汪試圖依靠日本帝國主義實現自己的主張，或者也有其不甘居於人下的性格問題；二、國民黨派系陣營中，汪所代表的親日派與親英美派公開決裂；三、汪代表了封建沒落士大夫階級的要求，有其階級基礎和階級代表性；四、汪精衛的「恐共病」，認爲若堅持抗戰，共產黨必將得勢，而蘇聯就會趁勢支配中國；五、抗戰亡國論的民族失敗主義與民族投降主義。〔註84〕

〔註82〕金雄白君執行律務〔N〕，申報，1934-8-29（13）。

〔註83〕關於金雄白律師生涯的具體經歷，詳見金雄白，記者生涯五十年（下）〔M〕，臺灣：躍升文化事業有限公司，1988：58～72。

〔註84〕黃美眞，張雲，抗戰時期汪精衛集團的投敵〔J〕，復旦學報（社科版），1982（6）；蔡德金，汪精衛集團叛國投敵的前前後後〔J〕，近代史研究，1983（2）；蔡德金，李惠賢，關於汪僞政權問題學術討論會綜述〔J〕，歷史研究，1986（5）；蔡德金，關於抗戰時期汪精衛與汪僞政權的幾個問題之我見〔J〕，抗

　　唐德剛先生曾說，「汪精衛這個偽政權之建立，實由於日方『終戰』心切，不斷向汪甘辭引誘；汪的老婆和少數擁護者，又大力推波助瀾，精衛漸漸上鉤，才製造出偽府來的。」〔註85〕誠然，汪精衛的叛國投敵，除了承續其個人思想演變的脈絡，也離不開促其墮入深淵的國際與國內政治環境。在 1937 年「盧溝橋事變」爆發，中國進入全面抗戰階段後，中國的國際關係和國內政治環境都發生了空前巨大的變化。在國民黨內部，各種派系政治勢力也逐漸經歷著十分激烈的分化聯合與重組演變。原屬以改組派為主體的汪精衛集團的一些人，受「九一八事變」以來中日兩國民族矛盾不斷上升的刺激，逐步走上了抗戰救國的道路，而另有一些人則追隨汪系繼續堅持親日主和之計，自以為仍可以於日本刺刀之下解救危亡。同樣，在蔣介石集團裏，除了追隨效忠，堅持抗戰的一些人外，卻也出現了被日本侵略者嚇破了膽、對抗戰前途感到悲觀喪氣的勢力。這些勢力對汪精衛所鼓吹的「抗戰必敗論」引為共鳴，汪反對國共合作，對日妥協求和的政治主張，正表達了他們的心聲。而緣於汪在黨內的地位與國內外的人望及政治影響，則正好被這些勢力認定為獨一無二有條件出面，充當對日妥協謀和的領袖人物和一面大旗。物以類聚，人以群分。在這批勢力所組成的小集團中，周佛海是一個不折不扣的核心代表人物。

　　作為汪偽集團首席策士和謀主的周佛海，他原本是一個依違於蔣汪兩大派系之間的邊緣政客。所謂邊緣政客，唐德剛先生有一個精彩的論斷。「他們基本上是一群白面書生、知識分子、文人。文人搞政治，在政爭上受挫、失意，至少是不得志。有權又沒權，在權力的邊緣兜圈子，而又自信有經國濟世之才。懷才不遇，因而都有一種『吾曹不出，如蒼生何』的抱負。其實他們只是一群有共同次文化的邊緣集團，是政治圈內的一種少數民族。」〔註86〕

日戰爭研究，1999（1）：劉華明，汪精衛叛國出逃探微〔J〕，民國檔案，1993（2）；蘇宗轍，汪精衛叛國投敵原因再探〔J〕，民國檔案，1993（3）；葉崗，汪精衛到底為何從重慶出走〔J〕，抗日戰爭研究，1994（3）；劉兵，抗日戰爭時期的汪精衛與汪偽政權研究學術座談會綜述〔J〕，抗日戰爭研究，1998（4）；肖書椿，試論汪精衛淪為漢奸的個性因素〔J〕，民國檔案，1998（3）；蔣永敬，汪精衛的「恐共」與「投日」〔J〕，抗日戰爭研究，1999（1）；蔡德金，楊秀林，汪精衛叛國投敵心理探索〔J〕，民國檔案，2000（4）；李志毓，汪精衛的性格與政治命運〔J〕，歷史研究，2011（1）等等。

〔註85〕唐德剛，高宗武探路、汪精衛投敵始末（一）〔A〕，唐德剛等，從甲午到抗戰：對日戰爭總檢討〔M〕，北京：臺海出版社，2016：75。

〔註86〕唐德剛，高宗武探路、汪精衛投敵始末（一）〔A〕，唐德剛等，從甲午到抗戰：對日戰爭總檢討〔M〕，北京：臺海出版社，2016：76。

眾所周知，周佛海年輕時信仰共產主義，以旅日代表的身份曾出席中共建黨「一大」，甚至成為黨的早期領導骨幹之一〔註87〕。但是出於其個人野心的自負，政治前途的擔憂，經受不住國民黨內戴季陶、鄒魯等人的游說與利誘，再加上妻子楊淑慧的鼓動等幾方面原因的促成下，周漸漸失去了共產主義的信仰〔註88〕，於1924年9月間正式脫離了中共，轉身投入國民黨右派陣營。他一面標榜要做一個「國民黨忠實黨員」，另一面叫嚷，「攻擊共產黨，是我的責任，是我的義務」。

追隨國民黨右派的周佛海，因為竭力表現，反共賣力，自然得到了蔣介石的信任與賞識；也正是在蔣的一手提拔下，周順利進入了蔣的核心幕僚團體之中。按常理說，在國民黨的派系圖譜上，周佛海算是一個忠實的蔣系，而與汪系並無太深的歷史淵源。當蔣汪之間爆發內鬥的時候，周也往往選擇站在蔣的一邊，對汪持反對的態度，兩人之間甚至一度爆出互相惡罵攻訐的裂痕。〔註89〕但是，周佛海這個人，「其為人也小有才，未聞君子之大道也」，

〔註87〕據周佛海回憶，在中共一大最後一天的會議上，除通過黨綱和黨的組織外，還選舉了陳仲甫（獨秀）為委員長，周佛海為副委員長，張國燾為組織部長，李達為宣傳部長，陳獨秀未到上海的時期內，由周佛海代理。但據包惠僧回憶：「李大釗、周佛海當選為候補中央委員。」陳潭秋也回憶：「周佛海、李漢俊、劉仁靜為候補中央委員。」看來周佛海有可能被選為「候補中央委員」，不是「副委員長」。至於「陳獨秀未到上海的時期內，由周佛海代理」中央局書記一職，張國燾也回憶說：「在陳先生沒有返滬以前，書記一職暫由周佛海代理。」包惠僧也回憶說：「陳獨秀沒回上海以前，書記由周佛海暫代。」由此可見，陳獨秀未到上海的時期內，周佛海確實代理過中央局書記一職。詳情參見苗體軍，周佛海在黨的一大前後〔J〕，湘潮，2016（6）：38。

〔註88〕目前學界關於周佛海叛變中共的原因解釋，大陸與臺灣方面各有不同的說法。大陸較為流行的說法是將周的脫黨誘因歸結於他個人生涯的考慮與妻子楊淑慧的鼓動。當時，周佛海自上海返回日本後，就被日本警方嚴密監視，警方還通過學校對周佛海施加壓力，老師也多次警告周佛海，學校方面也以開除學籍威脅周佛海，這些都讓周佛海驚恐萬分。他的妻子楊淑慧也認為每月黨費太高，於是鼓動他退黨，以求生計。詳情參見鞠健，周佛海脫黨原因淺析〔J〕，上海黨史與黨建，2001（2）：46～47；楊文軍，揭秘「一大」代表周佛海的不歸路：投蔣投汪再投蔣〔EB／OL〕，中國共產黨新網，2011-11-16.http://dangshi.people.com.cn/BIG5/16262496.html。另外，在臺灣方面，除了以上原因外，有學者還闡明，周的脫黨關鍵因素在於他對共產主義在中國社會實踐的懷疑。「他為了做一位忠心的中國國民，寧願成為中共的叛徒和罪人。」詳情參見邵銘煌，周佛海傳〔M〕，臺北：國史館印行，2001：127頁；蔡宗穎，周佛海與低調俱樂部〔J〕，新北大史學，2010（8）：104。

〔註89〕1924年周佛海脫離共產黨後，即對共產黨大肆攻擊。1925年底，他在上海曾

他自覺是個不世出的經濟長才，文采風流；日語漢文雙絕，更是國民黨內發揮三民主義的權威，總認爲蔣介石對他「未以國士相待」；再加上蔣剛愎自用，幕僚中策士如雲，周更覺「有位無權，懷才不遇」。〔註90〕

周佛海與汪精衛之間在政治派系上的合流，始於1937年1月間的汪周香港會面。當時西安事變發生後，汪精衛由歐洲啓程返國，蔣派遣周佛海等人爲代表前往香港迎接。兩人經香港會面後，即一同乘船返滬。當時蔣的本意，是要周代替自己對汪示好，以彌合汪1935年被刺後雙方之間的嫌隙。但蔣沒有料到汪周在旅途中經過長時間的交流，彼此在反對抗日、堅持剿共的問題上，竟然一拍即合，建立了密切了聯繫。此後，「盧溝橋事變」與「八一三事變」相繼爆發，汪周關係日益密切，周佛海的立場也漸漸由擁蔣反汪，轉變爲擁汪疏蔣；由蔣的親信，轉變爲汪對日謀和的「總參謀長」了。〔註91〕

周佛海可謂是一條有著巨大政治野心的「投機變色龍」。〔註92〕在其不斷於汪蔣等派系勢力之間互相攀附的同時，他也毫不放鬆對文化界等社會名流的籠絡與利用。雖然與周佛海及其交往的各類名流相比，金雄白不過是一個無足輕重的小人物，但兩人之間關係的淵源卻也是其來有自，經營有術，互有藉重。

金周二人的初識是在1929年6月隨蔣去北平的列車上。到北平後，金與

領銜發表反汪反共文章，惹得時任國民黨左派領袖的汪精衛十分惱火。汪曾指責，「周佛海眞是爛污，他以前是共產黨員，現在卻又攻擊起共產黨來了。他退出共產黨就算了，還要來反污，眞不是東西。你們以後，切不要和這種人一起做事」。1927年春，蔣介石發動政變，寧漢分裂，周逃出武漢，轉投上海，即對汪反唇相識，「汪精衛眞是拆爛污，他本是國民黨的黨員，現在卻要做共產黨的工具，攻擊起國民黨來了。他跑到外國就算了，還要來倒戈，眞不是東西。我們以後，切不要和這種人共事」。詳見周佛海，我逃出了赤都武漢〔A〕，陳公博、周佛海回憶錄合編〔C〕，香港：春秋出版社，1976：152。

〔註90〕黃美眞，張雲，汪精衛集團的投敵〔A〕，復旦大學歷史系中國現代史研究室（編），汪精衛漢奸政權的興亡——汪僞政權史研究論集〔C〕，上海：復旦大學出版社，1987：54。另相似論述見唐德剛，高宗武探路、汪精衛投敵始末（一）〔A〕，唐德剛等，從甲午到抗戰：對日戰爭總檢討〔M〕，北京：臺海出版社，2016：77。

〔註91〕余子道，曹振威，石源華等，汪僞政權全史（上卷）〔M〕，上海：上海人民出版社，2006：208～209。

〔註92〕關於周佛海的人格特質、行事風格，學者大多以其性格反覆多變形容。他的處事態度是因其在不同的時代，面對時局的變化，面對環境的挑戰，而具備不同的因應風格的。蔡宗穎，周佛海與低調俱樂部〔J〕，新北大史學，2010（8）：104。

周佛海等人幾乎無時不在一起出入各種遊樂場所，兩人交往十分投契，熟絡得很快。有一次，金與陳布雷、邵力子等人打麻將，輸光了南京《京報》的所付用資，獨是周佛海略帶歉意，對結識不久的金雄白照顧有加。自此，金就周就感念非常，引爲知交。〔註 93〕返回南京後，金雄白從南京《京報》辭職，瀕臨失業，時任總司令部政治訓練處處長的周佛海，及時送給金了一份上校秘書的委任狀，讓金掛名兼差之際，仍可以獲得一份由新生命書店送來的乾薪，使其生活並未因失業而受到影響。

在金雄白任職《中央日報》期間，與上司魯蕩平因派遣計劃屢生分歧，他就求助周佛海，要其斡旋幫忙。中原大戰期間，金出平漢路採訪，又是周特意送來一身軍裝，爲金的安全便利考慮得非常周全。1931 年，金在《時事新報》因捅出蔣胡內鬥而險遭大禍，多虧了周從中化解，免除了一場牢獄之災。等到 1932 年，金雄白與陳立夫因爲「民族通信社」之事交惡，金主動去找時任江蘇省政府教育廳長的周佛海，要求幫忙。也是在周佛海等人的資金補助與安排下，金的「大白新聞社」才能成行並周轉。當然，對於金雄白，周佛海不僅有投資，也有求回報的時候。1933 年，「劉煜生案」引起軒然大波，江蘇省政府感到群議洶洶，難以招架，主政江蘇教育廳的周佛海，就特意委託時任上海報界「劉案專門委員會」委員的金雄白，爲其奔走調停，從中疏通。可以說，在 1929 年至 1932 年金雄白屢遭打擊挫折的時期，都是周佛海一直慷慨解囊，恩情有加，助其一臂之力，渡過難關的。

對金雄白來說，周佛海不僅是恩人，更是填補他由於與陳立夫交惡而空出的又一黨國要人替代者。1930 年左右，正是周佛海被捧爲「三民主義之理論權威」，蜚聲黨政文教界；以於國民黨「四大」會議得票第一而獲名「狀元中委」，得寵於蔣介石政府的時期。攀附上這樣一名前途無量的政壇要人，不僅僅是背靠大樹好乘涼，更重要的是，以後晉身有望，說不定會官運亨通。〔註 94〕

〔註 93〕朱子家（金雄白），黃浦江的濁浪〔M〕，香港：吳興記書報社，1964：152～153。

〔註 94〕關於金雄白的政壇之念。他曾在《記者生涯五十年》中專門闢出《從無冕帝王到黨國要人》、《望平街出身的廟堂人物》這兩節歷數從報壇而一躍政壇的諸多黨國要人，在歷數的同時，多有談及自己與他們的私人交往，內含對他們好運的豔羨之情；另在《吃這行飯難道是注定的》一節中，大談自己進入仕途的多次機緣，又對自己沒有好運而感到遺憾。他曾將自己沒能順利進入仕途，有過一個自我安慰式的解釋：「自己與這些機會一一交臂失之，這不能不說是賤骨頭注定不會有富貴運了」。金是想做官的，運氣不好的解釋，更多

而反過來，對於周佛海來說，金雄白雖夠不上文化名流，但他在上海報壇人
脈寬廣，與各路人馬均有交往，在記者公會擔任要職，新聞界廣有名氣，各
方勢力均會買帳。既有豐富的報界工作經驗，能對託付的事務盡心盡力；而
又熟絡京滬周遭的風月場所，具備爲自己漁色享樂之便〔註 95〕。且爲人仗義
率性，甚重友情而不陰沉，遇有幫助而知感恩，容易收買和駕馭，陳立夫潘
公展等人正是看上他這點而爲其所用，因此，將金收入自己的陣營，投資這
份關係，以備將來「用在一時」，當不失爲一計上佳之選。

　　1937 年「盧溝橋事變」後，全面抗戰爆發，周佛海在南京忙著組織和運
作他的「低調俱樂部」，吸收朋黨，暗中大搞破壞抗戰的活動。而金雄白卻在
上海繼續操持著他的律師業務。1937 年 11 月上海淪陷，被稱爲孤島的租界，
一時湧進大批江浙富商，金雄白的律師事務更見繁忙。〔註 96〕局勢的劇變，
空間的阻隔使得周金二人聯繫不多，直到 1937 年底，南京陷落，國民政府暫
遷武漢，金周二人才有了直接的聯絡。當時周佛海、陶希聖等人正在武漢運
籌「藝文研究會」，周更身兼國民黨中央宣傳部副部長，代理部務。當時遠處

的是一種自認倒楣的無奈。詳見金雄白，記者生涯五十年（下）〔M〕，臺灣：
躍升文化事業有限公司，1988 年：《從無冕帝王到黨國要人》、《望平街出身的
廟堂人物》、《吃這行飯難道是注定的》等章節；朱子家（金雄白），黃浦江的
濁浪〔M〕，香港：吳興記書報社，1964：148～149，關於金對周的看法。金
雄白在多種回憶文章中提及周佛海時，多有溢美阿諛之詞：「湖南人剛強的脾
氣」、「書生的氣息」、「風趣而坦率」、「慷慨而富於情感」、「爲人亢爽而對朋
友負責任」、「無孔不入的勇氣」、「倚馬可待的氣概」等等。1931 年前後，由
於金雄白的暗示，周曾一度擬調任安徽建設廳長，即邀約金去擔任全省公路
局長。詳見朱子家（金雄白），黃浦江的濁浪〔M〕，香港：吳興記書報社，
1964：152～153。另有 1946 年《中外影訊》雜誌關於金雄白如何對周佛海投
其所好的内容披露，其中稱，「金雄白爲人機警活動，常時能利用他職務上的
便利，結識許多政府顯要。事變以前，金雄白那時對周佛海是慧眼識英雄，
認定這傢伙遲早可以有竄頭，所以周逆佛海一旦去上海孵頭芽，金就馬上到
客棧裏去殷勤招待」。詳見嚮導姑娘爲媒：周佛海賞識金雄白〔J〕，中外影訊，
1946-4-27（1）。
〔註 95〕金雄白對自己熟絡十里洋場裏的聲色花柳之處，頗爲自得。1929 年金從南京
　　　　《京報》辭職之後，曾一度接待陳調元與周佛海，幫忙尋花漁色。他曾自述，
　　　　「我可算是半個上海土著，尤其因做著新聞記者的職業，熟諳上海各方面的
　　　　情形，所以凡是外地來的朋友，都視我爲識圖的老馬，也平添了我不少不必
　　　　要的忙碌」。詳情參見朱子家（金雄白），汪政權的開場與收場（第一冊）〔M
　　　　〕，香港：春秋雜誌社印行，1976 年：188。
〔註 96〕金雄白：記者生涯五十年（下）〔M〕，臺灣：躍升文化事業有限公司，1988：
　　　　62～63。

上海孤島的金雄白曾給過周佛海一封信，其中言金欲轉至後方為抗戰效力，而周本想在中央宣傳部中，請其擔任新聞處長一職，但後來又終於沒有成行。金雄白回憶，羅君強曾解釋是因為「戰局不利，政府退往重慶而作罷」〔註97〕；筆者分析，如果真有這次聯絡，那麼被拒絕的原因更有可能是周已經在謀求通敵之路，根本無心再為抗戰之事多費心力了。

　　唐德剛先生曾給叛逃重慶之前的周佛海，下過一個極為精彩而準確的判斷，他說，「那時在中國政海中有個以宰相之才自詡的小政客，他對當時的形勢洞若觀火，也想趁勢縱橫一番。這個小政客便是周佛海。佛海深知：一、蔣公要堅持抗戰到底，他不打到油盡燈枯、亡黨亡國不止也。二、日本正急於在中國尋找一個溥儀第二，以便迅速結束『中國事件』，好讓它進一步準備『南進』或『北進』。三、中國南北兩個偽政府中的漢奸像梁鴻志、王克敏等，都是扶不起的阿斗；日本想要找第二個溥儀，還得在國民黨中挖掘之。四、國民黨領袖之中，有足夠資格，也甘心情願做日本之第二溥儀者，也只有汪精衛一人。五、只有在汪精衛這樣意志薄弱、能力有限的花瓶領袖之下，搞虛君實相，像周佛海這樣的槃槃大才，才能盡展所長。六、在蔣公抗戰到山窮水盡之時，利用敵人吹熄了他那盞偏安的小油燈，由汪氏出山收拾殘局，那便是周佛海縱橫捭闔的天下了。」〔註98〕終於，在汪系「股肱之臣」周佛海的指導和陳璧君的力促下，汪精衛作出了叛國投敵的最後決定，於1938年12月29日，在香港《南華日報》上發表了臭名昭著的「豔電」。一時間舉國洶洶，神人共憤。而汪精衛集團卻不顧全國聲討，如「過河卒子」一去不回頭，由河內而上海，公開搞起了「和平運動」，大肆招降納叛，網羅漢奸。

　　1939年8月的一天，任職律師業務的金雄白在上海南京路的一家飯店吃罷午飯，正欲離席時，恰巧遇到了報界故人葉如音〔註99〕，還帶著一個白淨面孔的人，雙方僅僅打了一個招呼。隔了一天，葉如音就帶著那位先生，一

〔註97〕朱子家（金雄白），汪政權的開場與收場（第一冊）〔M〕，香港：春秋雜誌社印行，1976：4～5。

〔註98〕唐德剛，從通敵到出走的曲曲折折（上）──汪精衛投敵始末之四〔A〕，唐德剛等，從甲午到抗戰：對日戰爭總檢討〔M〕，北京：臺海出版社，2016：127。

〔註99〕金雄白在《時報》任職時就與當時《時事新報》的葉如音關係較好。他們曾聯成一線，互通消息，共同出馬採訪，無形中抵制顧執中的活動，給他以打擊。詳見金雄白，記者生涯五十年（上）〔M〕，臺灣：躍升文化事業有限公司，1988：173。

起造訪了金家。那位先生開門見山地說，「我是羅君強，恐怕你忘記了。十年前，周佛海先生兼總司令部政治訓練處長時，我是他的主任秘書，在周先生南京舒家花園的公館，你和佈雷、力子先生不是還和我打過幾次麻將？」「周先生已隨汪先生來到了上海，現在暫時住在虹口江灣路。今天他要我來看你，希望你能約定一個日期，和他談一次」。金雄白描述當時自己的想法，在情感上，無可諱言希望能見周一次；另外，由於深知周與蔣的關係之深，此次竟隨汪出走，遂成政治上的一個謎，引起了他的好奇。他對羅說，「當然，我也希望與他談談，但是我不願意過橋（指外白渡橋）向敵軍除帽鞠躬。有負他的盛意，恐只能期之於異日了。」羅答道，「那容易辦，假如他到租界來時，再約你見面何如？」金自謂聽到這番話，認爲無可推辭，便答應了。

四五天後，一個大雨滂沱的下午，葉如音匆匆招呼金雄白去極司非爾路76號會見專誠等待的周佛海。經過層層衛兵，重重關卡，壁壘森嚴之中，兩人終於見面。「蓬鬆的頭髮，微帶蒼黑的皮膚，穿一件藍綢長衫，幾年不見，比從前豐腴了一些，但臉上顯出有疲勞的神態。他的外表不必恭維，他有讀書人的風格，至多他像一個樸實的中小學教員。從他的面貌以致與人晉接的態度來看，他絕對不像是一個政客。」這是自 1937 年全面抗戰爆發，國民政府西遷後，周金的第一次見面。面對久別重逢的金雄白，周佛海先是懷舊一番，感喟故人的相見，而後單刀直入地對金說明了找他的理由：「上海的一切情形你太熟悉，憑了我們十年的交誼，這次非請你幫忙不可。」接下來，金周二人著實進行了一番自白式的長篇大論。周佛海將抗戰初期「低調俱樂部」的來歷，陶德曼大使的調停秘聞，近衛三原則的內中詳情，汪精衛等人如何逃離重慶，汪系於香港的早期活動，由河內轉向上海等等經過，仔仔細細一股腦兒地對金雄白和盤托出。在周自剖心跡之後，金還問了幾個問題，比如，「汪先生與日本之間，就建立政府一點上，所有基本問題，有無取得原則上的協議？那是否你們的來滬，是表示不問將來結果如何，政權將一定建立？在日軍的佔領地區中建立政權，你相信會有不致於喪權辱國的奇蹟發生嗎？除了渺茫的前途以外，你以爲在敵人的槍刺下可以做些什麼事？從事政治活動，即需要經費，和平運動的經費，是不是由日人所供給？」在上述問題得到周的回覆後，金最後向周表態，「我相信你不會是爲了利祿，必有如你所說的苦衷，但表面上與敵人合作的行動，將爲國人所不諒，我不敢說自惜羽毛，我的律師職務足夠維持生活而有餘。我無力幫你，我也不想捲入這一個是非

的漩渦」。〔註100〕

　　金雄白在和周佛海面談之後，自述曾一度迷惘與痛苦過。「告別佛海回來，我好像做了一場夢，心裏極度紛亂。自從抗戰發生，我一直熱血沸騰，對於最後勝利，雖然漸漸因戰事的後撤而感到渺茫，但從來沒有認為絕望，聽了佛海的話，使我精神上受了一個很大的打擊」；「我們目擊淪陷區的老百姓，在敵人鐵蹄下水深火熱，汪先生是有過光榮歷史的人，佛海的為人我是可以相信的，但為自身計，我又不想搞，因此使我躊躇，我不能立刻下一個決定」。〔註101〕金雄白在面臨是否投敵附逆的抉擇前夜，內心充滿了矛盾與猶豫，這一點是不可迴避的。作為一名身處上海孤島的律師，在周遭抗日氣氛濃厚的環境中，他不會不知道若同周佛海等人合流，就等於做了漢奸，就勢必為世人所不齒唾棄。在此之前，他甚至一度以自己的人格作擔保，為某一家公司所遭受的「漢奸組織」嫌疑開脫。當著上海各報記者的面，也曾言辭屬屬地說過，「本人尚有人格，決不為漢奸辯護」之類冠冕堂皇的話〔註102〕。但是，他又明明是自己打著「私人情感」與「政治好奇」的藉口，毫無推辭與拒絕地面見了周佛海，主動搭上的這條線。所謂的「私人情感」與「政治好奇」，這明顯是金雄白報人生涯中一貫重私情的做法與藉重政治人物以攫財弋位的投機表現。

　　不單單是這次會見了周佛海，他與汪系《中華日報》之間錯綜複雜的關係也是如此。如果說，他在 1937 年前結交曾仲鳴、林伯生，做《中華日報》的「技術顧問」還無可厚非的話；那麼在 1939 年春夏之間，汪系人馬為汪精衛的「和平主張」大造輿論的時候，他積極為《中華日報》的訴訟奔走，甚至直接為《中華日報》的復刊代聘編輯，疏通望平街報販以求發行等行為，就是赤裸裸地通敵助逆了。明知是危險，明知有嫌疑，他越是要試一試。富貴險中求，名利危中來。在他的認識裏，接觸不等於投靠，人情更重於國法，私人友誼明顯勝過了敵我之辨與民族大義。

　　除了上述主觀因素外，金雄白在提及自己之所以做出投敵附逆的抉擇

〔註100〕詳情參見朱子家（金雄白），汪政權的開場與收場（第一冊）〔M〕，香港：春秋雜誌社印行，1976：3～29，「一個似曾相識者的出現」、「大雨滂沱中重晤周佛海」、「汪精衛怎樣脫離了重慶」、「我提出了一連串的疑問」等諸章節。

〔註101〕朱子家（金雄白），汪政權的開場與收場（第一冊）〔M〕，香港：春秋雜誌社印行，1976：29～30。

〔註102〕砂石業罷運風潮，昨仍僵持未決〔N〕，申報，1939-2-16（10）。

時，有一個極其重要的解釋，叫做「形勢逼上梁山」〔註103〕。他說，自那次
會見周佛海後，就有人鄭重地提醒過他，要注意自身的安全。那人甚至說，「某
一方面對你的助汪行爲，很不諒解，我從可靠方面得來的消息，已經準備對
你採取行動了。現在已經錯過了辯白的機會，我特意來通知你，希望你有個
防備，不要以自己的性命作兒戲」。「外面的風尙一天緊似一天，若干報紙上
還隱約登出了我是《中華日報》的總編輯。在我住所的四周，也不時發現有
行跡可疑的人在徘徊，而同業中如《申報》的錢華等，已被人暗殺身死。無
可否認，我內心有些惶懼。」〔註104〕其實，金雄白此時所述的這一形勢並非
完全可視作託辭的孤立個案。實際上，淪陷區中許多人在投敵附逆的前夜曾
有過類似的遭遇。這種遭遇，有的可被視作一些人鐵了心做漢奸的「臨門一
腳」，如河內刺汪案、周作人遇刺案等；有的則成爲及時阻止一些人賣身投靠
的「制敵利器」，如唐紹儀被殺案、吳佩孚被殺案〔註105〕、張嘯林被殺案等。
而當時，上海孤島之內，各方勢力魚龍混雜，既有盡力維護秩序的租界當局，
也有民眾自發抗日和租界內固有的幫派等社會勢力爭鬥，還有中共領導的救
亡運動和國民黨潛伏特工的鋤奸活動。以此種背景推論，金雄白因爲接觸周
佛海，而遭到某一方面勢力的威脅，不是完全不可能。〔註106〕且以國民政府

〔註103〕金雄白曾向周佛海解釋說，自己之所以願意參加的原因，一則是受了與他談話
的影響，二是朋友所告訴他潛伏在我四周的生命危機。詳情參見朱子家（金雄
白），汪政權的開場與收場（第一冊）〔M〕，香港：春秋雜誌社印行，1976：32。
〔註104〕朱子家（金雄白），汪政權的開場與收場（第一冊）〔M〕，香港：春秋雜誌社
印行，1976：30～31。
〔註105〕關於吳佩孚案，近年來，網絡上對吳佩孚的評價日趨正面，吳佩孚不僅被塑
造爲「不納妾、不積金錢、不出洋、不走租界」的道德楷模，還是堅守氣節、
拒任僞職，以致被日本殺害的民族英雄。但是，在學界，吳佩孚案仍然存有
爭議，一些學者認爲吳佩孚「雖蓋棺而不能論定」。「他雖沒有落水，但其屢
次同日方交涉，意欲借侵略者力量東山再起，此種謀劃實屬晚節有虧。至於
說日本人趁吳佩孚醫治牙病將其暗害，也只是不足信的傳言。」詳情參見中
國社科院近代史研究所中華民國史研究室（編），中華民國史資料叢稿：「吳
佩孚工作」檔案資料〔M〕，北京：中華書局，1987；馬振犢，吳佩孚蓋棺不
能論定〔J〕，史學月刊，1997（3）。
〔註106〕1939年2月間，日僞特務丁默邨、李士群等曾在上海「土肥原機關」所在地
重光堂會見日本特務土肥原。其間，土肥原曾透露，僅民國二十八年（1939
年）的一月間，上海地區的恐怖活動就發生四十多起，且在日軍所控制的虹
口及楊樹浦地區，恐怖事件亦開始頻繁發生。由此可見，當時多方特工活動
的頻繁程度，因此金雄白遭遇到並非小概率事件。詳情參見〔日〕晴氣慶胤，
滬西「七十六號」特工內幕〔M〕，上海：上海譯文出版社，1985：24～25。

曾經三次發佈通緝令，對彼時並未擔任汪僞要職的金雄白點名通緝〔註107〕，由此或可推斷在國民政府的判斷中，金雄白的通敵影響並非是可以忽略不計的小事，那麼，對他採取相應的制裁行爲，也合乎國民政府制敵樹威的邏輯。〔註108〕

　　當然，即便這一危險形勢果眞發生，也的確曾將金雄白置入不得不立時做出抉擇的局促之內，但這對於最後結果的影響，應該也只是時機問題而已。主觀上，他在面見周佛海前象徵性地「虛晃一槍」，半推半就地接受會面邀約，帶著「私人情感」與「政治好奇」去見了周佛海，這些都勢必會促成他終將投敵附逆。客觀上，由於周佛海的游說，某一方面對他的通敵行爲而採取的種種措施，以及因此而生發的一連串連鎖反應〔註109〕，形勢環境，都決定了他於此時此地做出此一抉擇的時機。

〔註107〕金雄白三次爲國民政府通緝的詳情爲：1、《開除樊仲雲等二十七人黨籍》，《中央黨務公報》，第二卷第十期，1940 年 2 月 29 日。2、《命令》，《申報》，1940 年 3 月 6 日，第 3 版；3、《命令》，《申報》，1940 年 3 月 31 日，第 4 版。

〔註108〕上海淪陷後，國民政府雖然退往重慶，但在租界內遺留潛伏了大批的特工人員。軍統、中統以及市黨部、戰區代表等組織不斷派遣人員發出指令，要他們在敵後刺探情報刺殺漢奸，樹立「國府」依然在滬的威信和形象，一時間，「抗日殺奸」成爲上海租界國民政府特工的主要活動。詳情參見馬振犢，國民黨特務活動史〔M〕，北京：九州出版社，2008：186～191。

〔註109〕關於「某一方面」的所指，這裡並不能排除汪僞特工自導自演的嫌疑。早在 1938 年秋冬之間，丁默邨、李士群等組織的特工組織已經運作，1939 年 5 月，汪僞集團與丁李集團合流，成立了臭名昭著的「七十六號」，由此，汪僞特工總部開張。這一組織積極配合汪僞集團招降納叛的策略，大肆網羅黨羽。對於他們所看中的人，或者是汪僞高層有意向的人，其慣用的手法是，先派一個與其熟悉的人去拜訪，宣傳「和平反共建國」的理論，以金錢官位相引誘。如對方不爲所動，即再派人送去恐嚇信，信封裏面還有一顆子彈，限其即日內離開上海，以此給對方造成重大的精神壓力，迫其就範。如此行徑，與金雄白所述的危險形勢如出一轍。另外，關於河內刺汪案，雖然陳恭澎爲此曾著《河內汪案始末》一書，詳細介紹了他奉令執行暗殺的前後經歷；而將陳恭澎視爲這次暗殺的執行者，也是目前較爲一致的看法。但是在高宗武的回憶中，他卻表明他深信這次暗殺乃日本特務所爲。他舉出了河內刺汪案中幾項難解的疑點，「他們企圖讓汪相信蔣介石是幕後策劃者，從而離間汪、蔣，以誘使汪一頭栽入日本人的圈套。」以此來推演，這種日僞特務自導自演的行爲並不是沒有可能。因此，不能排除是汪僞特工的嫌疑。參見余子道、曹振威、石源華、張雲，汪僞政權全史（上卷）〔M〕，上海：上海人民出版社，2006：354～356；高宗武，高宗武回憶錄〔M〕，北京：中國大百科全書出版社，2016：29～32。

第四章　加入汪僞：從南京《中報》到 上海《平報》[註1]

　　黑格爾曾說，無論在哪個時代，輿論都是一支巨大的力量。盧梭也點明輿論是正規法律之外的法律。奧地利心理學家賴希曾說，「在一定意義上，『小人』希特勒是在德國輿論的擁戴下上臺的；反過來，希特勒又通過宣傳，更大地擴張了擁戴法西斯主義的輿論。希特勒把握了群眾，以十足的蔑視態度想靠民眾的幫助來實行他的帝國主義」。[註2] 可以說，縱觀世界近現代歷史，大批思想家、政治家、以致法西斯政客們都十分明晰輿論的重要性。這一點也極爲鮮明地突顯於中國近現代新聞史的發展脈絡中。從王韜等報業先驅立足於對媒體控制權與輿論之間關係的深知，高舉「華人資本、華人操權」的旗號而首辦國人報刊，開啓政論傳統；[註3] 到陳獨秀等同人以《新青年》爲平臺，巧用「故作危言，以聳國民」的媒介邏輯而掀起轟轟烈烈的新文化運動[註4]。近代中國報人不僅僅從報業起始就不曾忽略輿論的意義，他們更在紛繁複雜的報業實踐活動中形成了一套演練成熟的輿論操作手法。與此同時，無論是追求「從長善誘，開智新民」的思想啓蒙，還是立足於「放言革

〔註1〕 之所以注明爲南京《中報》和上海《平報》，是爲了和歷史上一度出現過的太原《中報》（閻錫山派系喉舌，負責人爲趙登庸、趙次瀛）、北平《平報》（抗戰前北平原有的小報，淪陷後投敵，社長陸秋岩，總編輯吳劍秋）有所區別。
〔註2〕 陳力丹，輿論學：輿論導向研究〔M〕，北京：中國廣播電視出版社，1999：6。
〔註3〕 〔新〕卓南生，中國近代新聞事業發展史1815～1874（增訂版）〔M〕，北京：中國社會科學出版社，2015：28。
〔註4〕 王奇生，新文化是如何「運動」起來的——以《新青年》爲視點〔J〕，近代史研究，2007（1）：26～29。

命，組織動員」的政治鬥爭，近代中國報人也一次次地成功展演出了對於報刊輿論的有效運用。〔註5〕

　　而作爲對中國垂涎欲滴且準備有時的日本侵略者，他們同樣也認識到這一點。因此，他們不但在侵華過程中組建起了一支由本國記者文人所組成的「筆部隊」；更是非常積極地利用僞政權的名義，腐蝕和拉攏了一批中國的漢奸報人，借用他們已有的本地資源與適應國情的宣傳技巧，爲其侵略戰爭與殖民統治鼓吹服務。金雄白投敵後就成爲這批漢奸報人中的一員，他所主持下的南京《中報》與上海《平報》也就是爲日僞勢力服務的不折不扣的漢奸報刊。

第一節　汪系人馬對報刊輿論工作的看重與早期的「和運」宣傳

　　對於早先就以「能文見長」而得以見謁孫中山的汪精衛來說，他的政治經歷一直是與報刊輿論工作緊密聯繫的。〔註6〕同盟會時期，汪就憑藉《民報》與《新民叢報》的論戰，一躍成爲革命黨文宣系統的臺柱之一，頗受孫中山、黃興、吳稚暉等人的器重與讚賞。〔註7〕孫中山逝世後，國民黨派系鬥爭愈演愈烈，汪精衛以及所聚集的部下人馬（改組派、汪之親信等），仍然多以報刊宣傳、操縱輿論爲主要手段捲入紛爭，以獲取政治資本，謀求最

〔註5〕　黃旦運用媒介政治化的視角，綿密推演出晚清革命派在報刊輿論運作上如何以媒介邏輯介入近代中國的政治進程，其中還涉及到革命派與維新派在這一點上根本不同。「1903年的《蘇報》革命，就是在改變政治運動方式的同時，以自己的現場表演，首次爲中國社會生產了一種新的媒介文化──知識，並通過後來報紙的參與性體驗和經驗，一次又一次地予以證實和修訂，從而沉澱積聚成一個『實在』，一個『我們在交往中所說的實在，它是集體知識中的真實性。此種集體知識中的真實性，至今牢不可破且堅不可摧。』順著這樣的線索來看《新民叢報》與《民報》之辯論，民國初成時的『報律之爭』，民國之後的黨報林立以及《新青年》與『新文化是如何運動起來的』……或許可以觸發我們更多的聯想和解讀。」詳情參見黃旦，報紙革命：1903年的《蘇報》──媒介政治化的視角〔J〕，新聞與傳播研究，2016（6）：36～38。

〔註6〕　汪精衛，自述〔A〕，新綠文學社（編），名家傳記〔C〕，上海：中華書局，1937：45～50。

〔註7〕　在孫中山的心目中，汪精衛就是長於文墨宣傳與調和現狀的，他曾在1908年的《中興日報》撰文稱讚汪的文筆。黃興、吳稚暉等也曾撰文讚賞汪在報刊宣傳上的卓越能力。李理，夏潮，汪精衛評傳〔M〕，武漢：武漢出版社，1988：18～19。

高權力。〔註8〕而且，在 1937 年前的國民黨派系報刊的分佈圖中，汪精衛一派的聲勢最大，最成系統，也最有影響。〔註9〕因此，到全面抗戰爆發之時，報刊輿論工作順其自然地成爲汪系人馬十分看重且運用熟絡的一項利器。

早在周佛海、陶希聖、高宗武等人積極運作「低調俱樂部」時，他們就在南京吸收朋黨，大唱「低調」，暗中搞破壞抗戰的活動。〔註10〕雖然在當時的報刊輿論上，一直充溢著積極抗戰的言論。但是，在大量政界精英的私下交流中，主和的想法要比主戰的聲浪更具普遍性。〔註11〕於是，他們就趁勢利用自己所掌握的或可以施加影響的報刊媒體，以曲折的方法宣揚「戰必大敗，和未必大亂」的論調，鼓吹抗戰失敗主義和民族投降主義的情緒，製造「和平」輿論。同時，通過他們在政界、學界、商界、新聞出版界中的廣泛的社會關係，到處散佈要求停戰求和的主張。這一股在抗戰浪潮下潛隱的暗流，千方百計想要阻止國民政府抗戰，企圖勸說蔣介石放棄抗日決策；並通過秘密交涉，著力於與日方達成交易，終止抗戰，實現「和平」。〔註12〕

到了「藝文研究會」階段，就在第一次近衛聲明「不以國民政府爲對手」，完全堵死了國民政府以和平談判手段解決中日問題的道路之後，汪精衛、周佛海等人不僅未因此停止其與日本妥協謀和的行徑，反而變本加厲，從原來的無固定組織形式和公開的招牌、未設辦事機關的小集團活動，發展到有組織、有計劃的破壞抗戰和反對國共合作，並謀求與日本私密交易的一系列活動。所謂「藝文研究會」，這是「一個暗中散佈反共降日毒素的灰色文化團體」，是武漢時期蔣汪擔心國共合作後中共將在文化宣傳方面佔據上風，並乘機擴充地盤及軍隊；故而暗中成立來執行反共任務的機關。〔註13〕這個「藝文研

〔註8〕 李國祁，民國十四年汪精衛的爭權〔J〕，臺北：中央研究院近代史研究所集刊，1988（17）：115～145。

〔註9〕 方漢奇（編），中國新聞事業通史（第二卷）〔M〕，北京：中國人民大學出版社，1996：350，387～390。

〔註10〕 唐德剛，從通敵到出走的曲曲折折（上）——汪精衛投敵始末之四〔A〕，唐德剛等，從甲午到抗戰：對日戰爭總檢討〔M〕，北京：臺海出版社，2016：127。

〔註11〕 王奇生，抗戰初期的「和」聲〔A〕，呂芳上（編），戰爭的歷史與記憶〔C〕，臺灣：國史館印行，2015：27。

〔註12〕 余子道、曹振威、石源華等，汪僞政權全史（上卷）〔M〕，上海：上海人民出版社，2006：213～219。

〔註13〕 羅君強，一個暗中散佈反共降日毒素的灰色文化團體——「藝文研究會」〔A〕，黃美眞，張雲（編），汪僞政權資料選編·汪精衛集團投敵〔C〕，上海：上海人民出版社，1984：201～202。

究會」，來頭很大，既得蔣介石的「面命」，亦受汪精衛的「指導」；它的宗旨是，「第一要樹立獨立自主的理論，反對共產黨的籠罩，第二要造成一個輿論，使政府可戰可和」。〔註14〕周佛海任總幹事，陶希聖副之，汪系新貴梅思平被派往香港，以「蔚藍書店」爲門面主持了香港分會。

在這一階段，汪系人馬一面打著「藝文研究會」的招牌，利用手中的金錢，通過付稿酬、送津貼等手段拉攏文化界人士。陳獨秀、蔣廷黻、左舜生、羅隆基等皆受過其資助〔註15〕。另一面爲了大力貫徹其對內反共，對外謀和的宗旨，通過直接辦報和收買其他報刊等方式，千方百計地影響和操縱社會輿論。當時其直接出版刊物，如《政論》旬刊（後改爲半月刊）、梅思平的《國際問題》、樊仲雲的《國際週報》、朱樸的《國際通訊》，以及各種著作小冊子，專門刊登汪精衛、周佛海、陶希聖等人鼓吹反共及對日妥協的「和平」言論。另據統計，當時接受「藝文研究會」補助津貼的報刊達到四五十家，範圍更遍及了國統區的各個區域。〔註16〕

1938 年 3 月，國民黨在漢口召開臨時全國代表大會，通過了《抗戰建國綱領》。會後，周佛海被任命爲宣傳部副部長、代理部務，這就爲汪系人馬的活動提供了大大的便利。他當時所訂下的宣傳方針是「科學和理性」，而所謂的「科學與理性」則完全是民族失敗主義的另一種說辭；也正是在這種方針的指導下，一篇篇對抗戰形勢暗施冷箭、宣揚民族失敗主義的文章刊登出來〔註17〕，既打擊了全國軍民團結抗戰的信心，又爲他們的對日謀和行徑累積了政治資本。實際上，此時的汪精衛、周佛海、高宗武等人已經完全走上了通敵謀和的賣國之路，他們已經不止於與日方的秘密接觸，一整套的計劃與連環

〔註14〕 中國社科院近代史研究所中華民國史研究室（編），陶希聖致胡適函（1938年 12 月 31 日）〔A〕，胡適往來書信選（中）〔M〕，北京：中華書局，1979：397。

〔註15〕 羅君強，一個暗中散佈反共降日毒素的灰色文化團體──「藝文研究會」〔A〕，黃美眞，張雲（編），汪僞政權資料選編‧汪精衛集團投敵〔C〕，上海：上海人民出版社，1984：202。

〔註16〕 余子道、曹振威、石源華等，汪僞政權全史（上卷）〔M〕，上海：上海人民出版社，2006：223。

〔註17〕 相關文章如周佛海的《抗戰建國的兩個要點》（《民力》週刊，第 4 期，1938年 4 月 30 日）；陶希聖的《宗教與科學》（《民力》週刊，第 1 期，1938 年 4月 9 日）；《抗戰建國綱領的性質與精神》（《政論》旬刊，第 1 卷第 11 期，1938年 5 月 15 日）等。詳細內容參見余子道、曹振威、石源華、張雲，汪僞政權全史（上卷）〔M〕，上海：上海人民出版社，2006：225～227。

式的謀略已經出爐。〔註 18〕自武漢、廣州相繼淪陷後，國民政府再遷重慶，抗戰形勢急轉直下。就在全國軍民同仇敵愾，餘哀未盡的時刻，日汪雙方秘密達成「重光堂密約」。正是在日本謀略的誘惑下，汪系人馬也著手實施了叛逃計劃，汪精衛、周佛海等人由重慶而河內，正式啓動了臭名昭著的「和平運動」。

從 1938 年 12 月汪精衛等人叛離重慶，到 1940 年 3 月底偽「國民政府」在南京登臺，前後大約歷時一年多的時間，汪偽集團〔註 19〕大肆利用其所掌

〔註 18〕從董道寧被周佛海、高宗武派遣赴日投石問路，到周佛海、高宗武、董道寧、梅思平、陶希聖組成五人核心的「通敵小組」；到周佛海「瞞天過海」，在蒙蔽蔣介石的情況下，實施高宗武「脫出漢口」計劃，打著「日本問題研究會」的幌子，暗訪東京開闢通敵之路；再到「汪偽十人幫」組成班底，正式派梅思平，參與重光堂密約。這一系列的行動皆是汪系人馬預謀計劃而逐步實施的，當時他們的謀略是「先把日方對華的基本政策與人脈弄清楚了，然後編造故事，蒙蔽蔣公；再利用蔣的權勢金錢與敵溝通談判，搞出個既成事實，才對那情緒低沉、對抗戰絕望的汪精衛，趕鴨子上架，來毀蔣謀和，以突出自己的」。他們初步的投敵藍圖是「對內，由汪暗中聯絡地方軍人龍雲、張發奎、劉文輝等，於關鍵時刻宣布擁汪倒蔣；對外，則派高宗武秘密訪日，與日本軍方達成初步諒解，然後再由汪與近衛首相簽訂正式合約，由五相會議通過，御前會議批准。這樣日汪裏應外合，把蔣的國民政府逼成地方政府，趕往西北。然後由汪率龍雲、張發奎、劉文輝諸地方軍頭，通電反蔣，開府西南，護黨救國。接著再藉重友邦日本之協助，內驅蔣毛，外並汪梁。天下大定之後，兩年之內，日本依約撤兵。中國收回租界，取消領事裁判權。中日滿三國聯盟，經濟合作，完成大東亞共榮圈。南禦英美，北抗蘇聯。」詳細論述參見唐德剛，從通敵到出走的曲曲折折（上）——汪精衛投敵始末之四，從通敵到出走的曲曲折折（下）——汪精衛投敵始末之五〔A〕，唐德剛等，從甲午到抗戰：對日戰爭總檢討〔M〕，北京：臺海出版社 2016：133～140，141～158。

〔註 19〕關於汪系人馬由「主和派」淪為汪偽集團的問題，歷來都是汪精衛研究、汪偽研究、抗戰時期國民黨對日政策等領域的研究重點。後世對於汪的評價，對於周佛海等汪系人馬的評價，也大多從汪偽集團的角度去定義。學界的觀點也大多將汪系人馬的「主和」與汪偽政權的建立，聯繫起來認識；許多研究的目的，也集中於汪偽集團協助日本侵略中國的罪行揭露與批判。而實際上，汪系人馬由「主和」到做出投敵附逆的政治抉擇，再到汪偽政權的出臺這中間是存在著複雜的演化進程的，並不能一概而論地將汪系人馬與汪偽集團混為一談。王奇生通過對抗戰初期「和」聲的考察，就明確說，「應當肯定地指出，在當時的情勢下，無論主戰、主和，只要沒有脫離抗戰陣營，大體均出於救國的考量，或可視為救亡圖存的不同手段。即使如汪精衛、周佛海等人，他們在出走之前的主和，亦當作如是觀。」參見王奇生，抗戰初期的「和」聲〔A〕，呂芳上（編），戰爭的歷史與記憶〔C〕，臺灣：國史館印行，2015：66 依據上述思考，也是為了行文邏輯的貫通，本文以 1938 年 12 月汪精衛等人叛離重慶視作汪系人馬淪為汪偽集團的轉折點，特此注明。

控的報刊進行新聞宣傳與輿論造勢。香港的《南華日報》與上海的《中華日報》是其早期「和平運動」報刊宣傳的兩大主陣地。

在汪精衛留駐河內的階段，他們計劃「以國民黨為中心，在國民中間掀起和平熱潮，使國民政府改變抗日政策」〔註20〕，「使全國人民瞭解政策，瞭解主義」〔註21〕。其主旨在於「擴大重慶國府內的和平派勢力，並將蔣介石政權推向倒臺邊緣」；而「實質上依舊沒有超出向蔣介石政權施加壓力的計劃範疇」。〔註22〕基於此，他們以香港《南華日報》為中心的報刊宣傳目的，就是「通過言論指出重慶抗日理論的錯誤，宣傳和平是救中國救東亞的唯一辦法，逐漸擴大和平陣營，在最後，使重慶轉變方向」〔註23〕。

《南華日報》創刊於1930年2月，由汪之親信林柏生任社長，顏加保任經理，自創辦以來就在汪系在港的新聞宣傳中居於領導地位。汪精衛等人叛逃河內後，該報於12月31日刊登了汪偽集團為響應近衛第三次聲明的臭名昭著的《豔電》，「首先發動和平運動之宣傳」〔註24〕。一時間，「所有有關汪氏之主張，完全由《南華日報》為大本營，向國外發表」。〔註25〕在具體的報刊操作上，一方面，《南華日報》大肆以社論、專論、聲明等形式發表汪偽骨幹分子的文章，引導與組織關於「和戰問題」的討論，以爭取獲得國內外的響應與支持，形成聲勢浩大的「和平救國」輿論。《豔電》之後，《南華日報》每天的社論則由周佛海、陶希聖、梅思平負責。該報接連發表汪精衛的《致國民黨中央常務委員會、國防最高會議書》、《答問》、《復華僑某君書》等聲明，林柏生的《汪先生之重要建議》等專論，欺騙華僑，顛倒黑白，為其投

〔註20〕黃美眞，張雲（編），汪偽政權資料選編·汪精衛國民政府成立〔M〕，上海：上海人民出版社，1984：20。

〔註21〕黃美眞，張雲（編），汪偽政權資料選編·汪精衛國民政府成立〔M〕，上海：上海人民出版社，1984：773。

〔註22〕〔日〕岩谷將，日本陸軍眼中的汪精衛和平運動〔A〕，呂芳上（編），戰爭的歷史與記憶〔C〕，臺灣：國史館印行，2015：149～150。

〔註23〕黃美眞，張雲（編），汪偽政權資料選編·汪精衛國民政府成立〔M〕，上海：上海人民出版社，1984：21。

〔註24〕汪偽國民政府宣傳部第一屆全國宣傳會議報告彙編·第四輯報社雜誌社報告·南華日報〔A〕，秦孝儀（編），中華民國重要史料初編——對日作戰時期·第六編 傀儡組織（三）〔B〕，臺北：中國國民黨中央委員會黨史委員會，1981：870。

〔註25〕朱子家（金雄白），汪政權的開場與收場（第一冊）〔M〕，香港：春秋雜誌社印行，1976：25。

降政策辯解，爭取國內外有所響應。《南華日報》還特意開闢「和戰問題」的專題討論，以答疑解惑的形式開展「和運」宣傳，鼓吹中國目前與日本講和的必要性與可能性。這其中談論最力者就是後來成為汪偽政權宣傳部次長的胡蘭成。後來，這些討論「和戰問題」的文章又被編成《和戰問題之討論》、《續和戰問題之討論》等小冊子，廣為發行。另一方面，《南華日報》在版式上力仿《中華日報》，在體育版與經濟版的編排上下工夫，通過版面內容吸引讀者，擴大「和運」的宣傳效果。該報的體育版曾一度於香港各報中有過一定影響力，為此，該報著力將此版列於第一張第四版，「以期引起體育版讀者對於和平運動之注意」。〔註26〕同時，該報「大力增闢副刊之園地，以推進和平反共建國運動心理之建設」，「其一曰《現實與批判》，剖析當前各現實問題之真相，以粉碎重慶歪曲現實宣傳；其二曰《半周文藝》，對和平文藝理論建設之基礎，摧折妄戰文藝毒素文字宣傳；其三曰《國際譯叢》，迻譯日本與歐美雜誌之論文，尤其注重介紹日方對中日事變之輿論；其四曰《萬象》，純為迻譯外國雜誌之科學常識，期於建國前途有所俾補；其五曰《前鋒》，刊布短小精悍與夫富幽默性之小品文，以作移風易俗之嘗試。」〔註27〕

　　汪偽集團以香港《南華日報》為中心的報刊宣傳活動歷時半年左右，到最後連他們自身也承認，「只用言論很難使重慶政府轉變方向」。〔註28〕實際上，《豔電》的漢奸面目一經暴露，就遭到了報業同行與廣大群眾的唾棄。《豔電》之後，《大公報》、《國民日報》等就力主報界公社將《南華日報》革除會籍；1939年1月2日，憤怒的香港民眾搗毀了《南華日報》報館；1月17日，林柏生在香港街頭遇襲，險些喪命；8月13日，《南華日報》及麾下《天演日報》、《自由日報》三家報刊的82名工人，以個別辭工的方式罷工離社以示抗議，致使三家報刊被迫停刊兩月之久，使得汪偽要員們不單要「從

〔註26〕汪偽國民政府宣傳部第一屆全國宣傳會議報告彙編・第四輯報社雜誌社報告・南華日報〔A〕，秦孝儀（編），中華民國重要史料初編——對日作戰時期・第六編 傀儡組織（三）〔B〕，臺北：中國國民黨中央委員會黨史委員會，1981：872。

〔註27〕汪偽國民政府宣傳部第一屆全國宣傳會議報告彙編・第五輯特種報告・香港宣傳工作概況〔A〕，秦孝儀（編），中華民國重要史料初編——對日作戰時期・第六編 傀儡組織（三）〔B〕，臺北：中國國民黨中央委員會黨史委員會，1981：939～940。

〔註28〕黃美眞，張雲（編），汪偽政權資料選編・汪精衛國民政府成立〔M〕，上海：上海人民出版社，1984：21。

寫原稿起，一直到自己來排字和印刷」，還要以每日 7 元的高價雇傭臨時散工來延續報刊的發行。〔註29〕爲此，《新華日報》接連發表社論《援助香港反汪罷工工人》《正義的火炬》等文章，直接指出，「這眞是一件大快人心的事」，「不僅給了汪派漢奸一個沉重的打擊，而且還給了所有淪陷區的被迫爲敵利用的廣大同胞以最大的覺醒，更給全國人民以極大的振奮」。〔註30〕

未能取得國內「主和」勢力的支持與響應，反而招致海內外一致的聲討與唾棄；特別是事先計劃由西南各省將領所舉行的「起義」，以失敗告終。這就意味著日本方面與汪僞集團所密謀的此一階段的「和平運動」，完全失去了再繼續下去的必要，日汪雙方都需要考慮新的計策。汪僞集團提出三項提案：一、日本與蔣介石的讓步，二、由吳佩孚等有力人士進行統一，三、承認汪精衛爲收拾時局的最佳人選。對於第三點提案，具體方式是首先組織反共救國同盟會，由汪精衛配合日軍進攻，發表收拾時局的聲明，以第三次近衛聲明和豔電精神爲基準，在南京組織新的國民政府。日汪雙方對於第三點提案，再次達成一致。此後，汪精衛「和平運動」的重心才開始轉向於南京建立以其爲中心的新中央政權上來了。〔註31〕1939 年 5 月，汪僞集團由河內轉往上海，隨後開展以上海爲根據地的「和平建國」的工作；相應地，此時的報刊宣傳中心已從香港的《南華日報》轉移至上海的《中華日報》，它的目的在於「除依靠言論對重慶進行啓蒙工作外，進而考慮用事實證明日華提攜的好結果，提高抗戰無意義的輿論，由此使重慶政府的動向向和平發展」。〔註32〕

《中華日報》原係國民黨改組派機關報，於 1932 年 4 月創刊，「八一三事變」後停刊。1939 年 7 月 10 日該報爲適應汪僞「和運」宣傳而復刊。在此次復刊的過程中，金雄白就參與其中，出力不少。早在 1932 年汪精衛海外歸國，金雄白就在曾仲鳴的介紹下結識了林柏生。林柏生頻以《中華日報》運作之事請教金，於此，金便做了《中華日報》的「技術顧問」。1937 年，「八一三事變」爆發，《中華日報》面臨停刊，林柏生在離滬前夕找到金雄白，囑託其就近予以照顧。1939 年春，《中華日報》又遭遇拖欠房租問題，面臨官司，

〔註29〕崔玲（譯），新中國叢書第一種・和運史話〔M〕，新中國報社，1941：23。

〔註30〕援助香港反汪罷工工人〔N〕，新華日報，1939-9-21（1）。

〔註31〕〔日〕岩谷將，日本陸軍眼中的汪精衛和平運動〔A〕，呂芳上（編），戰爭的歷史與記憶〔C〕，臺灣：國史館印行，2015：150～151。

〔註32〕黃美眞，張雲（編），汪僞政權資料選編・汪精衛國民政府成立〔M〕，上海：上海人民出版社，1984：21。

又是金雄白出席法庭，爲其做辯護律師，保住了該報的機器設備免遭抵債。同年夏，汪僞集團轉道上海，欲復刊《中華日報》，林柏生又找到金雄白，要其幫忙做兩件事：一是代請幾位有經驗的編輯，二是疏通望平街報販以助發行，金雄白都一一做到了。〔註33〕可以說，正是在金雄白的鼎力相助下，此一階段「和運」宣傳的主陣地《中華日報》才得以成功運作，而金雄白也因此遭遇到了外界對他與汪僞集團關係的懷疑。

金雄白曾回憶說，汪剛剛脫離重慶之後，跟國民黨有聯繫的上海報界人士就從重慶得到通知：不要在報上攻擊汪。〔註34〕這與蔣一開始所採取的留有餘地、穩定輿論的策略是一致的。12月26日，蔣在中央黨部紀念周上發表演說，聲稱，汪的出走「純係個人行動，毫無政治意味」，如果汪對國事有所見解，「則以汪先生與中央同人，尤其與中正個人久共患難之深切關係，無話不可言明，何事不可切商。果有不同的意見，亦必在中央公開或私人相互討論」，「外間一切猜測與謠言，國人必不置信」。〔註35〕同時，他還致電香港《大公報》張季鸞，希望對汪的輿論「寬留餘地」，國民黨中央黨部也致電各報要「停止討汪肅奸」。〔註36〕蔣介石之所以採取的這一策略，或是出於多種考慮〔註37〕，但它卻在淪陷區內造成了一種影響，就是使得身處淪陷區的很多人會在有意無意間形成蔣汪「雙簧」的印象。〔註38〕而這種印象無疑會誘導人

〔註33〕朱子家（金雄白），汪政權的開場與收場（第一冊）〔M〕，香港：春秋雜誌社印行，1976：30～31。

〔註34〕〔美〕約翰‧亨特‧伊博爾，中日戰爭時期的通敵內幕1937～1945（下）〔M〕，陳體芳，樂刻譯，北京：商務印書館，1978：213。

〔註35〕蔣委員長斥敵聲明〔N〕，新華日報，1938-12-27（2）。

〔註36〕孫彩霞，蔣介石對汪精衛叛國投敵之處置〔J〕，近代史研究，2010（4）：86。

〔註37〕除爲了沖淡汪出走給整個抗戰局勢所造成的負面政治影響，安撫國民黨內的親汪分子，穩住整個國民政府的陣腳，蔣還擔心，以「除蔣」爲和談條件的日汪勾結，將會給蔣本身的權力地位帶來嚴重威脅。因此，基於多重考慮，蔣採取了此一態度。張殿興，汪精衛的叛逃與蔣介石的應對——從蔣介石的一則日記說起〔J〕，歷史教學，2007（11）：52。

〔註38〕實際上，早在1986年5月，在北京師範大學舉辦的《關於汪僞政權問題學術討論會》上，與會學者經過討論基本上排除了「蔣汪雙簧」的可能性，認爲過去所有關於「蔣汪雙簧」的說法，不過是親汪學者爲汪氏塗脂抹粉、文過飾非的幌子罷了。此後，大多數學界認識也基本圍繞這一定論進行闡述。從蔣汪關係上來看，這一定論應該不差。但僅論述這一說法的眞僞，卻忽略了這一說法於當時歷史情境中所生發的連環效應。換句話說，這一「雙簧論」並非完全屬於後人所作的託詞，而是曾眞實存在於時人的認知之中。不僅金雄白曾說，當時1939年上海「瞭解內情」的新聞記者，對蔣汪之間的關係，

們對通敵認識產生分歧，敵我判斷發生模糊，由此，也就進一步使得許多人，如金雄白等，誤判局勢，直至「在眞相大白以前，克服心理障礙，跨出了通敵的第一步」。〔註 39〕

1939 年 7 月 10 日，上海《中華日報》正式復刊，社長林柏生，總編輯郭秀峰，總經理葉雪松，成爲汪僞「繼《南華日報》之後，首先以宣傳和平之姿態，報導於國人之前」的報刊宣傳中心〔註 40〕。

《中華日報》一方面在顯要位置大肆刊登汪僞集團要員們的文章，汪精衛、周佛海、陶希聖、梅思平、林柏生等人的聲明與論調層出不窮，紛紛爲「和平建國」吶喊呼吁，以求響應。據統計，僅僅在 1939 年 7 月至 8 月的一個月內，該報就刊發「和運」社論 26 篇，鼓吹力度之大，前所未有。另一方面，以專論、來稿、轉載等形式，假借各種社會團體與讀者名義，發表響應與擁護「和運」的聲音，強奸民意，欺世惑眾。該報 8 月 1 日的《上海市民覆蔣介石書》就是無恥地冒用「上海市民」的名義，以請願書的形式向蔣介石請求停止抗戰，改從「和運」。此外，《中華日報》也學習《南華日報》大辦副刊，滲透「和運」宣傳。其中有《華風》、《小探集》、《中華畫刊》、《婦女週刊》、《青年週刊》等副刊，它們紛紛以文化爲外殼，改頭換面，宣傳「和平建國」的論調。

與《南華日報》的宣傳效果一樣，《中華日報》自一出臺，就遭到報界同業與廣大群眾的抵制與批判。《大美晚報》、《中美日報》、《大晚報》、《大英夜報》等紛紛與《中華日報》進行論戰，每當《中華日報》社論一出臺，各大報刊就逐條加以批駁，著論指斥，逐日連載。愛國報販自覺抵制該報的發行售賣，使得「《中華日報》在市場上一時陷入不能銷售的境地」；以至於，連日本方面也不得不承認，「上海兩租界市民受抗日分子及文化界、新聞界的薰

視作「雙簧」的表演：如李聖五、何炳賢等也曾確信，「當時蔣巧妙地利用了汪的叛逃」，甚至徐永昌也一度有過「蔣汪分工」的預想。更多時人關於「雙簧論」的論述，可參見蔣永敬，抗戰史論〔M〕，臺北：東大圖書公司，1995：335～432，〔美〕約翰・亨特・伊博爾，中日戰爭時期的通敵內幕 1937～1945（下）〔M〕，陳體芳，樂刻譯，北京：商務印書館，1978：212～213。

〔註 39〕羅久蓉，中日戰爭時期蔣汪雙簧論述〔J〕，新史學，2004（9）：190～193。
〔註 40〕汪僞國民政府宣傳部第一屆全國宣傳會議報告彙編・第四輯報社雜誌社報告・中華日報〔A〕，秦孝儀（編），中華民國重要史料初編——對日作戰時期・第六編 傀儡組織（三）〔B〕，臺北：中國國民黨中央委員會黨史委員會，1981：877。

陶，抗戰及反汪空氣當然濃厚」〔註41〕。

第二節　金雄白入身周系與南京《中報》的創辦發行

　　金雄白做出投敵附逆的決定之後，他又特意與周佛海第二次見面。這次見面，周佛海就跟金表達了希望他能參與羅君強與葉如音辦報團隊的想法，他預計此報就要在南京新政權登臺的第一天出版，是爲南京《中報》，欲取代「維新政府」的《南京新報》〔註42〕。當時，金雄白並未答應，他的說辭是自己長久以來對報紙的厭倦。於是，周佛海便將金雄白暫時轉置自己招攬團隊之中。他暗中於上海威海衛路的太陽公寓內設立了一個專門招攬「人才」的秘密機構，以羅君強爲總幹事，金雄白爲總秘書，對於直接前來投奔或經人介紹入夥者，經過簡單談話後，填寫一份履歷檔案，就可每月領取一份生活津貼，待新政權成立時再量才使用。有官位，有津貼，一時間就有五百多人前來登記，這其中有曾任上海大夏大學教授的傅式說、作家張資平、劉星辰、曾任中央大學教授的張素民、滬江大學教授王海波、小學校長張仲寰等數十位名流。〔註43〕

　　除了爲周佛海招攬「人才」之外，金雄白還參與了汪僞集團的黨務工作。爲了加緊汪僞政權的出臺，1939 年 8 月汪僞集團召開「僞國民黨六全大會」，

〔註41〕黃美眞，張雲（編），汪僞政權資料選編・汪精衛國民政府成立〔M〕，上海：上海人民出版社，1984：188～189。

〔註42〕《南京新報》是南京地區日僞創辦的第一張報紙，是僞「維新政府」暨僞「督辦南京市政公署」的機關報。社址在南京復興路 157 號，社長爲秦墨哂，早年曾留學日本東斌學校，後在陳立夫的南京《京報》與金雄白曾有不睦。總編輯爲關企子，也是歸國留日學生。1938 年 7 月初旬創刊，該報每天 1 張，對開 4 版，1939 年 1 月 1 日擴爲對開 6 版，不久又增爲對開 8 版。該報的編輯方針是「直接秉承宣傳局之指導，對中央政府之國策綱領作迅速之報導，對國際情勢、東亞關係作詳盡之記載。」該報主要的新聞來源是日本的「同盟社」和日僞合辦的「中聯社」，報上充斥「日軍勝利前進」、「國民黨軍潰退」的新聞與「中日親善提攜」、「建立東亞新秩序」等評論，以及爲漢奸塗脂抹粉的「昨又殉難先烈多人」等消息，還有諸如「皇軍大歡迎——美麗好招待周到」、「大優惠皇軍——人民慰安所、倚紅閣妓院、廣寒宮妓院露布」之類的整版廣告。在日僞當局的控制下，南京各機關、團體、學校、工商企業都必須訂閱該報，其發行量一度達 13000 多份。詳情參見經盛鴻，日僞時期南京新聞傳媒述評〔J〕，抗日戰爭研究，2005（3）：71～72。

〔註43〕朱子家（金雄白），汪政權的開場與收場（第一冊）〔M〕，香港：春秋雜誌社印行，1976：32～39。

非黨員的金雄白被周佛海硬拉爲江蘇區代表參與了此會〔註44〕。會後，12月，僞國民黨中央執行委員會第六次常務委員會決定，改組了天津、北平、南京、漢口四市及河北省黨部委員會，選派金雄白等三人爲南京市黨部執行委員。〔註45〕正當金雄白積極爲汪僞集團的黨務組織奔走時，不意葉如音捲款而逃，使得周佛海的辦報之事一時所託無人，因此，金雄白不得不再爲馮婦，重新做起了南京《中報》的籌備工作。〔註46〕不過這一次不同於以往所有的報界經歷，不單單是因爲此次是爲汪僞政權辦報，更重要的是，此次金雄白以報人身份入身周系，成爲了周佛海個人經營的一股報界勢力。

當時汪僞政權大辦報刊，「無論數量還是質量上都較早期傀儡政權時期都有所增加和提高」〔註47〕。由於各種報刊的統屬關係不同，性質不一，其也就形成了四種不同的樣態：僞宣傳部直接經營的直屬報社；僞華北政務委員會和僞蒙疆聯合自治政府所屬報社；具有私屬性質的「和平報紙」以及小報。前兩種是汪僞各級政權的機關報，具有鮮明的官方性質，也在汪僞地區報業中佔有主導地位，但影響力比較有限；所謂「和平報紙」是當時京滬等地興起的一批強勁的私人報刊力量，它們報型大、版面多、編排水平高，因其均標明以宣揚「和平反共建國」爲宗旨，與汪僞當局或日本軍方形成依附關係，且以民間的姿態說出汪僞官方想要說的話，故被稱爲「和平報紙」。「和平報紙」表面上雖爲私人所辦，但並非商業報，本身也並不以追求利潤爲目的，而是爲某一政治小團體服務的派系宣傳工具，因此具有鮮明地半官方性質。也正是由於這種半官方的煙幕，其新聞宣傳的迷惑性與影響力也最大〔註48〕。上海的《中華日報》、《平報》、《國民新聞》、《新中國報》被統稱爲「四大和平報紙」，南京《中報》也屬於此一種類。相比其他報紙，南京《中報》的創辦時間是與汪僞「國民政府」的出臺相一致的，它的發展經歷基本就伴

〔註44〕爲了廣拉代表以充數，金雄白另被林柏生保薦爲廣東省代表參會，由此可見此會實爲一場汪僞集團拉攏黨員、胡亂拼湊的鬧劇。參見朱子家（金雄白），汪政權的開場與收場（第一冊）〔M〕，香港：春秋雜誌社印行，1976：40。

〔註45〕蔡德金，李惠賢，汪精衛僞國民政府紀事〔M〕，北京：中國社會科學院出版社，1982：36。

〔註46〕朱子家（金雄白），汪政權的開場與收場（第一冊）〔M〕，香港：春秋雜誌社印行，1976：54。

〔註47〕黃士芳，汪僞的新聞事業與新聞宣傳〔D〕，復旦大學博士論文，1996：95。

〔註48〕余子道、曹振威、石源華、張雲，汪僞政權全史（下卷）〔M〕，上海：上海人民出版社，2006：891～892。

隨著汪僞政權整個新聞統制制度的鋪設過程。

　　既然是派系報紙，自然面臨著派系之間明爭暗鬥的矛盾。就在南京《中報》的籌備過程中，周佛海一系就與其他勢力發生了矛盾。「起初陶希聖要求羅君強把它改爲《中央日報》，經君強堅拒之後，且貽書詬責，曾成爲一樁軒然大波。陶希聖出走之後，林柏生繼陶爲中宣部長，又向我重申前議，希望改組之後，由我出任《中央日報》社長」。對此，羅君強力持反對，於是，林柏生就不單與羅君強有了芥蒂，對金雄白也冷漠了起來。這件事甚至一度影響了金雄白在汪僞政權的仕途，林柏生作梗使他未能坐上「宣傳部次長」兼「中央通訊社社長」的位置。〔註 49〕具體在報社設備與地址的籌劃上，金雄白也頗費了一番力氣。「我首先派人在南京近夫子廟的朱雀路上，購置了一方小小的土地，興建社址，一共也只有單開間的兩進，前一進樓上是編輯部，下面是營業部，後一進下面是經理室，樓上是我的私人辦公室兼臥室。另外在附近地點，租到了一所破舊的民房，作爲印刷所，一切都出之於因陋就簡。此外，就近在上海購買了一架明精廠出品仿照《時報》伏美牌的輪轉印刷機，附帶有澆製鉛版、紙版的設備。還搜購了大批捲筒紙，陸續運往南京存儲，鉛字、銅模、鑄字機等也勉強一一置備齊全。」在採訪與編輯人員的延攬上，金雄白定下了一個原則，叫「非內行不用」，竟也招到了一批報界內行以供驅策。他的邏輯是，「一是京滬淪陷之後，許多報館都告停刊，大批報界舊人失業已有兩年，既不能隨軍撤退，政府亦了無救濟之謀，儘管有人報國有心，無如請纓無路，此時妻啼子號，實已山窮水盡，爲了一己的苟延，也爲了一家活命，但求能得枝棲，就不遑顧及其他了。再則中國人向重友道，經不起我再四央請，因卻不過情面，也就委屈從事了。」〔註 50〕

　　經過如此繁瑣的籌備之後，終於，南京《中報》於 1940 年 3 月 30 日汪僞「國民政府」粉墨登場之日正式出刊。以周佛海爲董事長，羅君強任社長，金雄白任副社長，由他總攬報社編輯與經營事務，後由陸光傑、關企予分任總編輯。該報報頭由汪精衛親筆題寫。

〔註 49〕朱子家（金雄白），汪政權的開場與收場（第一冊）〔M〕，香港：春秋雜誌社
　　　　印行，1976：55。
〔註 50〕金雄白，記者生涯五十年（下）〔M〕，臺灣：躍升文化事業有限公司，1988：
　　　　76～77。

（《中報》報頭）

關於《中報》的名字，據羅君強的說法是在於「對人公開說它是中國人辦的報紙，『中央』辦的報，實際上是我看到《申報》在上海資格最老，一般人對它印象很深，『申』字去掉一橫就是『中』字，命名《中報》，有心影射。」〔註51〕此外，在它的《發刊獻詞》中，也寫道，「中報者，中日永久和平紀念之產物也，無和平運動，則無中報」。〔註52〕該報宣稱宗旨是「希藉言論之宣傳，喚醒一般民眾，徹底明瞭『反共和平建國』之眞諦，藉以復興國家，樹立中日兩國之親密關係」〔註53〕。《中報》的創刊號爲三大張十二版，此後日出一張半，1941 年 4 月增至兩大張。在編輯上，金雄白自譽：「一再參證，決兼摘中外各報之所長，以綜合爲原則，以醒溪爲要義。副刊專刊以生動爲主，新聞多加特寫譯述，力避呆滯枯澀之弊」，又表示，「純爲宣揚正義，擁護國策，不作無聊惡意之攻訐。不爲虛僞誇大之宣傳，盡忠實報導之天職」。〔註54〕該報定價每份「國幣」五分，按月是一元五角，半年爲八元，全年是十五元。

〔註51〕 蔡登山，叛國者與親日文人〔M〕，臺灣：秀威信息科技股份有限公司，2015：157。
〔註52〕 羅君強，發刊獻詞〔N〕，中報，1940-3-30（1）。
〔註53〕 汪僞國民政府宣傳部第一屆全國宣傳會議報告彙編‧第四輯報社雜誌社報告‧中報社〔A〕，秦孝儀（編），中華民國重要史料初編──對日作戰時期‧第六編 傀儡組織（三）〔B〕，臺北：中國國民黨中央委員會黨史委員會，1981：878。
〔註54〕 金雄白，一年來之中報〔J〕，新南京‧中報紀念特刊，1941-3-30：67。

　　雖然版次多有變化，但内容大體可以細分爲六大塊，分別爲言論布告、國内新聞、國際要聞、經濟與教育版面、《中流》副刊這四個固定板塊和每日專刊、紀念特刊這兩個動態板塊。首先在言論布告板塊上，《中報》並無固定的社論、社評等形式，專以汪僞諸要員們的談話、演講、訓示、書信等作爲言論，例如《國民政府文官長致蔣介石書》，其以私人書信的形式對重慶方面表明勸降態度〔註55〕；以及《汪代主席廣播，闡述罪己的精神》、《怎樣做近代國家的國民——立法院長陳公博廣播演詞》、《再呼籲於同胞之前》等呼籲類文章；而這類言論在《中報》上發佈也更爲合適。另以汪僞政權各項政令、政綱、人員任免通知等作爲布告，例如《國民政府政綱》、《懸掛國旗應注意各點》、《中政會各專門委會專任兼任委員人選》等，這類布告充塞版面，以起到廣宣政令的作用。僅僅在發生重大新聞事件的時候，才會配上社論以闡明報社態度。筆者查詢《中報》的第一篇明確以「社論」名義刊發的爲1940年4月23日的《歡迎阿部大使莅京》一文。該文爲配合阿部信行訪問汪僞政權一事而發，目的是表達「本報同人對於友邦遠來之特使，謹傾獻其親仁善鄰應有的歡迎之忱。」〔註56〕此後，《中報》相應地也會刊發一些批駁重慶國民政府抗戰政策的專論，如《蔣介石的磁鐵戰》《「拖」與「引」》等，皆屬於内容下流、專事謾罵的文章。至於《中報》爲何如此安排言論板塊，金雄白有所解釋，「或以中報缺乏評論爲病，周董事長於還都之前，曾以埋首苦幹不尚空談爲戒，本報同人，因於基未固之前，不敢以睿淺之意見，作放言之高論。」〔註57〕然而，《中報》在言論布告板塊的表現，恰恰印證出這類「和平報紙」所擔負的特殊作用，以民間的姿態將汪僞政權官方不方便說的話說出來。

　　在國内新聞板塊，《中報》一方面集中報導汪僞政權所發生的大事要聞，爲汪僞「還都」渲染出深受歡迎的盛世景象。例如創刊當天就大肆報導了《和平奠定基礎，舉行隆重典禮》等汪僞政權「還都」慶典新聞，内容多爲汪僞「國民政府」各院部會長官就職宣言；又刊載《逕邇同欣萬民歡騰　各地慶還都熱鬧空間》等報導，營造出「民眾集會遊行，青白旗到處飄揚，浙皖等省擁汪電文如雪片飛馳」的景象〔註58〕。此後，《還都後人口激增，京市日趨繁榮》、《還都盛典工作緊張，提燈遊行場面偉大》、《國府還都慶祝盛典，日使

〔註55〕國民政府文官長致蔣介石書〔N〕，中報，1940-4-3（1）。
〔註56〕歡迎阿部大使莅京〔N〕，中報，1940-4-23（1）。
〔註57〕金雄白，一年來之中報〔J〕，新南京・中報紀念特刊，1941-3-30：69。
〔註58〕逕邇同欣萬民歡騰，各地慶還都熱鬧空間〔N〕，中報，1940-3-30（2）。

節團熱烈參加》、《和平邁進薄海騰歡，舉國官民共慶還都》等專門爲汪僞「還都」慶典搖旗吶喊的宣傳報導持續了近一個月的時間，「盛況空前」、「同申慶祝」、「場面偉大」、「蔚成大觀」等辭藻極力鋪陳。另一方面，該報積極對重慶國民政府與延安中共各個方面進行挑撥離間式的造謠與攻訐。例如《渝國共摩擦深刻化》一文，其中運用「香港來電」、「上海來電」等方式，以多方信源互證來塑造出「共方拒絕出席參政會議，各地雙方軍隊時起衝突」的不和印象〔註59〕。《渝方分裂日益顯露，宋子文等明白反共》、《渝共軍隊嚴重衝突，晉豫邊境情勢紊亂》、《共黨向渝提要求，通電攻擊孔祥熙》、《渝國共各走極端，共方提十項議案》、《桂林居大不易，食糧缺乏平民痛苦》、《逃出重慶》、《渝方士兵厭戰，人民渴望和平》、《重慶百物高漲，布衣一襲廿元》等等此類旨在破壞國共關係、攻訐抗戰政策、批判國民政府暴政的報導，層出不窮，內容大多相仿，論調出乎一致；「某君說」、「傳聞」、「據內地人來談」、「知情人士談」等道聽途說式的造謠消息更是屢見不鮮。另外，相較於「維新政府」的《南京新報》等報紙大肆渲染「日軍戰績」所不同的是，《中報》極少報導日軍戰況，一般僅以短訊來描述日軍動向。如《晉戰事在擴大中，澤州線尤爲激烈》，其中寫道「日軍自廿五日攻陷廟前，續向南進，已進至青陽西方十公里之石門埠地方，現正圖包圍青陽縣城」。〔註60〕未見其過於誇張的報導。這一點是汪僞「和平報紙」與早期日僞報刊的一處典型不同。

在國際要聞板塊，《中報》所報導者多爲關注英法軍事態度的「歐戰消息」，創刊號上的第一篇頭版國際消息即是《克萊琪在日透露英對遠東新動向，美政界人士聞訊表示驚慌》。相比於其他漢奸報刊在國際消息上僅採用日本「同盟社」與德國「海通社」的消息而言，這種是《中報》的特色所在。金雄白曾說，「在日軍控制之下，全部國際新聞的消息被限制只許採用日本的『同盟社』與德國的『海通社』。我大膽地決定了採用了英國的『路透社』與法國的『哈瓦斯社』等電訊，來作爲國際新聞的主要來源。在出版之後，因對歐戰消息較爲新穎詳盡，竟然受到了讀者的很大歡迎」〔註61〕。當然，在關注歐戰議題的同時，該報的傾向性也十分明顯，例如《英法舉行第六屆最高軍事會議，擬再擴張協定範圍重申戰事共同態度》、《意大利出兵三百萬，

〔註59〕渝國共摩擦深刻化〔N〕，中報，1940-4-5（1）。

〔註60〕晉戰事在擴大中，澤州線尤爲激烈〔N〕，中報，1940-4-27（3）。

〔註61〕金雄白，記者生涯五十年（下）〔M〕，臺灣：躍升文化事業有限公司，1988：
　　　　76～77。

五路進攻協約國》、《英對遠東態度轉變，放棄與美一致行動》、《意法和平談判成功，西線戰事宣告結束》、《法停戰求和矣》等，皆是站在德意兩國積極進攻的立場上，盡力刻畫出英法諸國自顧不暇、進退失據的「世界大勢」。

在經濟與教育版面上，《中報》細分為《經濟行情》、《教育與體育》兩個小欄目，初分為兩版，後合為一版，且兩個欄目的位置經常變化。其中，在《經濟行情》上，主要關注「外匯變動」、「市價漲幅」、「民生福音」這三個側重點。「外匯變動」主要是黃金價格與匯率變動，如《外匯英平美漲，金價小挫內債稍升》、《金市外匯均平靜》等固定報導。為了反映「市價漲幅」，《中報》特闢出版面下方一小塊固定區域，每日專門列出米糧、雜糧、麵粉、油酒、香煙、皂燭等價格，分門別類，價碼明確。前兩點未帶有明顯的報導傾向，而「民生福音」這一點則不乏替汪偽新政吹噓的傾向，如《民食前途福音，米船絡繹市價下泄》、《布衣暖飯菜香，南京人的衣食素描》等皆是如此。在《教育與體育》上，《中報》安排的是「體育消息」重於「教育消息」，且多使用攝影照片以反映新聞。創刊號上就首刊劉長春和他的題字「體育先鋒」的照片，所報導的是《參與東亞運動會始末》的新聞。〔註62〕此外，在《華北健兒抵京》、《全國決選揭幕》等皆使用「本報特寫」加「大幅照片」的方式來反映體育賽事，其目的無非是為了烘托出「國府還都」以來經濟界與教育界、體育界的「更生氣象」。

〔註62〕 這則新聞是否屬實，劉長春到底有沒有參加這次的「東亞運動會」、到底有沒有歸順汪偽政權令人懷疑。1932 年 5 月，他曾在《大公報》上公開發表聲明，「我是中華民族炎黃子孫，我是中國人，絕不代表偽滿洲國出席第十屆奧運會」「苟余之良心存在，熱血尚流，又豈能忘掉祖國，而為傀儡為偽國作馬牛！」他的這種態度曾引起社會極大反響。但是在 1940 年的《立言畫刊》上，卻提到了劉曾參與這次運動會的經歷，其中說「短跑怪傑劉長春，這次到東京去參加東運，風頭出得特足，現在東京之白光小姐與彼相交甚厚，每日會場上，兩人說說笑笑，頗有韻味。」參見《劉長春白光在東京》，《立言畫刊》，1940 年第 93 期，第 28 頁。另外，在《中報》上關於劉長春與汪要員交往的消息也多有刊載，例如《中報讌武漢健兒》一文中，報導「中報社長羅君強、副社長金雄白，昨日中午十二時歡宴武漢參加東運華中預選代表團於丁家橋邊疆委員會，並邀請體育界知名人士劉長春、徐英、徐公美及記者滕樹谷趙天民作陪。」中報讌武漢健兒〔N〕，中報，1940-4-23（4）；另外，在徐英（汪偽政權的「中國體育協會常務理事」）所著的《事變以來之中國體育》一文中，也有「擬請加聘劉長春為本會委員案」的描寫。參見成都體育學院體育史研究所，中國近代體育史資料〔M〕，成都：四川教育出版社，1988：696。

　　《中流》，是《中報》固定打造的一個特殊副刊，它在《開場白》裏曾標榜兩點，一個叫「扁舟一葉，容於中流」，意思是供給讀者「一份悠閒恬適」；一個叫「中流砥柱」，意思是使讀者能「更了然於這大時代裏每一個人應負的本責，期與讀者齊集和平建國旗幟之下，一德一心，群策群力，向著光輝熠熠的前途進展」〔註63〕在它的設計中，其假借讀者之口具體表達了對於當下副刊現狀的理解與理想副刊的意見。「有的報紙索性都變成了副刊（像上海蓬勃一時的小報就是），有的大報也自暴自棄，把副刊辦成了胡說八道的天下」，「有的報紙，忘去了副刊的本質，大盡其社會喉舌，領導群眾的使命，把硬性的文字竭力搬到副刊上來，有深奧玄妙理論的，有闡述詳盡的社會科學的，也有屬於專門家才能懂得的專門性底文字的……也不顧別人有著怎樣的反感，他卻自以爲盡了一種應盡的使命」。很顯然，這種批駁所針對的是沿襲《申報‧自由談》副刊改革潮流的廣大抗戰文藝報刊。而在它理想副刊的計劃裏，它暢想的是成爲一種都市生活的消閒品。「在一天的末了，你回到你溫暖的家，燃起了一根紙煙，叫傭人倒來一杯清香可口的龍井濃茶，倒臥著在具有強烈彈性的沙發上，揭開當日新聞紙的副刊，一面讀著輕鬆、流利、幽默、風趣的小品文字，從心坎的底下，發出一種會心的微笑，一面吞雲吐霧地洋洋自得的顯出一種十分閒逸的神情……眞是人生最得其所哉的一霎那。」〔註64〕因此，《中流》上所連載的自然大多是描寫風花雪月、狗鳥魚蟲、身邊瑣事等這一類通俗消閒類小品文，如《致富二記》、《一人巷閉門漫錄》、《唇與吻》、《金陵詩畫》等。這些文章大多是洋場才子的文風，各種老氣橫秋的筆名更是眼花繚亂，令人難辨眞假，例如「石綠」、「兩櫻子」、「辛陀」、「友蘭」，其中老報人徐凌霄以「彬彬」、「凌霄漢閣談薈」等筆名的專欄文章絡繹不絕，爲數最多〔註65〕。此外，《中流》裏面也會出現一些明指暗喻的論事雜文與現身說法，如嚴蘊的《漫談書生》，其中寫道：「書生能夠青雲直上，一定是除了學問以外，還有應世之才。（這個小一點說，就是明瞭社會的一切，大一點說，就是洞明當前的時代）否則，世道雖衰，毫無本領的人是究竟爬不上去的呢。偉大的時代，分外需要器宇宏深，周知灼見的人才！卻用不著沾沾自

〔註63〕開場白〔N〕，中報‧中流，1940-3-30（8）。

〔註64〕理想中的副刊〔N〕，中報‧中流，1940-4-19（8）。

〔註65〕徐凌霄與金雄白私交甚篤，金曾經在回憶中詳細描述過他與徐凌霄的交往約稿過程。詳見金雄白，記者生涯五十年（上）〔M〕，臺灣：躍升文化事業有限公司，1988：79～80。

喜的書生。」〔註66〕此文很明顯，無非倡導的是「識時務者為俊傑」的觀點，力勸那些於汪偽治下隱居避世的知識分子們「出山」。另有張劍華的《一封懺悔的信》，這裡面更露骨：「我現在深深的懺悔了。我覺得我是必須要腳踏實地的做去，不再容我徘徊在十字街頭。朋友！你放心吧！今後我將隔離一切譏笑、卑視、諷刺的人們，我只管我自己切實地幹起來，充實起實力來，向著光明的大道走去。我只希望他們——這輩無情的人們，能生生世世地和我絕緣。我現在已經堅定我的志願，我開始幹了！」〔註67〕這種文章的用意更是明顯，就是在勸導淪陷區的人趕緊做出歸順汪偽政權的決斷。且這些文章大多貌似直接使用作者「實名」，以增強可信度。如此，既有洋場才子們的撐場，以粉飾太平；又有「實名先進」們的發聲，以欺蒙民眾，在汪偽中人的眼中，《中流》這一塊「園地」，果然是「中流砥柱」，「非常適合當前的時代」。〔註68〕

關於每日專刊，《中報》的設計更為精巧，它幾乎做到從週一至週日每天一個主題的專刊樣式，以分門別類地討論具體問題。例如，創刊當天為週六，《中報》就推出了《遊藝》專刊，以後每逢週六就推出此刊，在《開門見山》裏，它就點明：「遊藝的範圍很廣，簡單的說，就是尋開心的東西，是一種生活的藝術。關於好白相的東西，如電影、戲劇、歌舞、著棋、笑話，以及各種雜要，只要不十分趨於下流，能夠『中流』就行。希望讀者直接來信指教，不要背後閒話。歡迎投稿，注意八個字：新鮮有趣，短小精悍。」〔註69〕因此，其內容多是《顧曲雜憶》、《胡蝶近況》、《裸舞宮大膽演出》等戲曲演藝類黃色花邊新聞。《中報》每逢週日推《兒童週刊》，目的是為解決「最近二年半以來，小朋友們的精神食糧恐慌問題」〔註70〕，初期內容多為《孤女尋父記》、《難童苦》等具有強烈傾向性的小文，以誘導兒童形成「戰亂之危害，和平之可貴」的簡單認識。此後，它積極教導兒童要「打開報紙一看，靜觀自得，目攬全國，認識時事。」〔註71〕，而如何閱讀報紙呢，就要「對報刊中有價值的社評，以及學術理論的介紹，都應該從頭至尾，毫不苟且的閱讀

〔註66〕嚴蘊，漫談書生〔N〕，中報·中流，1940-5-17（5）。

〔註67〕張劍華，一封懺悔的信〔N〕，中報·中流，1940-5-11（5）。

〔註68〕施青，「中流」砥柱〔N〕，中報·中流，1940-6-6（5）。

〔註69〕開門見山〔N〕，中報·遊藝，1940-3-30（6）。

〔註70〕兒童週刊告讀者〔N〕，中報·兒童週刊，1940-3-31（6）。

〔註71〕健夫，認識時事〔N〕，中報·兒童週刊，1940-4-7（6）。

下去」〔註72〕。以報刊影響兒童心智，這一點是非常明顯的。每逢週一是《青年問題》，此專刊是爲了「從青年自身加以檢討，加以研究，謀求解決青年們生活與思想的出路問題」〔註73〕。它對問題討論的劃分更細，誘導性更明顯。例如，創刊號上刊載的是《青年問題‧學習專號》，專談「青年需要學習忍耐、徹底、謙虛」〔註74〕的品質；此後更有《青年問題‧成功專號》，專談「個人的前途應該和社會的前途相一致」的成功條件〔註75〕；《青年問題‧健康專號》，專談「青年鍛鍊以使整個民族獲得偉大力量」的問題〔註76〕。這些專號討論，明鋪暗蓋，無不顯示出汪僞政權對其治下廣大青年群體的一種潛移默化地爭取傾向。

　　除了關注兒童與青年，《中報》還留心到了廣大婦女群體。每週五《中報》就推出《婦女與家庭》專刊。其中涵蓋了「婦女的戀愛」、「理想的丈夫」等等方面，但所宣揚的無非是要婦女順從丈夫、做「賢妻良母」的思想。例如，在一則「某女士如此說」的文章中，其中以現身說法的方式，如此表述不幸的婚姻，「在我所認識的女友之中，有許多是非常聰明美麗的人。可是她們都有一個怨天尤人的壞脾氣，而且到處訴苦，使人生厭。倘若不幸而她們的怨尤便更加厲害了。這種怨尤，便是造成家庭不和的主要原因。要說出男子的過失，當然一本書也寫不盡。可是我寧願結婚而得不到美滿的結果，總不願永遠不嫁一個丈夫。〔註77〕」除此之外，《中報》另闢每週一再推《合作週刊》，假借孫中山「民生主義」與「社會主義」相雜糅以改良現代經濟、調和社會矛盾的旗號，欲「使合作事業普遍的深入民間，使戰後殘破之都市，毀壞之農村，在全民經濟利益調和之下，漸謀元氣之恢復，進而以國民經濟建設之手段，復興中國，達到安定東亞的目的。」〔註78〕然而此專刊，除了宣揚口號之外，並無實質內容。《中報》繼而每週二推《文藝》，每週三推《科學》，每週四推《史話》，每週日再推《漫畫》。一時間，這些專刊再加上《中流》，「十大副刊」悉數登場，蔚然可觀。

〔註72〕健夫，怎樣閱讀報紙〔N〕，中報‧兒童週刊，1940-4-14（6）。
〔註73〕編者的話〔N〕，中報‧青年問題，1940-4-1（6）。
〔註74〕明，學習的態度〔N〕，中報‧青年問題，1940-4-1（6）。
〔註75〕益生，個人的前途〔N〕，中報‧青年問題，1940-5-6（6）。
〔註76〕偉大的力量〔N〕，中報‧青年問題，1940-5-13（6）。
〔註77〕月英，不幸的婚姻〔N〕，中報‧婦女與家庭，1940-4-12（6）。
〔註78〕發刊詞〔N〕，中報‧合作週刊，1940-5-13（3）。

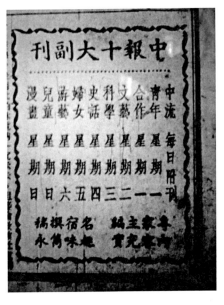

（《中報十大副刊》）

　　最後是《中報》的紀念特刊。每逢重大節慶日、紀念日等，《中報》都要增發紀念特刊。創刊當天，正值汪偽「還都慶典」之日，於是當天，《中報》就刊出《慶祝國民政府還都特刊》。該特刊分兩版，前版登出汪偽諸要員們的大幅頭像，以《和平建國運動史略》為主要內容；後版則登出汪偽大小頭目為《中報》所題寫的「各種手書」，以《一個月來之還都籌委會工作》為介紹主題。「允執闕中」、「崇論宏議」、「振導祥和」、「和平之聲」等題詞，畢現報端。到了 4 月 4 日兒童節，《中報》另發《兒童節紀念特刊》。其中談到，「親愛的兒童們！今天是你們最偉大的紀念日，也正是中華民族走上更生與復興的大道以及中日兩大國開始親善的時候。共產黨所給予中華民族的無數兒童們的『離散』『飢寒』『死亡』等的痛苦，這是永遠不可忘掉這一頁悲傷的史實！今天得有機會，重新在莊嚴璀璨的首都，來舉行你們這個偉大的紀念節，你們是一定萬分的快樂？親愛的兒童們，你們不也是和成人一樣地盼望著和平的實現嗎？同時，你們也一定盼望著新中央政府的成立！現在這個盼望都在實現了，而且在汪主席領導之下，積極地在建設起新中國，恢復你們的美麗家園。﹝註79﹞」此外，更有兒童手持汪偽政權國旗的漫畫展示，如下圖。

﹝註79﹞紀念兒童節告全市書〔N〕，中報·兒童節紀念特刊，1940-4-4（2）。

（《兒童紀念特刊》，《中報》，1940年4月4日，第1張第2版）

5月1日勞動節，《中報》發《五一勞動節特刊》。在《我們怎樣紀念今年的勞動節》裏，作者的邏輯是：勞動節是歷史上光榮的一頁，過去需要檢討的是戰爭的到來打破了勞工的美好生活，現而今，「抗戰的前途，日益黯淡，現在的重慶政府已非抗戰初期的本來面目，在共產黨的劫持下的渝方當局，早已失去了自由。共產黨在盧溝橋放了一把火，這火已經延燒到全中國，他們還千方百計不要人們去灌救，此其居心，雖三歲稚子，亦能道破」。因此，勞工們要有反共的精神，保持對和平的企求，這樣才能謀求生活的改善。由此可以看出，每逢紀念節日，《中報》都要好好地利用宣傳一番，而宣傳的腔調，無非是由戰爭痛苦開頭，最後引申到和平反共建國這一主題上去。

關於《中報》的經營方面，它存在三大特點。一是新聞來源的多樣，二是廣出附隨刊物，三是注重自我營銷。第一，在《中報》的新聞來源上，金雄白曾說，「時首都消息，全恃中聯社所供給，私有未足。本報決於不違背國策下，對國內國際之新聞，盡量充實，於新聞網址布置，尤極注意。」〔註80〕除了採用了英國的「路透社」與法國的「哈瓦斯社」等電訊，來作為國際新聞的主要來源之外；他當時還「在其暫居的愚園路一一三六弄六十號內，建立了一所無線電臺，延聘了若干報務人員，裝置機器，在京滬兩地收發」〔註81〕。

〔註80〕金雄白，一年來之中報〔J〕，新南京・中報紀念特刊，1941-3-30：67。
〔註81〕金雄白，記者生涯五十年（下）〔M〕，臺灣：躍升文化事業有限公司，1988：77～78。

同時，爲了進一步拓展消息來源，他還將早已關門多年的「大白新聞社」重新啓用，明言是「茲以國府還都，並爲紀念創辦人曾仲鳴先生籌備移京復刊，擬爲新聞事業稍盡綿薄」。〔註82〕正是由於《中報》新聞來源的多樣，才能夠「不到三個月，就把《南京新報》一舉打倒了」〔註83〕。取代「維新政府」的《南京新報》，這本是《中報》籌備之時周佛海就定下的一個目標，也正是得到了汪僞當局的默許與周佛海的支持，該報才得以在新聞來源上大作文章。第二，廣出附隨刊物。《中報》創刊的同時，就成立了以印刷爲主要營業的新中印刷公司。這家公司雖然隸屬《中報》董事會，卻也獨立地進行出版業務。它曾出版過《和平反共建國運動中汪主席之重要的訓示》、《和平反共建國文獻》書刊，廣事銷售。在《中報》發行三個月後，羅君強招攬顧仲韜、武仙卿等組成出版委員會，分別發行《中報譯叢》與《中報週刊》兩份半月刊。《中報譯叢》主要刊登日本學者關於國際形勢的翻譯文章，而《中報週刊》則主要刊載國內文人談論中日合作的漫談文章。

（《中報譯叢》）

（《中報週刊》）

　　也正是在兩份刊物的助力下，《中報》完全擠垮了《南京新報》，經費也做到了自給自足。後因紙張困難，不到一年時間，兩份刊物便停掉了。等到1941年3月30日，《中報》出版一週年之際，該報又設計出版了一份《新南

〔註82〕大白新聞社籌備復刊啓事〔N〕，中報，1940-3-30（8）。
〔註83〕金雄白，記者生涯五十年（下）〔M〕，臺灣：躍升文化事業有限公司，1988：78。

京‧中報紀念特刊》，其中將「一年來南京之各方面變化」細緻梳理，又一次擴大了《中報》的影響。第三，注重自我營銷。《中報》爲了擴大銷路，除了在版面內容上出力外，還有很多小動作、小手段。比如，它刻意將《中報》的名字揉進到新聞照片中，非常類似當代的「植入式廣告」，以提高知名度。如下圖。

（《本京慶祝還都（上）健康路牌樓（下）街頭標語》，

《中報》，1940 年 4 月 2 日，第 1 張第 2 版）

（《汪兆娥女士談話》，《中報》，1940 年 4 月 16 日，第 1 張第 2 版）

再比如，《中報》經常搞一些社會團體聯誼活動，然後再加以詳細報導，既擴展了教育界與體育界的新聞消息，又增加了自己的曝光度。如《中報讌武漢健兒，羅社長遊領隊演說，均有極深長之意義》，該報導詳細介紹了《中

報》社長羅君強與汪偽武漢政府所組織的「參加東運華中預選代表團」的聯誼活動。〔註84〕在五一勞動節的時候，又有《本報羅社長伉儷舉行茶會招待同人》，更以「本報特寫」的形式描述了《中報》同人於勞動節的聯歡盛況〔註85〕。且類似報導裏均有《中報》同人的新聞合影刊出，如下圖。

（《本報羅社長伉儷舉行茶會招待同人》，《中報》，1940年5月2日，第1張第4版）

在廣告發行上，該報定價如下圖。

（《中報廣告刊例》）

〔註84〕中報讖武漢健兒，羅社長遊領隊演說，均有極深長之意義〔N〕，中報，1940-4-23（4）。

〔註85〕本報羅社長伉儷舉行茶會招待同人〔N〕，中報，1940-5-2（4）。

　　廣告最初「十九以情感關係，勉強拉登」〔註 86〕，所以凡是醫藥香煙、慶典口號、公司商鋪、舞場餐館等無一不刊。1940 年 5 月 24 日，周佛海突然下令「嚴禁部署涉足舞場」，《中報》表態「擁護政府政令自動撤銷舞場廣告」〔註 87〕。這以後，《中報》上的社會類廣告份額下降，各種私人啓事、鳴謝致哀、通緝政令、報刊雜誌等宣傳類份額反而上升。丁默邨爲其弟發喪的啓事、穆時英報喪啓事等都曾連續刊載一月之久。《華文大阪每日》、《上海時代晚報》、《民報出版通告》、《京報》等報刊類廣告也是連篇累牘、期期畢載。發行上，該報的發行範圍主要在南京、上海等華東地區城市，後來爲推銷起見，一度在天津設立分銷處，在北平設立華北總分社〔註 88〕。其發行量最初約八千份，後增至一萬六千份。〔註 89〕

　　實際上，作爲汪僞「和平報刊」的《中報》一經出臺，它的「漢奸面目」就已經爲抗日勢力所關注。在它出刊後的第七日，即 1940 年 4 月 5 日晚就遭到了重慶方面的炸彈襲擊。這是汪僞政權「還都」以來漢奸報刊所遭受的第一次，也是《中報》自創刊到停刊的唯一一次襲擊〔註 90〕。不單單外部有抗日勢力的制裁，它的內部也是爭權奪利，矛盾重重。羅君強想要排擠掉金雄白，金雄白也想要獨立出來，兩人明槍暗箭，各逞手段，終於分開。〔註91〕金雄白

〔註 86〕 金雄白，一年來之中報〔J〕，新南京·中報紀念特刊，1941-3-30：69。

〔註 87〕 財政兼警政部長周佛海氏嚴禁部署涉足舞場，本報擁護政府政令自動撤銷舞場廣告〔N〕，中報，1940-5-24（4）。

〔註 88〕 本報啓事，中報華北總分社啓事〔N〕，中報，1940-7-1（5）。

〔註 89〕 汪僞國民政府宣傳部第一屆全國宣傳會議報告彙編·第四輯報社雜誌社報告·中報社〔A〕，秦孝儀（編），中華民國重要史料初編──對日作戰時期·第六編 傀儡組織（三）〔B〕，臺北：中國國民黨中央委員會黨史委員會，1981：879。

〔註 90〕 粉碎渝方恐怖陰謀，《中報》四五爆炸案件兇犯一網打盡徹底悔悟〔N〕，中報，1940-6-13（5）。

〔註 91〕 羅君強曾詳細論述他如何排擠金雄白的過程，「先將老資格的經理盛國成調爲編委會的簡任秘書，派人掌握財務、印刷、發行各項業務，又另辦一家四開小報（《京報》），派葛偉昶爲社長，我自任董事長，從北京找來一些編報內行，如張愼之、王代昌等南來，準備屆時接辦《中報》，這樣一來，金雄白就不敢調皮了，金雄白走後，《京報》、《中報》合在一起辦公，《京報》改爲晚刊。」詳見羅君強，僞廷幽影錄──對汪僞政權的回憶紀實〔M〕，黃美眞（編），北京：東方出版社，2010：57，同時，金雄白也在《記者生涯五十年》裏詳細講述了自己如何與羅君強爭鬥的過程，在他的回憶中，從「新中印刷公司」，到「力行社小團體」，再到《京報》的出版，都成爲兩人爭奪的產物。詳見金雄白，記者生涯五十年（下）〔M〕，臺灣：躍升文化事業有限公司，1988：81～85。

在《中報》實際任職時間不過半年，半年以後，他去到上海，創辦了另一份汪偽報刊——《平報》。

第三節　上海《平報》的運作表現

上海《平報》的創辦，主要是兩個方面的原因。首先，周佛海一系欲在上海報界擴展自己的勢力。早在《中報》的草創初期，金雄白就曾再三向周佛海建議，「要在上海另辦一家大報，宣傳效力要大得多」〔註92〕，羅君強也從旁鼓吹，於是周就生發了在上海辦報的欲望。其次，恰值當時汪偽特工丁默邨於 1939 年劫奪《文匯報》，欲改名復刊，在籌備期內所任命的社長穆時英遭重慶軍統暗殺；一時間，無人敢再接辦〔註93〕，丁就索性將報社資產轉送了周佛海〔註94〕。而由於《中報》內部羅君強與金雄白之間的齟齬，已經無法合作。因此，在多方因素的促成下，周佛海遂決定派金雄白去往上海創辦《平報》。

關於《平報》的報名問題，周佛海曾建議叫《和平日報》，但金雄白考慮到在上海租界內發行，「政治味不宜太濃」，「提議刪去兩個字而徑稱為《平報》，他也無可無不可地同意了」。〔註95〕作為《中報》的「姐妹報」〔註96〕，《平報》的社址資產雖然立足於原《文匯報》，但它在開辦經費、編輯人馬、創辦環境等方面卻完全不能與《中報》的籌備基礎比肩。在開辦經費上，「除了汪主席的賜贈以外，純恃陳公博、周佛海、梅思平、丁默邨、羅君強、邵

〔註92〕 羅君強，偽廷幽影錄——對汪偽政權的回憶紀實〔M〕，黃美真（編），北京：東方出版社，2010：57。
〔註93〕 滬國民新聞社長，穆時英被狙殞命〔N〕，中報，1940-6-29（2）。
〔註94〕 羅君強，平報創刊一週年之紀念詞〔N〕，平報·平報創刊一週年紀念特刊，1941-9-1（4）。
〔註95〕 金雄白，記者生涯五十年（下）〔M〕，臺灣：躍升文化事業有限公司，1988：85～86，羅君強曾說，「我主張取名《平報》，從『中』字的一豎上頭縮短，兩旁兩小豎斜著一點，簡直玩測字遊戲，使人猜到《中報》與《平報》是一家的。」這種說法堪疑，上海《平報》地處孤島，抗日氣氛濃厚。於報名上玩文字遊戲，使人猜到蛛絲馬跡並不符合上海《平報》欲立足租界的政治環境。
〔註96〕 《中報》與《平報》被稱為「姐妹報」，起源於周佛海、羅君強、金雄白等人的自述。羅君強就曾說，「上海為全國輿論中心，宜有一中報姐妹行之日報」。羅君強，平報創刊一週年之紀念詞〔N〕，平報·平報創刊一週年紀念特刊，1941-9-1（4）。

式軍諸董事的私人分廉補助。不敷每月全部三分之一，或者說每月購買紙張二分之一的款項。」〔註97〕在延攬編輯人馬上，金雄白遭遇的困難更大。此時的上海報界，「許多有經驗的同業先生，不是在原來的報館裏繼續服務，就是撤退到內地去了，賦閒的記者，能力與操守上本就不無問題；同時充滿『抗戰』情緒的上海，尤其是知識分子，在當時絕不願意做『千夫所指』而又『萬分清苦』的新聞工作」〔註98〕他本想從南京《中報》自己所招攬的舊部之中，抽調一部分隨他趕赴上海，但發出邀請後，竟無一人響應，著實令他喟然〔註99〕。《中報》舊部無法提供幫助，他只能從上海另招班底，「一方面要以私誼來激勸，同時更要以乞求方式來取人憐憫」。〔註100〕在創辦環境上，《平報》地處上海租界，抗日氣氛濃厚；既爲廣大民眾所抵制唾棄，又隨時面臨著重慶國民政府特工人員的暴力攻擊。於是，爲了安全起見，《平報》就「先把後門堵了，臨街的窗，都裝上了堅固的鐵絲網，牆壁也加進了鐵板，每一道門更裝了鐵柵，把自己像安放在鐵籠中一般」。〔註101〕

　　金雄白奉命籌備上海《平報》已在 1940 年的 7 月 15 日〔註102〕，而預定的創刊期，則是當年的 9 月 1 日，也就是汪僞政權的「和平反共建國運動先烈紀念日」。時間緊迫，於是匆匆組臺，草草出刊。在報社人事上，社長初由羅君強擔任，金雄白任經理兼總編輯，並組成了董事會，由周佛海、陳公博、梅思平、丁默邨、李士群、羅君強、岑德廣、彭年、楊惺華、邵式軍、金雄白組成，其中周佛海任董事長，梅思平、羅君強爲常務董事。後來，羅君強將社長之職讓給金雄白，總編輯也由原《中報》總編輯陸光傑擔任。金雄白明白，《平報》行銷主要以上海租界居民爲對象，而面臨廣大民眾如此高昂的抗日情緒，一張表面上親日的報紙，前途注定是黯淡

〔註97〕 金雄白，創刊一週年的感想〔N〕，平報・平報創刊一週年紀念特刊，1941-9-1（4）。
〔註98〕 金雄白，辦報經驗談〔J〕，新協會刊，1945（1）：4～6。
〔註99〕 金雄白，記者生涯五十年（下）〔M〕，臺灣：躍升文化事業有限公司，1988：87。
〔註100〕 金雄白：《辦報經驗談》，《新協會刊》，1945 年（創刊號），第 4～6 頁。
〔註101〕 金雄白，記者生涯五十年（下）〔M〕，臺灣：躍升文化事業有限公司，1988：89。
〔註102〕 周佛海日記中曾有記載，1940 年 7 月 15 日（星期一），「雄白來，請示赴滬籌辦《平報》問題，分別予以指示」。參見蔡德金（編），周佛海日記全編（上）〔M〕，北京：中國文聯出版社，2003：321。

的。〔註103〕那麼，爲了適應上海租界內抗戰氣氛濃厚的複雜形勢，特別是模仿「孤島」報界紛紛採用「言論自由」、「大公無私」等發刊詞，披上「中性」外衣的情況〔註104〕，該報就在編輯方針上以「公正持平」的態度進行自我標榜。它宣稱要「以中國人的立場，說中國人應當說的話，報告中國人應當知道的消息，純以國家民族爲前提。不刺激民眾，使爲盲目的瘋狂，也不使民眾消極頹廢。我們不謾罵任何方面，也不阿諛任何方面。我們第一步要做到對和平運動的眞諦，和政府的政情，國際的變化，社會的動態，以十二分忠實的態度，傳達於民眾，不說昧良的話，不登失實的新聞。既企求全面和平的實現，也要一切出以持平的態度。」〔註105〕而在其《發刊獻辭》中，它的政治態度與編輯宗旨則是欲蓋彌彰。首先它宣揚抗戰必敗論，認爲目前的持抗戰論者，是受了「歷年的麻醉宣傳，又從來沒有目擊過淪陷區的慘狀，至今仍迷信盲目的愛國主義」，「沒有審查到當前的環境，一味盲從」；它要求，中國要學習法國，「德法的毅然媾和，是我們的榜樣」。據此，它指出辦報宗旨，「對於一切錯誤、觀念的滋長，有其糾正的必要，尤其在上海租界以內一切反動刊物的惡意宣傳，蒙蔽眞相，顚倒黑白，欲以一手掩天下人耳目，更不能不加以事實的辯證。」具體方式則是，「不想徒託空談，放言高論，希望把國民政府還都以後的施政方針、國際大勢和一切有關『和運』的眞實情況，作忠實的報導」。〔註106〕這種有所標榜，又有所暗藏的方式，是《平報》所採取的一種既討好汪僞政要，又避免呈現出赤裸裸地「漢奸報刊」面貌的僞裝策略。

　　1940 年 9 月 1 日，上海《平報》如期出刊，其報頭乃是集孫中山題字組合而成。如下圖。

〔註103〕金雄白，記者生涯五十年（下）〔M〕，臺灣：躍升文化事業有限公司，1988：91。

〔註104〕爲了在「孤島」站穩腳跟，上海租界內的抗日進步報刊大多在創刊號上登載「言論自由」、「大公無私」等發刊詞。如《每日譯報》聲明，「對於所提供的素材，毫無特殊的偏見，更無偏重的成見，而是儘量地大公無私地來選擇」。《文匯報》也聲明，「本著言論自由的最高原則，絕不受任何方面有形與無形的控制；消息力求其正確翔實，言論更須求其大公無私」。這種方式無疑等於穿上了一件染上「中性」色彩的外衣。詳情參見朱敏彥，「孤島」時期的上海抗日報刊及其主要特點〔A〕，繼往開來紀念《嚮導》創刊七十週年暨發揚黨報傳統學術研討會論文集〔C〕，上海社會科學院新聞研究所，1993：175。

〔註105〕金雄白，創刊一週年的感想〔N〕，平報・平報創刊一週年紀念特刊，1941-9-1（4）。

〔註106〕發刊獻辭〔N〕，平報，1940-9-1（1）。

（《平報》報頭）

　　創刊號爲三大張十二版，可細分爲特稿專論、新聞報導、《教育與體育》、《經濟與商業》、《新天地》副刊、《平明》副刊、紀念特刊七個板塊。相比其他汪僞報刊，《平報》最大的特點就是不刊社論，專以特稿、譯稿、專論等宣揚「和平反共建國」的言論；且這七個板塊比例失調，體量不一，風格迥異。自第二號始，每日出刊兩大張八個版，但基本板塊不變。此後，《平報》版面多有變動，1941 年 9 月 1 日之後，《平報》多出一大張四個版；到 1944 年 1 月後，《平報》窮途末路，每週三天出半張兩個版，四天出一大張四個版，交替發行也成常態。《平報》整體的報導風格，以 1941 年 12 月太平洋戰爭爆發爲分界點，在此之前，它「公正持平」的迷惑性更大；在此之後，它就撕去了貌似客觀中立的面目，叫囂更爲露骨；爲了適應「大東亞戰爭」的需要，它還另發《平報・晚刊》以專事日軍戰況報導。再加上，它的發行版次越來越少，完全淪爲一張小報。

　　首先關注《平報》在 1941 年 12 月太平洋戰爭爆發之前的表現。

　　社論是報紙的旗幟，是代表編輯部的立場、觀點和主張的權威性言論，也是最能體現一家報刊政治態度的風向標與「報格」試金石。一家報刊，贊成什麼，反對什麼，又對什麼保持沉默，這些都是最容易從社論中看出來的。而縱觀中國近現代新聞業務發展史，凡是依附於政治勢力而替黨派發聲的報刊，幾乎都有社論，以造聲勢。自汪僞集團發起「和平運動」宣傳活動以後，倡言「和運」、擁護「汪主席」等社論更被視爲汪僞報刊實現「和平輿論的創造與團結」之重任。在汪僞宣傳部的理解中，「在『報導第一主義』已遭唾棄，

要求報紙充分發揮其指導力的今日，社評的重要性，較以前更爲增大了」〔註107〕。因此，「現時的社論，應由一社的主張，提高爲一國和平理想的主張。一張報紙的社論，應該較諸其他任何版更明瞭地表現其播育和平種子的態度。」〔註108〕在這樣重視社論的背景下，《平報》，與另一「和平報紙」《國民新聞》均不刊社論。金雄白立足上海租界的民情，自有一套解釋。「辦報紙，大家說要宣揚國策，要達到宣揚國策，必須要洞悉民情，假定不明白人民的心理，一味的只顧自己說話，其結果非但不能收效，有時反而引起人民的反感，主席的遺訓『我們要說老實話』，惟有說老實話才能引起人家的同情」〔註109〕。1941 年《申報》被日軍劫奪之後，就自動停掉了社論，只是在日軍的控制下維持出版。到了 1942 年 5 月，日方要求《申報》恢復社論，《申報》加以拒絕的一項理由，就是指上海的「和平報紙」《平報》、《國民新聞》並無社論。日方對此不得要領，也就息議。〔註110〕由此，可以從側面看出《平報》在不刊社論方面的特殊地位。其實，與南京《中報》社論偏少的原因一樣，《平報》的特殊化正是出於周佛海的緣故。作爲汪偽「國民政府」的財政與警政部長，周是僅次於汪精衛的二號人物，在汪面前說一不二，更是汪偽政權對日交涉的負責人〔註111〕，他的支持與默許足令日方和「宣傳部長」林柏生買帳。

　　當然，《平報》的這種特殊地位並不能證明它具備某種程度的自由性。在汪偽的新聞宣傳設計中，它自有一套關乎「宣傳的自由性」與「宣傳的限定性」兩者關係的特殊邏輯。這種邏輯在汪偽的《報業旬刊》中有極其詳細的解釋〔註112〕。例如，在一篇名爲《報館的自主性——辦報應有的認識》的文

〔註107〕汪偽宣傳部中央報業經理處，各報社論之批判〔J〕，報業旬刊，1941（1-1）：12。

〔註108〕汪偽宣傳部中央報業經理處，報紙和指導輿論〔A〕，新中國新聞論〔C〕，1942：61。

〔註109〕金雄白，辦報經驗談〔J〕，新協會刊，1945（1）：4～6。

〔註110〕馬光仁（編），上海新聞史（1850～1949）（修訂版）〔M〕，上海：復旦大學出版社，2014：938～939。

〔註111〕關於在汪偽政權中，周佛海與汪精衛之間的「推心置腹」、「視若股肱」，周佛海實爲握有最大實際權力的唯一人物等方面，金雄白在《汪政權的開場與收場》裏均有細緻的描述。詳細參見朱子家（金雄白）：《汪政權的開場與收場》，香港：春秋雜誌社印行，1976 年，「公館派與 CC 間的暗潮」、「周佛海左右之十人組織」、「六年中的上海三任市長」等章節。

〔註112〕〔新〕卓南生，南京偽政權的新聞論及其治下的報紙〔A〕，程曼麗（編），北大新聞與傳播評論（第一輯）〔C〕，北京：北京大學出版社，2004：324～325。

章中，就明確規定，「任何報紙不許漠視國家民族前途的自由豪放地宣傳。這一點，是報紙活動應受國家民族最高倫理嚴格限制的理由，這可以說是一個『宣傳的倫理』。所以報紙決不許其藉口沒有違反法律的規定，而恣所欲。」〔註113〕因此，不刊社論的《平報》就以各種專論、特稿、譯稿等來替代社論的版面位置，發揮社論的作用。於是，《和平運動殉難同志追悼大會獻辭》、《法國停戰前的和平運動》、《中日事變中共黨陰謀——周學昌在京廣播演詞》、《德意志之勝利與歐洲新秩序》、《中日協力的要諦》、《時局厄言》、《重慶還能支持多久》等等以分析國際時局、倡言中日協力、鼓吹和平建國、攻訐重慶國民政府與抹黑中國共產黨等爲主題的譯稿、專論、特稿紛紛出籠。其中專論大多出自汪僞諸政要的廣播演講辭、會議發言稿等材料；特稿多爲掛「壹諤」、「意珍」、「紀深」、「伊其」、「杞原」等筆名；而譯稿主要來源於「本報譯述」日本《朝日新聞》、《NATION》週刊等外國刊物。同時，《平報》的特稿專論並非每天必有，遇有重大時事，則會有相應配合登載，以對時事加以闡釋。例如，1940年12月1日，《平報》頭版刊登《善鄰友好互尊主權，中日條約簽署成立》，具體報導汪僞「國民政府」與日本簽訂《中日邦交調整條約》（史稱「調整中日基本關係條約」）的情況。這完全就是一則赤裸裸的賣國條約。同一天，《平報》即刊載特稿《新時代的開始》。它開篇點明了自己的態度，「我們願望國人以沉痛的心境，世世子孫毋忘三年來歷史的教訓，以冷靜的頭腦，認識在此現實之下，要珍重自愛，還可以做人，還可以立國，而以勇敢的信念，保證中華民族從艱難中國復興的前程。」而涉及到僞滿洲國與東北四省的主權問題時，它具體解釋說，「東北四省脫離中國之事實，則於七七事變前已經存在。和約之精神，是把數十年來的中日關係作一個根本調整，而和約之現實性則是把七七事變到現在的戰爭告一結束，故和約的責任亦有一定的限界。承認滿洲國之前提已經成立，承認滿洲國之舉即爲合理，我們可以如此昭告國際昭告國人。我們要昭告國人的是人類的理智，是不允許爲了必不能保全的東西弄到還可以保全的東西都一併失去的。滿洲既已脫離中國，中國只有更珍重自己的國運。」〔註114〕第二天，即12月2日，《平報》再發林柏生的長篇專論《對中日條約及三國宣言應有之認識》一文，他從反面論證，

〔註113〕汪僞宣傳部中央報業經理處，報館的自主性——辦報應有的認識〔J〕，報業旬刊，1941（1-1）：3。
〔註114〕新時代的開始〔N〕，平報，1940-12-1（2）。

「在這個時候誰反對和平，那便是破壞和平建設的環境，那便是障礙國家之統一與建設，那便是反革命！在這個時候，誰勾結舊秩序的惡勢力，冥頑作梗，那便是加深國際侵略主義的宰制，加深中國次殖民地的地位，加深國家民族的痛苦，那便是摧毀民族的獨立，那便是反革命！」〔註115〕如此口徑，既渲染了沉痛堅忍的態度，又提供了接受現實的說辭，還不缺乏反面的論證。既體現出汪偽「和平報刊」與其他赤裸裸地漢奸報刊（如華北偽政權之《華北新報》〔註116〕、偽維新政府之《南京新報》等）在宣傳手法上的不同之處，從中也可以體察到汪偽漢奸文化賣國殖民的隱蔽性與所謂「曲線救國」的迷惑性。

在《平報》新聞報導的板塊設計上，它可以更細分為國際新聞、國內要聞、本埠新聞三個小類目。其中這三個小類目之間的關係是國際新聞的報導比例遠遠大過國內要聞，而國內要聞的版次安排則明顯重於本埠新聞。先看國際新聞與國內要聞之間的關係。這一點在創刊號上就非常明顯。具體來看，在創刊號的一版至四版上，關於國內要聞的報導，僅有兩篇，其餘均為國際新聞。《美將建立海軍根據》、《美將大舉增兵菲島》、《德機一日三襲倫敦，擲下高度爆裂巨彈》、《德與匈羅成立少數民族協定》、《希召集後背軍官，舉行特種軍訓》、《英法談判滬越航運，短期內渴望恢復》等等諸如此類，排列錯雜，疏密有致。這些國際新聞大多圍繞美國動態、德意攻勢、英法態度等國際前沿性政治話題加以報導，消息來源也涵蓋美國合眾社、英國路透社、日本同盟社、德國海通社等，與南京《中報》較廣泛的新聞來源並無二致。

其實，就整個淪陷時期的報紙雜誌而言，侵華日軍和日偽政權控制最嚴密的就是國際新聞以及戰事的報導，因為這直接關乎軍隊的士氣、民心向背甚至後勤補給。而為了有效地對媒體進行宣傳、灌輸和管制，當時駐華使館、日本軍部和日偽政府均設立了報導部等宣傳機構。各機構由於派系不同，國際報導的側重點也各有不同。〔註117〕隸屬周佛海一系的《平報》自然也不例外。具體在國際新聞的報導模式上，《平報》就突出兩個特點。一是相較於南

〔註115〕林柏生，對中日條約及三國宣言應有之認識〔N〕，平報，1940-12-2（1）。
〔註116〕關於《華北新報》的特徵，詳情參見程曼麗，華北地區最後一份漢奸報紙——《華北新報》研究〔A〕，程曼麗（編），北大新聞與傳播評論（第一輯）〔C〕，北京：北京大學出版社，2004（3）。
〔註117〕涂曉華，上海淪陷時期《女聲》雜誌研究〔M〕，北京：中國傳媒大學出版社，2014：59。

京《中報》大肆報導歐戰的情況而言，立足上海租界的《平報》更偏重於關注美國動態，這一點在金雄白的理解中，也是具有明確的指向性。他曾說，「那時中國的新聞界是同樣足以痛心的。西安事變以後，共產黨是抬頭了，一切共產黨的外圍分子，公然的積極活動，報紙雜誌上『抗日』的高調，彌漫全國。一方面以十年內戰不息早年斫傷過甚的軍事實力，歪曲武斷，加以過高的估計，更以依賴英美的習性，人云亦云的高唱『民治陣線』，來鼓勵『抗戰』。同時尤恐人民麻醉不深，發爲『三個月日本經濟崩潰國內革命』的妙論，適與日本的『二十四小時佔據上海，三個月滅亡中國』的妙論，遙遙相對。」〔註118〕所謂「民治陣線」，其實就是太平洋戰爭爆發前重慶國民政府抗戰輿論中，呼籲美國與中國聯合以樹立「反侵略陣線」的一個新聞宣傳口號。當時，不僅是重慶的《中央日報》對美國表示出極大的輿情關注〔註119〕；就是身處上海租界內的「孤島」報刊也紛紛對美國抱有熱切的期待。當時《申報》就曾在報導中將「華盛頓」視作「民治陣線」的「大本營」，連番呼籲加緊合作實施「對日制裁」〔註120〕。而所謂「發三個月日本經濟崩潰國內革命妙論」的，則是指之前的《文匯報》〔註121〕。因此，《平報》之所以如此關注美國動態，這是對當時舉國輿情都將美國視爲焦點的一種順應。不這樣的話，《平報》實在難以在國際新聞原本就十分充裕的上海報界站穩腳跟〔註122〕。二是《平報》

〔註118〕金雄白，創刊一週年的感想〔N〕，平報·平報創刊一週年紀念特刊，1941-9-1（4）。

〔註119〕王保平，涂曉華，從自相矛盾到全面依附：太平洋戰爭爆發前國民黨抗戰輿論中的美國觀（1937～1941）〔J〕，新聞春秋，2017（1）：26～27。

〔註120〕民治陣線的大本營〔N〕，申報，1941-9-27（7）；遠東局面完全改觀，民治陣線合作加緊包圍日本如果輕進必涉危險〔N〕，申報，1941-12-4（6）。

〔註121〕當時《文匯報》曾發社論《一個建議》，其中認爲中國一年來的英勇抗戰，粉碎了日本武力滅亡中華的迷夢，日本已經到了精疲力盡不勝支持的程度，建議英美法蘇等國「趁此時機，迅速召集世界和平大會，以和平國家的合力制止日本的侵略，以收拾殘局，而重造遠東的均勢」。一個建議〔N〕，文匯報，1938-6-21（2）。

〔註122〕早在20世紀20年代上海報界的國際新聞報導就已經十分充裕，仰賴通訊社辦報成爲常態。戈公振、鄒韜奮等皆有關於報界大量報導國際新聞這一情況的詳細論述。20世紀30年代，《申報》等愈加在國際新聞上大做文章，使得國際新聞更成爲各大報新聞競爭的一個領域，一有重大國際電訊，則「華字各報，爭相轉譯，先睹爲快」。到了汪僞時期，僞宣傳部也認爲，身處租界內的上海和平報，都必須帶有上海的地方特性，「大量採用外電乃不得已」。詳情可參見劉海貴，中國現當代新聞業務史導論〔M〕，上海：復旦大學出版社，2002：5～6；趙日迪，20世紀30年代《申報》的國際新聞〔J〕，黃瑚（編），

在編排國際新聞時，也暗藏著十分明顯的理解導向與政治意圖。以英美報導爲例，一方面它通過報導英美之間的聯繫互動，積極塑造出英美諸國「聯合密謀」、「自顧不暇」、「內爭不斷」的狼狽之相。例如《租借西半球根據地，英美商談決定在即》、《英美對遠東新姿態，將促使太平洋緊張，東京輿論方面表示深切關心，近衛對外交已有所決定》、《英倫資金漸趨枯竭，亟盼美國金融援助》、《援英政策激起反感，德美關係突趨惡劣》、《羅斯福對英援助政策將陷美國於戰爭，民主黨領袖表不滿》、《多數美人對遠東戰爭，不願冒戰爭危險》等。另一方面，到了太平洋戰爭爆發前，日美關係緊張的時期，《平報》則是通過重點關注美軍戰備，將美國渲染成非正義的一方，以形成「美軍步步緊逼，日本積極防禦」的輿論氛圍。例如，《美國備戰白熱化，整理軍艦趕造飛機，擴展海上根據地》、《美企圖利用新加坡，已籌劃海上聯絡線》、《應付美國不友好政策，德意將商聯合行動》、《美如捲入歐戰漩渦，東京將採有效行動》、《美屬島開設疏散婦孺，太平洋局勢益趨微妙》、《日和方針一貫不變，太平洋安危關鍵在美》等。從這些報導的標題製作中就可以明顯感受到《平報》的報導立場與所選角度。此外，它還積極爲德國納粹搖旗吶喊，刊載出《希特勒勗勉東南線士兵，再創納粹光榮》（登出希特勒頭像），《希特勒演詞全文》一類的國際新聞也是常態。由此，可以看出，《平報》在國際新聞上的政治意圖，無非是欲與租界內抗日報刊的國際宣傳形成新聞對壘，它在向民眾展示另一種美國形勢，誘使人們從現實情況與道義情感上放棄對美期待。

　　在汪僞「宣傳部」的報業宣傳監管中，上海的「和平報」之採用外電，必須建立一定的指導精神。「因爲要『和平反共建國』，必須著眼於『東亞新秩序』，以確立『東亞共榮圈』爲目標的，所以國際消息之取捨選擇，必然要基於『新中國』的立場和『新東亞』的觀點。我們不能不分青紅皂白，儘量採錄。」那麼根據這一原則，在它對當時各報表現的評斷裏，「除南京新報以及平報之外，其他各報都有確定其根本觀念，並省察其取捨之重責的必要」。〔註123〕由此看來，《平報》的國際新聞是被汪僞「宣傳部」視作一流水平的。

新聞春秋（第九輯）〔C〕，上海：復旦大學出版社，2009：330～341；汪僞宣傳部中央報業經理處，必須成爲宣傳的尖兵——中央報與和平報〔J〕，報業旬刊，1941（1-1）：4。

〔註123〕汪僞宣傳部中央報業經理處，必須成爲宣傳的尖兵——中央報與和平〔J〕，報業旬刊，1941（1-1）：4。

　　《平報》在處理國內要聞與本埠新聞兩者之間的關係上，它對國內要聞的版次安排明顯重於本埠新聞。這是全國報與地方報之間的一個非常顯著的區別。在汪僞「宣傳部」對報紙編輯分級劃分的問題上，它也用甲乙丙三個等級明確劃分了「中央報」與「地方報」之間的區別，且這個區別是不可逾越的。比如，「甲級中央報，於首都（民國日報）及上海（中華日報）發行，代表國民政府，對於內外一般具有指導宣傳性，可謂『代表報』。甲級地方報，於省政府所在地發行，以報導省政及省內主要新聞爲主體而編輯，並參用國際重要消息，及相當限度之中央要聞。如江蘇日報、安徽日報等。」〔註 124〕《平報》雖然性質爲「個人力量經營者」，並非標準的「中央報」；但依據其處理國內要聞與本埠新聞的做法，也可以看出《平報》於汪僞「宣傳部」所劃分報業等級中的特殊性，應與「甲級中央報」處於同等地位。

　　國內要聞是《平報》素來在刊登數量上不佔優勢的一個板塊，它所報導的也無非是兩大方面，一者是，《養成朝氣勇猛前進，克復時艱復興中華》、《主席接見中外記者，暢談四大建設方針》、《樹立和平復興中華，舉國同慶還都週年》、《確認目標力負艱巨，促進全面和平實現，汪主席勗勵全國宣傳同志》等諸如此類，對汪僞「國民政府」施政慶典的宣傳；再者是，《重慶不堪再居，渝府將遷西昌》、《盼迅作最後覺悟，俾實現全面和平》、《渝共已達火拼階段，潼關一度發生衝突》、《渝共關係益見惡化，武力衝突恐難避免》、《渝統制日用品，輿論抨擊甚烈》等，對重慶國民政府與延安中共的新聞攻擊。實際上，這一點與汪僞其他報刊在處理國內要聞的選擇傾向上並無二致，整體上也沒有特別突出的地方。就在汪僞宣傳部自己的評斷中，也認爲「和平報」原本就是以「對渝宣傳爲前提的」，「但是，對於國府消息之報導價值的研究，目前各報仍有工夫不足之虞，在這一點上，已經漸就正規的，當推中華日報爲第一。」〔註 125〕而且《平報》每逢週一就定期推出由「宣傳部」直接供稿《一周時局報告》，更在一些特殊時段頻繁刊出《國民政府令》、《強制執行法》等法令，連篇累牘地登載《全國宣傳會議決議案》等文件，由此也可以看出《平報》處理國內要聞的一般水平與汪僞「宣傳部」對

〔註124〕汪僞宣傳部中央報業經理處，報紙分級編輯問題〔J〕，報業旬刊，1941（1-1）：2。
〔註125〕汪僞宣傳部中央報業經理處，必須成爲宣傳的尖兵──中央報與和平報〔J〕，報業旬刊，1941（1-1）：4。

此的介入指導。本埠新聞是《平報》大肆刊載兇殺綁架、婚姻戀愛、奇聞軼事等「黃色新聞」的板塊。例如《拋屍賣棺圖利，家屬紛請究辦》、《匪徒佯裝病人，綁架兒科名醫》、《誘良爲娼，婦人判刑》、《婚姻遇暴未受傷，路上再度遭槍擊》、《少婦恐遭拋棄，串黨恐嚇情夫》、《戀愛把戲，五男五女攪得七葷八素》、《殺夫拋屍滅跡，犯婦沒詞否認》等。另曾有專門報導金雄白個人家事的新聞，例如《金太夫人仙逝，遺體今日大殮》、《金太夫人大殮，殯儀館一瞥》連續登載。此外，也有新聞暴露出當時上海租界內重慶國民政府與汪僞特工之間的「地下暗戰」，例如《上海時報職員，途中遇狙殞命》、《暴徒預伏路測，足球健將遇害》、《孤軍團長謝晉元，早操時遇刺殞命》、《華美晚報主持人，朱作同遇狙殞命》、《大晚報營業主任，出門登車遭槍擊》、《反動記者顛倒是非，特工總部予以警告》等。《平報》這種大肆渲染「黃色新聞」的做法與金雄白曾經於《時報》掀起「黃色新聞」的方式，如出一轍。此後他更在《平報》的基礎上，另辦起一份名叫《海報》的小報，專事報導奇聞異事等社會新聞，他也曾自述這與其早年的報業經歷不無關係〔註126〕。由此可見，在金雄白的新聞理解中，對社會新聞的推崇是他一生貫穿的報界印跡，《平報》在本埠新聞上的處理方式，顯然也是他這種理解與印跡的具體展現。

　　《教育與體育》與《經濟與商業》，這是《平報》處理文教類、經濟類新聞的固定欄目。初期兩個欄目各占一個版面，到1941年5月兩版合二爲一，此後兩個欄目時常變動，版面越改越小，最後都成爲一個小的「豆腐塊」。其中，《教育與體育》在其《編者謹白》中就說，「事變後的上海體育界，似乎是太嫌沉默了！試看各報的體育版，無非是聊備一格以資點綴而已。雖然熱烈的記載，嚴格的批評，忠實的介紹，未必便能收提倡之功，但我們相信，至少是有一點鼓勵的表徵和作用吧？所以本版對體育界的『動』與『靜』，將以最大之努力不厭求其翔的予以披露。同時每一個重要比賽項目，都有一個特寫；用輕鬆趣味的筆調，明晰的介紹給讀者。關於教育，我們也特約幾位

〔註126〕關於《海報》的由來，金雄白曾說，他早年進入報界之時，就對當時的《晶報》三日刊頗有好感。「《晶報》臧否人物，指桑罵槐，內容多姿多彩，文字尖酸刻薄，爲板起面孔專發高論的大報紙所萬萬不及，我早有效顰之意。」他就一度創辦《今報》嘗試，終於在他經營《平報》之後，物質與人力基礎具備，才眞正實現了他辦一張「只談風月」小報的夢想。詳情參見朱子家（金雄白），海報的開場與收場〔J〕，大人（香港），1970（1）：17～19。

著名教育家，爲本版執筆，但並不是苦澀的理論文章，而是以趣味的筆觸，廣泛的談論一般教育問題，大概每週刊載一二篇。」〔註127〕因此，如《羅泊杯奪標賽，中美今日再戰》、《東華會所向無敵，今日戰臘克斯》、《國際杯足球復賽，中葡再決雌雄》、《預祝中華隊勝利》等足球類消息是爲主要內容〔註128〕。而恰逢學校參與汪僞所籌組的各類社會活動時，也會出現一些配合式的教育新聞，例如在汪僞大搞「總理紀念日」等時候，《總理逝世紀念日，各校茹素志哀思》（附登《總理逝世紀念歌》）的新聞就會出現。當學校出現討薪漲費等問題時，它也偶而替弱勢一方發發聲，對當局做些「善意批評」；例如《我們要活下去呦！飢餓線上掙扎著的常熟小學教師》等。整體上看，無論是體量還是比重上，體育界均多於教育界新聞，這一點也符合《平報》在本埠新聞上注重「黃色化」的風格。在《經濟與商業》上，主要以上海每日黃金外股等金融的浮動、米糧紗油等價格的漲落爲報導重點，基本每期都列有《市情一覽》以展示當日百貨價格，這兩點實與南京《中報》相差不多，只是缺少「民生福音」一類替汪僞經濟新政吹噓的報導，而代之以對重慶國民政府在滬銀行的新聞攻擊。例如《渝方四行暫停營業，金融一度紊亂》、《渝四行勉強復業，金融黑市突緊張》等。這一點不難理解，當時重慶國民政府的在滬銀行組織，不僅對租界金融貨幣管理方面仍發揮著有效的調節作用，它對於整個中國抗日金融體系的穩定更是居於至關重要的地位。〔註129〕周佛海也曾就 1941 年 4 月 18 日的「渝方四行暫停營業」事件發表看法，攻擊「渝

〔註127〕編者謹白〔N〕，平報·教育與體育，1940-9-1（6）。

〔註128〕需要聲明的是，《平報》上所刊載的足球類消息，並不非全是汪僞人士所組織的賽事活動，更非汪僞勢力的球隊，大部分還是「西聯會」舉辦的足球賽事。上海的足球首先是外人帶動起來的。早在 20 世紀初，上海租界內的巡捕房、海關、萬國商團、英國海軍、意大利海軍、各大學和一些大的洋行，如英美煙草公司，紛紛都組成了自己的球隊。1902 年「西聯會」，即上海足球會正式成立，成爲組織比賽的專門組織。自此，「西聯杯」賽在很長一段時間裏，成爲上海體育界最大的盛事。1924 年，中華足球聯合會也成立了，負責舉辦中華足球聯賽。1937 年上海淪陷，中華足球聯合會停止工作，中華足球聯賽被迫中斷，但由於日軍未進入租界，「西聯會」卻並未停止運行，它所組織各項比賽仍繼續進行，也吸引著大量華人球隊參與比賽。這也成爲當時上海足壇的唯一盛事，1943 年租界撤銷活動終止。參見《上海體育志》編纂委員會（編），上海市專志系列叢刊·上海體育志〔M〕，上海：上海社會科學院出版社，1996：175～177。

〔註129〕張天政，孤島時期的上海銀行公會〔A〕，復旦大學中國金融史研究中心（編），近代上海金融組織研究〔C〕，上海：復旦大學出版社，2007：119。

方四行擾亂和平政府金融界」〔註130〕，因此，《平報》應聲附和，也屬「分內之事」。此外，還有一點值得一提，與南京《中報》的體育新聞相比，《平報》雖然在新聞攝影方面較爲缺乏，基本少有重大賽事與體育健將們的現場照片刊出；但是它在上海體育界的影響力卻不容忽視。1941 年 9 月下旬，《平報》曾呼籲重組「華人足球聯合會」，連發《大家起來！組織華聯足球會》〔註131〕、《給華聯足球會的發起人》〔註132〕等文章，成功鼓動海關及運輸業巨擘王瑞龍「揭竿而起」〔註133〕，成爲發起人；王也一度「使孤島體育，維繫於不隳」〔註134〕。從這一點，或可以一窺《平報》體育新聞在當時上海租界一度所具備的影響力。

　　《新天地》與《平明》，這是《平報》的兩大副刊。

（《平報‧新天地》）　　　　（《平報‧平明》）

〔註130〕南京市檔案館（編），審訊汪僞漢奸筆錄（上）〔M〕，南京：鳳凰出版社，2004：
　　　　188～189。
〔註131〕枕戈，大家起來！組織華聯足球會〔N〕，平報‧教育與體育，1941-9-24（4）。
〔註132〕徐鶴田，給華聯足球會的發起人〔N〕，平報‧教育與體育，1941-9-27（4）。
〔註133〕本報連日呼籲後，王瑞龍揭竿而起〔N〕，平報‧教育與體育，1941-9-29（4）；
　　　　編者，改版以後〔N〕，平報‧教育與體育，1941-10-1（4）。
〔註134〕關於王瑞龍其人與他對上海孤島體育的貢獻，可參見寧波幫博物館（編），近
　　　　代上海甬籍名人實錄〔M〕，寧波：寧波出版社，2014：27。

在這兩個副刊上聚集著一批編輯與投稿人員。筆者考證湯修梅、周小平（筆名小平）、徐月冷、周挹農、潘柳黛（筆名南宮夫人）、黃也白等人應屬於《平報》副刊的主持與編輯團隊，徐凌霄（筆名凌霄漢閣主、徐彬彬）、蘇少卿（筆名綠蕉仙館）、左笑鴻（筆名林鳳）、斐然、山丁、園丁、凱風等為固定的投稿人。〔註135〕具體來看，《新天地》是一個報告評述與小品劇談的大雜燴。雖然各種文體紛繁不一，語言風格雜糅交錯；但卻有高度統一的指導思想。在《揭開新天地之序幕》中，它就點明《新天地》創刊的意義在於對「和平」的追求。「東方燃燒著漫天的烽火，西方也燃燒著漫天的烽火。朋友，如果你能正確地估計戰爭的結果所給予人類是甚麼的話，你一定會起到和平早日來臨。《新天地》誕生於此時此地，我們怎敢寄予過高與過奢的希望？然而我們又何敢故意掩飾人類一致渴望於和平的追求呢？於此，我們將使這一塊小小的園地，能給我一點親切和自由的概念；任是一朵花，任是一根草，只須花是美麗芬芳的，草是娟秀有致的；凡足以引起我們人類至性之傾愛的，那就是我們今後所願致以最大努力的。以上是我們《新天地》創刊的意義及其命名的注解。」而針對所刊登的每一種報告、影評、劇評、通俗風物、消閒小品等文體，它也有非常具體入微的編輯方針。「一、報告——將專注重於新聞特寫，將一切社會現象及其因果，出以新穎筆調，作『報告文學』式之寫述，其性質一部分與『特寫』相仿，惟特寫必須以記者立場著筆，而報告則可由每一個人來寫，其情調自較生動活潑。二、電影方面——將對電影方面致於最大之努力，除按日對中外新片予以忠實批評，以為讀者介紹外，關於世界影壇及中國影壇之動向，藝人動態，以及電影市場調查等方面，亦將詳為披露。期能在影刊日趨低落之現勢中建立一個新的藝園。三、平劇方面——將力求其內容精彩，刻已徵得海內名評劇家多位之同意，允為本刊長期

〔註135〕上述報人除周小平、徐凌霄、潘柳黛、左笑鴻皆有篇章介紹外，其餘皆無據可查，只有零星文字中提及一二線索，有的甚至只剩下一個名字，而無佐證。具體資料與報人線索可參見孟兆臣，中國近代小報史〔M〕，北京：社會科學文獻出版社，2005；周文傑，柳黛傳奇——民國上海四才女之潘柳黛傳〔M〕，合肥：安徽文藝出版社，2011；平襟亞，上海小報史料〔A〕，上海市人民政府參事室文史資料工作委員會（編），上海地方史資料（5）〔M〕，上海：上海人民出版社，1986；封世輝，華東淪陷區文藝期刊概述〔A〕，中國現代文學研究會、中國現代文學館（合編），中國現代文學研究叢刊〔C〕，1994（1）；左右中、左薇明、左再思，抗戰時期的左笑鴻〔A〕，北京西城區宣傳部（編），西城追憶・抗戰西城〔M〕，北京：北京時代華文書局，2015 等。

執筆。四、都會風物──內容與『報告』稍異，有別於一般的『都會風景線』。
五、人生趣味之尋求──間刊小品隨筆等文字，其內容以尋求人生之眞正趣
味爲目的，主旨在提高人生之趣味，藉以排斥無聊流俗之娛樂。六、圖照，
漫畫──茲已約得名漫畫作者多位，經常供給本刊稿件。此外，本刊並將於
每周編輯特輯一種，即《上海社會一般現象》之專輯，以研究的態度，作有
系統有社會性的調查、統計、報告，並插以有關圖照。〔註136〕」那麼，具體
來看《新天地》所呈現的文本，可以發現兩點特徵：第一點是由「本報記者」、
「編者」所撰寫的各類社會報告與評述，大多匹配新聞時事與社會現象而發，
具有非常明顯的思想傾向與引導意圖。例如，1940年10月4日，《平報》曾
遭重慶國民政府特工投彈襲擊；10月5日，《新天地》就刊出《告投彈者》一
文，其內容不僅對本次遭襲表示憤怒，更「理直氣壯」地大肆辯解「和平運
動」。「如果和平運動，果眞如你們所說的是『漢奸運動』的話，那麼『漢奸』
是應該是爲全民族所遺棄的，『漢奸』所辦的報紙還會有什麼銷路？還有什麼
讀者？還有什麼力量？唯其和平運動並不是你們所宣傳的『漢奸運動』，於是
和平運動方面的報紙得獲有廣大的讀者，且因爲和平運動的確是一種救國救
民的運動，處處顯示了他的力量之後，使你們虛僞的宣傳，不能再維持其蒙
蔽人民的時候，你們才會如此行徑！〔註137〕」1940年10月10日，汪僞大肆
紀念「雙十節」，《新天地》也刊出《國慶同樂會》特輯，其中談到，「在今日，
紀念國慶應該是有新的意義的。第一，我們應該認清『抗戰』結果是如何的
悲慘，只有站在和平反共建國的大旗下勇往直前的人才有勝利的生存。第二，
我們應該知道慶祝國慶並不是些『平凡』的紀念，更應以行動與事實來擴大
並充實紀念的內容。慶祝國慶就該檢討自己，改進自己，並鞏固自己。認清
了只有擁護和平，參加了和平運動成爲一個堅毅的和運鬥士才是根本的本身
的出路，也就是本身最大，最正確的任務。〔註138〕」這些文字中的勸降意味，
十分濃重。還有專爲各種社會問題與現象而刊發的專欄小文，例如，針對當
時年輕人「畢業即失業」的問題，其發佈《孩子，讀書去吧！》一文，而「編
者按」就談到，「發表此文的意義，不僅說明了今日社會上找職業是怎樣的困
難，同時我們尤盼望在業的讀者們能各奉公守法忠於職守，明瞭求職的不易。

〔註136〕編者，揭開新天地之序幕〔N〕，平報・新天地，1940-9-1（10）。
〔註137〕記者，告投彈者〔N〕，平報・新天地，1940-10-5（7）。
〔註138〕魯茜，新的啓示〔N〕，平報・新天地國慶同樂輯，1940-10-10（7）。

因為在此國族興建的劃時代期內，我們每一個人都負有重大的任務，我們應該各自堅守著本位。」〔註139〕論及上海「市居生活的雜感」，其發佈《對於今日上海的新聞記者，讀者的希望》一文，以「讀者的口吻」談到「當前上海新聞界的報導離眞實二字太遠」的問題，因此，「希望新聞界應該來一次良心運動，新聞記者在工作的時候，應該認清自己對社會所負的唯一責任，就是忠實報導眞實的新聞，既不必粉飾新聞，尤不必虛強聲勢，應絕對出以忠實的態度，根據事實的眞相，至於過分自信的猜測，應予避免。現在是多變的時代，會玩的人太多，我們盡可看人玩，可不要給人玩了去。〔註140〕」這些文章盼望讀者「奉公守法忠於職守」，建議新聞界「來一次良心運動」，表面上看，都是反映社會問題的現實之作，但是聯繫當時上海「孤島」內高昂的抗日氛圍，就不難明白，這些論調其實都有所指，無非是將民眾的視線從抗日「高調」轉移到各種現實問題上來的種種嘗試。

第二點特徵是由諸多文人作家投稿而充實起來的各種影評劇談，集中承載的都是風花雪月、狗鳥魚蟲等消閒話題。既是舊式「洋場才子」掌故豔聞的老套路，也暗含麻痺民眾粉碎太平的新用意。在這一塊上，比較典型的是《新天地》上幾乎期期都有的《綠蕉仙館戲劇雜談》、《菊苑》、《劇話》，專談京劇中的名段名伶，對各種舞臺細節極盡考究。1941年9月1日，是《平報》創刊一週年的日子，《新天地》刊出長期執筆人所作的《周歲筆會》。在這個《周歲筆會》上，「綠蕉仙館」先生論及自己的筆名時，說「綠蕉者，意取莊子蕉下之鹿。仙者，隱士之謂也，亦即不問世間治亂興亡之征意也。〔註141〕」。署名「林英」的更作詩一首，以表明《新天地》的意義。其中詩云：「屹然獨峙風雲氣，兒女縈心任怨誹。春秋褒貶憑誰續？消閒且作承平錄；淮南雞犬莫驚惶，劫火昆明棋一局。〔註142〕」由此可以明顯看出，寫作者是「不問世間治亂興亡」，編輯人是「且作消閒承平錄」；既反映出汪僞治下的「雞犬安寧」，又比抗日文藝陣地昆明「棋高一著」。這裡非常露骨地反映出《新天地》的編輯方針與其背後深藏的政治意圖。

相比《新天地》多種文體的雜糅風格，《平明》的定位則相對統一與固

〔註139〕編者，孩子，讀書去吧！〔N〕，平報・新天地，1940-9-14（7）。
〔註140〕白子，市居生活雜感之一：對於近日上海的新聞記者，讀者的希望〔N〕，平報・新天地，1940-9-30（7）。
〔註141〕綠蕉仙館，劇話一年來寫作的感想〔N〕，平報・新天地周歲筆會，1941-9-1（8）。
〔註142〕林英，新天地周歲歌〔N〕，平報・新天地周歲筆會，1941-9-1（8）。

定，它可謂完全是一個承載小說與文藝的園地。其實，早在 1938 年 6 月間，
《中央日報》就曾經在儲安平的主持下創辦過一個叫《平明》的副刊。「平
明即黎明，取長夜漸過，平明將臨之意，寓意在於抗戰事業雖然艱巨，但必
定會衝破重重黑暗之陰霾，迎來中國新的黎明，取得抗戰建國的偉大勝利。」
〔註 143〕同樣，《平報》的《平明》也是取「取長夜漸過，平明將臨之意」，
只不過，它所認為的「平明」是「和平底生命」、「精神底食量」，是要「在
毀滅底廢墟之上，重新建立祖國底天堂」。〔註 144〕關於其整體的編輯方針在
它的《獻詞》裏有所體現。「在調劑興趣的原則下面，應該注意到文章的價
值如何。《平明》所收的文章，雖則不限於體裁的新舊，但在這塊絕對公開
的園地中，當然期待著豐美的收穫，一切吟弄風月或無病呻吟的作品，都不
想容其闌入。」〔註 145〕具體從所刊載內容上看，則多為各種小說與固定專
欄的文藝雜論。這個副刊的存在時間並不長，從 1940 年 9 月 1 日至 1941 年
7 月 31 日，短短 11 個月的時間。據筆者初步統計，《平明》上的連載小說約
為五篇左右（《洪流》，作者凱風；《紅角兒》，作者林風；《蘭芝姑娘》，作者
萬梅；《浪花》，作者焚稻；《豐收》，作者墨丁）；幾乎期期必有的固定專欄
是兩個，一為徐彬彬（徐凌霄）的《凌霄漢閣談薈》，一為「斐然」的《秋
雨梧桐館筆剩》。當然，這些小說文藝，自然「含情脈脈」，而散論批評，則
是「殺氣騰騰」，均有各自的倡導力與攻擊性。例如，小說《幻滅》，所寫的
是「孤島」內的失業青年「林風」，在家庭就要破裂的時候，遇到了已經當
上銀行行長的老同學，在老同學的幫助下，重振家業的故事，而這個所謂的
老同學就是積極奔走「和運」，受到賞識才發跡的。〔註 146〕歷史小品文《和
議》，所寫的是句踐在「不願部下與百姓多受戰爭之苦」的情況下，忍辱負
重，與吳國講和的故事〔註 147〕。暗喻所指，非常明顯。再比如，筆名「天
師」的雜文《畫符報國》中，寫道，「要是執筆，就算報國，那麼飛機大炮
之來，便不必由人去抵擋，只要執著筆在洋房裏畫幾道鬼符，就算有益國家？
原來鬼畫符，也是抗戰，也是抗戰文藝！我名之曰鬼畫符報國」〔註 148〕。

〔註 143〕韓戍，儲安平傳〔M〕，香港：牛津大學出版社，2015：170。
〔註 144〕鄭重，平明之歌〔N〕，平報·平明，1940-9-1（11）。
〔註 145〕園丁，獻詞〔N〕，平報·平明，1940-9-1（11）。
〔註 146〕朱衣，幻滅〔N〕，平報·平明，1940-12-5（8）。
〔註 147〕建亞，和議〔N〕，平報·平明，1941-2-16（8）。
〔註 148〕天師，畫符報國〔N〕，平報·平明，1940-12-2（8）。

筆名「伏魔」的散論《奴產子略論》中，也寫道，「編編年譜就是在抗戰，寫寫十五年創作經驗也是在抗戰，像這樣的抗，如此的一戰，便成爲抗日文藝，這是奴產子的邏輯，奴產子的經驗」〔註149〕。又是「天師」，又是「伏魔」，單看筆名也能感受到它們對抗日文藝的攻訐。

最後是《平報》的紀念特刊板塊。與南京《中報》按節慶假日發行特刊的方式不同，《平報》的隨意性與特例性更爲突出。例如其於 1940 年 10 月 10 日先發《國慶紀念特刊》，10 月 27 日發《汪馥炎先生殉國週年紀念刊》，11 月 10 日發《慶祝日本紀元二千六百年紀念特輯》，12 月 10 日發《慶祝中日締約特刊》，也就是說創刊四個月內曾發四份特刊，且這些特刊來由不大，明顯具有隨意性與特例性。此後，《平報》更發《中華民國卅年元旦特刊》、《曾仲鳴先生殉國二週年紀念特刊》、《慶祝國府還都週年紀念特刊》、《上海市中央市場一週年特刊》、《衛生運動特刊》、《中國教育建設協會第一屆年會慶祝成立週年紀念大會特刊》、《清鄉運動特刊》、《東亞聯盟專刊》、《平報創刊一週年紀念特刊》等等。到了 1941 年 9 月間，因爲紙張困難，《平報》終於難以維持特刊發行的隨意性，它發佈啓事稱，自當年的 10 月 1 日起，「改爲日出一大張，擬以寶貴之地位儘量登載必要之新聞。此後所有各種奉命或請託之臨時特刊，限於篇幅概行謝絕。關於團體宣傳稿件亦擬斟酌採登，又不論已未應允之免費廣告即日起一律停止，至商行巨幅廣告尤絕對拒絕接收，事非得已，諸希鑒原。」〔註150〕此後，特例性特刊減少，一直到 1941 年 12 月 9 日，太平洋戰爭爆發，《平報》「爲求迅速報導消息起見，即日在本埠發行晚刊，準每日下午四時出版」〔註151〕。到了 1942 年 1 月底 2 月初，爲了配合汪僞「新國民運動」普遍宣傳的需要，《平報》曾連發三次《新國民運動特刊》。

1941 年 12 月 8 日，太平洋戰爭爆發。爲了配合「大東亞戰爭」的宣傳，《平報》不僅發行了《平報·晚刊》；它的整體風格也出現了一個大轉變。自當年的 12 月 13 日起，《平報》在報頭下面刊出《今日提要》，以日軍戰訊爲報導重點，就撕毀了之前貌似「公正持平」、「客觀中立」的面具。

〔註149〕伏魔，奴產子略論〔N〕，平報·平明，1940-11-27（8）。
〔註150〕平報緊要啓事（二）〔N〕，平報，1941-9-30（3）。
〔註151〕平報發行晚刊啓事〔N〕，平報，1941-12-9（1）。

（《平報‧今日提要》）

　　從此，「汪主席」的宣講、民眾的積極配合等「背書類」宣傳成爲主要的國內要聞，本埠新聞上原本氾濫的「黃色新聞」漸漸被各種工部局通告、「國民政府令」、「告民眾書」等所取代。《新天地》爲「大東亞戰爭」的叫囂更爲露骨，而《經濟與商業》、《教育與體育》等漸漸絕跡。在版面設計上，12 月 9 日《平報》篇幅由一大張縮減爲半張〔註 152〕，此後版次變化反反覆覆，已無規律可循。到 1944 年 1 月後，《平報》窮途末路，每週三天出半張兩個版，四天出一大張四個版，交替發行，直到《平報》停刊。

　　此外，還不得不提一點《平報》在廣告發行方面的表現。在廣告上，《平報》所刊載的主要有兩類。一類是如「腎力素」、「淋特靈」、「蝴蝶草」等專治性病、戒毒補腎類低級廣告，另一類則是如《國民新聞》、《華文大阪每日》、《新中國報》等刊物宣傳類廣告。此外，各種啓事通緝告示等也是連篇累牘，經月不息，甚至在「清鄉運動」期間，原本刊載廣告的位置也被各種「擁護汪主席」、「確立治安，改善民生」、「反共建國、擁護和平」等口號標語所佔據。由此可見，與南京《中報》的情況差不多，《平報》在廣告方面也無較突出的表現。對此，金雄白曾有過解釋，說「招登廣告，我們也曾盡過最大的努力，最早上海人心理登載和平報紙廣告，似乎是一種犯罪，現在雖然已沒有了這種心理，而廣告迄無起色，和運報紙中除了中華日報一般人爲求得法律上的效力外，其他均寥落異常，於報社收入上，爲一重大的打擊。」〔註 153〕

〔註 152〕平報緊要啓事〔N〕，平報，1941-12-9（1）。
〔註 153〕金雄白，辦報經驗談〔J〕，新協會刊，1945（1）：4～6。

除了「和運報紙」自身的因素，汪僞「宣傳部」更對各報的廣告經營上有所指導。「我們應特別瞭解的，假如廣告仍和過去一般的視爲報紙的營業收入，乃是大大的錯誤；報紙是具有報格及使命的，則刊登版面的廣告當然應該審愼考慮」。爲此，它特成立「中央報業經理處廣告組」，目的在於「遂行政府的新聞政策，即圖各報館的經營合理化，統和助成廣告業務」。〔註154〕既有外部因素，又有內部指導，《平報》等「和平報紙」在廣告業務上的失敗，不難理解。在發行上，《平報》主要依靠三種手段打開銷路，分別是靠面子、靠副刊、靠低級噱頭。所謂靠面子，金雄白久處上海報界，深知望平街上報販們對於報紙發行所握有的「無上權力」。於是，他就特意擺酒宴請各路報販，請給予關照。報老闆請報販，這還是望平街上的創舉；面子換面子，自然就使得《平報》的派送免於了報販杯葛〔註155〕。所謂靠副刊，就是金雄白故意減低政治氣氛，「不惜將副刊編成趣味化，特別是加強電影女演員趣聞豔屑的描繪，以適合上海人的胃口，希望他們因爲閱讀副刊，附帶灌輸一些正張上的理論」。雖然這一招連汪僞「宣傳部」中人都視作「金雄白在賣屁股」，但的確曾助《平報》短時間內於上海租界有所立足。〔註156〕所謂靠低級噱頭，就是《平報》在初期發行時，發啓事稱，「凡附郵票四角寄平報 46 號信箱者，本報一律贈德國裸體照片，贈完一千份爲限。」〔註157〕這種啓事無疑會刺激讀者的興趣，對《平報》的發行有所助力與推動。

在上海抗日氣氛濃鬱的租界之內，金雄白與《平報》的漢奸面目一經暴露，注定就會引起抗日民眾的反感與重慶國民政府地下特工的關注。他與《平報》前後共遭遇到五次襲擊，甚至在《平報》內部還有地下特工潛伏以謀行刺。〔註158〕最危險的時候，金甚至配置了防彈的保險汽車，隨身帶上兩枝槍，更穿上了鋼絲背心；遇有外出，就驟然出發，不事先預定，帶上四名保鏢，所到之後更是絕不停留半小時以上。〔註159〕《平報》也曾遭遇過強行推銷的

〔註154〕汪僞宣傳部中央報業經理處，論報紙的廣告〔J〕，報業旬刊，1941（1-2）：8。
〔註155〕金雄白，記者生涯五十年（下）〔M〕，臺灣：躍升文化事業有限公司，1988：91～92。
〔註156〕金雄白，辦報經驗談〔J〕，新協會刊，1945（1）：4～6。
〔註157〕贈德國裸體照片〔N〕，平報，1940-9-18（3）。
〔註158〕具體五次危機，詳見朱子家（金雄白），汪政權的開場與收場（第一冊）〔M〕，香港：春秋雜誌社印行，1976：76～80。
〔註159〕金雄白，記者生涯五十年（下）〔M〕，臺灣：躍升文化事業有限公司，1988：91～92。

事件，爲此連續發出過啓事，言明「本報本外埠訂戶悉係愛讀諸君自動訂閱，從無派人在外挨戶兜攬或強銷事，其有上項情形發現即屬冒名斂財，希即扭交附近警捕以憑徹究」〔註160〕。強行推銷勢必會引起民眾不滿，這種解釋的啓事也正說明了當時《平報》在民眾心目中令人厭惡的處境。

〔註160〕本報營業部鄭重聲明〔N〕，平報，1940-9-29（3）。

第五章　結局與討論：何謂報人的淪陷

　　金雄白在汪偽的報業活動是他一生難以磨滅的罪證。這既是他個人的悲劇，也給當時的中國社會帶來了巨大的傷痛。所謂報人的淪陷不僅僅止步於對漢奸報人的批判，我們更應該從他們淪陷後所帶來的連鎖效應上，認清楚這種歷史怪胎的運轉邏輯與他們所造成的沉重危害。

第一節　漢奸審判與晚年結局

　　1945年7月1日，就在日本投降、汪偽解體之前一個半月的時候，《平報》正式停刊了。金雄白說，之所以停刊，是因為周佛海暗通重慶國民政府，欲以《平報》作敵後宣傳之用。「一天佛海對我說，『國軍準備不久將實行全面反攻，陳立夫託人帶信給我，要我在上海準備一間大規模的印刷所，一等反攻開始，就展開敵後宣傳』。佛海又讓我負責起這一事的籌備工作，我當然不便查問他消息的來源，但我對他說，『太平洋戰爭後，海運中斷，已無法購買到所需的材料，不如就把《平報》停刊，重加整理，於暗中準備吧。」〔註1〕得到了周佛海的同意，金雄白刊發了一篇措辭隱諱的《平報休刊辭》，這份經營了四年又十個月的《平報》就這樣停刊了。

　　在這份《平報休刊辭》中，金雄白這樣寫道，「回溯本報誕生之日，方在中原板蕩之時，國基動搖，民生憔悴，同人基於愛國之赤忱，目擊心傷，熱血奔湧，奮袂而起，倉猝發刊。戰爭已屆決戰時期，勝利之途，當不在遠。

〔註1〕金雄白，記者生涯五十年（下）〔M〕，臺灣：躍升文化事業有限公司，1988：94。

同人向以新聞爲終身職業，矢志靡他。茲雖格於環境，暫作小休。將來物資充沛，國家需同人效命之時，不論在任何情況之下，當一本過去大無畏之精神，毅然來歸，重張旗鼓！」〔註2〕這與他曾在1942年《平報二周紀念特刊》上的露骨說辭，「本報創刊之使命，在擁護和平反共建國之國策。同人願以血誠，爲中華民國，中華民族致其忠忱，效其死命；更爲中日兩國之眞正親善合作，進而謀大東亞全體民族之共同福利，作最大之奮鬥」。〔註3〕兩者口徑完全不同，從中絲毫看不到曾爲「和平反共建國」運動、「中日親善合作」效忠的印跡，反而是一副爲國創刊、爲國休刊、全始全終的口氣。金雄白在回憶中，多次提及這段「國家有一天需要我們的時候，我們就起而效命」的自辯，言語之間多有一種「敵後英雄孤身犯險」的氣概；而實際上，這種自欺欺人的解釋，無非與他暗通重慶，向國民政府輸誠的行爲聯繫在一起，成爲了日後妄想逃脫審判的一種嘗試。〔註4〕

將《平報》停刊之後，金雄白並未停止報界活動，不僅《海報》照常發行，他轉而被聘爲《申報》顧問，「常到社辦公，指導一切，以資藉重」〔註5〕。他一邊以臨終的心情，趕辦後事。「我像一個癌症患者經醫生告訴了他的死期一樣，不必佛海的叮嚀，我也急急的需要辦理我經手的一切後事」。另一邊，則是「自維死期不遠，心理上有了變態，要趁未死之前，儘量享樂」。〔註6〕1945年8月9日，美國向日本長崎投下原子彈；8月15日日本宣佈接受《波茨坦公告》，無條件投降。日本一投降，汪僞「國民政府」的末臺戲也就到了該徹底收場的時候了。「金陵王氣黯然收」，「一片降幡出石頭」，汪僞「國民政府」從陳公博、周佛海到金雄白、陳彬龢，大小頭目無不爲個人前途輾轉

〔註2〕金雄白，平報休刊辭〔J〕，新協會刊，1945（6）：1。

〔註3〕金雄白，平報兩周紀念辭〔N〕，平報二周紀念特刊，1942（9）：6。

〔註4〕金雄白暗通重慶，向國府輸誠的行爲是與周佛海被軍統「策反」之後，隨周一起進行的。當時他曾多次爲國府地下人員掩護、借貸、保釋等工作奔走，甚至一度獲得了蔣伯誠（軍事委員會委員長駐滬代表）的保證。另外，羅君強也證明，金曾一度「與重慶拉上關係，即自動將《平報》停刊」。詳情參見金雄白，記者生涯五十年（下）〔M〕，臺灣：躍升文化事業有限公司，1988：94～95。

〔註5〕適應戰時物資節約，平報明起休刊，將來物資充足可隨時復刊〔N〕，申報，1945-6-30（2）。其時金雄白與《申報》社長陳彬龢，不僅有私誼，金還擔負著周佛海的秘密使命，監視陳彬龢，以防他有妨礙周佛海的行動；所以只要陳彬龢參與的社團，金也參與，每天報紙上金與陳的名字也是常常連在一起。

〔註6〕朱子家（金雄白），汪政權的開場與收場（第三冊）〔M〕，香港：春秋雜誌社印行，1976：52～53。

反側，做著最後的打算。「我告訴妻以日本投降的消息，彼此商量了一陣，也談不出什麼道理。一切當然應該作最後的打算，徹夜我在檢討自己六年中的所作所爲，更在猜想不知重慶將採取怎樣的手段。我爲佛海的命運焦慮，也爲了自己的前途而煩亂。」〔註7〕陳彬龢曾在最後時節找過他一次，要他與陳一起逃走。但金認爲，他曾經做過一些地下工作，「秘密電臺中且曾對我們以不斷嘉獎，而且蔣伯誠等一再表示可以爲我保證」；「我想堂堂政府，安有會欺騙一個百姓之理？」〔註8〕正是憑藉著這種僥倖心理，金雄白沒有像陳彬龢一樣逃走，而是誠惶誠恐地等待被接收。

　　1945 年 8 月 12 日，周佛海被蔣介石任命爲軍事委員會京滬行動總隊總隊長，不久，金雄白被任命爲指揮部副宣傳處長〔註9〕。隨即南京《中報》改名爲《復興日報》，並於 8 月 17 日套紅出刊「勝利專號」，報導國民政府軍委會京滬行動總隊南京指揮部成立，以及南京指揮部指揮周鎬起草的第一號布告，即安定地方、維持秩序的 10 項命令。不久，該報就被國民黨《中央日報》接收。同樣，已經停刊的上海《平報》被「接收大員」吳紹澍的私人代表莊鶴初接收，並於 8 月 23 日改出《正言報》。《海報》則由金主動送給了吳紹澍的部下毛子佩，由他改出《鐵報》，以爲《正言報》的補充力量。至此，金雄白於汪僞政權所經手的報業，全盤覆沒。緊接著，在舉國上下強烈要求「嚴懲漢奸」的呼聲下，一場聲勢浩大的反奸肅奸運動迅速展開。9 月 27 日，國民政府下令各地逮捕漢奸，啓動「全國大肅奸」。京滬地區的軍統、憲兵、警察一齊出動，大批汪僞漢奸紛紛落網。9 月 30 日，周佛海隨戴笠離滬飛往重慶，同行的有羅君強和周的內弟楊惺華、僞中央儲備銀行總務處長馬驥良以及原僞浙江省省長丁默邨等。〔註10〕周佛海的飛渝，對金雄白刺激很大。「我追隨他六年之中，承他推心置腹，無話不談。到了最後關頭，儘管他對君強的驕矜作風，平時深致不滿，對惺華的年少輕浮，頗多戒責，而結果還是相攜與俱。我們之間的關係不能算不深，而及其行也，竟至無一言相告。我不

〔註7〕　朱子家（金雄白），汪政權的開場與收場（第三冊）〔M〕，香港：春秋雜誌社
　　　　印行，1976：55。
〔註8〕　朱子家（金雄白），汪政權的開場與收場（第二冊）〔M〕，香港：春秋雜誌社
　　　　印行，1976：145。
〔註9〕　上海行動總隊司令部，發表重要人事〔N〕，申報，1945-8-21（2）。
〔註10〕　余子道、曹振威、石源華、張雲，汪僞政權全史（下卷）〔M〕，上海：上海
　　　　人民出版社，2006：1450。

能不自笑過去的太謬託知己了。」〔註11〕

　　周佛海的離去，讓金雄白一時間更有了前途茫茫之感。「沒有人再可以商量，也不知將怎樣自處？自己的命運，只有等待自己的決定了」。〔註12〕他所作出的決定就是自首。於是，9月30日當晚，金雄白開始寫自白書。「首先我把民國二十六年公佈的《懲治漢奸條例》逐條細讀，尤其把構成漢奸罪責的十款犯罪行爲，逐款研究。什麼井中下毒、擾亂金融、供給敵人軍械之類，都是清清楚楚指在後方的人民助敵而言。我在淞滬作戰時，絕沒有此喪心病狂的行爲，我又不曾去過抗戰區，這罪名套不到我頭上。我更以自己的良心，在暗室中逐條逐款與我在汪政權六年中一切的所作所爲相核對，對自己下裁判，最後我確認無論事實、證據、法律，我都絕對沒有觸犯。」就是在這種自我判斷下，他連夜寫就了洋洋灑灑的萬言自白書，共分爲序論、政治之部、報紙之部、金融之部、律師之部、社會之部、結論等七章。其中更有字句言道，「既非守土有責之吏，更非開門揖盜之奸」；「報國無方，曾無寸功之建立；附逆有據，雖有百喙其奚辭！」還另附上了軍事委員會委員長駐滬代表公署等公文證明書，以及其他相關文件〔註13〕。就這樣，帶著這份「自白書」，金雄白於1945年10月2日向當局自首了。

　　從此，由楚園到提籃橋，金雄白輾轉牢獄。1945年11月、12月，國民政府先後發佈《處理漢奸條例》與《懲治漢奸條例》，著手開始了對漢奸的審判工作。金雄白難逃法網。1946年6月6日，也就在他進入提籃橋監獄羈押一個月後，接到了當局對他的起訴書〔註14〕。7月4日，法院提訊金雄白。「提訊時，金衣藍灰色綢長衫，直條子紡綢褲，髮已斑白，臉甚消瘦，對所任僞職，供認不諱，惟堅稱協助抗戰，於國有功云」〔註15〕。10月28日，金雄白一案最後宣判。判文稱，「金雄白，通謀敵國，圖謀反抗本國，處有期徒刑二年六月，褫奪公權二年，全部財產除酌留家屬必需生活費外沒收。」金聞判微笑點頭，後

〔註11〕朱子家（金雄白），汪政權的開場與收場（第三冊）〔M〕，香港：春秋雜誌社印行，1976：92～93。

〔註12〕朱子家（金雄白），汪政權的開場與收場（第三冊）〔M〕，香港：春秋雜誌社印行，1976：130。

〔註13〕朱子家（金雄白），汪政權的開場與收場（第三冊）〔M〕，香港：春秋雜誌社印行，1976：134～135。

〔註14〕又一批提起公訴〔N〕，申報，1946-4-4（4）。

〔註15〕金雄白首次受審，據供在僞職任內曾協助政府，遞呈蔣伯誠吳紹澍等證明信〔N〕，申報，1946-7-5（4）。

移押上海監獄執行。〔註16〕他曾回憶說，「一九四五年的十月二日，我就去自投羅網，難得嘗一嘗以身試法的味道，經過了九百十二天的羈囚生涯，至一九四八年的四月一日，又復重見天日。論時間，這兩年又半的歲月，像是對我成為一大浪費，但也不全是無收穫的：讓我更體味到什麼是政治；也給我增添了人生難得的經驗，更由此而知道什麼叫人情冷暖與世態炎涼。」〔註17〕也就是在這段牢獄經歷中，金雄白立下兩大誓言：永遠遠離政治，不可再做報人。這既是他總結出的人生教訓，也是給兒女後代所定下的規矩，至今如此。

　　出獄後的金雄白再難容身於大陸，他先後奔赴香港、臺灣、日本等處過活。1950 年 8 月，他寄寓香港；1951 年，與周文瑞等人合夥開辦「泰華企業公司」，任總經理；1952 年，經商慘敗，一貧如洗。1954 年 4 月，落得煮字療饑，為《天文臺報》（社長陳孝威）長期撰寫雜文（後彙編成單行本五冊《亂世文章》）。1957 年 7 月 16 日，姚立夫在香港創刊《春秋》半月刊；8 月，金雄白以「朱子家」為筆名於《春秋》上連載《汪政權的開場與收場》（後彙編成單行本五冊），自信所寫是出於良知的事實。此後，他又根據在日本遇到川島芳子的胞兄金鼎志的口述，寫成《女間諜川島芳子》一書。1960 年 9 月，金雄白被日本「時事通訊社」聘為駐港特約撰述員，前後長達十一年之久，並每年為該通訊社寫一本書，諸如《中共之內幕》、《中共之十大問題》、《中共之經濟問題》、《文化大革命》等。1973 年，金雄白又應姚立夫之邀，擔任《港九日報》副社長兼總編輯；1974 年 3 月，再度赴日，任職「內外通訊社」，專門寫有關中共問題的文章。另外，此間他還頻頻向香港《星島日報》、新加坡《星洲日報》投稿，以謀生計〔註18〕。1985 年 1 月 15 日晚上十時（或作十六日凌晨四時）在日本（或言香港寓所）寓所去世，終年八十二歲。至此，他終於走完了自己跌宕起伏的一生。南柯夢盡，皆化煙雲。

第二節　關於報人淪陷的認識與評斷

　　從 1940 年 3 月底汪偽「國民政府」在南京袍笏登場，到 1945 年 8 月中

〔註16〕曾救地下同志協助抗戰，金雄白判二年半〔N〕，申報，1946-10-29（6）。
〔註17〕蔡登山，叛國者與親日文人〔M〕，臺灣：秀威信息科技股份有限公司，2015：160。
〔註18〕其時，卓南生先生任職新加坡《星洲日報》，他曾說報社曾接連收到過金雄白所撰寫的通訊與文章。

隨著日本戰敗投降，汪僞政權煙消雲散，收場垮臺。在這短短五年的時間裏，金雄白因爲投靠汪僞，入身周佛海一系，既經歷了「一人得道雞犬昇天」的事業輝煌，也犯下了爲日僞張目，通敵賣國等不可饒恕的罪行。然而，對於這樣一個名符其實的漢奸報人，僅僅從民族主義的立場和道德情感的角度去對其作出種種批判，這是不夠的。一則是因爲，出於民族主義天然所帶有的觀察視角與思維慣性，我們往往會在對他們的漢奸罪行進行批判的同時，順便將他們淪陷通敵的具體過程視爲難以接受與不可採信的話語敘述，加以忽略，以致「眞相消失在歷史的敘述之中」。所以，在民族主義的判斷中，我們經常會看到這樣的結論：「絕大多數中國人基於愛國，在戰時不和日本人合作，少數通敵者是怯弱、犯罪、貪腐之徒」。而這顯然是一個樂於被人接受，但又失於解釋力的簡化歷史的論斷〔註19〕。再則，漢奸行爲不是單純的個人行爲，而是社會行爲。當一個城鎮或國家被敵人佔領時，因此而產生的影響是全面的〔註20〕。瑞士歷史學家布林（Philippe Burrin）曾形容二戰時法國被德國佔領的經驗時所說，「外國佔領構成大規模、猛然侵入一個社會熟悉的架構。它強加權威，要求服從（既不建立在傳統，也非出自共識的基礎）。它擾亂了集體生活的網絡和常規，把選擇丟到團體或個人之前，在某些情況下，結果會很嚴重。」〔註21〕這一點我們不僅可以從二戰時期法國的「法奸」、菲律賓的「菲奸」等問題上，看出他們之間的某些共性；還可以在中國漫長的歷史長河中，從秦檜、張邦昌、吳三桂、錢謙益等人的在世經歷與後世評價中，找尋到諸多個案之間有所聯繫的蛛絲馬跡。生活在淪陷區的民眾即使不主動替日軍工作，也會出於各種因素而有意無意間通敵淪陷。就這一問題，我們不能預先設定所有人都應該抱著以生命爲代價的不合作或者抵抗的態度，更不能由此來判斷淪陷區只有通敵心理而沒有愛國精神。針對這一問題，眞正值得探究的應該是造成這一社會行爲與現象的具體結構因素。

回到金雄白的淪陷經歷上，筆者可以作如下總結。首先，從金雄白的附逆抉擇來看，他之所以投敵落水，原因主要是三點。第一點，準確的說，金

〔註19〕卜正民，秩序的淪陷：抗戰初期的江南五城〔M〕，潘敏譯，北京：商務印書館，2015：277～278。

〔註20〕羅久蓉，歷史情境與抗戰時期「漢奸」的形成——以一九四一年鄭州維持會爲主要案例的探討〔J〕，中研院近代史研究所集刊，1995（24）：834。

〔註21〕Burrin. The French and the Germans〔A〕，轉引卜正民，通敵：二戰中國的日本特務與地方精英〔M〕，林添貴譯，臺北：遠流出版社，2015：59。

雄白的通敵行為，最早起始於他在 1939 年 7 月間參與幫助了上海《中華日報》復刊的系列活動。也正是出於對「蔣汪雙簧論」的半信半疑，他跨出了「克服心理障礙」的第一步。此後，他更在周佛海的游說下，對他們那套「曲線救國」、「和平建國」的理論深信不疑，逐步內化為一整套自我說服的邏輯，從而陷入了一種甘心效命、近乎阿 Q 式的心理慰藉，以減輕淪為漢奸的道德拷問與負面效應。同時，這一點也是金雄白此後即便被判處漢奸罪之後，仍然不服，還要寫出《汪政權的開場與收場》一書，替汪偽諸漢奸們辯解的心理根源所在。他曾明確說過自己寫《汪政權》一書的目的，「要告訴所有炎黃子孫，讓他們知道一群被指為『漢奸』者們，並不如宣傳中，想像中那樣醜惡。陳公博說，『抗戰是對的，和平是不得已』；周佛海也說，『抗戰是為了救國，和平也說為了救國』。所有汪政權重要諸人，在生之日，何以敢與敵抗爭？臨命之前，又為什麼會那樣地從容赴死？同時，我更要讓當年與我們作戰的日本人知道，汪政權這一幕，應該足夠給他們一個很大的教訓了。他們當嘗到過堅韌不屈武裝抗戰的味道，也該嘗夠了曲線的和平抗戰的味道了吧？」[註22] 非常明顯，金雄白的這套邏輯，仍然是「雙簧論」的翻版，以「救國」為目的，視「和平」與「抗戰」為兩種不同的手段；甚至以為對抗戰來說，身處淪陷區與大後方並無差別，兩種方法，殊途同歸。這種思維認知，既模糊了敵我觀念，使得很多未落水的人在猶豫之際，做出錯誤的判斷，從而不疑有他，投敵附逆；又轉化了投敵者的負罪感，克服了通敵的心理障礙，自此甘心為敵偽效命，而對自己所犯下的累累罪行視而不見。

第二點，長久以來的報業蹉跎與人生打擊，使得他在屢次與事業輝煌的時機、陞官發財等好運失諸交臂的同時，形成了政治投機與注重私誼的行為慣性與思維模式。回顧他自 1925 年到 1939 年的種種遭遇，從國民黨初期建政東南，諸多報界同仁一舉因緣政要而官運亨通；到國民黨高層派系鬥爭的層層鋪展，各方勢力憑藉人脈私誼競相登臺而名利雙收，他在深度捲入這一時代的同時，卻一步步地從報人生涯的蹉跎走向職業前途的轉變，從攀附政要的投機走向晉身政壇的失計。伴隨著身邊故舊的步步高升，而他卻歷經蹉跎屢遭敗績。有怎樣的經歷，就會有怎樣的觀念。這十幾年的報界經歷，無一不在給他留下如此的印象：所謂政治不過是派系之爭而已，是選邊站隊與

〔註22〕朱子家（金雄白），汪政權的開場與收場（第四冊）〔M〕，香港：春秋雜誌社印行，1976：余言。

運氣好壞的問題，這與國家民族無關，與道義信仰更無關。可以說，正是當時國民黨派系政治的格局投射在一個早期的、深度捲入其中的職業報人身上，就會反映出如此的時代觀念，表現出相應的政治投機行為與甚重私情的意趣。

金雄白在回憶中將投敵的抉擇歸因於「偶然動了匹夫之念」，〔註23〕說是「無心出岫」〔註24〕，還大發牢騷地說，「以我完全不懂政治手段的人，為什麼要搞政治？像我不具有政治家心腸的人，又為什麼要站到政治圈的邊沿？『國家事，管他娘！』他人的娘，我又為什麼想管？『天塌下來，自有長人去頂』。中國既有那麼多的『民族英雄』，我是什麼東西？又為什麼也想去幫著頂？而顧亭林害苦了我，我中了他的『國家興亡，匹夫有責』的荼毒，不問那時是什麼時代，什麼世界，又是怎樣的一個現狀？盲人瞎馬，胡闖亂撞，最後的為罪犯，寫自白書，還不千該萬該？」〔註25〕依照他的口氣，這裡的「匹夫之念」不外乎強調的是兩點。一點是自己原本對政治懵懂無意，特別是在翻雲覆雨的民國政壇面前單純天真；另一點是在如此單純天真的前提下，自己還一味抱持著「國家興亡，匹夫有責」的信仰去參與了政治。這種自怨自艾式的自白，全然不是自我懺悔的表現，在骨子裏，他堅信自己是冤枉的，是無辜的，是被世人誤解過甚的。在自述中，他一味強調他的單純天真，不懂政治；可是他又主動打著「政治好奇」的旗號，在政要人物的身邊打轉轉。他時常表態他看重友情，做事多出於私誼，可是他又搬出什麼「國家興亡，匹夫有責」的堂皇藉口，把自己盡力打扮成為國出力的樣子。這種前後矛盾、表裏不一，絕不是人格分裂所導致，也不是報人生涯所要求，更不是時代環境所注定。恰恰相反，他是故作此態，蓄意為之。換句話說，所謂的「匹夫之念」，不過是追求事業輝煌、夢想當官發財的欲望，但可惜的是他有此欲望，無此才能。求不得，放不下，過高的自我期許度與多次失意的幻滅感，相互刺激，他才會如此自白，大發牢騷。

第三點，金雄白的投敵顯然是周佛海等人游說拉攏、網羅漢奸諸般手段下的一則未廢吹灰之力的成功案例。金雄白與周佛海等人早年就有相識，後

─────────────────────

〔註23〕朱子家（金雄白），黃浦江的濁浪〔M〕，香港：吳興記書報社，1964：自序。
〔註24〕金雄白，記者生涯五十年（下）〔M〕，臺灣：躍升文化事業有限公司，1988：74。
〔註25〕朱子家（金雄白），汪政權的開場與收場（第三冊）〔M〕，香港：春秋雜誌社印行，1976：1～2。

來之間的淵源也是其來有自，經營有術，互有藉重。所以當 1939 年 8 月中旬，周佛海再見到金雄白時，兩人不用過多的寒暄與試探，開門見山，直截了當地開始了游說拉攏。在游說中，周佛海一直所強調的是動機問題，他指出汪精衛有「兄爲其易弟爲其難」的自我犧牲意願，蔣介石有不能和談的苦楚。至於蔣汪雙方是否曾就分工合作達成任何協議或共識，他則是含糊以對，屢有暗示。非常明顯的是，周佛海巧妙地利用了動機的不可驗證以及不確定性。周甚至將汪系人馬在香港時期的活動經費來源與日方往還的中國關稅收入等機要秘密坦白出來，以顯示自己的赤誠。當時正值上海報界「蔣汪唱雙簧」的猜測盛行一時，任何關於「蔣汪雙簧論」的蛛絲馬跡都有可能被汪僞集團當做替自身洗白，進而拉人下水的謀略工具。〔註 26〕後來，金雄白一度猶豫痛苦，直到某一方面對他的通敵行爲欲採取措施，以及因此而生發的一系列連鎖反應，形勢環境，都決定了他選擇投敵的具體時間問題。

其次，從金雄白在汪僞的新聞活動出發，如何理解報人淪陷的涵義指涉與效應的問題。毋庸諱言，汪僞「國民政府」是在日本帝國主義直接扶植下成立的漢奸傀儡政權。與早期於京滬地區所出現的各種村鎮的「治安維持會」、縣城的「自治委員會」等情況有所不同，它完完全全是日本帝國主義對國民政府實施勸降謀略的產物。汪僞「國民政府」所存在的作用，不再只是如戰前的國民政府一樣，簽幾份出讓國家利權的條約；而是以自封代表中國正統的身份承認日本侵略中國的正當性，以及通過侵略手段所獲得的一切權益。由此，這一政權的性質就從根本上決定了汪僞整個新聞事業的本質也是具備傀儡性的。因而，汪僞治下的報人和報刊與日本帝國主義之間，就是一種被控制與控制、被服從與服從的關係。只不過與早期的日僞政權相比，日

〔註 26〕必須點明的是，蔣汪雙簧論，這一説法並非虛妄的無稽之談，巧妙利用這一論述的，也是大有人在。甚至在 1941 年皖南事變之後，國共關係緊張之時，中共就公開指責重慶政府與汪僞政權沆瀣一氣，背叛抗日的神聖使命。1943 年，中共出版《抗戰以來敵寇誘降與國民黨反動派妥協投降活動的一筆總帳》，其中就開宗明義地指責國民黨玩弄「兩面手法」，假抗日之名行反共之實。抗戰勝利後，郭沫若就指責汪精衛的出走就是國民黨最高當局所設下的「苦肉計」。郭氏認爲，蔣汪早有默契，汪以豔電響應近衛聲明，蔣則以五千字聲明響應汪之豔電。直到今天，很多人仍然會以此邏輯來看待汪僞政權，替汪僞政權翻案，或攻擊國民政府的投降主義。當然，在國民黨方面，陶希聖活著受寵、周佛海死後哀榮、漢奸審判的遲緩、日本戰犯又成爲國共內戰的座上賓，這些行爲都留給了「雙簧論」更加充足的解釋空間，也坐實了人們的猜測。

本侵略者所採取的控制手段稍有變化而已。事實上，這種控制關係的基本原則，早在汪僞「國民政府」成立之前，就已經確立下來了。1939 年 12 月的日汪密約曾規定「善鄰友好」的兩條原則，一是「日支滿三國撤廢一切政治、外交、教育、宣傳、交易等足以破壞友誼之措置及原因，將來亦禁絕之」；二是「日支滿三國協力於文化融協、創造及發展」。〔註27〕到 1940 年 12 月，汪僞「國民政府」與日本簽訂《中日邦交調整條約》，日本據此還實行了「確保政治、外交及文化上的權利；確保外交、教育、宣傳及文化方面的合作」。〔註28〕由此可見，日本自此已然決定放棄公開的直接的控制汪僞「國民政府」新聞宣傳等「破壞友誼」的方式，而代之以所謂的「宣傳合作」的形式來明確兩者之間的關係，並保證這種關係的持續有效運作。對此，汪僞政權毫不隱諱。在汪僞「宣傳部」的報刊運營設計中，各報紙張來源就是以「軍用品」的名義，「按月撥款託日軍報導部向日本訂購紙張，分配各報使用」〔註29〕。羅君強也曾直接了當地說，「國府還都以來，中國的新聞事業一方面在宣傳部的指導之下，一方面得到友邦的協助指導。」〔註30〕在這裡，所謂「友邦」的「協助指導」無疑就是指日本擁有對汪僞報人與報刊的間接的控制。因此，從汪僞政權傀儡性質的角度，自上而下地來看，報人的淪陷就成爲一個不證自明的話題。金雄白與其所主持下的南京《中報》、上海《平報》都不過是日本帝國主義宣傳機器上的一顆螺絲釘，是日本文化侵略殖民宣傳的一個具體實施者。日本帝國主義就是通過這些漢奸報人與漢奸報刊爲其軍事侵略與政治謀略服務；並籍此更有效地統治整個淪陷區，愚弄和奴化廣大民眾。卜正民曾說，「在通常情況下，留下來的人在通敵與抵抗的選擇上，界限並不是那麼清晰。我建議，如果我們向下看那些模糊不清的灌木叢，而不是向上看熟悉的通敵或抵抗的大樹，我們更有可能理解與日本人一起工作的中國人」。〔註31〕然而，以金雄白的淪陷來看，這個結論並非完全適合。金雄白在汪僞集團

〔註27〕 黃美眞，張雲（編），汪僞政權資料選編‧汪精衛國民政府成立〔M〕，上海：上海人民出版社，1984：422。
〔註28〕 蔡德金，歷史的怪胎——汪精衛國民政府〔M〕，桂林：廣西師範大學出版社，1993：98。
〔註29〕 中國第二歷史檔案館（編），宣傳部呈請增撥各報紙張補助費〔B〕，汪僞政府行政院會議錄（三），北京：檔案出版社，1992：518～525。
〔註30〕 羅社長在歡送馬淵部長茶會中致詞〔N〕，平報，1940-12-4（4）。
〔註31〕 卜正民，秩序的淪陷：抗戰初期的江南五城〔M〕，潘敏譯，北京：商務印書館，2015：275。

裏，並不是一個權掌中樞的大人物，他替周佛海辦報，爲履行周佛海的意志而奔走，可謂是周系之一員。他處在汪僞「國民政府」的中層，緊緊圍繞權勢人物，爲中心服務，應付那些權力實施的具體工作與聯絡事務。但是他在通敵與抵抗的問題上，界限卻是十分清楚的。這一點不只是從他當時所主持的《中報》與《平報》的表現上可以看出來，從他晚年一直爲漢奸問題的自我漂白上，也可以看出他的態度。

　　關於報人淪陷的效應，這一點則主要是從漢奸報人所主持下的報刊宣傳活動上來理解。這裡有一個前提，那就是漢奸報刊的新聞宣傳到底具有多大傳播效力。這是一個值得懷疑的問題，卻又是關乎怎麼評斷報人淪陷效應的一個重要問題。從整部日本侵華史的角度上看，日本在亞洲所奉行的東方殖民主義，與其他帝國主義國家在中國殖民地的文化統制截然不同。其特點是，一方面，對中國實施竭澤而漁的經濟掠奪和步步爲營的軍事佔領；另一方面，又鼓吹「東亞新秩序」、「親善和平」，施展殖民主義文化侵略，運用宣傳戰與思想戰，煞費苦心地欲將中國納入到他們所預設的「大東亞共榮圈」中。這樣的殖民策略，必然更加重視新聞宣傳的作用。同樣，從民國政治派系鬥爭歷程的角度來看，汪系人馬在民國政壇一直以來就多以報刊宣傳、操縱輿論爲主要手段捲入紛爭，以獲取政治資本，謀求最高權力。到了汪僞集團叛國投敵，僞「國民政府」開場之後，他們爲了爭奪「中華民國」的法統，粉飾自身的政權合法性，增強號召力，大造「和平反共建國」的輿論，這些都使得他們將報刊輿論工作視作是能夠發揮最大效力的關鍵武器。因此，出於對報刊輿論的重視，無論是日本殖民者，還是汪僞「國民政府」，他們都會出臺各種各樣的政策與法律，來對其所統轄下的各方面報人與報刊施行嚴格的統制。在汪僞「宣傳部」所出臺的《全國重要都市新聞檢查暫行規程草案》中，就明確規定，「凡新聞紙及通訊社所刊布之一切稿件，除宣傳部認爲不必檢查者可免檢查外，均得施行檢查」。而具體到每一步的新聞檢查程序，其更設計出「部分不妥蓋刪改圖章」、「全部不妥蓋免登圖章」、「未至時機蓋緩登圖章」等分類，顯示出如此繁複嚴苛的手段。〔註32〕當時汪僞政權的輿論監督機關刊物《報業旬刊》連報紙用昭和年號，還是公元紀年都會進行嚴密的審核，對「和平報」、「中央報」、「地方報」實行甲乙丙三等分級制，嚴令三級報紙

〔註32〕中國第二歷史檔案館（編），宣傳部擬具全國重要都市新聞檢查暫行規程草案〔B〕，汪僞政府行政院會議錄（四），北京：檔案出版社，1992：275～283。

不可互相逾越界限等,這些都是當時汪僞報人與其所主持的報刊,不可能具有自主性的明證。也正因爲如此,置於高度管制之下的種種報刊輿論工作,就勢必不會符合正常的新聞傳播規律,不會具備正常的報刊經營邏輯,也就不會取得如期的宣傳效力。再加上,淪陷區的廣大民眾特別是知識分子,大多數是「義不帝秦」,堅守民族氣節的。金雄白就曾承認,「和運宣傳,是一件吃力不討好的事;拼了命做,收效幾何?上海人以和運宣傳視爲『群鴉亂噪,徒亂聽聞』這是一個事實,也是我們的失敗」。〔註33〕因此,雖然表面上看,一些漢奸報刊,如南京《中報》、上海《平報》曾經憑藉種種策略,一度打開了銷路。但其原因,「一方面是敵僞強迫訂閱,還有一個原因是,讀者是買紙而不是看報。因爲我們把所有關於敵僞報紙的出版頁數和發行數,放在一起,就可以看出,銷數和張數成正比。」〔註34〕

既然漢奸報刊並未取得如期的宣傳效力,那麼,是不是就意味著報人的淪陷並未產生較大的社會破壞力呢?答案是否定的。從理論上講,文化是一種權力,每個個體必然受到政治共同體文化建構的影響。所謂文化建構,就是指處於強勢和領導地位的國家、團體以及組織利用擁有的文化資源,通過控制媒體與教育等文化系統,將社會個體的思想觀念、社會態度以及行爲方式塑造爲符合主流意識形態需要的過程。在這樣的過程中,應該說身處文化建構系統中的每一個個體都無法逃避。由此,再回到汪僞政權在淪陷區的諸多改造活動上來;無可置疑的是,汪僞報人與報刊正是汪僞文化建構系統中極爲重要的一個環節。他們重複著「和平反共建國」的論調,製造著一整套使政治合法化的意識形態;而這些意識形態的宣傳既讓日本帝國主義的文化侵略殖民宣傳改頭換面,更爲有利地廣爲散播,以便發生效力;又不斷地進行自我說服,使得身處汪僞內部的官員愈加消除自身的負罪感與羞恥心,克服心理障礙,從而甘心爲敵僞效命。這一點,就非常明顯地體現在戰後的漢奸審判中,不只一位漢奸在自白書中交代他們參加汪僞政權時的各種動機與不同的心理狀態,而他們所提供的自我辯解的理由卻幾乎是同一套說辭;而這一套說辭卻是在「和運宣傳」中最廣爲運用的報刊口號。

從實際效果上講,汪僞報人的報刊宣傳活動,直接導致了淪陷區社會風氣與道德的淪落不堪。陳公博曾在戰後審判中,寫下如此自白,「自從此次中

〔註33〕金雄白,辦報經驗談〔J〕,新協會刊,1945(1):4~6。
〔註34〕曾虛白(編),中國新聞史〔M〕,臺北:三民書局印行,1984:443。

日戰爭，不獨物資打完了，道德也打完了。內地情形怎樣，我不深悉。但在淪陷區中，我覺得大眾如趨狂瀾，如飲狂藥，一切道德都淪喪盡了。大家不知道有國家、有社會、有朋友，只知道有自己；不知道有明日，只知道有今天；不知道有理想，只知道有享樂。」〔註35〕金雄白也曾為上海地區民風的淪落感到痛心，「大家認為戰事的結束，為期不遠，只要手頭有錢，將來盡可安享清福，血讓人家去流，天塌下來有人家去撐持，只要自己有一番反對現實，厭惡環境的表示，就無愧為中華民國之國民，就可在混亂局面中安然渡過。假使這樣現象延續下去，這種風氣擴張下去，無論這次戰爭之誰勝誰敗，一向以自命領導全國人才薈萃的上海，有這樣使人絕望的事實，中國的前途是絕對悲觀的」〔註36〕。他們只是看到了淪陷區社會風氣與道德的沉淪，但卻沒有看到導致這一番景象背後的原因。在日本帝國主義與汪偽政權的肆虐下，淪陷區的社會文化環境天然覆蓋著一張權力的網絡。這張網絡可以細分為三層，第一層是處於頂端的侵略者，第二層是處於中端的實施者，第三層則是處於末端的廣大民眾。在這張網絡中，對於處在頂端的侵略者來說，在佔領之下創建一個「國家」，要比一小撮道德扭曲的傀儡協助外來權威來的更為迂迴曲折。軍事入侵之後，緊接著來的就是「收拾民心」，藉以讓底層民眾認同他們的所作所為，明確「自我」與「他者」的關係存在，並確保這段關係得以長期有效。對於中端的實施者來說，作為日本侵略的幫兇與輔助佔領的工具，他們的工作就是千方百計地讓侵略者對偽政權等組織機構的正常運行，保持滿意，將侵略者的各種企圖落到實處，達成順從控制的目的。對於處在末端的底層民眾而言，他們仍然要以務實人士的姿態重新出現，在侵略的高壓之下，尋求關係的調適，以便重建生計；甚至會在有意無意間參與到宣撫所描繪的建設一個「新國家」的行動中來。所以從這種意義上解讀，報人的淪陷以及所生發的一系列報刊宣傳活動就成為一股淪陷區權力網絡裏中端實施者的堅定力量。他們所採用的文藝副刊策略，所故意營造的風花雪月、狗鳥魚蟲等消閒話題，就勢必較能適合戰亂時期部分民眾「趨輕」的心理欲求與「逃避」的閱讀期待。畢竟，身陷鐵蹄之下，山河光復無日，但人總還要生存，生存又不能僅僅是飲食男女，於是，在政治不能談、也無甚可談的

〔註35〕南京市檔案館（編），陳公博自白書（《八年來的回憶》）〔A〕，審訊汪偽漢奸筆錄〔M〕，南京：江蘇古籍出版社，1992：39。

〔註36〕金雄白，再論上海的風氣〔N〕，申報，1945-8-4（1）。

境況中，風化雪月，聲色犬馬，自然成了最方便的精神避難所。隨著戰事的推移，「國家」、「民族」彷彿漸談漸遠，而身邊瑣事日益凸顯，對國事的焦慮漸漸轉化成麻木和忘卻，再加上大部分底層民眾覺悟不高，更被迫安於灰色的生活，只能從消閒文化中覓得僅剩的刺激和慰藉。在這個時候，傳統的道德倫理與既定的國民意識已經失去了約束力，沉淪就成爲了一種必然與常態。

由此，更深一步地來看，報人的淪陷並非僅僅指涉著奴化欺騙民眾與對國共兩黨等抗日力量的攻擊上。它眞正的破壞力卻在於當這些人在面對日本殖民主義文化侵略的時候，所採取的一種自動調適與積極配合的姿態。在這種姿態下，淪陷的報人既完成了自我救贖，使得眾多落水漢奸找到了心理慰藉，克服了心理障礙；又麻痹了廣大民眾，提供給人們一種轉移話題，在民族危機時刻的逃避現實的藉口，社會風氣與道德自然而然就變得淪落不堪。

當然，同大多數漢奸的自我辯白一樣，漢奸報人的說辭與解釋也是蒼白無力的，這一點在金雄白的說辭上就表現得極爲明顯。他曾就漢奸問題與陳彬龢發生過爭論，他說，「如其是漢奸，即是出賣了國家民族的敗類，一旦自己覺悟了，就應當自殺以謝國人。但如認爲當時的所以如此，還有眞正爲了國家或民族的其他原因，乃不惜自毀其聲名而從事一次不爲人所諒解的任務，則別人加的一項帽子，即萬無自承的理由，而他則以爲我爲迂腐，處於危險邊緣而不自知，貽禍人民而不自覺。」〔註37〕其實，這種辯解一直流傳，以致成爲各種爲汪僞諸多漢奸作翻案文章的根本論點。但是它在邏輯上卻是存在硬傷的。既然是「不惜自毀聲名」，何以還要強撐著不承認自己做了漢奸？聲名已毀，何以還要事後一遍又一遍地進行自我漂白？既要做漢奸，又要別人給他一個好名聲，天下哪有這等名利雙收的好事呢？李敖在介紹《汪政權的開場與收場》時曾說，「金雄白寫這部書，是別有一番幽恨的，他顯然在所有汪政權餘孽的沉默中，不服這口氣，爭是非、張公道、酬死友、吐平生，而要把話說個明白的。在這一精神上，這個作者，倒眞不愧是一個收屍型的義士人物。」〔註38〕但是，辯白的話好說，撒出去的謊難圓。無論金雄白們如何用日本所佔領下的淪陷中國來證明通敵淪陷者也有忠於國家民族的可能性，卻也無法擺脫一個殘酷的事實：他們無法在內心所想與外在表現的不統

〔註37〕朱子家（金雄白），倚病榻，悼亡友！〔J〕，大人（香港），1970（10）：24。
〔註38〕李敖，介紹《汪政權的開場與收場》〔A〕，李敖大全集36，李敖雜寫2〔M〕，北京：中國友誼出版公司，2010：318～319。

一上自圓其說。模棱兩可與不可自證的個人動機在其所造成的巨大傷害後果面前，是無法提供一個保全自己聲名的護身符的。在這樣的邏輯下，越是急於自我辯解，越是會降低所謂「自毀聲名」的說服力；越是會遭到國家民族的唾棄，越是能讓人們看清楚他們這番用心的險惡。

結　語

　　最後，從金雄白的報人經歷上，我們還可以引申出一個話題。那就是，在動盪的大時代下，身爲一個報人於個人欲求與家國操守面前，應該如何抉擇的問題。其實，對於報人來說，個人欲求與家國操守這並不是一對天然的矛盾；可是，一旦時局動盪，就難免遭遇到個人追求與操守底線之間的兩難。在抗戰來臨的時候，日益艱深的國難，勢必要報人們對自身欲求有所放棄，以服務於國家與民族的需求。而正是由於戰爭的來臨，時勢的易變，秩序的重建，這些都在給報人的抉擇提供了複雜的行爲模式與多元的解釋空間。時代規劃了抉擇的歧路，是趁勢而起，還是堅持操守，這就又回落到個人能動性的層面。

　　還是從金雄白的個案上來說，他自 1925 年進入《時報》後，憑藉社會新聞一舉成名，依靠政治新聞結交政要，更熱炒起整個上海報界的「黃色新聞」浪潮。在其對個人欲求的追逐過程中，他可謂將才能發揮到了極致。1929 年，他離開《時報》，與政治權力越走越近，正當蔣介石政府聲稱一統中國，權勢如日中天之際，新聞界不乏趨之若鶩者，金雄白就是其中之一。此後他先後輾轉於南京《京報》、《中央日報》、《時事新報》及上海《晨報》，最後攀附政要失計，個人事業蹉跎，不得不轉行當起了律師，但從未停下報界活動。連番的事業打擊，不僅未曾消磨掉他的事業企圖心，反而更激發了他想要借勢上位、再搏一把的投機性。終於，他的這種欲望與周佛海的游說，兩下一拍即合，從而做出了投敵附逆的抉擇。

　　在汪僞政權下，他的個人事業達到輝煌的頂峰。南京《中報》、上海《平報》、《海報》，一連串的報刊在他的主持下，紛紛出臺。他既從周佛海的身上

得到名譽地位，找到了個人欲求的滿足感，也從此以報答「知遇之恩」的心態爲周佛海經營奔走，成爲他麾下的得力助手。但此後，日本投降，汪僞政權收場，周佛海垮臺。他又被周拋棄；於是，一邊自嘲著「謬託知己」，一邊承受著漢奸的審判。出獄後的他，再難容身於大陸，只得孤懸海外，直到最終客死他鄉。在動盪的大時代下，他的才能不可謂不出眾，他的經歷不可謂不傳奇，但是他的教訓更是不可謂不深刻。作爲一名報人，他正是憑藉著追逐個人欲求的企圖心，發揮才能，施展手腕，與權勢越靠越近，一步步走入時代；但當他爲了個人的事業與名利的欲望，犧牲掉家國操守的時候，也就注定了走入時代的他終究會再難棲身於時代。

　　報人與時代原本是一個主體與結構之間相互投射的關係。報人的經歷勢必鑲嵌了時代的烙印，而時代的描摹也正是在報人筆下才演繹出特殊的面相。在時代面前，報人是有極大的主觀能動性的。正是他們書寫時代，才使得新聞成爲了歷史的初稿。但反過來，時代並非是一個等待書寫的靜態對象，它直接圈定了報人發揮能動性的代價與界限，它又在書寫著報人，決定著他們的報業活動是否符合時代的主流，權衡著他們到底能不能成爲新聞史上留得住名字的人物。這也就意味著，報人必須在適當的時機，與時代配合無間，才能讓自己得以於時代書寫間留名；而所謂「與時代配合」，也就是在時代的重要轉折點，報人必須要選擇與時代相一致協調的安身立命之路；否則，不與時代配合，就算風光一時，終將會被時代湮沒而除名。

　　一個人的抉擇機會是有限的，時代更不容許失望與後悔重頭再來。因此，在時代面前，一旦做出決斷，幾乎就不會再有機會更改。在這一點上，時代如同公正無私的法官，它對報人所作出的判決，永爲後世所鑒。

參考文獻

一、報刊與檔案史料

1. 時報。

2. 申報。

3. 中報。

4. 平報。

5. 大公報（上海版）。

6. 報業旬刊。

7. 晨報。

8. 華字日報（香港）。

9. 中外影訊。

10. 新華日報。

11. 秦孝儀（編），中華民國重要史料初編——對日作戰時期‧第六編 傀儡組織（三）〔B〕，臺北：中國國民黨中央委員會黨史委員會，1981。

12. 新南京‧中報紀念特刊。

13. 立言畫刊。

14. 新協會刊。

15. 汪偽宣傳部中央報業經理處，新中國新聞論〔M〕，1942。

16. 文匯報。

17. 中國第二歷史檔案館（編），汪偽政府行政院會議錄〔B〕，北京：檔案出版社，1992。

二、書目與著作

1. 蔡登山，叛國者與親日文人〔M〕，臺灣：秀威信息科技股份有限公司，2015。

2. 朱子家（金雄白），黃浦江的濁浪〔M〕，香港：吳興記書報社，1964。

3. 金雄白，記者生涯五十年（上）〔M〕，臺灣：躍升文化事業有限公司，1988。

4. 〔美〕米爾斯，社會學的想像力〔M〕，陳強，張永強譯，北京：三聯書店，2005。

5. 趙園，明清之際士大夫研究──作爲一種現象的遺民〔M〕，北京：北京師範大學出版社，2014。

6. 〔美〕傅葆石，灰色上海 1937～1945：中國文人的隱退、反抗與合作〔M〕，張霖譯，北京：三聯書店，2012。

7. 桑兵，晚清學堂學生與社會變遷〔M〕，桂林：廣西師範大學出版社，2007。

8. 吳廷俊，秉持公心 發言論事──「書生辦報」再檢視，考問新聞史〔M〕，上海：復旦大學出版社，2013。

9. 黃瑚，中國新聞事業發展史（第二版）〔M〕，上海：復旦大學出版社，2001。

10. 李金銓，報人報國：中國新聞史的另一種讀法〔M〕，香港：香港中文大學出版社，2013。

11. 卞冬磊，古典心靈的現實轉向：晚清報刊閱讀史〔M〕，北京：社會科學文獻出版社，2015。

12. 陸鏗，陸鏗回憶與懺悔錄〔M〕，臺北：時報文化出版公司，1997。

13. 張功臣，民國報人：新聞史上的隱秘一頁〔M〕，濟南：山東畫報出版社，2010。

14. 劉心皇，抗戰時期淪陷區文學史〔M〕，臺灣：成文出版社，1980。

15. 周家珍（編），20 世紀中華人物名字號辭典〔M〕，北京：法律出版社，2000。

16. 陳榮富，洪永珊（編），當代中國社會科學學者大辭典〔M〕，杭州：浙江大學出版社，1990。

17. 張憲文（編），中華民國史大辭典〔M〕，南京：江蘇古籍出版社，2001。

18. 劉紹唐（編），民國人物小傳（第九冊）〔M〕，上海：上海三聯書店，2015。

19. 李松林（編），中國國民黨史大辭典〔M〕，合肥：安徽人民出版社，1993。

20. 中國第二歷史檔案館《中國抗日戰爭大辭典》編寫組，萬仁元，方慶秋，王奇生（編），中國抗日戰爭大辭典〔M〕，武漢：湖北教育出版社，1995。

21. 陳玉堂（編），中國近現代人物名號大辭典〔M〕，杭州：浙江古籍出版社，1993。

22. 張丹子（編），中國名人年鑒（上海之部 1943）〔M〕，中國名人年鑒社，1944。

23. 馬光仁（編），上海新聞史（1850～1949）（修訂版）〔M〕，上海：復旦大學出版社，2014。

24. 涂曉華，上海淪陷時期《女聲》雜誌研究〔M〕，北京：中國傳媒大學出版社，2014。

25. 張生，汪僞政權上層漢奸群體研究〔D〕，南京大學碩士學位論文，2014。

26. 哈豔秋（編），「勿忘歷史：抗戰新聞史」學術研討會文集〔C〕，中國廣播影視出版社，2016。

27. 曾景忠，中華民國史研究述略〔M〕，北京：中國社會科學出版社，1992。

28. 李傑瓊，半殖民主義語境中的「斷裂」報格：北方小型報先驅《實報》與報人管翼賢〔M〕，北京：中國社會科學出版社，2015。

29. 楊佳嫻，懸崖上的花園：太平洋戰爭時期上海文學場域（1942～1945）〔M〕，臺灣：臺灣大學出版中心，2013。

30. 卜正民，通敵：二戰中國的日本特務與地方菁英〔M〕，林添貴譯，臺灣：遠流出版社，2015。

31. 胡德坤，中日戰爭史（1931～1945）〔M〕，武漢：武漢大學出版社，2005。

32. 〔美〕費正清，費維愷（編），劍橋中華民國史 1912～1949 年（下卷）〔M〕，北京：中國社會科學出版社，1994。

33. 李君山，爲政略殉——論抗戰初期京滬地區作戰〔M〕，臺北：臺灣大學出版社，1992。

34. 戴逸，孫景峰（編），中國近代史通鑒 1840～1949 抗日戰爭〔M〕，北京：紅旗出版社，1997。

35. 〔日〕堀場一雄，日本對華戰爭指導史〔M〕，北京：軍事科學出版社，1988。

36. 日本防衛廳戰史室（編），日本軍國主義侵華史料長編（上）〔M〕，天津市政協編譯委員會譯，成都：四川人民出版社，1987。

37. 謝蔭明，淪陷時期的北平社會〔M〕，北京：北京出版社，2015。

38. 黃美眞，張雲（編），汪精衛集團投敵〔M〕，上海：上海人民出版社，1984。

39. 陳存仁，抗戰時代生活史〔M〕，上海：上海人民出版社，2001。

40. 鄭振鐸，燒書記・蟄居散記〔M〕，福州：福建人民出版社，1982。

41. 上海市檔案館（編），日僞上海市政府〔M〕，北京：檔案出版社，1986。

42. 李相銀，上海淪陷時期文學期刊研究〔M〕，上海：上海三聯書店，2009。

43. 李家珍，印刷與政治：《時報》與晚清中國的改革文化〔M〕，王樊一婧譯，桂林：廣西師範大學出版社，2015。

44. 邵綠，都市化進程中《時報》的轉型（1921～1939）〔D〕，復旦大學博士論文，2013。

45. 李金銓，文人論政──知識分子與報刊〔M〕，桂林：廣西師範大學出版社，2008。

46. 胡適，胡適文存（第二卷）〔M〕，合肥：黃山書社，1996。

47. 黃天鵬（編）：新聞學演講集〔M〕，上海：現代書局，1931。

48. 陳紀瀅，報人張季鸞〔M〕，臺北：重光文藝出版社，1957。

49. 包天笑，釧影樓回憶錄〔M〕，太原：山西古籍出版社，1999。

50. 孟兆臣，中國近代小報史〔M〕，北京：社會科學文獻出版社，2005。

51. 方漢奇（編），中國新聞事業通史（第二卷）〔M〕，北京：中國人民大學出版社，1996。

52. 朱子家（金雄白），亂世文章（第一冊）〔M〕，香港：吳興記書包社，1956。

53. 徐小群，民國時期的國家與社會〔M〕，新星出版社，2013。

54. 顧執中，報人生涯──一個新聞工作者的自述〔M〕，南京：江蘇古籍出版社，1985。

55. 顧執中，戰鬥的新聞記者〔M〕，北京：新華出版社，1985。

56. 陶菊隱，記者生活三十年：親歷民國重大事件〔M〕，北京：中華書局，2005。

57. 曾虛白，曾虛白自傳（上）〔M〕，臺北：聯經出版事業公司，1988。

58. 高郁雅，北方報紙輿論對北伐之反應──以天津大公報、北京晨報爲代表的探討〔M〕，臺灣：學生書局，1998。

59. 曾憲林，北伐戰爭史〔M〕，成都：四川人民出版社，1991。

60. 毛章清，陽美豔，劉泱育（編），北大新聞史論青年論衡〔M〕，北京：清華大學出版社，2015。

61. 黃嘉謨，白崇禧將軍北伐史料〔M〕，臺灣：中央研究院歷史研究所，1994。

62. 賈樹枚等（編），上海新聞志〔M〕，上海：上海社會科學院出版社，2000。

63. 胡適，胡適日記全集（第5集）〔M〕，臺北：聯經出版有限公司，2005。

64. 朱子家（金雄白），春江花月痕〔M〕，臺北：躍升文化事業有限公司，2001。

65. 柳斌傑（編），中國名記者（第二卷）〔M〕，北京：人民出版社，2013。

66. 曾虛白（編），中國新聞史〔M〕，臺北：三民書局印行，1984。

67. 浙江省政協文史資料委員會編，浙江文史資料（第 64 輯 史海鈎沉），杭州：浙江人民出版社，1999。

68. 何勤功，77 健康人生：我的個人實踐〔M〕，成都：四川大學出版社，2013。

69. 文昊（編），他們是怎樣辦報的〔M〕，北京：中國文史出版社，2005。

70. 徐鑄成，報海舊聞〔M〕，上海：上海人民出版社，1981。

71. 何宗美，明末清初文人結社研究續編〔M〕，北京：中華書局，2006。

72. 《民國叢書》編輯委員會（編），民國叢書（第一編 4）〔M〕，上海：上海書店出版社，1989。

73. 陳立夫，成敗之鑒──陳立夫回憶錄〔M〕，臺北：正中書局，1994。

74. 鄭華（編），萬事溯源：趣味知識小百科〔M〕，北京：金盾出版社，2013。

75. 金雄白，記者生涯五十年（下）〔M〕，臺灣：躍升文化事業有限公司，1988。

76. 蔡銘澤，中國國民黨黨報歷史研究（1927～1949）〔M〕，北京：團結出版社，1998。

77. 蕭繼宗（編），革命人物史略·第十五集〔M〕，臺灣：中央文物供應社，1976。

78. 賴光臨，七十年中國報業〔M〕，臺灣：中央日報社，1982。

79. 金以林，國民黨高層的派系政治：蔣介石「最高領袖」地位是如何確立的〔M〕，北京：社會科學文獻出版社，2009。

80. 楊國樞等（編），華人本土心理學（下冊）〔M〕，重慶：重慶大學出版社，2008。

81. 〔美〕赫伯特·甘斯，什麼在決定新聞：對 CBS 晚間新聞、NBC 夜間新聞、《新聞週刊》與《時代》週刊的研究〔M〕，石琳，李紅濤譯，北京：北京大學出版社，2009。

82. 李開軍，中國記者歷史專題研究〔M〕，濟南：山東文藝出版社，2009。

83. 唐德剛等，從甲午到抗戰：對日戰爭總檢討〔M〕，北京：臺海出版社，2016。

84. 邵銘煌，周佛海傳，臺北：國史館印行，2001。

85. 周佛海，陳公博、周佛海回憶錄合編〔M〕，香港：春秋出版社，1976。

86. 復旦大學歷史系中國現代史研究室（編），汪精衛漢奸政權的興亡──汪偽政權史研究論集〔M〕，上海：復旦大學出版社，1987。

87. 余子道，曹振威，石源華等，汪偽政權全史（上卷）〔M〕，上海：上海人民出版社，2006。

88. 朱子家（金雄白），汪政權的開場與收場（第一冊）〔M〕，香港：春秋雜誌社印行，1976。

89. 中國社科院近代史研究所中華民國史研究室（編），中華民國史資料叢稿：「吳佩孚工作」檔案資料〔M〕，北京：中華書局，1987。

90. 〔日〕晴氣慶胤，滬西「七十六號」特工内幕〔M〕，上海：上海譯文出版社，1985。

91. 馬振犢，國民黨特務活動史〔M〕，北京：九州出版社，2008。

92. 高宗武，高宗武回憶錄〔M〕，北京：中國大百科全書出版社，2016。

93. 陳力丹，輿論學：輿論導向研究〔M〕，北京：中國廣播電視出版社，1999。

94. 〔新〕卓南生，中國近代新聞事業發展史 1815～1874（增訂版）〔M〕，北京：中國社會科學出版社，2015。

95. 新綠文學社編，名家傳記〔M〕，上海：中華書局，1937。

96. 李理，夏潮，汪精衛評傳〔M〕，武漢：武漢出版社，1988。

97. 王奇生，抗戰初期的「和」聲〔A〕，呂芳上（編），戰爭的歷史與記憶〔C〕，臺灣：國史館印行，2015。

98. 中國社科院近代史研究所中華民國史研究室（編），胡適往來書信選（中）〔M〕，北京：中華書局，1979。

99. 黃美眞，張雲（編），汪精衛國民政府成立〔M〕，上海：上海人民出版社，1984。

100. 〔日〕岩谷將，日本陸軍眼中的汪精衛和平運動〔A〕，呂芳上（編），戰爭的歷史與記憶〔C〕，臺灣：國史館印行，2015。

101. 崔玲（譯），新中國叢書第一種・和運史話〔M〕，新中國報社，1941。

102. 〔美〕約翰・亨特・伊博爾，中日戰爭時期的通敵内幕 1937～1945（下）〔M〕，陳體芳，樂刻譯，北京：商務印書館，1978。

103. 蔣永敬，抗戰史論〔M〕，臺北：東大圖書公司，1995。

104. 蔡德金，李惠賢，汪精衛僞國民政府紀事〔M〕，北京：中國社會科學院出版社，1982。

105. 黃士芳，汪僞的新聞事業與新聞宣傳〔D〕，復旦大學博士論文，1996。

106. 余子道，曹振威，石源華等，汪僞政權全史（下卷）〔M〕，上海：上海人民出版社，2006。

107. 成都體育學院體育史研究所，中國近代體育史資料〔M〕，成都：四川教育出版社，1988。

108. 黃美眞（編），僞廷幽影錄──對汪僞政權的回憶紀實〔M〕，北京：東方出版社，2010。

109. 蔡德金（編），周佛海日記全編（上）〔M〕，北京：中國文聯出版社，2003。

110. 朱敏彥，「孤島」時期的上海抗日報刊及其主要特點〔A〕，繼往開來紀念《嚮導》創刊七十週年暨發揚黨報傳統學術研討會論文集〔C〕，上海社

會科學院新聞研究所，1993。

111. 〔新〕卓南生，南京僞政權的新聞論及其治下的報紙〔A〕，程曼麗（編），北大新聞與傳播評論（第一輯）〔C〕，北京：北京大學出版社，2004（3）。

112. 劉海貴，中國現當代新聞業務史導論〔M〕，上海：復旦大學出版社，2002。

113. 趙日迪，20世紀30年代《申報》的國際新聞〔A〕，黃瑚（編），新聞春秋（第九輯）〔C〕，上海：復旦大學出版社，2009。

114. 《上海體育志》編纂委員會編，上海市專志系列叢刊‧上海體育志〔M〕，上海：上海社會科學院出版社，1996。

115. 張天政，孤島時期的上海銀行公會〔A〕，復旦大學中國金融史研究中心（編），近代上海金融組織研究〔C〕，上海：復旦大學出版社，2007。

116. 南京市檔案館（編），審訊汪僞漢奸筆錄（上）〔M〕，南京：鳳凰出版社，2004。

117. 寧波幫博物館（編），近代上海甬籍名人實錄〔M〕，寧波：寧波出版社，2014。

118. 周文傑，柳黛傳奇——民國上海四才女之潘柳黛傳〔M〕，合肥：安徽文藝出版社，2011。

119. 平襟亞，上海小報史料〔A〕，上海市人民政府參事室文史資料工作委員會（編），上海地方史資料（5）〔C〕，上海：上海人民出版社，1986。

120. 左右中，左薇明，左再思，抗戰時期的左笑鴻〔A〕，北京西城區宣傳部（編），西城追憶‧抗戰西城〔C〕，北京：北京時代華文書局，2015。

121. 韓戍，儲安平傳〔M〕，香港：牛津大學出版社，2015。

122. 朱子家（金雄白），汪政權的開場與收場（第三冊）〔M〕，香港：春秋雜誌社印行，1976。

123. 朱子家（金雄白），汪政權的開場與收場（第二冊）〔M〕，香港：春秋雜誌社印行，1976。

124. 卜正民，秩序的淪陷：抗戰初期的江南五城〔M〕，潘敏（譯），北京：商務印書館，2015。

125. 朱子家（金雄白）：汪政權的開場與收場（第四冊）〔M〕，香港：春秋雜誌社印行，1976。

126. 程曼麗，華北地區最後一份漢奸報紙——《華北新報》研究〔A〕，程曼麗（編），北大新聞與傳播評論（第一輯）〔C〕，北京：北京大學出版社，2004（3）。

127. 蔡德金，歷史的怪胎——汪精衛國民政府〔M〕，桂林：廣西師範大學出版社，1993。

128. 李敖，李敖大全集36 李敖雜寫2〔M〕，北京：中國友誼出版公司，2010。

三、期刊與報紙文獻

1. 章清，國難之際「報章版圖」的重構〔J〕，史學月刊，2015（10）。

2. 李金銓，民國知識人辦報以圖重回政治中心——專訪《報人報國：中國新聞史的另一種讀法》主編李金銓教授〔N〕，東方早報，2013-8-7。

3. 蔡登山，金雄白與汪僞政權的前後因緣〔J〕，書城，2009（6）。

4. 蔡登山，金雄白與《汪政權的開場與收場》「讀人閱史」之五〔J〕，全國新書信息月刊，2010（136）。

5. 路鵬程，論民國時期報人跳槽的動因及影響〔J〕，新聞記者，2012（12）。

6. 路鵬程，中國近代公雇訪員與專職記者的新陳代謝——以1920～1930年代上海新聞業爲中心的討論〔J〕，新聞與傳播研究，2014（8）。

7. 路鵬程，1920～30年代上海報人與幫會〔J〕，國際新聞界，2015（4）。

8. 陳細晶，日軍佔領下的上海媒體文化的轉變（1937～1945）〔J〕，抗日戰爭研究，2010（4）。

9. 何家幹，關於金雄白（一）至（五）〔N〕，南方都市報·閱讀週刊專欄，2008-10-19至2009-1-18。

10. 臧運祜，把淪陷區研究作爲抗戰史研究的重要内容（學科走向）〔N〕，人民日報，2015-8-19。

11. 《抗日戰爭研究》編輯部，筆談「抗日戰爭與淪陷區研究」〔J〕，抗日戰爭研究，2010（1）。

12. 臧運祜，抗日戰爭時期的淪陷區研究述評〔J〕，中共黨史研究，2015（9）。

13. 包天笑，報壇怪傑黃伯惠〔J〕，大成（臺北），1984（131）。

14. 袁義勤，黃伯惠與《時報》〔J〕，新聞大學，1995（2）。

15. 袁義勤，上海《時報》〔J〕，新聞研究資料，1990（3）。

16. 瞿駿，小城鎮裏的「大都市」——清末上海對江浙地方讀書人的文化輻射〔J〕，社會科學研究，2016（5）。

17. 金雄白，談辦報〔J〕，古今，1943（20～21）。

18. 王奇生，獨家|王奇生：歷史走過岔路口就不能回頭〔EB／OL〕，搜狐文化，http://mt.sohu.com/20161227/n477039847.shtml。

19. 沈史明，我國小型報發展簡述〔J〕，新聞學論集，1983（7）。

20. 胡政之，中國爲什麼沒有輿論？〔J〕，國聞週報，1934（11-2）。

21. 格非，色情文學爲什麼興起於明朝〔N〕，青年史學家，2017-1-2。

22. 趙慶雲，濟南慘案與國際宣傳〔J〕，山東科技大學學報（社會科學版），2007（5）。

23. 路鵬程，私誼網絡：晚清報人聚合途徑研究〔J〕，國際新聞界，2010年

第 4 期。

24. 宋素紅，湯修慧與《京報》〔J〕，新聞愛好者，2003（3）。

25. 路鵬程，民國記者的關係網與新聞採集網〔J〕，國際新聞界，2012（2）。

26. 黃美眞，張雲，抗戰時期汪精衛集團的投敵〔J〕，復旦學報（社科版），1982（6）。

27. 蔡德金，汪精衛集團叛國投敵的前前後後〔J〕，近代史研究，1983（2）。

28. 蔡德金，李惠賢，關於汪僞政權問題學術討論會綜述〔J〕，歷史研究，1986（5）。

29. 蔡德金，關於抗戰時期汪精衛與汪僞政權的幾個問題之我見〔J〕，抗日戰爭研究，1999（1）。

30. 劉華明，汪精衛叛國出逃探微〔J〕，民國檔案，1993（2）。

31. 蘇宗轍，汪精衛叛國投敵原因再探〔J〕，民國檔案，1993（3）。

32. 葉崗，汪精衛到底爲何從重慶出走〔J〕，抗日戰爭研究，1994（3）。

33. 劉兵，抗日戰爭時期的汪精衛與汪僞政權研究學術座談會綜述〔J〕，抗日戰爭研究，1998（4）。

34. 肖書椿，試論汪精衛淪爲漢奸的個性因素〔J〕，民國檔案，1998（3）。

35. 蔣永敬，汪精衛的「恐共」與「投日」〔J〕，抗日戰爭研究，1999（1）。

36. 蔡德金，楊秀林，汪精衛叛國投敵心理探索〔J〕，民國檔案，2000（4）。

37. 李志毓，汪精衛的性格與政治命運〔J〕，歷史研究，2011（1）。

38. 苗體軍，周佛海在黨的一大前後〔J〕，湘潮，2016（6）。

39. 鞠健，周佛海脫黨原因淺析〔J〕，上海黨史與黨建，2001（2）。

40. 楊文軍，揭秘「一大」代表周佛海的不歸路：投蔣投汪再投蔣〔EB／OL〕，中國共產黨新聞網，2011-11-16，http://dangshi.people.com.cn/BIG5/16262 496.html。

41. 蔡宗穎，周佛海與低調俱樂部〔J〕，新北大史學，2010（8）。

42. 馬振犢，吳佩孚蓋棺不能論定〔J〕，史學月刊，1997（3）。

43. 王奇生，新文化是如何「運動」起來的——以《新青年》爲視點〔J〕，近代史研究，2007（1）。

44. 黃旦，報紙革命：1903 年的《蘇報》——媒介政治化的視角〔J〕，新聞與傳播研究，2016（6）。

45. 李國祁，民國十四年汪精衛的爭權〔J〕，中央研究院近代史研究所集刊，1988（17）。

46. 孫彩霞，蔣介石對汪精衛叛國投敵之處置〔J〕，近代史研究，2010（4）。

47. 張殿興，汪精衛的叛逃與蔣介石的應對——從蔣介石的一則日記説起〔J〕，

歷史教學，2007（11）。

48. 羅久蓉，中日戰爭時期蔣汪雙簧論述〔J〕，新史學，2004（9）。

49. 經盛鴻，日僞時期南京新聞傳媒述評〔J〕，抗日戰爭研究，2005（3）。

50. 王保平，涂曉華，從自相矛盾到全面依附：太平洋戰爭爆發前國民黨抗戰輿論中的美國觀（1937～1941）〔J〕，新聞春秋，2017（1）。

51. 朱子家（金雄白），海報的開場與收場〔J〕，大人（香港），1970（1）。

52. 封世輝，華東淪陷區文藝期刊概述〔J〕，中國現代文學研究叢刊，1994（10）。

53. 羅久蓉，歷史情境與抗戰時期「漢奸」的形成——以一九四一年鄭州維持會爲主要案例的探討〔J〕，中研院近代史研究所集刊，1995（24）。

附：金雄白小傳

金雄白，原名烍民，筆名瓶梅、金不換、朱子家、籬下老人，江蘇青浦人。原籍安徽，清光緒三十年（1904）生於青浦明王場老宅。幼時體弱多病，稍長，入青浦縣立第一高等初等小學。

民國六年（1917）夏，高小畢業。九月，入太倉縣江蘇省立第四中學，在學期間，曾有三次開除出校紀錄，以通融得免。十年（1921），年十八，夏，中學畢業，任上海總商會（會長聶其傑）商品陳列所（所長田時霖）事務員，曾投稿《商報》。

十二年（1923），隨陳列所商品科科長楊卓茂（周佛海夫人楊淑慧之父）辭職。十四年（1925）六月，任上海《時報》（社長黃伯惠，總主筆伯父金劍花）練習校對；八月，升助理編輯，幫編本埠新聞；其後任外勤記者、採訪部主任。任內熱炒起「黃色新聞」，並加入「上海新聞記者聯歡會」（後改名「上海日報記者公會」、「上海市記者公會」），任執行委員，後連任多屆。

十五年（1926）秋，國民革命軍（總司令蔣介石）北伐，師次江西，上海日報記者公會派金雄白赴贛勞軍，辭而未去。十六年（1927），於老西門採訪戰地新聞時，爲淞滬護軍使孫傳芳部大刀隊所截獲，險遭白刃加頸，後無端縱之而去。

十七年（1928）一月三日結婚，由于右任證婚；五月三日，「五卅慘案」起，月底，隨「國際新聞記者團」由上海乘日輪「大連丸」前往青島，再改乘膠濟路轉道濟南做實地調查。十八年（1929）二月，爲《時報》辭退，去職後先後四次以臨時客串身份爲《時報》效力，嘗代表《時報》至南京宣傳部聽訓。

　　十八年（1929）春，任浙江民政廳（廳長朱家驊）編纂室編纂月餘，任內編成五期《民政月報》；六月一日，爲《時報》採訪孫中山奉安大典新聞；夏，任南京《京報》（社長陳立夫）採訪主任；八月，蔣介石欲會晤張學良、閻錫山，有北平之行，奉派隨節北上。在火車上始識總司令部政治訓練處處長周佛海；冬，改任總司令部政治訓練處上校秘書，並兼《新京日報》（社長石信嘉）上海通訊員。

　　十九年（1930）春，任南京《中央日報》（總編輯魯蕩平）採訪主任；五月，中原大戰起，奉派至平漢路一線採訪，返京後因事與社長大吵一場，憤而辭職；夏，任《時事新報》駐京代表兼上海英文《大陸報》、《時事新報》、《大晚報》、「申時電訊社」四社駐京辦事處主任；期間因曝露出「湯山事件」中胡漢民詩作而爲蔣銜恨。陳調元於改任安徽省政府主席任內，曾表金雄白爲安慶縣縣長，因故未就。

　　二十年（1931）秋冬間，調至上海「申時電訊社」總社，旋辭去通訊社職務。二十一年（1932）一月，爲《時報》採訪「一二八事變」；春，任《晨報》（社長潘公展）採訪主任，上任半年。秋，奉陳立夫命組「民族通信社」，未成，於上海自設「大白新聞社」。又入上海持志學院修讀法律。

　　二十三年（1934）春，成畢業論文《中國歷代婚姻法論》，通過教育部委由上海市教育局（局長潘公展）舉行之甄別試驗後，獲法科文憑，領得律師證書。

　　八月，自設律師事務所，執行律師職務；同年任「上海律師公會」委員，「大白新聞社」停辦，其後在上海創刊三日刊《今報》，共出十期。二十五年（1936）初，代表上海市記者公會參加全國國民代表選舉，初選入選，到送呈國民黨中央黨部圈定時落選；十二月，最後一次爲《時報》效力，任短期代理總編輯（總編輯何西亞）。

　　二十六年（1937）七月，全面抗戰爆發；冬，京滬淪陷。二十八年（1939）秋，參加由汪精衛領導之「和平運動」，爲周佛海一系得力助手；十二月，任僞「國民黨南京市黨部執行委員」（主任委員劉雲）。二十九年（1940）三月五日，重慶國民政府明令通緝賣國漢奸羅君強、金雄白、陳春圃、朱樸等二十五人，二十六日，任僞「中央政治委員會法制專門委員會副主任委員」（主任委員梅思平）；二十九日，汪僞「國民政府」，舉行「還都」典禮，周佛海任僞「財政部部長」、僞「警政部部長」，又兼「中央政治委員會秘書長」。周爲鞏固一派在汪僞政權之勢力，曾將心腹十人組織成「十兄弟會」，金雄白亦

與其列（「十兄弟會」先為：金雄白、易次乾、耿嘉基、羅君強、汪曼雲、蔡洪田、章正範、周樂山、張仲寰、戴策；後改組為：金雄白、李士群、羅君強、汪曼雲、蔡洪田、戴英夫、周學昌、沈爾喬、朱樸、王敏中；其後各人因利害關係無形瓦解）；同月，奉周佛海令創辦南京興業銀行，任董事長，並主持南京《中報》（董事長周佛海，社長羅君強）創刊，任副社長，旋兼總編輯，出版三月，復陸續發行《中報週刊》、《中報譯叢》兩雜誌；六月二十七日，任為憲政實施委員會委員；秋，辭去《中報》職務；十二月喪母；同年在上海創刊《平報》（董事長周佛海，任董事、社長、總編輯兼總經理）、《海報》（主編湯修梅）。

三十年（1941）八月，偽「東亞新聞記者大會」推舉為「東亞新聞記者協會」促進委員。是年，道出北平，拜候老報人徐凌霄並約稿。同年兼南京興業銀行總經理。三十一年（1942）八月，為偽「財政部」任為中國銀行董事。三十二年（1943），南京興業銀行大廈落成，同年兼上海分行經理。三十三年（1943）三月，父去世，葬雙親於上海永安公墓；五月，任上海市市政諮詢會常務委員（主任委員李思浩），同年借公務員不得兼做律師規定，辭去汪政權所有掛名各項職務，而登報恢復執行律師職務。金雄白於汪偽政權，歷任中國國民黨中央委員、中國實業銀行常務董事、蘇州商業銀行董事長等職務，旋被偽「司法行政部」部長羅君強任為「上海律師公會"整理委員會主任委員。

三十四年（1945）春，《平報》停刊；八月，抗戰勝利；十月二日，以漢奸罪名入於上海福履路軍統拘留所，家毀身辱，自誓永遠遠離政治，不再做報人。初判入獄十年，後以掩護國府地下人員有功，減刑為兩年半。三十七年（1948）四月一日，獲釋出獄。值周佛海下葬南京永安公墓，入京憑棺一弔；十月，經臺灣往香港，同月返滬。

三十八年（1949）初，由滬至港；五月，上海解放；十一月，因家事由香港乘輪至天津，經北京返回上海。1950 年八月，由滬經穗南下，寄寓香港。1951 年春，與周文瑞等合設「泰華企業公司」，任總經理；秋，與周文瑞因商務至東京一行。1952 年，經商慘敗，一貧如洗。1954 年四月，煮字療饑，為《天文臺報》雙日刊（社長陳孝威）撰稿，其後長期為該報撰寫雜文「亂世文章」（彙刊為單行本五冊）。1957 年七月十六日，姚立夫在香港創刊《春秋》半月刊；八月一日，以朱子家筆名在《春秋》連載《汪政權的開場與收場》。

1959 年，《汪政權的開場與收場》第一冊出版，其後陸續印行第二、三冊。1960年一月，《汪政權的開場與收場》在《春秋》連載完畢；九月，《汪政權的開場與收場》被日本「時事通訊社」翻譯成日文，《同生共死之實體——汪兆銘之悲劇》。同月至日本一行，嘗應「亞東工商協會」、「日本外交協會」等團體之邀，講述中國問題，在東京時遇見女間諜川島芳子之胞兄金鼎志；十月，返港後在《春秋》連載《女間諜川島芳子》一書。同月與日本「時事通訊社」簽約，任該社駐港特約撰述員，專寫中國問題文章，前後達十一年之久。每月固定要爲該社之《世界週報》、《時事週刊》等撰寫論文一兩篇，以及爲該社出版之其他刊物供應同類稿件，每年爲該社寫一本二十萬字以上之專書。十一年間，先後寫有《中共之內幕》（1962）、《中共之十大問題》（1963）、《中共之外交問題》各一冊，《中共之經濟問題》上、下冊，《文化大革命》上、中、下冊，均由日人譯爲日文。

1961 年，以「時事通訊社」關係，應「內外情勢調查會」、「外交知識普及會」之邀，至日本作全國巡迴演講，講述中共問題（自是年至 1967 年，每年一次；由 1968 年至 1971 年，改爲每年春秋兩次，足跡遍及東京、大阪、京都、神戶、名古屋、橫濱等地）。

1967 年初，日本「時事通訊社」香港辦事處擴充爲支局，擬任爲香港支局局長，辭之，改簽爲半正式職員，同年爲漢城《韓國日報》寫專欄。1968年，應邀前往韓國作巡迴演講。1970 年七月，患胃潰瘍症，已瀕於危，及時割去胃部三分之二而獲救。1971 年九月，金雄白與日本「時事通訊社」解約，同年《汪政權的開場與收場》第六冊出版。1972 年，日人長谷創辦「內外通訊社」，任以名義，坐領乾薪。1973 年九月，離日返港，助姚立夫創辦《港九日報》；十月，《港九日報》出版，任副社長、總編輯兼總主筆。1974 年二月，辭去報社職務；三月，再度僑居日本，任職「內外通訊社」，每月爲《世界與日本》週刊寫一兩篇有關中共問題專論，每月撰寫一份「中國觀察」單頁，及不定期寫一本一二萬字小冊，又應吳嘉棠之邀，每月爲香港《星島日報》撰寫「日本通訊」三篇；九月，在香港《大成》雜誌第十期連載《記者生涯五十年》（至第四十三期止）。1975 年十一月，印行《記者生涯五十年》上冊。1977 年十一月，續出《記者生涯五十年》下冊。一九八三年，爲《星島日報》撰寫「江山人物」連載。1985 年一月十五日晚上十時（或作十六日凌晨四時）在（一說日本，一說香港）寓所去世，年八十二歲。

附錄一：從自相矛盾到全面依附：太平洋戰爭爆發前國民黨抗戰輿論中的美國觀（1937～1941）

　　摘要：1937～1941 年太平洋戰爭爆發前國民黨抗戰輿論中的美國觀，是研究抗戰初期中美關係黨報投射的具體側面。這一美國觀既是當時國民政府對美國認識存在「鴻溝」的直接反映，同時也預見著中美結盟在認知上的「不對稱」性，進而影響著戰後兩國關係的變遷。本文主要以《中央日報》為研究文本，分析出當時國民黨抗戰輿論中的美國觀，呈現出一個動態的變化過程：從自相矛盾、進退失據到冷靜猜忌、賭徒押寶，國民黨發展出全面依靠美國的輿論趨向更像是「病急亂投醫」式的選擇；這同時也形塑了美國將在結盟之後深度捲入中國事務的必然邏輯。

關鍵詞：抗日戰爭；國民黨；新聞輿論；美國觀

一、前言

　　抗日戰爭是中國近代命運轉變的關鍵階段，是中國近現代歷史轉折的樞紐。〔註1〕所謂樞紐，其涵義在於一方面，在國際上，「從 20 世紀 30 年代起，中國是一個無助的遭受侵略的國家，很少得到國際社會的援助；而它作為戰勝的全球聯盟的一名成員國結束第二次世界大戰，則贏得了世界強國的地

〔註1〕馬國川：《抗戰：中國歷史轉折的樞紐—訪中國社會科學院近代史研究所學術委員會委員章百家》，《財經》2015 年第 25 期，第 34～38 頁。

位。」〔註2〕另一方面，在中國內部，戰爭的關係醞釀著深刻的社會變革，國共兩黨的此消彼長直接決定了抗戰勝利後中國命運的走向，催生出新民主主義革命的勝利條件。

抗戰關乎國運，中美關係則是觀察這一樞紐邏輯主線。聚焦到太平洋戰爭爆發前的抗戰語境之中，國民政府的對美態度認知與這一時期的中美關係演變密切相關；它直接糾葛著抗戰時期中美同盟的建立、抗戰勝利等問題。具體來看，首先，1937 年全面抗戰爆發，國民政府在意識到靠一己之力難以戰勝日本之時，多少還抱著經由美、英干涉和調解，盡快結束中日戰爭的期望〔註3〕。其次，在國際上，中日之間的全面戰爭狀態使得西方對包括中國在內的遠東地區重新產生了興趣。美國對中國的關注明顯不同於 1931 年九一八事變後的「袖手旁觀」、「不承認主義」。特別是 1937 年 12 月 12 日帕奈號事件爆發，美國輿論譁然，美日關係出現重大裂痕，其態度也逐步由中立變爲同情中國。〔註4〕

也正是出於美國態度轉變的刺激，國內輿論對美國「施以援手」的呼聲日益高漲，國民政府也熱切希望美國以及國際社會的廣泛同情能夠及時轉變爲眞切有效的政策。這種殷切地期待貫穿於美國從援華制日到中美結盟的整個進程之中，也使得國民黨抗戰輿論中的美國觀從一開始就帶有濃鬱而強烈的情感色彩。1941 年末，太平洋戰爭爆發，中美旋即結盟。美國進一步捲入中國事務，並逐步對中國近代社會諸多方面產生深遠的影響，且一度波及到抗戰勝利後國共內戰進程以及戰後中美關係的變遷。因此，在抗戰語境下，考究太平洋戰爭爆發前國民黨與美國波密雲詭的關係，就成爲審視這段歷史的一條具體的觀察邏輯所繫；同時，梳理國民黨抗戰輿論中的美國觀也爲研究抗戰時期中美關係的主題鏈條提供了具體一環。

不可否認的是，這一時期國民黨與美國關係的親疏變遷勢必會在國民黨機關報上有所映照，有所顯現；抗戰輿論中的美國觀也可謂此一時期中美關係黨報投射的直觀體現。因此，在研究對象的聚焦上，作爲傳達國民政府信

〔註2〕〔美〕費正清、費維愷（編）：《劍橋中華民國史 1912～1949 年（下卷）》，北京：中國社會科學出版社，1994 年，第 491 頁。

〔註3〕章百家：《不對稱的同盟：太平洋戰爭時期的中美關係》，《開放時代》2015 年第 4 期，第 15～28 頁。

〔註4〕趙博宇：《中國人在美國人眼中形象的轉變──從帕奈號事件到珍珠港事件》，《黑龍江史志》2009 年第 19 期，第 72～73 頁。

息官方渠道的《中央日報》就具備了選擇代表性。這份創刊於 1927 年 3 月的
國民黨機關報，自 1928 年始就鋪設了觸及全國的發行網絡。特別是北伐戰爭
以後，國民黨機關報佔據了地方報紙的 60%至 70%。它作為國民黨中央的代
表報紙，重點在南京、重慶、鄱陽等 12 個地方發行。〔註5〕《中央日報》承
襲晚清民初以來所形成的革命派黨報傳統，其新聞輿論完全配合國民黨各項
政策的實施，服從國民黨政治上的各種需要，所呈現的美國觀也就直觀反映
出國民黨對美國的廣泛態度和認知。

　　基於以上思考，筆者以太平洋戰爭爆發前國民黨與美國關係的黨報投射
為核心主題，以《中央日報》的新聞輿論切入口，發揮歷史學想像力〔註6〕，
描摹國民黨抗戰輿論中美國觀的變遷歷程，進而詮釋出抗戰初期國民黨方面
於中美結盟背景下的「不對稱」性與其所內生的觀念「鴻溝」之涵義，並試
圖觸及到抗戰時期美國深度捲入中國事務的內在邏輯，為重新審視這段歷史
提供一個細緻具象的觀察切面。

二、孤獨抗戰下的輿情亂象（1937 年 7 月至 1938 年末）

　　20 世紀 30 年代中期的雙重現象——日本的外交孤立和西方對中國重新產
生興趣——在 1937 年 7 月戰爭爆發後變得更為清晰。〔註7〕從這個背景出發，
我們就不難理解抗戰初期國民政府新聞輿論中形成具備特殊色彩之美國觀的
外部原因：正是由於日本的外交孤立和西方對中國的興趣，使得中國抗戰的
輿論關注點從一開始就寄希望於西方社會，特別是美國向中國伸出援手。而
這個因素也奠定了抗戰初期國民黨新聞輿論中美國觀的主要論調色彩。

（一）盧溝橋事變時期「一廂情願」的對美解讀

　　1937 年 7 月 7 日，震驚中外的盧溝橋事變爆發，地區性的「華北事變」
向「中國事變」極速發酵。〔註8〕而就在國內全面抗戰即將爆發的醞釀過程中，

〔註5〕方漢奇：《中國新聞事業通史——第二卷》，北京：中國人民大學出版社，1996
　　　年，第 354～356 頁。
〔註6〕黃旦：《歷史學想像力：在事與敘之間》，《史學月刊》2011 年第 2 期，第 15
　　　～19 頁。
〔註7〕〔美〕費正清、費維愷（編）：《劍橋中華民國史 1912～1949 年（下卷）》，北
　　　京：中國社會科學出版社，1994 年，第 491 頁。
〔註8〕〔美〕費正清、費維愷（編）：《劍橋中華民國史 1912～1949 年（下卷）》，北
　　　京：中國社會科學出版社，1994 年，第 546 頁。

《中央日報》仍將中美經濟合作列爲主要關注點。「我國政治基礎完全穩定，社會現象日趨繁榮，經濟建設尤一日千里，是故美國之遠視政治家，咸以向中國投資爲最佳之出路……中美關係之發展，或因此而劃一新紀元乎？」〔註9〕表面上看中美之間良景可期；然而面對日益嚴重的華北危機，美國卻一如既往地反應遲鈍，態度模糊。

盧溝橋事變後第二天，《中央日報》稱：「美國外交政策，有四項主要目的，即（一）謀求國際道德規律之復興；（二）消除關稅壁壘；（三）限制軍備；（四）由各國政府代表舉行各種會議，並令各民族相互發生自由之關係。」〔註10〕這是自事變後最新一次的涉美評論。其中還談到，「韋爾士氏能將美政府所抱外交政策之目的，昭告世界。其例舉個點，又自爲挽救當前劫運最緊要之企圖，誠是引起吾人之注意與敬佩」。〔註11〕需要點明的是，這種一旦出現危機就對美國態度加以「注意與敬佩」的論調，正是一直來輿論對美國熱切期待的表現。

7月14日，美國針對華北局勢發出官方表示：一方面，「國務卿赫爾已分別照會駐美日大使齋藤博與中國大使署，告以中日間之武裝衝突，將爲和平與世界進步之重大打擊云」；另一方面，卻又「答覆關於華北局勢之種種談話，未作切實肯定之語」。〔註12〕28日，「美政府現仍保持審慎態度，與華北中日糾紛發生時無異。美國當局不能籍此以斷定事變發生原因，國務院始終期望保留嚴格的中立態度」。〔註13〕如此態度，國民政府別有認知，「據官方人士所得印象，國務卿赫爾力求避免效法前國務部史汀生之所爲，而甫使美政府處於純粹法理的立場，蓋1931年九一八事變之教訓，使美國目前執政者相信提出嚴正抗議，實屬毫無效益，且足使美日或中美間造成緊張空氣」。〔註14〕由此看出，在盧溝橋事變期間，國民政府仍然處於一種熱切希望美國主持正義的態度。儘管，美國一再態度模糊，甚至未做出「同情」姿態；但南京方面，延宕著1931年以來新聞輿論中的期待情緒，一廂情願地做出美國吸取「史汀生政策」教訓的解讀。這其中暗含著一種心態：國民政府不願意單獨承受

〔註 9〕 《論中美經濟關係》，《中央日報》1937 年 7 月 11 日。

〔註 10〕 《美副國務卿講述美外交政策之目的》，《中央日報》1937 年 7 月 9 日。

〔註 11〕 《美國務副卿之建議》，《中央日報》1937 年 7 月 13 日。

〔註 12〕 《日方增兵局勢益危 歐美各國當局極表關切》，《中央日報》1937 年 7 月 14 日。

〔註 13〕 《外交部發言人談 我方維護和平苦衷》，《中央日報》1937 年 7 月 28 日。

〔註 14〕 《外交部發言人談 我方維護和平苦衷》，《中央日報》1937 年 7 月 28 日。

日本的壓力，它不希望中國社會對國際調停失去耐心，對美國主持正義失去
希望。

（二）淞滬會戰時期對美同情的「感戴」心態

1937 年 7 月間，無論國民政府多麼地一廂情願，《中央日報》對美國態度
做出怎樣樂觀的解讀；此時的中日矛盾遠未真正引起美國的關注，中國也並
未進入美國遠東利益的考慮之中。

1937 年 8 月 7 日，蔣介石正式決定一場全力以赴的抗戰，把戰爭的主戰
場從華北轉移到了上海。〔註15〕於是，淞滬會戰打響。這一戰的意義就在於，
「喚起國際同情，實在是希望各國因此而更加助我」〔註 16〕。當時國民黨深
知，歐美對華的關注點無非有兩個，一是僑民、租界、經商等實在利益；二
是人權、文明、和平等國際道義制高點。所以，戰役一開始，國民政府就急
切而鮮明地通過這兩個關注點釋放信號，以求獲得國際關注，歐美同情並加
以干涉。

8 月 18 日，《中央日報》稱，「對於外國在華的合法利益，尤極盡保護尊
重的責任。即對於日本國家，近數年來全國人民對於日本侵略的怨情，飲恨
無聲，然而中國政府尚且用種種方法保護彼邦合法利益，這許多事實，應為
歐美各國人士所共見」；「中國政府在今日，還保持著向來的態度，對友邦在
華的僑民與合法利益，將在能力範圍以內，竭盡保護之責。我中國這次的抗
戰，為自衛，亦為人類的和平，希望友邦朝野，深切瞭解這個意義」。〔註 17〕

隨著戰事擴大，國民政府還積極利用「敵人的暴行」、「基督教文明」、「人
道主義戰爭」、「保衛世界文明」、「正義的要求」等口號呼籲歐美各國採取行
動。《中央日版》稱「今日的世界，是血脈相連繫。世界人類，若不願文明的
陸沉，對於侵略主義的擴展，應該有一個積極的制裁。『孤立』的時期已經過
去了！『觀望』的態度已經證明錯誤了！」〔註 18〕「全世界以基督教文明立
國的國家，對於日本暴行，不能再僅有精神上的表示……現在東亞的大戰爭，
已漸由民族戰爭踏進了人道主義戰爭，歐美各國，或可聽任中華民族的自生

〔註15〕 李君山：《為政略殉——論抗戰初期京滬地區作戰》，臺北：臺灣大學出版社，
1992 年，第 188 頁。

〔註16〕 李君山：《為政略殉——論抗戰初期京滬地區作戰》，臺北：臺灣大學出版社，
1992 年，第 188 頁。

〔註17〕 《抗戰中之上海租界》，《中央日報》1937 年 8 月 18 日。

〔註18〕 《慰問英大使》，《中央日報》1937 年 8 月 27 日。

自滅，然於人道主義的存亡，不能不起來有所行動的表示。」〔註19〕

果然，伴隨著國民政府的強烈呼吁，美國逐漸對中國抗戰的態度越發積極起來。在《中央日報》的輿論上，美國稍作譴責日本的表態，國民政府就敏感地作出「珍視與感激」的反應。「美國的政策是堅定的，態度是很光明的……在道義上予我國抗戰精神以極大的鼓舞，對於友邦這種寶貴的同情，我們異常珍視和感激……我們應當認識美國的動作是『慎重』，不是『遲緩』，美國是酷愛和平的國家，她始終不願在和平未絕望的最後一秒鐘斷絕橫暴者後悔的機會，如果這種苦心始終不受橫暴者的理解，她必定採取堅決的行動，予暴力者以制裁，伸正義公道於天下。」〔註20〕

對於美國總統羅斯福演說中提到「吾人倘欲高枕無憂，自由生存於世界上，則愛好和平各國對保障和平之各項法律及原則，必須通力合作，予以強化而後可，凡目無法律蔑視人道，在世界上造成不安與無政府狀態者，愛好和平各國尤應努力加以反抗」〔註21〕；《中央日報》將其理解為「羅斯福對侵略國痛加抨擊」之說。「暴日橫暴的蠻幹，在美所引起的疾視憤怒，可以想見，美國人民本著平昔的『任俠精神』，對本國政府這種光明磊落的行動，自必一致擁護……內有國民的擁護，外有美國的合作，今後對於侵略者的制裁，應該有鮮明的態度和堅決的行動，似乎沒有什麼可以顧慮的了」。〔註22〕

當然，雖然淞滬會戰確實博得了全世界的注意與同情；但在實際的援助上，各國卻還是口惠而實不至，最後國民政府寄予厚望的布魯塞爾會議無果而終，淞滬戰局也隨之糜爛〔註23〕。如此局面，《中央日報》解釋是因為美國政局中「中立派」的利益干擾，導致美國沒有做出實際行動。「中立派的人，僅僅為商人實際利益著想，而忽視美國素來對國際和平的貢獻，這一點頗是惋惜……中立派在這裡應該捐除成見，與政府通力合作，來完成這歷史上空前的偉業，不要再以階級的利益，犧牲全人類幸福的前途。」〔註24〕在國民黨的輿論主線中，美國不管是政府的見解還是民眾的意願都想要援助中國抗

〔註19〕 《為人道主義而戰——日本軍閥屠殺非戰鬥人員的性質》，《中央日報》1937年9月25日。

〔註20〕 《美國的態度》，《中央日報》1937年9月29日。

〔註21〕 《羅斯福重要演說》，《中央日報》1937年10月7日。

〔註22〕 《正義的要求》，《中央日報》1937年10月8日。

〔註23〕 李君山：《為政略殉——論抗戰初期京滬地區作戰》，臺北：臺灣大學出版社，1992年，第188頁。

〔註24〕 《美國的真面目》，《中央日報》1937年11月20日。

戰，只是由於現實利益的牽扯，導致美國沒有採取實際行動，甚爲惋惜。在國民政府看來，解決中日戰爭，關鍵在於歐美各國的態度與行爲；而無論是出於立國精神，還是出於人權道義，美國都會站在中國一邊，主持公道。目前的審愼，只是由於部分利益的羈絆。所以，國民黨輿論仍要積極地鼓動中國社會的對美好感：美國是正義的化身，它的態度值得倍加重視，中國社會不能對美國再有抱怨了。

　　自 1937 年 7 月至 1938 年末，孤獨抗戰背景下國民黨抗戰輿論中的美國觀，明顯存在著一種認識建構上的「大反轉」。在戰爭初期，國民政府努力解讀出一種「利益式」的美國認識，即美國是一個注重利益的現實主義者，只有觸及其利益才能引起它的關注，而盧溝橋事變期間，它的利益並未被觸及，其保守與模糊的態度，不過是出於維護利益的緣故。可是，到了淞滬會戰爆發，「利益式」的美國觀反轉爲「道義式」的美國觀。在新認識中，美國的道義化身決定了它勢必援助中國，而現實中的遲疑不過是因爲利益對其有太多羈絆。同樣是出於利益，美國既存在援華的理由，又存在不援華的考慮；利益既是美國行動的由頭，又是美國道義的羈絆，這就是此一時期國民黨輿論中美國觀的自相矛盾之處。

　　總得來說，1937 年 7 月至 1938 年末，這一時期的中國在美國及國際社會的漸趨同情中，孤獨地抵抗著日本侵略。國民黨完全是在倉皇失措的境地下將整個國家置於了戰時體制，其新聞輿論同樣也是在慌亂與失態中營造了一種自相矛盾的美國觀，這透露出此時國民黨對美國的把握多麼得進退失據，一廂情願。

三、美日談判下的輿論疑雲（1939 年初至 1941 年末）

　　1938 年 12 月，美國向中國提供了 2500 萬的「桐油貸款」。這是繼 1933 年「棉麥借款」後美國對華的第一筆援助性貸款，它標誌著美國的遠東政策「有了微妙的轉變」〔註 25〕。儘管此時中國抗戰前景慘淡，但日軍也「完全喪失了繼續採取攻勢的機動能力」〔註 26〕。1939 年初，戰略相持態勢已經顯露。美日之間出現接觸，再加上中國對美國援華制日的強烈期待，使得 1939

〔註 25〕楊生茂（編）：《美國外交政策史》，北京：人民出版社，1991 年，第 378 頁。
〔註 26〕劉自郎：《武漢會戰與國共軍事政治合作》，《武漢教育學院學報》，1995 年第 4 期，第 1～9 頁。

年至 1941 年期間，美日談判成爲中國抗戰輿論所關注的一大主線。

（一）「冷靜」與「猜忌」的雙重對美表達

1939 年初，《中央日報》仍持續著一直以來的樂觀評斷，「我們一向認爲，美國是重理想重正義的國家，美國的政治家與民眾是不會忘掉中國，忽視遠東事件的。」〔註27〕到了 5 月 6 日，《重慶各報聯合版》取代《中央日報》發行，多家報刊觀點碰撞下的新聞輿論中出現了難得的冷靜認識。「美國表同情於愛好和平國家，不成問題。但是美國究能援助各民主國家至何種程度，則將視異日環境之發展而定。」〔註28〕作爲特殊時期的特殊產物，《重慶各報聯合版》由《中央日報》、《新華日報》、《大公報》、《新民報》等多家報刊參與合辦，這種狀態下的新聞輿論勢必蘊含著多方的政治觀點。

《重慶各報聯合版》稱，「美國賢明的輿論，賢明的政府，不會辜負我們的奮鬥，世界開明的勢力，爲著全世界的治亂興衰，更不會讓我們終久孤軍奮鬥」〔註29〕；「我們的抗戰是自主的，始終不變的，自己不願做捷克，決沒有其他國家可以發現第二次慕尼黑會議的……國際間情勢的轉變，只要我們堅決抗戰，一定一天天地有利於我們，直到我國獲取最後的勝利之日而後已」〔註30〕。

很顯然，此時的對美態度已經不再是一味地「感恩戴德」了，輿論中充斥著更多的是一種著眼現實的情緒；是媒體在抗戰宣傳的主調下，利用美國爲中國抗戰「加油打氣」的一種表現。另外，《重慶各報聯合版》中已經出現了「自己不願做捷克」與「慕尼黑陰謀」等表述，這裡有一種對美日妥協存在擔憂的隱喻式表達，而像這樣的表述在此前的輿論中出現是不可想像的。

1940 年，歐戰驟變，美國出於「以華制日」等考慮開始了頻繁的與日接觸。〔註31〕除了美日仍保持著緊密的商業聯繫之外，中國媒體漸漸披露出一些殘酷的現實：當時在美對日出口貨物中，62%是日本發動侵華戰爭所需的軍用物質，日本人還利用美國的新式戰鬥機在中國肆虐。〔註32〕一時間，抗戰

〔註27〕《再論美國中立法》，《中央日報》1939 年 4 月 30 日（《中央日報》在 1939 年已單張發行）。

〔註28〕《今日國際之大勢》，《重慶各報聯合版》1939 年 5 月 20 日。

〔註29〕《賢明的美國輿論》，《重慶各報聯合版》1939 年 8 月 2 日。

〔註30〕《國際和平正義的抬頭》，《重慶各報聯合版》1939 年 8 月 5 日。

〔註31〕吳榮宣：《論 1941 年美日談判》，《黨史研究與教學》，1993 年第 1 期，第 38～41 頁。

〔註32〕楊生茂（編）：《美國外交政策史》，北京：人民出版社，1991 年，第 376～377 頁。

輿論中呼籲「援華」的論調稍弱，重點集中到了「制日」的主題上來。

　　1940 年上半年，《中央日報》出現了大量呼籲「制日」的論調。「美日商約失效……雖然決定辦法的大權，仍然操在美國……其實日本的國運，又何嘗操在美國？」〔註33〕「美國對和平的關念，已沒有人懷疑；美國對和平的努力，亦為舉世所承認；但是和平破裂以後呢？美國還會繼續其一貫的努力嗎？近幾年崇信美國的，希望得到證明；畏懼美國的，肆意散佈惡謠，都以這為集中點。」〔註34〕

　　這樣的疑問反映出國民黨對美日接觸的迷惑與猜忌。1940 年 7 月，英國關閉滇緬公路，中國認為「此舉無異於英國協助日本迫我中國對日屈服」〔註35〕；美國雖然表示反對，但是反對的理由是因為「美國向來反對封閉任何地方之國際通商路線，英國徇日方之要求封閉滇緬路線，係構成一項干涉世界貿易之不當行為」〔註36〕。如此表態無疑會加劇國民黨猜忌的蔓延。

（二）美日談判刺激下「賭徒押寶」式的對美心態

　　時至 1941 年，艱苦的抗戰已經進行了三年半，中國付出了沉重的代價。當時國民黨的處境只有用內外夾攻、腹背受敵來形容。它猶如一個被勒著脖子的人，抵抗力愈來愈小。打仗是一回事，但被窒息而死完全是另一回事。〔註37〕

　　就在這一年，美日兩國也終於開啟了長達九個月的正式談判。儘管，《中央日報》在年初還說，「今年是勝利年……美國對太平洋上形勢的關切立刻使太平洋上形勢煥然改觀」〔註38〕；可是，「我們對於戰雲彌漫的太平洋，唯一的光明，就寄託在太平洋彼岸的一大民主國家的身上，所以直率地致其期望」〔註39〕。在內外交困的 1941 年，國民黨輿論的表現是：中國陷入戰爭越深，就對美國越是依賴。國民黨像一個賭徒一樣，將自身命運壓在了美國身上，而押寶的表現有兩個，一個是「感恩戴德，自作空想」；一個是「降低身段，甘為利用」。

〔註33〕　《美日商約失效以後》，《中央日報》1940 年 1 月 26 日。
〔註34〕　《美總統演說》，《中央日報》1940 年 6 月 13 日。
〔註35〕　《蔣委員長嚴正聲明》，《中央日報》1940 年 7 月 17 日。
〔註36〕　《英非法封閉滇緬路　美國務卿發表聲明》，《中央日報》1940 年 7 月 18 日。
〔註37〕　關中：《中國命運‧關鍵十年：美國與國共談判真相（1937～1947）》，臺北天下文化出版社，2010 年，第 24 頁。
〔註38〕　《美國與太平洋形勢》，《中央日報》1941 年 1 月 12 日。
〔註39〕　《太平洋形勢與美國》，《中央日報》1941 年 2 月 16 日。

　　3 月 18 日，《中央日報》在美國羅斯福總統的廣播演說中，獲知了他兩次提到中國的信息。它分析稱，「美國總統這種顯明的表示，對於今日猶在艱苦奮鬥中的中國，自然給予了極大的鼓勵……更增強了中國抗戰終必獲得勝利的信心。中國將始終與民主國家合作，打倒殘暴侵略的勢力，繼續對自由的人類作重大的貢獻。〔註40〕」感戴之情，不免失態。

　　《中央日報》還自作空想地「紙上談兵」。「在現時兩種不同的生活方式——自由與奴役——正全力搏鬥的期間，美國擔任中軍，英國擔任左翼，而中國擔任右翼……中軍的責任尤其重要，他必須與兩翼保持聯繫，不使敵人切斷其間的聯絡與供給。」〔註41〕「蒲氏（美國前駐法大使）指出中國抗戰之戰略意義，而承認中國戰線，實為美國的西線，其為保衛美國安全而戰，較諸英國毫無遜色……我們切望友邦人士徹底認識我們的決心，務使我們可以儘量使用美國乃至其他民主國家的生產設備，來完成我們抗戰的目標。不獨是中國民族可以得到真正的解放，即全世界人類也可以共享自由之福。」〔註42〕

　　在一面激動表態的同時，另一面是「降低身段，甘為利用」。「我國不需要兵力的援助，而需要士兵所賴以殺敵的武器，我們只要有充分的現代武器，一定可以將敵人完全驅除國土之外，使他們不敢再作建立甚麼『大東亞新秩序』的妄想……予我以工具，我當完成當前偉大之任務。」〔註43〕在刊登蔣介石《只要友邦積極援助，我可獨力擊潰敵人》的演說之後，《中央日報》露骨地評論：「在今日中國一般的人民談話間，一提到美國，大家就會說，那是我們忠實的朋友，他們絕對不會使我們失望的。這不是偶然的，是由於你們的生活方式與國際道德觀念，已獲得了中國民眾普遍的認識與敬仰。〔註44〕」如此表述，近乎獻媚，貫看整個抗戰期間，均屬罕見。

　　此外，《中央日報》還使用「中國為民主主義、世界和平、人類幸福、國際信義而戰」、「中國為世界自由前哨」等表述，甚至在美日談判公諸於世的時候，《中央日報》非常自覺地一再為美國辯護。「美國早已自動變成民主國家之大兵工廠……民主自由的最後堡壘，所以決不會上暴日的當。泱泱大國，

〔註40〕　《美總統的廣播演說》，《中央日報》1941 年 3 月 18 日。

〔註41〕　《美國對華實施租借法案》，《中央日報》1941 年 4 月 18 日。

〔註42〕　《美國不忘西線！》，《中央日報》1941 年 4 月 30 日。

〔註43〕　《我們需要工具》，《中央日報》1941 年 5 月 6 日。

〔註44〕　《致美國民眾》，《中央日報》1941 年 5 月 13 日。

盡可以先禮後兵。所以有人懷疑美國退縮妥協，實在是對於美國鐵般的立場誤解太甚。」〔註45〕「我們對於美國的信任完全正確，今後自更希望美國完成其解除侵略國武裝的義務。」〔註46〕

由此看出，此時《中央日報》的輿論對美國盡顯賭徒押寶之心態，這種認識對於國民黨來說，每每起到「打強心針之效能」〔註47〕。換句話說，在國民黨的抗戰輿論中，它對美國的信賴已經到了非信不可的地步。

總體來說，1939 年初至 1941 年末，這是中國的苦撐待變時期。國民黨不會不明白美國既是一個道德感強烈的國際主義者，同時又是一個利益至上現實主義者。但內外交困的局勢逼迫國民黨不得不將美國視作救命稻草。它深知，此時的美國「一身繫天下之安危」〔註48〕，其一舉一動關係著戰局，關係著中國的前途命運。在美日談判的輿論主線下，國民黨開始會有一些迷惑與猜忌，因為「中國打了四年的苦仗，但英美卻還要對日本採取姑息政策」〔註49〕。但是現實的嚴峻，使得它別無選擇。中日戰事越久，其對美國的信賴則越深。淞滬會戰時期，國際同情不是靠呼籲與感戴之情換來了嗎？這一次還能不能喚起美國的同情與援助呢？它像一個賭徒一樣，將全部身家押在了美國身上。這種心境正如陳光甫日記所述，「余在此間接洽事宜，幾如賭徒在賭場擲注，日日揣度對方人士之心理……無日不研究如何投其所好，不敢有所疏忽。蓋自知所擲之注，與國運有關，而彼方係富家闊少，不關痛癢，幫忙與否，常隨其情緒為轉移也。」〔註50〕

四、結論

1941 年底，日本偷襲美國珍珠港，太平洋戰爭爆發，中美兩國旋即結盟。對於國民黨來說，中國靠上了美國這個盟友，似乎就證明了一直以來輿論「賭徒押寶」的一次勝出。自此，在抗戰的輿情論調上，國民黨就選擇了全面依靠美國的趨向。在它眼裏，決定中日戰爭走向的王牌也就操在了美國等西方

〔註45〕 《美日會談必無結果》，《中央日報》1941 年 9 月 3 日。

〔註46〕 《最近美日關係分析》，《中央日報》1941 年 9 月 21 日。

〔註47〕 章百家：《抗日戰爭前期國民政府對美政策初探》，《中美關係史論文集第 2 輯》，北京：中國社會科學出版社，2007 年，第 305～306 頁。

〔註48〕 《美國與世界和平》，《中央日報》1940 年 1 月 9 日。

〔註49〕 郭榮秋：《珍珠港事變前美國援華的真相（1940 年～1941 年 12 月）》，《中國近代現代史論集》，臺北：臺灣商務印書館，1985 年，第 573 頁。

〔註50〕 朱芹：《陳光甫：一個商人的外交》，《世界知識》，2007 年第 24 期，第 61 頁。

國家手中。

自 1937 至 1941 年，國民黨抗戰輿論中美國觀的呈現，是一個從自相矛盾、進退失據到冷靜猜忌、賭徒押寶的動態變遷過程。一方面，這反映出國民黨輿論中對美態度與認知存在著巨大的「鴻溝」；另一方面，也映照出當時中美結盟本身就帶有著濃鬱而強烈的情感色彩。換句話說，中美結盟雖然是同一個戰略目標下雙方博弈下的結果，但從抗戰輿論上看，國民黨地一步步走向美國更是一種「病急亂投醫」式的選擇。這就揭示出，中美結盟潛在的一個結構性弊病：這是兩個極爲不同的國家在缺乏準備和彼此互不瞭解的情況下突然開始的一場大規模合作。〔註51〕

對於複雜的國內局勢來說，國民黨輿論上全面依靠美國，就勢必會刺激出政黨勢力之間的矛盾與分裂，第二次國共合作也會愈發脆弱。因爲，在此時國民黨的眼中，對日作戰已經不需要再和中共合作。那麼，此後兩黨的分歧與內鬥也就會愈演愈烈。反過來，出於維持中國繼續抗戰的需要，美國在國共之間斡旋，更多地捲入中國事務，也就成爲了一種必然。

在認知「鴻溝」下形成的必然是一個不對稱的同盟，而同盟的「不對稱性」也就決定了美國對中國事務的深度捲入。從這裡，我們也可以預料到 1941 年後，「中國對美國，由期望到失望；美國對中國，由同情到不滿」的轉變，同時也可以聯想到，抗戰勝利後中美關係迅速惡化的某種情緒性淵源。

（本文發表於《新聞春秋》2017 年第 1 期）

〔註51〕 章百家：《不對稱的同盟：太平洋戰爭時期的中美關係》，《開放時代》2015 年第 4 期，第 15～28 頁。

附錄二：抗戰前夕「新聞救國」思潮下的媒介批評思想研究——以《新聞事業與國難》爲文本的考察

　　摘要：二十世紀三四十年代是中國近代媒介批評思想空前繁盛的時代，抗戰的爆發直接促成了這一時代媒介批評思想由發展期到轉型期的巨大變遷過程。本文針對抗戰前夕的「歷史結合部」，以《新聞事業與國難》爲文本，爬梳出「新聞救國」思潮下媒介批評視野中存在著「國難」與「業難」的雙重面貌。伴隨著抗戰爆發，兩「難」的糾纏衝突共同影響著戰時中國的媒介生態和新聞文本實踐。

關鍵詞：「新聞救國」思潮；《新聞事業與國難》；媒介批評思想

　　法國歷史學家弗朗索瓦・多斯在其成名作《碎片化的歷史》一書的最後一節「法國大革命結束了」中寫道：「當代史學觀點傾向於抹殺歷史進程中的加速期，以及制度更迭造成的轉折點和交替時期。」﹝註1﹞以筆者的閱讀體驗來說，現今許多中國新聞史著作中均在無意間存在著這種問題。以革命時期進行歷史書寫的區隔劃分，這固然有利於書寫者提綱挈領，給讀者以整體把握的觀感，但不足之處卻是明顯忽視了相鄰兩個歷史階段過渡環節的細部考察，而正是這種「歷史結合部」往往能夠起到昭示歷史「轉折」的關鍵意義。

﹝註1﹞ 弗朗索瓦・多斯，碎片化的歷史：從〈年鑒〉到「新史學」，馬勝利譯，北京：北京大學出版社，2008：220。

在媒介批評學術史上，五四時期被認爲是中國現代新聞學的初創期，產生了中國現代時期第一波媒介批評浪潮。〔註2〕二十世紀三四十年代則是中國現代新聞學研究的繁榮期，名家輩出，著述頗豐，誕生了一大批歷史、理論和實務方面的著作，其中蘊含著非常豐富的媒介批評思想，可以說形成了中國現代第二波聲勢浩大的媒介批評浪潮，並對當時的報界乃至政界都產生了非常大的影響。〔註3〕那麼，具體到這一時期的微觀層面，媒介批評史上也可以細分爲發展期（1927～1936）、轉型期（1937～1945）兩個階段〔註4〕。發展期時，一方面現代媒介批評伴隨著國民黨新聞統制網絡的鋪設與私營報業的發展出現了相對繁榮的局面，另一方面中國共產黨的媒介批評開始起步。到 1937 年全面抗戰爆發，在社會思潮與學術研究整體氛圍紛紛轉向的背景下，戰時新聞學蓬勃興起，媒介批評也主動迎合戰時需要，爲抗戰建國而服務，呈現出轉型發展的時代特徵。

立足於上述學術研究脈絡，在媒介批評繁盛的二十世紀三四十年代中，由發展期到轉型期的變遷過程就成爲相鄰兩個階段之間的「歷史結合部」。本文針對這一過渡時期的「歷史結合部」，以 1936 年燕京大學新聞學系刊印的《新聞事業與國難》爲文本，進行「新聞救國」思潮下媒介批評思想的爬梳，以期探尋出全面抗戰爆發後，戰時中國媒介生態與新聞文本實踐的思想演變源頭。

一、「新聞救國」思潮下的媒介環境

在中國新聞史上，1927 年至 1937 年是中國兩極政治環境下新聞事業的繁榮發展時期。一方面，國民黨政府在表面上完成了國家統一，與北洋軍閥政府基本不搞官辦的新聞宣傳機構，而靠政客集團以民間形式辦報和用收買辦法控制民營報紙不同，國民黨政府公開實行「以黨治國」，依靠《中央日報》、中央通訊社、中央廣播電臺等黨營媒體，佈設了幾乎覆蓋全國的新聞事業網。另一方面，在中共建立的革命根據地，也創辦了一批以《紅色中華》、紅中社、《紅星報》爲主體的無產階級革命報刊。另外，在兩極政治環境的對立下，

〔註2〕 雷躍捷，媒介批評，北大出版社，2007。
〔註3〕 劉自雄、王鳳翔、曾永勝，論中國媒介批評的現代傳統——二十世紀三四十年代新聞學著作中的媒介批評思想研究，新聞與傳播研究，2008（5）：74～82。
〔註4〕 胡正強，中國現代媒介批評研究，中國傳媒大學出版社，2010：1～50。

那些原來靠「無偏無黨」求發展的、靠念生意經過日子的私營企業性報紙也無不受到影響，它們面臨著嚴峻的選擇，在抉擇中分化，在分化中發展。〔註5〕其中，這段時期以 1931 年九一八事變為界，仍可細分為兩個階段。

首先，1931 年九一八事變之前，由於國民黨 1927 年完成了國家形式上的統一，作為一個「弱勢獨裁政黨〔註6〕」，它客觀上給當時中國報業的發展帶來了「消極的自由環境〔註7〕」。在此環境下，「對於報業來說，暫時取得了沒有戰爭侵擾的環境條件，民族資本主義工商業短期內獲得了穩定的發展，軍閥混戰，政治上受到的威脅相對解除，而執政的國民黨暫時又控制不嚴，新聞事業在 1927～1931 年間有了長足的發展。」〔註8〕在數量與地域分佈上，據 1931 年 8 月以前的統計，上海地區出版的報紙大概有五十餘家，通訊社達十四家；北京地區約為四十三家，較 1928 年減少了一半；南京地區則由三十一家增至四十三家。就地域劃分，江蘇、浙江、安徽三省的報紙達到一百五十九家，而河南、山東、河北三省，只有五十五家，報業中心明顯自北南移〔註9〕。在報業經營上，私營報刊明顯出現了「社會化」經營的方向，其表現是減少政治新聞、減少評論，大登社會新聞，甚至讓那些姦殺、戀愛、綁票的文字充斥版面，以招徠讀者，擴大銷路，如上海的《時事新報》；一部分報紙也摸索出了一條所謂「為社會服務」的「新路」，如天津的《益世報》首創『社會服務版』，引起很多報紙紛紛仿傚。在報業結構上，一些有影響的大報憑藉實力逐漸向報業托拉斯的方向發展，如上海的《申報》所形成的《申報》、《時事新報》、《庸報》、《新聞報》以及若干刊物的報團雛形。

到了 1931 年九一八事變爆發後，新聞救國思潮興起，媒介環境發生改變。一方面，民族危機日益深重，全國上下掀起了聲勢浩大的抗日救國運動，國統區大小私營報刊也紛紛投入抗日救亡的浪潮中，抗日救亡也成為私營報刊的宣傳中心，最為典型的就是「九一八」後《申報》立場的轉變。與此同時，國難日深的環境下，言論報國成為風尚，一批以胡適為代表的學人紛紛

〔註5〕 吳廷俊，中國新聞史新修，上海：復旦大學出版社，2008：237～240。

〔註6〕 王奇生，黨員、黨權與黨爭——1924～1949 年中國國民黨的組織形態，上海：上海書店出版社，2003：360。

〔註7〕 關海庭編，中國近現代政治發展史，北京：北京大學出版社，2005：147。

〔註8〕 白壽彝編，中國通史（第 12 卷）近代後編（1919～1949）（上冊），上海：上海人民出版社，1999。

〔註9〕 曾虛白編，中國新聞史，臺北：三民書局，1984：352。

創辦報刊，希望造成「中心輿論勢力以領導社會，監督政府」〔註10〕，以《獨立評論》爲代表的文人論政報刊成爲一道風景，而追求獨立意識和監督政府的思潮在新聞界的救亡訴求中成爲主流。另一方面，國民黨政府藉口民族危機與抗戰準備等考慮，加強了對新聞界的統制；在新聞宣傳上，強化新聞檢查制度，鉗制報刊輿論，推行戰時新聞統制；在報業發展上，出臺相關政策阻礙、壓制私營報刊托拉斯化的發展。因此，在1931年九一八事變後至1937年盧溝橋事變時期，新聞界在國難時期的救亡訴求與國民政府的戰時新聞統制之間存在著極大偏差，而正是這樣的偏差導致了此一階段的媒介環境日益複雜。據《中國國民黨年鑒》調查，他們認爲，1934年「全國報刊言論正確的約占百分之廿五」，能以「理性態度」討論對日關係的「居於少數」〔註11〕。由此可見，此時新聞界的言論與發展定位已經引起了國民政府的警惕。因此，在國難日深的環境下，是堅持積極追求獨立意識與監督政府的發展方向，還是向國民政府的戰時新聞統制靠攏就成爲抗戰前夕新聞界所面臨的一大抉擇。

1935年華北事變後，民族危機進一步加深，全國抗日救亡運動再掀高潮。此時，新聞學研究的重心也明顯轉向「新聞救國」。1936年元旦，北平和天津的新聞業界和學界人士成立平津新聞學會。在學會的成立宣言中，把「努力研討如何使新聞事業能適應現今民族和國家的需要」作爲學會的中心任務之一。學會聚集了張季鸞、王芸生、成舍我、胡政之、陳博生、劉尊棋、陶良鶴、梁士純等五十二人。學會集中關注國難當頭時期新聞界自身急需解決的緊迫問題，如呈請政府取消檢查制度、加強國際宣傳、訓練新聞人才、創辦新聞學術期刊等。他們對政府提出了「四個最低限度的請求〔註12〕」，並宣稱，「我們深切認定在多難興邦的原則之下，國難嚴重本沒有什麼可怕，但若嚴重而政府尚不許國民儘量貢獻其救亡圖存的意見，這在國家，才具有萬劫不復的危懼，在當局自難辭百身莫贖的罪責，因此我們不特囑望政府，應速從消極的，接受前項要求（指「四個最低限度的請求」），不要摧殘輿論，一再蒙蔽全國國民之耳目。並且應從積極的設法扶植力量貧薄、環境險惡、現階

〔註10〕 李金銓編，文人論政：知識分子與報刊，桂林：廣西師大出版社，2008。
〔註11〕 賴光臨，中國新聞傳播史，臺北：三民書局，1992：160。
〔註12〕 四個最低限度的請求，包括（1）切實開放言禁，廢止新聞檢查；（2）切實保障報館，及從業者安全；（3）不得迫令報紙宣傳；（4）撤銷未經正當程序非法處分的報館與記者等內容。

段的中國新聞事業，來上下合作，打開當前危迫艱難的國運。」〔註13〕由此可見，當時的新聞學界也關注到國難環境下新聞界自身處境的艱難所繫。前有民族危機，後有政府鉗制，在國難與業難之間，新聞界面臨著這一進退失據的境地。

　　一方面，面臨著是擺脫還是順從國民黨戰時新聞統制的抉擇；另一方面，面臨著在國難與業難之間進退失據的境地；在新聞救國思潮下的媒介環境中，新聞界這兩個矛盾相互交織，錯綜離亂。可以說，也正是由於這兩個矛盾的交織，奠定了這一特殊時期媒介批評思想視野的主調所在。

二、《新聞事業與國難》中的媒介批評視野

　　其實對於以言論報國自任的報人們來說，國家面臨重大危機的時候，自然也是最考驗其文人論政的職業操守與能力的時候。早在1935年，張季鸞就發表《我們有甚麼面子》一文，其中對國難時期新聞界的職業與能力表現充滿憤懣之情。「譬如就我們說，自民國以來做新聞記者，這多年在天津做報，朋輩們都說是成功，報紙銷得也受重視，在社會各方庇護之下，何嘗不儼然是中國大報之一；但在九一八以後之中國，清夜自思，事前有何補救？事後有何挽回？可見現在四省淪陷，而大報館還是大報館，老記者還是老記者，依然照常的做所謂輿論的指導。要用《春秋》論斷，除『恬不知恥』四字而外，恐怕任何批語皆不適宜……以四萬萬人的大國，落到這樣不能混的地步，而我們這樣賴國家栽培，受過若干年教育，仗社會優待，吃過多少年飽飯的人，束手無策，一面依舊寫一些一知半解的文字，號稱做輿論的工作，不細想則已，細想起來，焉能不羞愧欲死。」〔註14〕

　　與張季鸞在新聞事業與國難中單方面反求諸己的自責意識不同，在1936年燕京大學新聞學系討論會中對國難時期新聞事業的批評則集中表現為聚集政府新聞自由與新聞統制、新聞界自身責任與努力的雙重批評面貌。

　　首先，第一重批評面貌是聚集政府新聞自由與新聞統制方面。在這一次主題為「新聞事業與國難」的討論會中，當梁士純與威廉士夫人致完詞後，羅隆基率先發言。他說，「在中國國難嚴重期中，要想以新聞救國，像外國新

〔註13〕賀逸文，平津新聞學會史料，新聞研究資料（總第六輯），新華出版社，1981。
〔註14〕張季鸞，我們有甚麼面子，國聞週報（天津），第12卷第2期，1935年1月17日：1。

聞事業似的，那樣大的影響，在中國恐怕做不到。因爲中國報紙銷路小，總合全國各家報紙，每天不能超過十五萬份，以四萬萬人計，合九百人，只看一報，所以儘管報紙是救國工具，而在中國則功能有限了。從事新聞的人們，要知道中國因爲教育程度太低的緣故，看報人少，輿論沒有大的力量，在獨裁政體下，新聞力量更會漸漸縮小的。」縱然國家新聞事業發展比較落後，而且輿論「處於外國干涉、國內檢查、輿論統制三重壓迫之下」，「但我們仍得在可能的範圍之內，能盡一份力量」。新聞界應該如何做才能完成「輿論的使命」呢？他認爲新聞界至少要做到三點，「第一方面是用何方法做到少騙人」，國難期間報刊必須確保刊登眞實可靠的消息，不要登載「非事實或有色彩事實」。「第二方面是用何方法代人說話」，報刊要勇敢地承擔引導輿論的作用，勇敢地「發表大家的救國主張」，針對「有人以爲議論多，不易做事，應該統一意志」，這是「有失民主精神」的。「第三方面是要發揮青年志氣，報紙有機會令青年發表救國意見，保持青年志氣，不使消沉，則國事尚可有爲。」鑒於報界以上狀況，羅隆基認爲，「中國現在的新聞事業，不是技術問題，乃是作爲新聞記者的勇氣之養成，爲爭取 Liberly of Press 之先決條件。」〔註15〕

羅隆基的演講顯然觸及了國難危機下的新聞自由與新聞統制問題。針對這一問題，劉豁軒引用李普曼的話說，「民主政治的危機，即是報紙的危機」；只有先求到了民主政治，才能講言論自由。王若蘭認爲，爭取言論自由最有效的方法是聯合同業，「報業組織起來，以求一致，不僅可以應付內在的，也可以應付外來的壓力。」此外，羅隆基還對爭取新聞自由作了補充說明，「假若中國政府能解決國難，暫時大家也不需要言論自由，要不要爭，是以政府對國難有無辦法爲轉移，政府沒有辦法，人民才要求言論自由，要自己說話，來發表意見，總而言之，還是政治問題，看大家政治思想如何，和中央的力量怎樣。」〔註16〕

會上的另一重批評面貌是關注新聞界自身責任與努力方面。與羅隆基等人的態度不同，王芸生、馬星野等人似乎沒有那麼消極悲觀。王芸生在第二日的演講中表示，國難時期中國新聞界的處境確實是日益艱難了，但是，這種「難」不是新聞統制下報界生存之難，而是特指新聞界自身的弊病之難。

〔註15〕 方漢奇、王潤澤主編，新聞事業與國難，中國人民大學新聞學院藏稀見新聞史料彙編（第 28 冊），北京：國家圖書館出版社，2012：11～13。

〔註16〕 方漢奇、王潤澤主編，新聞事業與國難，中國人民大學新聞學院藏稀見新聞史料彙編（第 28 冊），北京：國家圖書館出版社，2012：11～13。

一是「近來好似成為一種風氣，大家無論對什麼事情都要拉上『國難』兩個字，我很擔心我們的國難濫調化了……以新聞製造國難的辦法，當然不是我們所應取法的。」二是，「一般社會之視報館主筆，差不多和紹興師爺沒有什麼分別，他們恨新聞記者，怕新聞記者，形成了普遍的輕視新聞記者。因此，他提出三點建議，即中國報業在國難時期要「以常道處之」。「第一要平常化。不矜奇，不立異，老老實實，平平常常的」，從而「養成堅實的輿論，間接促進社會堅實的風氣」。「第二要雪恥……並不是打倒帝國主義式的雪恥，而是雪報界本身之恥」，「新聞記者要努力做一個社會上的好人，把新聞事業做成好人的事業」。「第三要有國家意識。中國新聞界應該把它的報做成中國人的報，一切以國家利益為前提，不當漢奸，不採妨害國家利益的新聞，不登無條件替人家作宣傳的外國電報。」「新聞記者尤其需要些『威武不能屈，富貴不能淫』的勇士精神。」〔註17〕

　　隨後演講的馬星野，也試圖從正面回應會議的主題，敦促新聞界在國難已經到最嚴重的階段，配合「軍事的總動員之準備」、「經濟的總動員之準備」，著手「意見的總動員之準備」。他具體從物質、組織、人才三個方面揭示了戰時新聞宣傳事業準備之不足。關於物質準備方面，他首先分析了當前報紙、電影、無線電臺和無線電收音機等新聞宣傳工具人均佔有率，他把羅隆基估計的全國每天出版報紙五十萬份的數量增加一倍，即便如此，「全國算起來四百個人中才有一份報紙」。全國當時已有九十多座無線廣播電臺，然而「無線電收音機總數不到十萬，平均四千人只有一個收音機」。在電影事業落後的當時，「四萬萬人民到底有幾個是看過電影的？」面對這樣的準備，更值得擔心的是，弱小的新聞宣傳工具幾乎完全依賴進口。「每年要二百萬元的白紙進口」，「無線電收音機每年進口的也值二百萬元」，電影公司的「一切用具原料，都是外國買」。因此，他建議我們必須「積極的使自己能造紙，自己能造收音機，自己能造影片」。關於組織準備方面，他認為一個國家的代表通訊社，至少要完成三大任務，一是供給國內的消息於國內報紙，二是供給國外的消息於國內的報紙，三是把本國的消息供給於國外報紙。在他看來，國民黨中央通訊社的力量「至多只能完成第一任務之一部分，它未能自己去採訪國外消息，更不能供給外國報紙以中國消息」。「我們要取得同盟國家之信任，要取

〔註17〕方漢奇、王潤澤主編，新聞事業與國難，中國人民大學新聞學院藏稀見新聞史料彙編（第28冊），北京：國家圖書館出版社，2012：14～16。

得中立國家之同情。要動搖敵國人民之戰鬥意志」，首先我們便「要把有利的消息，放在世界人士面前」。因此，他建議政府迅速「擴大我們國際通訊網，嚴密我們的播音組織」。關於人才準備方面，他指出除了要加強新聞教育外，「中國新聞界之無組織，無團結，是大家深深感到的一種缺陷」。因此「更要團結及組織全中國現有的新聞人才」。〔註18〕

由此可見，對於國難期間新聞事業應負起怎樣的使命，與會者的回答是一致的，那就是以筆作槍，勇赴國難，救亡圖存。至於國難期間的新聞事業將面臨什麼特殊問題，以及應以什麼方法去應對這些特殊問題，彼此看法顯出異趣：羅隆基等人對「新聞事業與國難」中心問題的批評聚焦在新聞自由與新聞統制上面，即國難背景下的業難；而王芸生、馬星野等人著眼於新聞界自身的責任與努力，即新聞事業如何拯救國難。

一面是關注業難下新聞自由與新聞統制之間的緊張關係，一面是服從國難下新聞事業與戰時政府準備之間的協調步調，這就構成了「新聞救國」思潮下媒介批評思想的雙重變奏曲。此正如剛從南京參加新聞檢查會議回來的陳博生所作的會議結論：「未來新聞事業要面對的難題，將會一天比一天大」，因此「從事新聞事業的人，應該從速組織起來，去應付來日統制新聞的難關」；「其次，以往中國報界人士，在社會上的印象不太好」，「今後想要提高報人的地位，必須從修養人格，充實學識著手」；「最後，我們不論是辦報或是辦刊物，在事先必須想想是否對於國家社會有利益。」〔註19〕

三、團結抗戰下的戰時媒介批評轉型

如果說，出於救國的目的，新聞界的媒介批評思想還存在著「業難」與「國難」的雙重關注視野。那麼，到了戰爭爆發前夕，「業難」的視野則明顯被「國族利益至上」和「抗戰高於一切，一切為了抗戰」的思潮所吞沒，「國難」的批評視野則成為主流。

一般而言，戰爭狀態往往會導致新聞界與政府間的關係趨於緊張。但是，有趣的是，戰前中國新聞界與南京國民政府之間即存在的緊張關係，反而在

〔註18〕方漢奇、王潤澤主編，新聞事業與國難，中國人民大學新聞學院藏稀見新聞史料彙編（第28冊），北京：國家圖書館出版社，2012：16～22。
〔註19〕方漢奇、王潤澤主編，新聞事業與國難，中國人民大學新聞學院藏稀見新聞史料彙編（第28冊），北京：國家圖書館出版社，2012：26～27。

國難日深的驅迫下，一度趨於緩和，出現了新聞界與政府團結抗日的局面。1936 年 10 月，滬寧報界發表聯合宣言《中日關係緊張中吾人之共同意見與信念》，表示要「聽命於整個之國策〔註 20〕」。至西安事變，包括全國主要報紙在內的 269 家報社、通訊社發表共同宣言：「中國今日之處境，內憂外患，相逼相乘，……在此時期，整個國家對任何事件或問題，應絕對把持此一定不移之態度，對任何主義和思想，亦應絕對以國家民族生存為最高基點，……根據數年來之事實，吾人堅信欲謀保持國家之生命，完成民族之復興，惟有絕對擁護國民政府，擁護政府一切對外之方針政策。」〔註 21〕對此，各地報界紛紛響應。新聞界與政府達成了諒解，開始讓渡部分權利，「一切為爭取國家的大自由而奮鬥，雖犧牲本身的自由亦所不惜」〔註 22〕。此外，西安事變和平解決後，國民政府成為全國各階層、各黨派承認的領導抗戰的合法政府；此時，新聞界與政府之間的關係漸趨調適。

正是在這種背景下，一方面新聞界以民族責任自負，自覺地接受必要的新聞檢查，以業權服從國權；另一方面，為了最大限度地發揮新聞宣傳服務抗戰的力量，同時由於媒介自覺地進行自我審查，反而使得強制性的新聞檢查在某種程度上顯得有點畫蛇添足〔註 23〕。也正是為了服務抗戰大局，中國新聞界的媒介批評主流漸漸放棄了出於救國思潮下的業難與國難雙重關注點，而進入主動迎合戰時需要，以宣傳抗戰、鼓動民眾為目的，以新聞宣傳是否具有愛國主義和民族主義內涵，媒介傳播內容和形式是否適應、符合抗戰建國的最終目標為標準的時期〔註 24〕。而這一時期，檢討新聞報導業務中的缺陷，就構成了抗戰時期中國媒介批評的一大亮點。

當然，這一轉型的背後，並不是表示戰時中國不再存在「事關民族生存的國家利益與講真話的權利之間的對抗」〔註 25〕。這裡既牽涉到是什麼樣的真話，也關乎是什麼樣的國家利益。對於一般出於戰爭需要的「特殊情報」、「軍事信息」等戰時新聞統制，中國新聞界並不反對。但是，特殊的是，國

〔註 20〕 曾虛白編，中國新聞史，臺北：三民書局，1984：405。
〔註 21〕 秦孝儀編，革命文獻（第 94 輯），臺北：中央文物供應社，1983：448～449。
〔註 22〕 沈宗琳編，新聞學理論（一），臺北：臺灣學生書局，1973：68。
〔註 23〕 卡瑞（James Curran）、辛頓（Jean Seaton）著，樂軼玫譯，英國新聞史，北京：清華大學出版社，2005：53～54。
〔註 24〕 胡正強，中國現代媒介批評研究，中國傳媒大學出版社，2010：41。
〔註 25〕 讓納內（Jean-Noel Jeanneney）著，段慧敏譯，西方媒介史，桂林：廣西師大出版社，2005：113。

民政府在領導抗日的同時，仍在致力於通過新聞界的管制而達到對整個中國社會的控制與規訓能力。對於實行黨治、自稱黨即國家的國民黨來說，即使在和平時期，批評政府也往往被視爲批評黨、損害黨的利益，也就是損害國家利益的嚴重行爲。其戰時新聞統制的根本目的就是控制這種批評，它不體現在戰時新聞言論中有關軍事等「特殊情報」的檢查，也不是體現在它對於本黨經營的新聞事業的宣傳指導，而是體現在它對於全國非黨營新聞事業中的非軍事等「特殊情報」的新聞和言論的查控。雖然，戰爭的來臨爲這一控制提供了新的正當理由，但媒體也將不得不尋求新的辯護理由。對於新聞界來說，對外實行新聞抗戰是個新任務，但對內應付新聞統制，則是個老問題。

綜上所述，所謂「新聞事業與國難」之「難」，對戰時中國新聞界來說，就意味著對內對外兩個方面：對外是如何以新聞救國之難；對內則是如何應付新聞統制之難。在抗戰時期中國內政外交打成一片的語境下，這兩者糾纏在一起，又彼此衝突，共同影響著戰時中國的媒介生態和新聞文本實踐。

（本文經刪減發表於《民國新聞史（2017）》，南京師範大學出版社）

附錄三：報人與時代相遇：金雄白早年《時報》經歷的考察（1926～1929）

摘要：在新聞史人物研究的關照中，報人與時代是一個主體與結構之間相互投射的熱點話題。報人的經歷鑲嵌了時代的烙印，而時代的描摹也在報人筆下演繹出特殊的面相。金雄白於北伐革命易代之際進入《時報》，既面臨著政治勢力重新洗牌的風雲突變，也遭遇著報業震盪與個人生涯的時代糾葛。本文專注考察他這段特殊的《時報》經歷；研究發現，當報人與時代相遇時，兩者相互影響，報人書寫時代，時代亦書寫報人。在金雄白《時報》經歷的脈絡中，時代、報館、報人三方關係交錯，共同呈現出一幅交光互影的複雜圖譜。

關鍵詞：北伐時代；金雄白；《時報》；新聞檢查制度；黃色新聞

一、前言：問題與邏輯

陳建華先生曾於《陳冷：民國時期新聞職業與自由獨立之精神》一文中，將「1920 年代於上海新聞界居要衝地位」的陳冷最終列入了「難以歸類的民國報人」這一類目。所謂難以歸類，一者是因為陳冷自身報人生涯的複雜與職業品格的獨立，兩個方面所塗抹出個人色彩的模糊性。作為一個民國報人，陳冷的確與「新派或五四諸公毫無關係，卻又不像一般的舊派文人」。他身上雖有著舊派文人的底子，但洋派的形象卻要使「許多崇尚西化的五四知識分子也自歎弗如」。再者是因為新聞史報人書寫體例上的牴牾，從而造成了陳冷

其人與民國報人研究群相的一種疏離。「新聞史、文學史之類的著作多半爲了方便，習慣把人物歸類，如革命派或改良派、新派或舊派、五四或鴛鴦蝴蝶派等，這樣的分類也常與某種二元敘述框架是連在一起的」；在以「革命史範式」爲敘述主線的報刊史書寫〔註1〕中，「對於像陳冷所體現的『獨立自由之精神』，不是覺得無關宏旨，便是恍如隔世」。〔註2〕

誠如所言，報人自身的複雜與模糊性原本就契合歷史的本眞面目。時代與個人是交光互影的，身處波譎雲詭的民國時代，報人往往因緣政治與文化的分野而左右自身的命運流向與生涯抉擇，其經歷與色彩自然曲折而多變。〔註3〕所以，這就要求研究者面對民國報人「亂雲飛渡」的圖譜要有聚焦的目光，「多打深井多做個案研究」〔註4〕。而對於新聞史報人書寫的體例，如果研究者將單一色調的「濾光鏡」對準色彩斑斕的歷史長河，攝取和吸納的只是那些與自身色調相同或相近的部分，而將大量的「雜色」、「雜質」排斥在外，把一個完整的、聯繫著的、複雜多變的歷史過程機械地劃分爲紅色與黑色、主流與逆流、我方與敵方，並以此爲標尺對歷史人物進行評介，就會導致新聞史本身失去很大一部分有機內容，失去自身的特色。〔註5〕所以，這也就意

〔註1〕黃旦：《新報刊（媒介）史書寫：範式的變更》，《新聞與傳播研究》，2015年，第12期，第6～9頁。

〔註2〕陳建華：《陳冷：民國時期新聞職業與自由獨立之精神》，載李金銓編，《報人報國：中國新聞史的另一種讀法》，中國香港：香港中文大學出版社，2013年，第250～252頁。

〔註3〕民國時期，報人的職業抉擇與命運走嚮往往比晚清、新中國成立後等時期，呈現得更爲曲折而多變。從社會性質上看，這一點與當時中國的半殖民狀態不無關係。在半殖民狀態下的民國，帝國主義在華勢力明顯呈現出多元、分層次、強烈、不完全和碎片化的特性，它意味著每一種勢力在中國文化的想像中分別佔據了不同的位置，由此造成了中國知識分子（包括報人）在意識形態、政治和文化立場上的態度遠比正式殖民地的知識分子更加多元化的局面。詳析可參見史書美：《現代的誘惑——書寫半殖民地中國的現代主義（1917～1937）》，何恬譯，江蘇人民出版社，2007年，第39～48頁。同時，這也與「民國新聞史研究」中所強調的人物多元評價與完整把握等問題，在面相上是一致的。參見倪延年：《民國新聞史研究的難點和目標》，《中國社會科學報》，2014年9月17日，第B01版；倪延年（編），《民國新聞史研究（2014）》，南京：南京師範大學出版社，2014年，第1～10頁。

〔註4〕方漢奇，曹立新：《多打深井多作個案研究——與方漢奇教授談新聞史研究》，《新聞大學》，2007年，第3期，第1～4頁。

〔註5〕程曼麗：《中國新聞史研究60年回眸》，《社會科學報》，2009年10月8日，第5版。

味著研究者在選擇報人研究的權衡標尺上需要更爲寬廣的視野，既見樹木又見森林，對那些史書上黯淡無光的報人，游離於革命主線的灰色地帶，曾經被視爲隱秘的經歷，給予關注和挖掘。

北伐時代是一個新聞史上疏於刻畫的「歷史結合部」。〔註6〕而事實上，北伐時代，正是由承襲五四新文化運動的啓蒙報刊向兩極政治環境下的新聞事業轉變的關鍵節點。〔註7〕以當時居全國輿論中心且擁有新聞自由最盛的上海報界爲例〔註8〕，上至國民黨新聞檢查制度的鋪設，報業發展呈現「企業化與政治化的合流」〔註9〕；下至公雇訪員與專職記者的新陳代謝〔註10〕，小報的風行氾濫與社會新聞的「黃色」化〔註11〕，均發生在這一過渡階段。政權易手，報界板蕩，人員更迭，其不穩定的情勢均代表著中國近代報業發展由「量變」到「質變」的一處大轉折。

在這樣一個大時代下，金雄白既是一個親歷的參與者，也是一個有心的觀察者。作爲一個經歷豐富且筆觸頗多的民國報人，金雄白一直身處新聞史人物研究的邊緣地帶。〔註12〕他原名燨民，筆名瓶梅、金不換、朱子家等，江蘇青浦（今屬上海）人。1925年間進入報壇，由《時報》而《時事新報》、《晨報》、《中央日報》、《京報》，以及「申時電訊社」、「大白新聞社」；投身

〔註6〕 以《中國新聞事業通史（第二卷）》、《中國新聞史新修》、《北洋政府時期的新聞業及其現代化（1916～1928）》爲例，在筆者的閱讀體驗中，這些著作均對北伐時代的報業格局作出了整體性把握，描繪出了一幅北伐時代新聞事業的鳥瞰圖；但在更爲具體的報業發展演進上則未免失於細部考察。這些著作已經明確點出了「大革命對新聞事業黃金發展的推動作用」，但對於「大革命於新聞事業由量變到質變的動態影響過程」，則缺少綿密的描寫與清晰的解釋。

〔註7〕 吳廷俊：《中國新聞史新修》，上海：復旦大學出版社，2008年，第234頁。

〔註8〕 張功臣：《民國報人：新聞史上的隱秘一頁》，濟南：山東畫報出版社，2010年，第102頁。

〔註9〕 曾虛白（編）：《中國新聞史》，臺北：三民書局印行，1984年，第351頁。

〔註10〕 路鵬程：《中國近代公雇訪員與專職記者的新陳代謝——以1920～1930年代上海新聞業爲中心的討論》，《新聞與傳播研究》，2014年第8期。

〔註11〕 馬光仁（編）：《上海新聞史（1850～1949）》（修訂版），上海：復旦大學出版社，2014年，第694～703頁。

〔註12〕 筆者曾參與《中國大百科全書》（第三版）新聞學科有關條目（新聞史部分）的撰寫修訂工作，金雄白這個人物仍處於「可撰稿」的編寫安排之下。另筆者據中國知網考察以金雄白爲中心的相關研究，基本處於空白狀態；一些著作如張功臣的《民國報人：新聞史上的隱秘一頁》、蔡登山的《叛國者與親日文人》中曾有金氏的相關介紹，但止步於個人經歷的描述，只是人物形象的簡筆勾勒。

汪僞後，主持《中報》、《平報》、《海報》。職務從校對做起，外勤、編輯、翻譯、廣告、戰地記者、攝影、經理、社長，無一不做。他報人經歷傳奇，幾番起落。早年以社會新聞成名，中年落水投敵，成爲漢奸；晚年饔餐難繼，墮入賣文爲生的悲慘境地，直至最終客死他國。縱觀金氏一生，他記者生涯五十年，但命運的錯出錯入間，使其報人經歷打滿了政治投機、落水附逆、文化漢奸的烙印。當然，他曾爲敵僞張目的事實，自不待言，永爲世鑒；但他作爲民國傳奇報人的曲折遭遇與個體記錄，卻也不應因爲「漢奸」罪行而故作不見。

　　李金銓先生曾就「記者與時代相遇」這一命題給出過解釋，他說，其實這個命題是要回答社會學的一個基本問題：原動體和結構之間是如何交涉的？就組織內部關係看，記者是原動體，報館是結構；就組織外部關係來看，報館是原動體，權力中心是結構。〔註13〕筆者之所以借鑒這個題目〔註14〕，並非是要完全模仿李金銓先生的磅礴視野，而是得緣於對北伐時代上海報人的關注。我想探討的就是身處北伐革命易代之際，以金氏爲個案的上海報人既面臨著政治勢力重新洗牌的風雲突變，也遭遇著報業震盪與職業生涯的時代糾葛。他們是如何在新聞自由與新聞統制之間生存掙扎的？這些閃轉騰挪和喜怒哀懼的個體經歷對他們以後的命運抉擇又意味著什麼？與北伐革命時代相遇，置身政局權力與報館發展之中的報人，究竟具有多大的主觀能動性去做出調適與改變？他們的豐富經歷又折射出一條怎樣的時代軌跡？

　　本文之所以選擇金雄白，是因爲他早年的《時報》經歷在描摹 1920～30年代的上海新聞界上極具史料關照與意義指涉。筆者考察近些年關於 1920～30 年代上海新聞史方面的研究成果上，不乏有研究者將金氏的《記者生涯五十年》、《黃浦江的濁浪》等書目以爲史料引用，但可惜的是只用其言而不見其人。〔註15〕作爲當時上海報界的知名人物，金雄白的《時報》經歷與北伐

〔註13〕 李金銓：《記者與時代相遇：以蕭乾、陸鏗、劉賓雁爲個案》，載李金銓編，《報人報國：中國新聞史的另一種讀法》，中國香港：香港中文大學出版社，2013年，第 403～405 頁。

〔註14〕 之所以未用「記者」，而用「報人」，是因爲記者的稱謂偏重於職業化的描述。當時正值專職記者的初成時期，金雄白雖以記者知名，但他在《時報》的經歷卻是從校對做起，後做編輯，最後才在自己的摸索中成爲專職外勤記者，所以，使用「報人」的稱謂更能涵蓋金氏在《時報》中多變的角色。

〔註15〕 相關研究參見路鵬程：《1920～30 年代的上海報人與幫會》，《國際新聞界》，2015 年第 4 期；《中國近代公雇訪員與專職記者的新陳代謝——以 1920～1930

革命的時間段非常契合；他對北伐革命「大時代」的侵襲，對軍閥潰敗，黨國初興的政治變動，對新聞檢查鋪設下的報業震盪都有著切身的體驗與直觀的描寫。換句話說，報人與時代相遇原應是一個動態的演繹過程，異數與例外的存在，反而更能界定大時代下報人生存的諸多可能。金雄白作為個案的意義就在於唯有透過他的體驗式直觀描寫，才能捕捉到北伐時代上海報人與社會結構互動的動態光影。也就是說，他的意義不在於是否具有統計層面上的代表性，而在於經歷本身的延展性。反過來看，任何個案，無論故事性多麼強，傳奇色彩多麼濃厚，如果不能在特定時空脈絡下與重大歷史問題產生聯繫，也就只是一個個案而已。〔註16〕

二、《時報》的轉型與金雄白進入報壇

20世紀20年代是上海報界競爭異常激烈的時期。出於保住經營的考慮，無論大報還是小報都積極求新求變。作為舊上海三大報之一的《時報》，它自誕生起就是以「推陳出新」的標榜而立足於報界的。因此，相較於《申報》與《新聞報》，雖然《時報》在商業性與大眾化上無法匹敵，但「隨時而變」並非嘗試性地初探，甚至相較之下身段更為靈活〔註17〕。早在狄楚青時期，《時報》就已經在脫離政黨派系色彩上實現了一次成功的轉型。〔註18〕到了黃伯惠接手以後，《時報》的面貌發生了巨大的變化：它由一份深受知識分子歡迎、

年代上海新聞業為中心的討論》，《新聞與傳播研究》，2014年第8期；《論民國時期報人跳槽的動因及影響》，《新聞記者》，2012年第12期。邵綠：《從「參考」到「表達」：黃伯惠時期〈時報〉的黃色新聞與上海的都市化》，《國際新聞界》，2013年第4期。徐小群：《民國時期的國家與社會》，北京：新星出版社，2007年等。

〔註16〕 羅久蓉，《她的審判：近代中國國族與性別意義下的忠奸之辯》，臺北：「中央研究院」近代史研究所，2013年，第 iv～v 頁。

〔註17〕 《時報》創刊之初就特別注重在報紙內容與體例方面的革新，它最先採用對版式設計，首創時評、專電、特約通訊及專刊等，給當時沉悶的報界吹進了一股清新之風。20世紀20年代，上海報界競爭中各類大報積極向小報學習，吸收小報的優點，增設專刊，特別是更加注重娛樂消閒等內容的呈現，以招徠受眾。在舊上海三大報中，《申報》曾先後開辦《常識》、《汽車》等增刊，《新聞報》也開辦《新知識》、《經濟新聞》等專欄，編輯內容更見軟化。當然，這些軟化的趨勢與小報還是存在很大的距離的。只有《時報》轉型最為劇烈，一舉由「正報」轉成了「黃報」。

〔註18〕 李家珍：《印刷與政治：〈時報〉與晚清中國的改革文化》，王樊一婧譯，桂林：廣西師範大學出版社，2015年，第254～259頁。

熱衷政治與文學的報紙，變成了一份以社會新聞、體育新聞和圖片專版見長、充滿娛樂化和休閒化元素的報紙。〔註19〕

值得一提的是，在中國近現代報業發展史上，大體可分爲政黨辦報、文人辦報、民營商業辦報這三種範式，這三種範式重迭，又長期並存〔註20〕，而《時報》的轉型則是貫穿的。對於《時報》而言，如果說褪去康梁派系的政黨色彩，由黨人報轉變爲文人報，得益於狄楚青、陳冷等報人對獨立性的堅守；那麼，革去熱衷政治與文學的「知識階級的寵兒」的面向〔註21〕，擁抱「大報小報化」之風〔註22〕，由文人報一轉爲商人報，則發軔於黃伯惠、金劍花、金雄白等報人對革新理念的追求。傳統的文人辦報往往鄙於求利，不怎麼考慮報紙的印刷、發行、廣告、旅費、營業和銷路，難免遭遇經營困境，以致斷送報紙的前途。〔註23〕在狄楚青主持期間，《時報》在廣告與銷路上原本就不能與《申報》、《新聞報》相比，而且一直備受財務赤字的困擾，不得不依靠狄氏有正書局以爲挹注〔註24〕。到了黃伯惠接辦之時，又值上海報界競爭異常激烈之季。前有申新、時事新報的鼎足而立，後有「洋場才子」〔註25〕主持下各類小報的爭芳鬥豔。黃伯惠感到《時報》非徹底革新，難以與人爭衡，於是，他便與陳冷等

〔註19〕 邵綠：《都市化進程中〈時報〉的轉型（1921～1939）》，博士學位論文，復旦大學，2013 年，第 3 頁。

〔註20〕 李金銓（編）：《文人論政——知識分子與報刊》，桂林：廣西師範大學出版社，2008 年，第 15 頁。

〔註21〕 胡適：《十七年的回顧》，《時報》，1921 年 10 月 10 日，載《胡適文存（第二卷）》，合肥：黃山書社，1996 年，第 285～286 頁。

〔註22〕 樊仲云：《中國報紙的批評》，載黃天鵬編：《新聞學演講集》，上海：現代書局，1931 年，第 60 頁。

〔註23〕 陳紀瀅：《報人張季鸞》，臺北：重光文藝出版社，1957 年，第 98 頁。

〔註24〕 金雄白：《記者生涯五十年》（上），臺灣：躍升文化事業有限公司，1988 年，第 112 頁。另據包天笑回憶，《時報》得以支持數年下去，很是依靠有正書局爲之補助。參見包天笑：《釧影樓回憶錄》，太原：山西古籍出版社、山西教育出版社，1999 年，第 425 頁。

〔註25〕 「洋場才子」是指近代上海十里洋場裏從事文化事業爲主的舊派文人，如李伯元、包天笑、周瘦鵑等。他們的舊學根底深厚，詩、文、書、畫是他們的拿手絕活，而其時科舉既廢，仕宦之途已斷，在此之際，報業勃興，於是他們紛紛在報紙副刊上，騁其不羈之才，或寫小說，或寫筆記，或寫詩詞，或談掌故，一時之間，蔚成風潮。所以，習慣上，這個名稱並不指涉新文學作家。而在近現代文學的研究評價中，「洋場才子」也一直被視作唯利是圖、製造文化垃圾的下流文人。參見孟兆臣：《中國近代小報史》，北京：社會科學出版社，2005 年，第 19 頁。

商議革新計劃〔註26〕，由此開啓了《時報》再一次的轉型道路。

　　一般而言，報館主人的想法和同人的理念大體上須相互契合，否則難以成事。黃先後延攬了一批「極一時之選、有聲於報業」且立意革新的採編團隊〔註27〕。這其中包括曾任《申報》主筆、主持過1905年《申報》改革的金劍花、蔡行素、吳靈園、畢倚虹、戈公振等。正是在這樣一批報人的運轉下，《時報》轉型之路日漸明朗。而與這種轉型道路相衍生的，就是這一批報人角色由「傳統文人」轉向「自由職業者」的漸趨明確。〔註28〕繼而，公雇訪員被淘汰，專職記者出現，報學教育成一時之盛，一批如上海新聞記者聯誼會的同業組織成立，這些都相繼加速了報人邁向職業化的步伐。〔註29〕

　　立意革新的黃伯惠熱情滿滿，「在他的理想中，不但要與申新兩報競一日之長，還希望在中國的新聞事業上能放一異彩」。〔註30〕一方面他「每天日夜都在報館」，「全力以赴，而且不但是經濟，更付出了他全部的時間與精力」。另一方面也爲《時報》的報導轉向劃定了規則。黃本出於興趣愛好的動機接手《時報》〔註31〕，就難免「太偏重於個人的理想，會以一己的興趣來決定報紙的內容，而強加於讀者。」〔註32〕他力仿美國赫斯特黃色新聞的風格〔註33〕，注重突出社會新聞，曾明確示意編輯部，只要是工部局警方或法院公開宣佈的案子，一律刊登〔註34〕。因此，《時報》同人們也遵循著這一規則設定，

〔註26〕方漢奇（編）：《中國新聞事業通史（第二卷）》，北京：中國人民大學出版社，1996年，第188頁。

〔註27〕朱子家（金雄白）：《亂世文章》（第一冊），中國香港：吳興記書報社，1956年，第209頁。

〔註28〕徐小群：《民國時期的國家與社會》，北京：新星出版社，2013年，第257～258頁。

〔註29〕路鵬程：《中國近代公雇訪員與專職記者的新陳代謝──以1920～1930年代上海新聞業爲中心的討論》，《新聞與傳播研究》，2014年，第8期，第34～38頁。

〔註30〕金雄白：《記者生涯五十年》（上），臺灣：躍升文化事業有限公司，1988年，第114頁。另據包天笑的說法，黃在遊歷歐美之後，志願頗高，希望在新聞界做出一番成績。參見包天笑：《報壇怪傑黃伯惠》，《大成》（香港），1984年，第131期，第32頁。

〔註31〕袁義勤：《黃伯惠與〈時報〉》，《新聞大學》，1995年，第2期，第42頁。

〔註32〕金雄白：《記者生涯五十年》（上），臺灣：躍升文化事業有限公司，1988年，第118頁。

〔註33〕方漢奇（編）：《中國新聞事業通史（第二卷）》，北京：中國人民大學出版社，1996年，第191頁。

〔註34〕袁義勤：《上海〈時報〉》，《新聞研究資料》，1990年，第3期，第166頁。

在報導關注點的取捨中由以往熱衷政壇文學漸漸轉向了注重民間百態。所以在 1925 年〔註35〕，當顧執中到《時報》入職報到時，總主筆金劍花就對他明確說：「我痛恨政治，最不喜歡政治新聞，你在這裡，就去跑跑火燒、盜竊、賊偷等社會新聞罷！」。〔註36〕

此時，與顧氏一同進入《時報》的就是金雄白。也就是說，顧金二人進入《時報》的時機，正值《時報》積極向社會新聞靠攏的轉型階段，這就意味著，他們受教於報界的第一堂課，已經不再是於政壇要人間盤桓折衝的時政通訊，而是那些原本不上檯面、講究獵奇煽情的地方社會新聞。〔註37〕

金雄白出身於江蘇青浦一個破落的舊式文人家庭。少時習於荒嬉，未嘗一日苦志讀書，〔註38〕並未打下堅實的舊學基礎。到中學時代，進了洋學堂，漸漸獲得了此後立足社會的本錢。〔註39〕一是他所練就的寫作工夫，極佳的文筆促成了他此後能夠獲得金劍花青睞，得以投身報壇；二是他所經受到上海新書報的濡染，直接形塑了其早年的家國認知與進入社會的新路徑。

在清末民初，新書報對讀書人的影響無論怎樣估計恐都不過分，而上海作爲新書報的誕生地或中轉站，它的文化輻射力直接讓江浙地方讀書人有了更多與外界的交流與溝通，進而增加了走出當地社會的可能性。〔註40〕據金

〔註35〕顧執中與金雄白兩人回憶錄中均說，兩人是同時受雇《時報》的，但顧的回憶是 1923 年，金的回憶卻在 1925 年。又顧氏說，自己在《時報》幹了三年而於 1927 年轉入《新聞報》，故推測顧氏進入《時報》不在 1923 年，應是金氏所說的 1925 年更爲準確。且顧氏的回憶多有時間上的錯誤。馬振華事件、陸根榮事件等均發生在 1928 年間，其時顧氏已經離開《時報》轉入《新聞報》，但他在回憶錄裏仍說，自己在《時報》，和金雄白、雷姓青年（雷筱馥）一起經歷了這兩個新聞事件，還對金雷二人的行爲表示不齒，這種回憶的矛盾之處令人心疑。

〔註36〕顧執中：《報人生涯——一個新聞工作者的自述》，南京：江蘇古籍出版社，1985 年，第 180～181 頁。

〔註37〕顧執中就將自己初入《時報》視爲進入了「一家並不理想的新聞學校」。而不理想的原因，黃伯惠所聘請的諸多報人大肆渲染社會新聞，致使《時報》由一份富有文化氣息的報紙，下降爲滿載黃色新聞的小報。詳見顧執中：《戰鬥的新聞記者》，北京：新華出版社，1985 年，第 44 頁。

〔註38〕金雄白：《記者生涯五十年》（上），臺灣：躍升文化事業有限公司，1988 年，第 2 頁。

〔註39〕金雄白：《記者生涯五十年》（上），臺灣：躍升文化事業有限公司，1988 年，第 43 頁。

〔註40〕瞿駿：《小城鎮裏的「大都市」——清末上海對江浙地方讀書人的文化輻射》，《社會科學研究》，2016 年，第 5 期，第 160～172 頁。

雄白回憶，「從中學二年起，有關政治思想的書籍，已從上海不斷寄來。不少同學在晚間上自修課時，竟不再好好地溫習學校中的功課，而以無政府主義的刊物來埋首鑽研」。五四運動爆發後，這群深受無政府主義思想影響的中學生們，自行召開學生大會實行罷課，一面捐錢買紙印傳單，一面開會演講刷標語。十五歲的他，「穿上學校的制服，攜了一條板凳，走遍大街小巷，一面搖鈴，一面登上板凳，在烈日下聲嘶力竭地講些剛剛拾來的牙慧，覺得十分得意，儼然以愛國志士自居了」。〔註41〕中學畢業後，他又為報刊廣告所導引，改變了報考大學的初衷。當時正值上海總商會新設商品陳列所招考事務員，家族中人勸他，「現在時代不同了，過去讀書，學而優則仕，可以把讀書作為終身職業。現在不管你是大學畢業，還是出洋留學回來，到頭來大部分人還是要經營商業。上海是全國的通商大埠，而總商會的會董們又盡是些闔閭名流，你如能被錄取，進去辦事，與他們日夕相見，則近水樓臺，不失為一個良好進展機會。」〔註42〕由此，中學的新書報體驗給金雄白鋪陳開了一條讀書人的新出路。

1921 年金雄白走出青浦，邁進大上海，以優異的作文成績考中了上海總商會的商品陳列所事務員。當時他的頂頭上司為楊卓茂，是為周佛海夫人楊淑慧的父親。在總商會任職的時間大概是兩年，他不僅涉足商界事務，還積極對時局發表看法；沒有憑藉商會獲得進身資本，反而因支持楊卓茂，「領導」內部罷工而遭資方辭退。〔註43〕離開總商會的金雄白轉而接受了本埠晨社之聘。這是一家以廣告電影雜誌為主業的出版公司，而此時的金雄白已能撰寫

〔註41〕金雄白：《記者生涯五十年》（上），臺灣：躍升文化事業有限公司，1988 年，第 48～49 頁。

〔註42〕金雄白：《記者生涯五十年》（上），臺灣：躍升文化事業有限公司，1988 年，第 60 頁。

〔註43〕據《申報》報導，金雄白此時的活動軌跡大體如下：1922 年 10 月，本埠商品陳列所召開第二次絲織及刺繡類研究會，金作為招待參會。1923 年 7 月，海寧路商界聯合會召開，金等人發表演說，對武人專橫，表示痛恨，主張贊同總商會民治委員會計劃，並擬請該會通電全國公私各團體推派代表，召集純粹議員，公同會議，解決時局，選舉孫中山為正式大總統。1924 年 6 月 27 日，金雄白正式離開總商會陳列所，當時報導稱，「金君與該所同事，感情極為融洽，一旦分別，頗覺依依。該所同事二十餘人，開會歡送，並邀心心照相館攝影，以誌紀念。」詳情參見《商品陳列所第二次研究會紀》，《申報》，1922 年 10 月 17 日，第 13 版。《海寧路商界聯合會近訊》，《申報》，1923 年 7 月 1 日，第 15 版。《團體消息並紀》，《申報》，1924 年 6 月 28 日，第 21 版。

影評獲取稿費了。1924 年 7 月 30 日，他曾在《申報》上發表《「好兄弟」「苦兒弱女」之比較》一文，對新出品的「好兄弟」、「苦兒弱女」兩部電影多有批評。〔註 44〕1925 年 6 月，時年 21 歲的金雄白和兩個族弟去上海戈登路大裕裏探望伯父，時任《時報》總主筆的金劍花。正是得益於金劍花對其文筆的青睞，金雄白得以進入《時報》，正式投身了上海報界。

　　將自己投身報界的路徑視作充滿偶然性的機緣所致，這是民國報人在回憶中經常使用的一種說辭。金雄白在回憶進入《時報》的契機時，再三強調是「無意中混進了上海報壇」〔註 45〕。但說是無意，實則有心。他曾在《談辦報》一文中自述，「中學時代就對新聞事業發生了很大的興趣，五四運動中就在學生會裏從事宣傳工作，更決定了此後投身新聞界的志願。」〔註 46〕在總商會服務之際，他就將報上刊出名字，視作「一件何等高興的事」；投稿《商報》，「更唯恐爲編者所不用，特地在稿末注上了『卻酬』兩字，以圖僥倖。」〔註 47〕同樣，與金同時代的顧執中、陶菊隱、曾虛白等皆有類似的表達，但他們卻又毫不隱諱地反覆陳述其入門報界的心願與種種準備。〔註 48〕由此看

〔註44〕金雄白：《「好兄弟」「苦兒弱女」之比較》，《申報》，1924 年 7 月 30 日，第 19 版。另據《申報》報導，「金雄白等人，諸君鑒，七月份辱承投電影戲劇等稿，略備酬資，請各具條蓋章，向本館會計處領取爲盼」。由此可見，金當時已經在寫影評賺稿費了。參見《本刊啓事》，《申報》，1924 年 8 月 3 日，第 22 版。

〔註45〕金雄白：《記者生涯五十年》（上），臺灣：躍升文化事業有限公司，1988 年，第 66 頁。

〔註46〕金雄白：《談辦報》，《古今》，1943 年，第 20～21 期，第 16 頁。

〔註47〕金雄白：《記者生涯五十年》（上），臺灣：躍升文化事業有限公司，1988 年，第 66 頁。

〔註48〕顧執中在回憶中多次吐露自己投身《時報》的偶然性，說「自跨入社會後，爲衣食奔波，當過店員、描圖員，到母校代課；後來輾轉教堂理事，工部局外國監牢，救火會、水上巡捕房等，最後卻進入了報館當了新聞記者，一直幹了三十二年，成爲終身職業」；又曾描述自己是「忽然被介紹到上海《時報》當的外勤記者」。但他又毫不諱言，「新聞記者這一職業是我多年來縈夢著的和祈求著的工作。」「小時弄文舞墨，跟著父親寫些副刊短稿寄送報社，發表出來，心中不禁大喜，希望將來能參加這一項工作」；還多次闡述其進入《時報》之初，在閱歷、思想、文筆等方面所具備的相當成熟的主觀條件。由此推斷，與其說投身報壇乃機緣所致，不如說是自己追求所得。詳見顧執中：《報海雜憶》，北京：中國文史出版社，1986 年，第 1～3 頁；《報人生涯：一個新聞工作者的自述》，南京：江蘇古籍出版社，1991 年，第 175、182 頁；《戰鬥的新聞記者》，北京：新華出版社，1985 年，第 44～48 頁。同樣，陶菊隱也說自己投身報界完全得益於汪先生（忘其名）的熱心介紹，乃是身處「彷徨

來，於他們而言，投身報壇與其說乃機緣所致，不如說是自身追求所得。

　　還有一點值得注意，上世紀 20 年代，白話文的推廣如火如荼。當時的中學生尚難以用文言文熟練表達，而寫作白話文則得心應手。作爲白話文運動的最大受益者，一大批中學生們湧進報刊行當，成爲潮流〔註49〕。雖然，當時新聞學作爲一門新興學科已經在上海及全國其他大學中出現，但幾乎沒有記者是從大學裏的新聞學院或者新聞系畢業的，而且很少有人會關心記者的教育背景，只要他們能勝任工作即可。〔註50〕報人原本就是份重視經驗與人脈的工作，而這種對專業教育門檻的忽略，更催使一批熟絡社會、人脈交錯的中學生們成爲上海報界第一代專職記者。金當時只有中學文憑，和顧一樣。他之所以如此強調自己當時的「無意」，多半是一時的謙詞。〔註51〕這不僅反襯出他對報刊工作的自信，背後也潛隱著報人職業化的一種發展流向：在當

　　歧路」下被逼上梁山的。但他又認爲，入報人一行「正投所好」，「新聞記者是一種自由職業，不必仰面求人，可以憑一支筆打天下，是懷著這種心情闖進長沙新聞界的」。他早年求學時代就已經大量爲上海《時報》撰寫小品文、地方通訊等，且將其視作自己的一塊「根據地」了。詳見陶菊隱：《記者生活三十年：親歷民國重大事件》，北京：中華書局，2005 年，第 5～22 頁。曾虛白也自陳他在聖約翰大學畢業後，幾經工作挫折，在感到「生活的絕望」之時，意外結識了「決定終身事業應走那條路」的董顯光，並自此認定「新聞事業做其終身職業」。而曾於聖約翰大學時代就積極爲校刊《約翰聲》撰稿，這些稿件涉及到其對當時言論自由的擔憂與社會上諸多報界表現的失望。也就是說，曾在求學時代就已經特別留心報界的情況，且校園的新聞實踐活動也強化了其對新聞工作的體認；而這不能不說爲他此後投身報界奠定了些許淵源所在。詳見曾虛白：《曾虛白自傳》（上），臺北：聯經出版事業公司，1988 年，第 69～71 頁。另關於曾虛白之校園新聞實踐活動與《約翰聲》稿件內容係南京師範大學劉洋同學碩士學位論文之考證與解讀所得，特致謝。

〔註49〕 王奇生：《獨家|王奇生：歷史走過岔路口就不能回頭》，搜狐文化，http://mt. sohu.com/20161227/n477039847.shtml。

〔註50〕 顧執中：《報人生涯：一個新聞工作者的自述》，南京：江蘇古籍出版社，1985 年，第 33 頁。

〔註51〕 金雄白後來曾有回憶，說自己士農工商兵，樣樣都試過，而新聞記者與律師，勉強躋身於士人之林。「以一個沒有一技之長的人而能混跡於社會，是僥倖」。躋身報界，「如近水樓臺，對半世紀來的政治社會方面，有了較多見聞。」他雖在晚年因賣文爲生，自嘲自己爲文丐；但談起報界經歷，卻又頗爲自得，甚至說自己能夠存身報壇，是十分幸運的，「以如此低能，尚且混跡這麼多年」。他還曾在回憶中對自己的從業經歷自剖心跡，說「襃，既恐引起反響；貶，自非我之所願」。因此，說無意、說僥倖，說低能，綜合來看，多半爲謙詞的一種。參見金雄白：《記者生涯五十年》（上），第 13、90 頁；《亂世文章》（第一冊），第 222～227 頁；《談辦報》，《古今》，第 20～21 期，第 16 頁等。

時的職業認識中，報人與其他社會角色已經出現分流，做報人成爲一種非常明確而具體的選擇。

三、北伐時代的到來與走向政治一線的外勤記者

金雄白入《時報》時，已是金劍花主持《時報》筆政的第五個年頭。那時的金「儀表甚好，天資尤高」，聰明且能言善辯，「不修邊幅，舉止輕浮，也不關心政治」。〔註 52〕一進《時報》先做練習校對的工作。當時《時報》，處理要聞的是蔡行素、姚鵷雛，負責本埠版的是吳微雨，畢倚虹，張碧梧主編「小時報」，戈公振專管「圖畫時報」。他們都是滬上久負文名的才幹，且多屬松江青浦同鄉，裙帶長繫，趣味相投，內部環境寬鬆。在伯父金劍花的關照下，金雄白兩月不到就升任助理編輯，幫編本埠新聞。這一段時間，他外出跑新聞，上門兜廣告，翻譯英文報，編輯小品文，譯電碼，校稿樣，無一不做，由此磨練出了金成爲第一批外勤記者的潛質。

1926 年春，金雄白被正式提升爲外勤記者。他曾自詡，「不敢說我是中國報壇上第一批的專任外勤記者，不過當時其他各報，在我之前，也並未有過專職的外勤人員。」〔註 53〕這裡需要點明的是，金能夠成爲外勤記者，不僅僅是個人能力的嘗試，外勤記者的出現正是當時上海各報爲在社會新聞領域一決高下的必然產物。1926 至 1930 年間，在上海都市經濟與市民文化繁榮發展的刺激下，小報成爲上海報界的一股風潮，它們有一個共同的特點就是刊登各類社會新聞、奇事逸聞、內幕秘聞、街談巷議等，以招徠讀者。〔註 54〕在這樣的風潮下，聰明的大報紛紛向小報學習，更加注重滿足市民的娛樂消閒需求〔註 55〕，這就使得原本不受重視的社會新聞反而成爲報界競爭的重要領域。因此，那些爲各報提供雷同消息且內容粗陋、讀來寡味、效率低下、素養淪喪的公雇訪員自然變成新聞競爭的一大障礙，外勤記者的悉數登場也就蔚然成爲一種趨勢。〔註 56〕

〔註 52〕顧執中：《戰鬥的新聞記者》，北京：新華出版社，1985 年，第 45 頁。
〔註 53〕金雄白：《記者生涯五十年》（上），臺灣：躍升文化事業有限公司，1988 年，第 133 頁。
〔註 54〕方漢奇（編）：《中國新聞事業通史（第二卷）》，北京：中國人民大學出版社，1996 年，第 198～199 頁。
〔註 55〕沈史明：《我國小型報發展簡述》，《新聞學論集》，1983 年，第 7 輯，第 185 頁。
〔註 56〕路鵬程：《中國近代公雇訪員與專職記者的新陳代謝──以 1920～1930 年代上海新聞業爲中心的討論》，《新聞與傳播研究》，2014 年，第 8 期，第 30～34 頁。

　　金氏所採的第一篇社會新聞，就是人體寫生。當時劉海粟在上海美術專門學校選用妙齡女郎作「模特兒」，「我毫不諱言自己就想去看看，與眾樂樂，也讓讀者知道，怎樣一個女人竟一絲不掛地站在大庭廣眾之前，讓人們纖毫不遺地去著意描寫。」〔註57〕金曾明確說這是一段毫無內容的特寫。筆者查閱 1926 年 1 月至 5 月間的《時報》原文，並未發現內容較明確、風格較出彩的「模特兒」報導，因此，他所謂的「該篇報導因題材新穎，獲得了良好的反應」之說，難免有自我吹噓的嫌疑。不過，當時「劉海粟模特兒案」正值公眾熱議之時，而四五月間的《時報》上不間斷地呈現此一事件的相關追蹤報導，可以推測的是，金雄白或許正是借助著這一波報導熱潮而一舉成名的〔註58〕。

　　當然，相比傳統的軍政要聞，社會新聞的採訪也並非易事。顧金二人都坦言，採寫社會新聞時所遭遇的困難所在。顧氏之難，難在採訪盜匪、火警等事要「有勇氣，能戰鬥」〔註59〕。而金氏之難，則是寫作上「筆墨難隨時代」。1926 年五月間金氏初涉的另一篇社會新聞是《晏摩氏女校之琴科畢業禮，毛月娥女士迭奏名曲》。對於鋼琴演奏一竅不通的他被要求寫滿一整版，這著實讓他思索了一番。文中寫到，「鋼琴錚瑽之聲，如疾風暴雨之驟至，或如細雨打窗，或似春蠶食葉，方嗚咽淒婉，又悲壯蒼涼，不可捉摸。」〔註60〕事後他說，此篇報導在「最重要演奏的藝術方面，搜索枯腸，只好把古文與詩詞中一切可以形容讚美歌聲的句子，都引用上了。」〔註61〕此間，金還籍

〔註57〕金雄白：《記者生涯五十年》（上），臺灣：躍升文化事業有限公司，1988 年，第 134 頁。

〔註58〕具體報導例如《記東瀛之模特兒》，《時報》，1926 年 3 月 8～9 日；《姜懷素驚心裸體畫像　昨又呈孫傳芳請禁》，《時報》，1926 年 5 月 5 日；《模特兒已諮請租界查禁　危道豐批覆姜懷素》，《時報》，1926 年 5 月 13 日；《孫傳芳令禁人體模特兒》，《時報》，1926 年 5 月 28 日。上述報導基本不涉及人體寫生之詳情，大多描寫的是「模特兒案」爭議雙方的意見往復情況。另據筆者查閱，當時《時報》雖重社會新聞，但其中絕大部分是刑事、民訟、盜匪、火警一類的新聞，且這些新聞多屬內容陳述，基本未出現誨淫獵奇的黃色報導。也就是說，此時的《時報》還並未完全「黃色化」，尚不及 1928 年間的氾濫程度。所以，從 1926 年春《時報》的整體風格上推斷，金雄白所謂的第一篇人體寫生的特寫，估計應該不會有太出格的地方，他獲得「瓶梅」這個筆名應該在 1927 年後，此時與他在 1928 年間炒作黃色新聞的風格有一些差距。

〔註59〕顧執中：《戰鬥的新聞記者》，北京：新華出版社，1985 年，第 50 頁。

〔註60〕《晏摩氏女校之琴科畢業禮，毛月娥女士迭奏名曲》，《時報》，1926 年 5 月 16 日，第三張。

〔註61〕金雄白：《記者生涯五十年》（上），臺灣：躍升文化事業有限公司，1988 年，第 137 頁。

名加入了「上海新聞記者聯歡會」，正式獲得了行業內部的認同。

就在金雄白熱衷奔波社會新聞之際，一個「大時代」突然到來，「逼著我們對自己不得不有更高的要求，付出更大的努力。」〔註 62〕這個「大時代」就是指北伐革命自南向北，席卷上海的時代。所謂「更高的要求」與「更大的努力」，一是指，在北洋軍閥困獸猶鬥的形勢下，報人生存的環境越發艱難。1926 年秋冬，上海逐漸步入了軍閥發威的恐怖時期，顧執中「已放棄了對盜竊、賊偷等社會新聞的採訪，連金雄白也不能繼續下去了」。〔註 63〕再是指，《時報》靠偏重社會新聞而漸漸走紅，革命大潮的到來，無形中就逼迫著這些報人，要麼迎面衝上去，擁抱革命，要麼偃旗息鼓，匿跡銷聲。

南方革命軍興起初期，上海為軍閥孫傳芳的勢力範圍，報界仍奉北京政府為正朔；所以「但凡登載北京的消息，總是取較尊重的態度」，「從各報的專電上看來，關於北京的消息不問要緊不要緊往往刊登在最前頭」〔註 64〕。而且，對於近代以來避開歷次政治動盪與戰禍兵燹的上海來說，「從大清皇朝變為中華民國，只像是舊店新開地換了一個招牌」。〔註 65〕人們對政治的翻雲覆雨只當是戲臺上的換幕而已，無關痛癢，漠不關心。因此，對於 1926 年的北伐，上海許多人仍以為其以一域抗全域，難免曇花一現，「連領導北伐的蔣介石，人們還是在誓師新聞中初次看到了他的名字。租界以內，一切的居民仍如以往一樣，抱著隔岸觀火的心理，沒有感想，更沒有反應。」〔註 66〕

北伐進程，不僅是一場軍事的南北角力，也是一次人心向背的攻守勢易。〔註 67〕北派報紙對革命軍的北伐進程，日益呈現危機意識。「黨軍已過汀泗橋，武漢人心惶惶」〔註 68〕；北伐軍由鄂入贛，長驅東下。「南京人心異常惶

〔註 62〕 金雄白：《記者生涯五十年》（上），臺灣：躍升文化事業有限公司，1988 年，第 139 頁。
〔註 63〕 顧執中：《戰鬥的新聞記者》，北京：新華出版社，1985 年，第 72～73 頁。
〔註 64〕 胡仲持：《上海新聞界》，載黃天鵬編：《新聞學論文集》，上海：光華書局，1930 年，第 199 頁。
〔註 65〕 朱子家（金雄白）：《黃浦江的濁浪》，中國香港：吳興記書報社，1964 年，第 2 頁。
〔註 66〕 朱子家（金雄白）：《黃浦江的濁浪》，中國香港：吳興記書報社，1964 年，第 2 頁。
〔註 67〕 高郁雅：《北方報紙輿論對北伐之反應——以天津大公報、北京晨報為代表的探討》，臺灣：學生書局，1998 年，第 133 頁。
〔註 68〕 芳：《吳佩孚赴前線督師經過》，《晨報》，1926 年 9 月 5 日，第 5 版。

恐，人民終日如在驚濤駭浪中，夜間不敢安枕」〔註 69〕。奉系張作霖向孫傳芳伸出援手，派軍進駐上海，此時，「正如春雷驚蟄，終於驚醒了八十多年來上海人的沉迷春夢。」〔註 70〕一時間，上海氣氛緊張起來，「儘管上海租界以內，表面上一切還如常地在歌舞昇平，而市民們漸漸地在注意到戰局的變化，已把兩軍的勝負，破例地作爲茶餘飯後的談助了。」〔註 71〕望平街頭的貼報欄前，每天人頭攢動；報館對於時事政治的注意力，也從北京的專電，轉移到前線的戰訊。而這是民國以降，上海報界前所未有的現象。〔註 72〕

市民有所談，報人有所動。當時正值奉系軍閥畢庶澄來上海佈防，由此，畢氏也就成爲了金衝向政治一線的首個採訪對象。金說採訪畢氏，「爲了職務上的關係，也爲了一份好奇心」。〔註 73〕「職務上的關係」，好理解，時局所致；但「好奇心」所指的乃是畢氏於上海妓院中盛行的風流逸事。他對畢氏風流的一面回憶頗多，印象也極深，而正式採訪則相對簡略，不過三言兩語，客套一番。在他眼中，畢不單單是一個政治人物，他身上還帶著戰亂時局中「紅粉佳人」的傳奇色彩。也就是說，金雄白涉足政治新聞的起始，仍然帶有濃厚的獵奇興趣，而這顯然是他採訪社會新聞所訓練出來的職業嗅覺所致。

「由於軍事一天一天地逼近上海，擔任外勤記者的我，也感到責任一天重似一天。然而要發掘新聞，又苦於各方面既無布置，更無聯繫，這就完全要依靠自己去暗中摸索。更不幸的是，在天曙前的一段黑暗時期中，卻受到了雙重的壓迫，每天都在彷徨無計、膽戰心驚中工作。」〔註 74〕大時代步步逼近。金雄白所面臨的，不僅僅是外勤記者的採訪危險，還有報館身處多方勢力犬牙交錯中的困境。「黑暗時期」、「雙重的壓迫」高度概括了北伐軍抵達淞滬前夕新聞界所面臨的混亂局面：國民黨部分要員，利用租界內軍閥勢力所不及，鼓動報業從事革命宣傳；共產黨領導的工會勢力迅猛壯大，要求報

〔註 69〕 寒秋：《恐怖中之南京》，《晨報》，1927 年 3 月 27 日，第 5 版。

〔註 70〕 金雄白：《記者生涯五十年》（上），臺灣：躍升文化事業有限公司，1988 年，第 141 頁。

〔註 71〕 朱子家（金雄白）：《黃浦江的濁浪》，中國香港：吳興記書報社，1964 年，第 5 頁。

〔註 72〕 張功臣：《民國報人：新聞史上的隱秘一頁》，濟南：山東畫報出版社，2010 年，第 117 頁。

〔註 73〕 金雄白：《記者生涯五十年》（上），臺灣：躍升文化事業有限公司，1988 年，第 144 頁。

〔註 74〕 金雄白：《記者生涯五十年》（上），臺灣：躍升文化事業有限公司，1988 年，第 141 頁。

業爲工人起義造勢；而北洋軍閥則陷入了末日恐慌，垂死掙扎，一反一貫的籠絡收買政策，以「大刀隊」逼迫報業就範。

時代變局於報人而言，既是政治立場的考驗，也是思想分歧的鏡鑒。面對如此危境，在擁護革命的顧執中眼裏，除了對孫傳芳「大刀隊」亂殺人的情況感到痛恨外，還直指上海租界內蠢蠢欲動的帝國主義勢力。「他們也看錯了形勢，根據漢口、九江等地的情形，錯誤地估計北伐軍一旦進入上海，定會收回租界，於是英日法等國都派軍嚴守，也危言聳聽，大肆宣傳。」〔註75〕對於政治保守的金雄白而言，軍閥恐嚇與工運逼迫則給他留下了不良印象。一方面，「謝福生（《申報》記者）的被綁，已使同業們惴惴不安，我又爲了職務而遇險，當時胡憨珠兄辦的一張《報報》上，刊載了《刀下留人的金雄白》，談虎色變，益發使擔任採訪職務的同業們，都有裹足不前之勢。」〔註76〕軍閥還命令各大報紙不允許「刊載對於亂黨有利的消息」，並強迫他們簽字。「前線沒有記者，各地的通信員又不發電訊。我們只好就近在上海發掘，僅靠外國電訊中所獲得的一片鱗半片爪，加以改寫搪塞之計。」〔註77〕另一方面，以汪壽華爲代表的工會則積極爲革命造勢，每天將宣揚革命的油印件秘送各報，強迫刊登，且不准隨意改動刪減內容，否則就發動群眾在望平街上燒毀所有報紙。

掙扎於「亂黨」與「反革命」的邊緣，報館左右爲難。於是在1926年春節前，爆發了《時報》、《申報》、《新聞報》、《時事新報》集體停刊的事件。停刊持續了十日之久。事後，史量才曾深感痛惜，表示「今後不論環境多麼險惡，盡可能不停刊。停刊一天，就少了這一天的記錄，將留下歷史的遺憾」。〔註78〕

四、新聞檢查制度的鋪設與《時報》的補救之路

「大時代」的到來，可謂「雷聲大，雨點小」。1927年3月22日，爲配

〔註75〕顧執中：《戰鬥的新聞記者》，北京：新華出版社，1985年，第72～73頁。

〔註76〕朱子家（金雄白）：《黃浦江的濁浪》，中國香港：吳興記書報社，1964年，第12頁。

〔註77〕金雄白：《記者生涯五十年》（上），臺灣：躍升文化事業有限公司，1988年，第152頁。

〔註78〕張功臣：《民國報人：新聞史上的隱秘一頁》，濟南：山東畫報出版社，2010年，第125頁。

合革命軍北伐，中共領導上海工人發動第三次起義，趕走直魯聯軍，佔領上海。白崇禧指揮的東路軍不費一槍一彈得以進駐。先頭部隊抵達龍華的當日下午，金雄白再闖險境，一路向龍華飛奔而去，沿途「絲毫看不到半絲戰爭的跡象」〔註 79〕。最終金雄白成功採訪到薛岳和劉峙，第二天就刊出獨家新聞，金雄白很是喜悅，「可以說是五十年記者生涯中，在毫無競爭下首次做出的微末貢獻」。〔註 80〕

3 月 26 日，金雄白又與《申報》的金華亭、《時事新報》的葉如音等聯袂出動，一起採訪了蔣介石。〔註 81〕這是金首次謁見蔣總司令。當時，他向蔣問了一個問題，「工人糾察隊是否可以像軍警那樣持有武器？」蔣氏回答，「在革命的軍政時期，工人糾察隊如其能夠完全遵守法令的話，是可以容許的。」對於這個辭令，他後來感慨道，「那時不但我們沒有政治頭腦，而且感覺上也十分遲鈍，全不能察言觀色、舉一反三。蔣氏既說得那樣含蓄，當時我們就毫未察覺到清黨之舉，竟已迫在眉睫。」〔註 82〕

北伐軍進入上海之初，就受到了市民們的熱烈歡迎，臨時市政府成立，上海也一度成為赤旗飄揚的世界。但革命形勢瞬間轉變，「四一二」蔣介石叛變革命，另組市府施行統治，收緊了政治局面〔註 83〕，也極大地改變了上海報界的環境。表面上，一大批國民黨報人，登堂入室，名位大漲。如《民國日報》的葉楚傖與邵力子紛紛入職政府，總編輯陳德徵更掌握了國民黨上海市黨部和文教機關的大權；《商報》的潘公展也一躍成為上海市的社會局

〔註 79〕 金雄白：《記者生涯五十年》（上），臺灣：躍升文化事業有限公司，1988 年，第 170 頁。

〔註 80〕 金雄白：《記者生涯五十年》（上），臺灣：躍升文化事業有限公司，1988 年，第 176 頁。

〔註 81〕 對於當時採訪蔣介石的情形，金雄白與顧執中記述明顯不同。金說，「由於《新聞報》的顧執中，在同業中人緣不佳，所以事實上《申報》的金華亭、《時事新報》的葉如音和我聯成了一線，互通消息，時常共同出發採訪，無形中並抵制顧執中的活動，也處處給他以打擊。」見《記者生涯五十年》，第 173 頁。而顧執中則說，「樓下會客室中，有一大群的新聞記者早就在幾點鐘前鴉雀無聲地枯坐著，所有《申報》《新聞報》《時事新報》等記者都早已先我到達。但我們竟得先行上樓，先得為蔣介石接見。」見《報人生涯》，第 238、256～257 頁。

〔註 82〕 金雄白：《記者生涯五十年》（上），臺灣：躍升文化事業有限公司，1988 年，第 175 頁。

〔註 83〕 曾憲林等：《北伐戰爭史》，成都：四川人民出版社，1991 年，第 254～264 頁。

長。〔註84〕更深刻的是，在國民黨新聞檢查制度的逐級鋪設下，報業環境不可避免地日益惡化。

北伐不僅是國民黨政治版圖的擴大，也是其新聞檢查制度範圍不斷擴大的過程。〔註85〕早在北伐出師之際，革命軍就以戰時特殊情勢爲由，在政治部內設新聞檢查委員會，每到一地即實行「軍檢」。「黨軍攻下一地，首先注意之事，即爲接辦當地報館，各報之本外埠新聞，需儘量登黨務，而且各報需常登其黨綱。」〔註86〕北伐軍底定淞滬後，國民黨認爲上海報界「言論一有失實，影響於國民革命前途甚大」〔註87〕，所以一到上海就開始對報界進行管控。3 月 28 日，國民黨發佈《國民革命軍戰時戒嚴條例》，「禁止有妨害革命軍事工作與有反革命情形之集會、結社、言論、新聞、雜誌、圖書、標語、告白等」；〔註88〕還規定每天都要刊出由政治部供稿的通告性文件，各人民團體的文告、啓事、通電等，甚至以整個半版的廣告欄篇幅，刊登東路軍前敵總指揮部政治部擬定的標語口號。4 月，上海各報廣告版連篇累牘都是這般材料，標題字體特大，內容密密麻麻，有耐心閱讀的人已然不多。〔註89〕正因爲此，金雄白、潘公展、胡仲持等還曾代表成立不久的上海日報記者公會，前往革命軍東路前敵總指揮部政治部陳述維護言論自由的要求。〔註90〕6 月，當局設立「國民黨中央執行委員會宣傳部上海辦事處」，專司上海新聞統制。8 月，組織上海新聞監察委員會，頒佈《上海新聞檢查委員會組織條例》。由此，上海地區的新聞檢查制度基本確立下來。

中國近代的新聞檢查制度可以追溯到清末《報律》的制定。北洋軍閥時

〔註84〕 朱子家（金雄白）：《黃浦江的濁浪》，中國香港：吳興記書報社，1964 年，第 33 頁。

〔註85〕 王明亮：《國民黨新聞檢查制度源流考鑒──以北伐前後（1926～1930）的穗沙滬漢爲重點的考察》，《北大新聞史論青年論衡》，北京：清華大學出版社，2015 年，第 465 頁。

〔註86〕 了了：《黨之宣傳政策與報紙》，《晨報》，1927 年 6 月 18 日，第 5 版。

〔註87〕 《白崇禧昨招待各報記者談話》，《申報》，1927 年 4 月 17 日，第 13 版。

〔註88〕 黃嘉謨：《白崇禧將軍北伐史料》，中國臺灣：「中央研究院」歷史研究所，1994 年，第 46 頁。轉引自王明亮：《國民黨新聞檢查制度源流考鑒──以北伐前後（1926～1930）的穗沙滬漢爲重點的考察》，《北大新聞史論青年論衡》，北京：清華大學出版社，2015 年，第 471 頁。

〔註89〕 賈樹枚等（編）：《上海新聞志》，上海：上海社會科學院出版社，2000 年，第 482 頁。

〔註90〕 《日報記者公會委員會記》，《申報》，1927 年 4 月 6 日，第 15 版。

期，新聞檢查嚴苛粗暴，惟軍閥意志是從。雖然，國民黨早期為了北伐師出有名，以「有道伐無道」的名義，曾一度為新聞界許下過「言論自由」的諾言。然而，北伐戰爭後，國民黨建政東南，著力謀求新聞統制，要使「新聞界黨化起來」；不但租界報紙的檢查「飛地」被取消，而且新聞檢查的制度與實踐日益嚴苛。對於剛從北洋軍閥苛酷統治下解放出來的報人來說，盼來的不是「絕對的言論自由」，而是被甩入更加專橫獨斷的「黨治」軌道。〔註91〕

相比晚清北洋時代，民國報人對國民黨的新聞檢查反應更為強烈。陶菊隱曾說，「國民黨檢查報紙，達到了無孔不入的程度；比過去北洋軍閥控制上海時期厲害多了。」〔註92〕胡政之坦言，北伐成功，「黨部成立，言論便漸不如軍閥時代自由，因為黨人們都從此道出來，一切玩筆法，掉花槍的做法，他們全知道，甚至各處收發的新聞電報檢查之外，還任意加以修改，這比以前的方法，進步何止百倍。」〔註93〕金雄白同樣面臨了這個困境，他說「許多同業們都參加了政府工作，他們太熟悉報界的內情，提出的許多約束報紙對症下藥的方法，使我們知所畏懼，而既不敢再有聞必錄，更不敢再昌言無忌了。」〔註94〕其中緣由，除了國民黨新聞檢查制度日益完備，剛性鉗制「不許說」之外；更令報人苦不堪言的是，「新聞一元主義」〔註95〕下「不許不說」的強迫壓力。

「當局對於租界以內報紙的管理，採取了消極與積極的手段，雙管齊下。所謂消極的手段，即是實施了新聞檢查制度；而積極的則是各機關逐日分發

〔註91〕 王明亮：《國民黨新聞檢查制度源流考鑒——以北伐前後（1926～1930）的穗滬漢為重點的考察》，《北大新聞史論青年論衡》，北京：清華大學出版社，2015年，第481頁。

〔註92〕 陶菊隱：《記者生活三十年：親歷民國重大事件》，北京：中華書局，2005年，第122頁。

〔註93〕 胡政之：《中國為什麼沒有輿論？》，《國聞週報》，1934年，第11卷2期，第1～5頁。

〔註94〕 朱子家（金雄白）：《黃浦江的濁浪》，中國香港：吳興記書報社，1964年，第33頁。

〔註95〕 新聞一元主義是國民黨為強化黨營新聞事業，以獲取「新聞最高領導權」的一種新聞統制理論與措施。其目的是欲實現「將黨的勢力伸入整個新聞界，逐漸使之化於黨」。為此，國民黨制定了深度影響非黨營新聞事業的一系列政策，著重將政治統制滲透進新聞業務的諸多活動中去。「新聞一元主義」的提出，既是多年來國民黨新聞統制經驗的總結，也是其汲取法西斯主義新聞原則與經驗的結果。詳見方漢奇（編）：《中國新聞事業通史（第二卷）》，北京：中國人民大學出版社，1996年，第394～397頁。

新聞稿，責令各報照登。」〔註96〕當時上海各大報館均實行「專桌檢查」，即在報社編輯部辦公室特設一張「專桌」，供市政府、市黨部與警備司令部派出的三位檢查員審查新聞。當局還強制要求報紙不斷刊登政府工作報告與標語口號，使得長篇累牘、千篇一律的報告、口號佔據版面；同時又下達「不准開天窗」的命令，報館被刪減的新聞必須用其他報導加以填補，以此來掩蓋新聞檢查的痕跡。

於報館而言，如果說將一些消息忍痛割愛，所受的影響尚且不大，而強迫登載，就更使各報陷入手足無措的境地。筆者考察《時報》1927 年 4 月至7 月間，各類「黨部通告」、「政治啓事」、「工會消息」充斥版面，原先登載商業廣告的頭版與二版幾乎完全爲其佔據，且各種口號標語均使用與報名相同的特大字號。更甚的如，4 月 4 日的「本埠新聞」，完全是「各業職工會消息」；5 月 3 日的「本埠新聞」也完全是「告國民革命軍全體將士」。早先四版的社會新聞壓縮爲一版。到 6 月 1 日，「爲希求進步起見」，連登載消閒小品文的「小時報」副刊都被停掉，由「時報新光」來「竭其駑駘，勉效驅馳」〔註97〕。如此局面下，上海報界了無生氣。當時《大公報》的旅行記者考察上海，說「滬上自黨軍佔領，各報殆已全然黨化，每日登載消息，千篇一律，令人閱之鬱悶。」〔註98〕而胡適更在 1928 年 5 月 16 日的日記中憤言，「上海的報紙都死了，被革命壓死了」。〔註99〕

面對新聞檢查下的如此困境，報人採取了諸多補救之法。在《時報》內部，當時升爲採訪部主任的金雄白聯合「本埠新聞」編輯吳靈園就進行了一番悉心謀劃。兩人分工，吳負責政治新聞，金主導社會新聞，「一面仿傚日本報紙的編排方法，改革版面，把過去死板的每版的一律分爲六批，題目與內容，不分長行短行的方式徹底調整了。一面取法美國報紙的社會新聞，每一起有重要性或趣味性的新聞，都加以生動描寫。」〔註100〕所有黨政團體傳來的「官樣文章」照樣刊載，但社會新聞版塊則搜羅社會各種奇聞異事，再加

〔註96〕朱子家（金雄白）：《黃浦江的濁浪》，中國香港：吳興記書報社，1964 年，第33 頁。

〔註97〕《新光宣言》，《時報》，1927 年 6 月 1 日，第三張。

〔註98〕《南政雜記（八）》，《大公報》，1927 年 10 月 15 日，第 2 版。

〔註99〕胡適：《胡適日記全集》第 5 集（曹伯言整理），臺北：聯經出版有限公司，2005 年，第 132 頁。

〔註100〕朱子家（金雄白）：《黃浦江的濁浪》，中國香港：吳興記書報社，1964 年，第 35 頁。

以生動渲染，從而達到減輕版面官文枯燥乏味之感的效果。

「為報紙的銷路計，社會新聞，尤其有關男女桃色新聞的事件，確是一帖萬應靈藥。」金雄白明顯把握住了廣大讀者的低級趣味與獵奇心理。兩人的謀劃與黃伯惠的理念一拍即合，於是《時報》上開始源源不斷地出現如小說一般情節豐富、筆觸煽情的黃色新聞。必須點明的是，《時報》並非黃伯惠接手之始就顯露出「黃色化」的典型傾向。1927 年 6 月前後，可以視為《時報》向黃色新聞轉型的兩個具體階段。在此之前，《時報》雖重社會新聞，但不過是一般盜匪、刑案、火警類的消息陳述，基本未出現大量誨淫獵奇的黃色報導。而筆者考察，1927 年 5 月 29 日，《時報》改「本埠新聞」為「上海記載」，分（上）（下）兩版；其中（上）版刊載上海軍政要聞，（下）版刊載地方社會新聞。也就是，自 6 月後，《時報》的「上海記載」（下）版才出現了越來越多的黃色新聞，《時報》的「黃色化」才一發不可收拾。而這種轉變正是源於金吳二人的此番「改革」。

《時報》所熱炒的黃色報導，在社會民眾中大受歡迎。尤其是 1928 年間的「汪世昌與馬振華失戀自殺事件」和「黃慧如與陸根榮主僕戀事件」，《時報》率先披露，且持續進行了長達七八個月的跟蹤報導，使得當時的讀者們已然將其視作小說，「每天清晨還是曙光初透，而望平街上早已是萬頭簇動，人山人海，等不及報販的分派，群以先觀為快」。[註101] 也正是借著這些煽情、婚戀、兇殺、暴力等賣點，《時報》銷售量得以一路飆升，其他如《時事新報》、《申報》、《新聞報》等也隨即引起做仿熱潮。一時間，上海報界外勤記者「四大金剛」[註102] 爭鋒並立，初為「補救之路」的黃色新聞反而成為報界競逐的狂熱風氣。

不可否認，《時報》黃色新聞的氾濫，直接源於黃伯惠、金雄白等報人對美國赫斯特辦報風格的主動模仿與借鑒。但單純將這一趨勢視作美國新聞業黃色浪潮對中國報界的感染與移植，就顯然忽略了中國黃色新聞生發於傳統低俗色情文化的這一條歷史脈絡。在中國傳統文化的光譜中，低俗色情文化是一條非主流且被嚴控，屢遭毀禁卻死灰復燃的傳承線索。得益於明代市民社會與商業文化的繁榮，以《金瓶梅》為代表的一批色情文學曾在坊間被廣

〔註101〕金雄白：《記者生涯五十年》（上），臺灣：躍升文化事業有限公司，1988 年，第 182～183 頁。

〔註102〕上海外勤記者「四大金剛」：《申報》金華亭，《新聞報》顧執中，《時事新報》葉如音，《時報》金雄白。這一稱號的出現，應該在 1928 年初。

泛傳抄〔註103〕。同樣，在二十世紀二十年代的上海灘十里洋場，移民社會與都市文化的興盛自然成爲低俗色情文化發育的土壤。一批熟稔風花雪月且深諳讀者心理的報人難免沉浸其中，轉而又成爲了低俗色情文化的主動生產者與傳播者。這一點，在金雄白的身上體現得極爲明顯。金闖蕩上海之時，喜好玩樂的個性讓其不時流連於舞場妓院等風月場所，對男女兩性之事了若指掌，於低俗色情文化之中浸潤甚深。再加上他擅長文筆，於外勤採訪中大展章臺身手，報章寫作上極盡春色描繪，就顯得得心應手，遊刃有餘。他甚至一度於黃色新聞採寫中使用過「瓶梅」的筆名，〔註104〕他改革後的《時報》，顯然也成爲了一處低俗色情文化的生產與傳播平臺。

五、離開《時報》與進入「時代」

《時報》憑藉黃色新聞而熱銷，但也因此幾遭封禁的厄運。1928 年，國民黨宣佈進入「訓政階段」，制定了《指導普通刊物條例》和《審查刊物條例》，開始對新聞界實行審查追懲制度。1929 年又頒佈《宣傳品審查條例》和《出版條例原則》，明文規定「宣傳反動思想」與「敗壞善良風俗」的出版品，都「不得登記」。〔註105〕時值國民黨以社會中堅自居，整肅社會風氣，不許報界「有傷風化」之際，而《時報》的一些報人如金雄白又曾觸怒過 CC 系黨政要員，甚至一度捲入了蔣汪內鬥的漩渦〔註106〕，這就難免爲當局留下了口實。所以，當時就有人於國民黨中央全會上，舉報《時報》有「誨淫誨盜之嫌」，應當勒令停刊。此時，金雄白已經從《時報》離職，但仍被視作黃色新聞的

〔註103〕《格非：色情文學爲什麼興起於明朝》，《青年史學家》，2017 年 1 月 2 日。

〔註104〕金雄白曾著有《春江花月痕》一書，專門介紹他流連上海風月場所的經歷。具體來看，細緻的性事刻畫展示出他體察內情的熟詳，婉曲的文筆體現出他描繪春色的功力。詳見朱子家（金雄白）：《春江花月痕》，臺北：躍升文化事業有限公司，2001 年。1927 年間，金採訪一起「石女案」，他以白描的手法，秉筆直書，引起了史量才與陳冷的注意。史調侃此種寫法，爲「金瓶梅」之手段，陳告訴金後，金就索性以「瓶梅」爲筆名了。詳見金雄白：《記者生涯五十年》（上），臺灣：躍升文化事業有限公司，1988 年，第 30～31 頁。

〔註105〕方漢奇（編）：《中國新聞事業通史（第二卷）》，北京：中國人民大學出版社，1996 年，第 397 頁。

〔註106〕金曾在 1928 年國民黨二屆四中全會召開期間，於採訪過程中頂撞陳果夫，兩人鬧得極不愉快。另在同年，蔣汪內鬥，汪精衛失敗。金又給曾仲鳴透露桂系行動的消息，助其逃離上海。詳見金雄白：《記者生涯五十年》（上），臺灣：躍升文化事業有限公司，1988 年，第 213～219 頁，第 98～101 頁。

「始作俑者」，被勒令前往南京聽訓。他生性桀驁不馴又能言善辯，所以面對新聞處長的斥責，據理力爭，還舉出歐美報紙重視社會新聞的案例以爲佐證，最終，風波得以僥倖化解。

金雄白正式離開《時報》是在 1929 年初。當時是出於「太上老闆」陳冷的主意，金氏回憶原因多半是兩人性格實在相距太遠，而且他又多次頂撞陳冷，爲其所忌。金雄白對陳冷的名聲和性格多半不屑。他搞不懂陳冷爲何能得狄楚青、史量才的垂青，「推心置腹，視爲股肱，歷數十年而信任不衰。」更不明白，陳有何才能同《大公報》的張季鸞比肩，被蔣介石，「奉爲上賓，往被召見，視爲智囊」。〔註107〕兩人之間的齟齬，由來已久，淵源甚深。

陳冷確實是有怪脾氣的。〔註108〕但金雄白將自己的離職完全歸咎於兩人性格不合，則不免夾雜了太多的主觀臆測。陳冷曾在《二十年來記者生涯之回顧》中說，「余謂做報最簡單之規則，惟愼擇可靠之訪員，據訪員之報告再證以各種之參考，採爲記事。然後根據記事，發爲明白公平之評論，如是而已。記者之職業，不可自視太高。即有高尙之人，矜才使氣。意欲自顯其文章經濟，而不暇計及事理者，是亦未能忘情於利用者也。」〔註109〕在陳冷的標準裏，金雄白身爲外勤記者，熱炒起整個上海報界的社會新聞，於中「狠狠發了一筆小財」；又在採訪政治新聞時與政界人士多有瓜葛，與汪系、桂系中人多因「一則新聞消息而建立較深的友誼」，表現虛驕，顯然有太多「矜才使氣」的色彩，難脫「利用報紙以攫財弋位之心」。

陳冷性情雖然「冷血」，但辭退金雄白，還是兜了一個大圈子。「先伯父忽然打電話來要我去看他。一到他就給我看《申報》總編輯張蘊和先生給他的信，信內表示陳冷血要他轉告先伯，到次歲新年復刊時，我就不必再去《時報》了。」〔註110〕短短一年之後，辭退金雄白的陳冷，也離開了《申報》，轉而從事實業，主持中興煤礦去了。從此，陳冷不再見於時局，亦不再見於新聞史的主流書寫。陳建華先生分析，陳冷之去職，與當時黨治報界不合於陳

〔註107〕金雄白：《記者生涯五十年》（上），臺灣：躍升文化事業有限公司，1988 年，第 126～127 頁。

〔註108〕包天笑：《釧影樓回憶錄》，北京：中國大百科全書出版社，2009 年，第 407 ～408 頁。

〔註109〕陳冷：《二十年來記者生涯之回顧》，載柳斌傑編：《中國名記者（第二卷）》，北京：人民出版社，2013 年，第 58～59 頁。

〔註110〕金雄白：《記者生涯五十年》（上），臺灣：躍升文化事業有限公司，1988 年，第 130 頁。

冷長期堅持的新聞實踐有關。陳冷不受蔣之籠絡，敢於說不，自重「獨立」與「自由」的姿態；而促成他退出報界的，或與他的「南京謁蔣之行」直接相關。〔註111〕

　　與陳冷主動遠離政治權力的方向相反，離開《時報》的金雄白卻與政治權力越走越近。正當蔣政府聲稱一統中國，權勢如日中天之際，新聞界不乏趨之若鶩者，金雄白就是其中之一。1929 年春，金在浙江省民政廳朱家驊手下當過一個月又十二天的小公務員，編輯了五期《民政月報》，專事浙江省府的外宣工作。同年夏天轉而擔任陳立夫所創辦《京報》的採訪主任〔註112〕。八月間，蔣介石前往北平會晤張學良和閻錫山，金雄白以《京報》採訪主任的身份隨行，在火車上結識周佛海，由此也注定了他後半生與周佛海一系文人幕僚、言論策士糾纏不清的瓜葛〔註113〕。此後，他於南京《京報》《中央日報》《時事新報》及上海《晨報》間輾轉不定。到了 1934 年，金突然由報人轉行律師職業，前後共做了五年多的時間。從報人到律師，金雄白可謂實現

〔註111〕陳建華：《陳冷：民國時期新聞職業與自由獨立之精神》，載李金銓編，《報人報國：中國新聞史的另一種讀法》，中國香港：香港中文大學出版社，2013年，第 247～248 頁。

〔註112〕陳立夫創辦南京《京報》是在 1928 年 4 月間。這是一份徹頭徹尾的國民黨蔣介石派系的附隨報刊。當時蔣政府積極以黨營名義強化中央各新聞機構，各個擁蔣派系也趁勢將自己的勢力滲入新聞界，創辦或控制了一大批「應聲蟲」報刊。南京《京報》就是這一時期 CC 系爲蔣忠實宣傳的工具。陳自述，「辦這一份報的目的，在於透過這份報紙來宣傳主義，領導民眾，鼓舞全國的士氣，以完成北伐，早日實現三民主義；報紙的政策是極力反對與蘇俄聯盟政策，也決不與共產分子妥協合作，同時我們支持並贊成與以平等待我們的友邦聯盟」。該報創刊一年之後，因爲内容嚴謹、消息敏確，發行量就達一萬三千五百餘份，超過了《中央日報》，成爲南京的第一大報。到了 1929 年 6 月，湯修慧承繼邵飄萍未竟事業，重新復刊了北平《京報》，南北兩家《京報》同時登場，一度出現了「報名」之爭。隨後不久，南京《京報》因爲與《中央日報》「幾有不容並存之勢」，遂自動停刊。金雄白入職南京《京報》正值該報風行京滬之際。相關文獻參加陳立夫：《成敗之鑒——陳立夫回憶錄》，臺灣：正中書局，1994 年，第 123～126 頁。方漢奇（編）：《中國新聞事業通史（第二卷）》，北京：中國人民大學出版社，1996 年，第 384 頁。曾虛白（編）：《中國新聞史》，臺北：三民書局印行，1984 年，第 359 頁。

〔註113〕金雄白在回憶中自陳，「那裡會想到經過這一次介紹之後，我與佛海就成了往來較多的朋友，也且因他之故，便改變了我後半生的全部命運」。詳見金雄白：《記者生涯五十年》（下），臺灣：躍升文化事業有限公司，1988 年，第 6 頁。自此次結識之後，金周二人漸漸引爲知交，以致互有藉重，最終金被周吸納進自己派的核心勢力之中。

了一次跨度較大的職業生涯轉變。而之所以選擇轉行做律師，除了受法學文憑所限〔註114〕；按他的說法，一是害怕文字賈禍，二是爲了賺錢，且在這期間與新聞界的關係已告中斷。〔註115〕不難理解的是，所謂文字賈禍，他自己就曾幾番開罪於當局，險遭牢獄之災；同時，他還親歷了「劉煜生案」，爲「王慰三案」仗義執言，甚至一度爲「南京《新生報》停刊事件」，營救過成舍我〔註116〕。親身經歷與耳濡目染，他見多了「有人突告失蹤，有人當街斃命」的情景。池魚之殃，文網罹禍，他心生退意，當屬實情。所謂爲了賺錢，自《時報》起，他對做報人的清苦之味，感受尤深；此後又常常依靠周佛海等人的接濟與恩惠，才得以周轉。欲轉行謀生，改善收入，也是自然〔註117〕。但事實上，做律師期間，金雄白一直於上海記者公會擔任要職，報界的聯絡活動從未中斷。〔註118〕筆者分析，這次職業轉變，或可視爲他

〔註114〕 金雄白在遭遇多番報業挫折後，深感自己中學學歷之不足，又對浙江民政廳時期因學歷較低而被同僚孤立的經歷耿耿於懷。於是，他利用服務上海《晨報》的間隙，於1932年至1934年間就讀於持志學院（上海外國語大學前身），「混」得了一個法學文憑。金曾自述，當時上海社會案件頻發，律師職業亟需，而欲在上海獲得一張大學文憑，也屬法學最爲容易。關於他具體「混」取大學文憑的經歷，詳見金雄白：《記者生涯五十年》（下），臺灣：躍升文化事業有限公司，1988年，第42～48頁。

〔註115〕 金雄白：《記者生涯五十年》（下），臺灣：躍升文化事業有限公司，1988年，第49頁。

〔註116〕 《記者公會昨電中宣會，營救成舍我》，《申報》，1934年7月27日，第10版。

〔註117〕 金雄白在回憶自身報人經歷時，多有「冷暖自知的生涯」、「報人清苦的況味」等描述；另有多次源於自己與同業間薪水的比較與在意，而表達自己對報人職業的厭倦與轉行的意願。詳見朱子家（金雄白）：《黃浦江的濁浪》，中國香港：吳興記書報社，1964年，第188～190頁。

〔註118〕 據《申報》報導，金雄白自1934年9月1日，掛牌成爲律師後，並未脫離上海記者公會。自1934年12月至1937年3月間，他仍以「執監委員」的身份多次出席公會的春秋季定期大會。1935年間金雄白的報界活動更爲頻繁，1月，他曾被記者公會推舉參加委員會，專案援助《時事新報》所解僱職員三十餘人。2月，聯華公司推出新片「新女性」涉嫌侮辱記者，金被公會推舉爲代表，負責與聯華公司交涉。4月，公會決議金負責辦理春季大會前應否確切調查各報社會員案。12月，公會決議電呈中央執行委員會及國民政府，要求迅速撤廢新聞檢查所，提出爭取言論自由記載自由案，當場曾推定金負責即席起草電文。具體活動可詳見《今日開緊急會援助時事新報被解職者》，《申報》，1935年1月8日，第10版。《聯華新片「新女性」侮辱記者，記者公會開緊急會議推代表四人嚴重交涉》，《申報》，1935年2月11日，第12版。《記者公會秋季大會誌盛》，《申報》，1935年12月24日，第10版等。

屢遭報業敗績〔註119〕，又幾番開罪當局，於蔣系晉身無望後，心灰意懶下的
一種權宜性新職業嘗試。〔註120〕由此，直到1939年，金雄白終在周佛海的慫
恿下加入汪僞政權，淪爲漢奸，終於成爲了又一次「大時代」的「中心人物」
〔註121〕。最後，錯入「時代」的金雄白再難棲身於「時代」，他晚年海外流亡
的結局要比陳冷慘的多。〔註122〕

〔註119〕 自1929年至1932年間，金雄白輾轉於南京《京報》、《中央日報》、《時事新
　　　　報》及上海《晨報》，四年之內四易其職，跳槽頻繁。除了與周佛海結識，多
　　　　承其恩情之外，報業活動毫無建樹，還闖下幾番大禍。試圖從政，反因學歷
　　　　較低被同僚孤立；人情交往，又與關係較深的陳立夫產生芥蒂，終成交惡。
　　　　因此，這個階段的金雄白基本可視作是一個報業失敗者。

〔註120〕 在國民黨建政初期，蔣介石曾網羅了大批文人進入政府任職，對報界人才更
　　　　爲留意，但對常在身邊出現的金雄白獨無表示，這或許就與金一些不入流的
　　　　言行有很大關係。金雄白在長期採訪的過程中曾養成了偷藏採訪對象文件的
　　　　痼疾，任職《時事新報》時，就因爲偷藏胡漢民詩文，而得以曝出蔣胡內鬥
　　　　之事，爲蔣銜恨。1936年，全國初次舉行國民代表選舉，金作爲新聞記者職
　　　　業團體所推出的代表參加了競選。當時，初選結果是全國同業遴選共有九人，
　　　　金以十一票名列第四。但在隨後將初選名單送交中央黨部審查時，蔣故意將
　　　　金的名字圈定淘汰了。參見張功臣：《民國報人：新聞史上的隱秘一頁》，濟
　　　　南：山東畫報出版社，2010年，第147～150頁。金回憶在蔣氏面前的自己
　　　　時，常常自稱爲「一個搗亂成性的大孩子」。他自述，「在蔣氏北伐後的最初
　　　　幾年中，我們還時常有晉見他的機會，以我的語沒遮攔，衝動任性，在蔣氏
　　　　心目中，一定存有犯上作亂而是一個不安分傢伙的印象，使此後半生中，不
　　　　止一次地受到了影響。金雄白對他的屢屢「出醜」，話語裏雖間有狡辯，但更
　　　　多的是一種自認倒楣的無奈。參見金雄白：《記者生涯五十年》（上），臺灣：
　　　　躍升文化事業有限公司，1988年，第190頁。朱子家（金雄白）：《黃浦江的
　　　　濁浪》，香港：吳興記書報社，1964年，第42～46頁。而金投身汪僞後，又
　　　　一直視周佛海爲「知己」，屢次表示要報答周的「知遇之恩」。詳見朱子家（金
　　　　雄白）：《汪政權的開場與收場》，中國香港：春秋雜誌社，1962年，「周佛海
　　　　何爲若是其彷徨」「周佛海拒不聽書生之見」「周佛海身歷興亡感慨多」等章
　　　　節。且金之所以投身律師行業，說是避免文字賈禍，但又積極於上海新聞記
　　　　者公會內活動。這裡可以推測出，他的轉行並非對報人職業的不自信，而是
　　　　對個人前途的不自信。綜合判斷，他於1934年的轉行可謂他人生規劃中的一
　　　　種權宜之計。

〔註121〕 金雄白在汪僞政權中，「在黨，是中委；在政，官階是特任，而最重要的一點，
　　　　又參加了汪政權臺柱周佛海的最機密部分。」參見：朱子家（金雄白）：《汪
　　　　政權的開場與收場》（第一冊），中國香港：春秋出版社，1962年，第2頁。

〔註122〕 抗戰時期，陳冷在上海安居八年；到1956年時，他以八十歲高齡仍被特邀擔
　　　　任上海市政協第二、三、四屆委員。1964年陳病逝於上海。參見張功臣：《民
　　　　國報人：新聞史上的隱秘一頁》，濟南：山東畫報出版社，2010年，第346
　　　　頁。

　　報人與時代相遇，對報人、對時代意味著怎樣的變化與影響？通過考察金雄白的經歷，可以發現最典型的就是報人的經歷鑲嵌了時代的烙印，而時代的描摹也在報人筆下演繹出特殊的面相。作為報人來說，在大時代來臨時，他們記錄政治，也介入政治，適應時代，也書寫時代。動盪的時局讓他們有機會直接置身劇烈的權力變革；而日益嚴控的環境也刺激著報人做出調適與改變。從網羅市井民生轉向搜尋政局動態，甚至直接參與歷史現場，報人在時代鋪設的場域中各顯神通，演繹百態。對於時代而言，報人則處在上層社會的底層，他們在權力邊緣記錄著時代的遞嬗與動亂，撰寫歷史的初稿；有時因緣際會，有時因勢利導，有時身不由己，可能會在重要的關頭或時刻，捲入權力中心，留下時代的腳印〔註 123〕。正是在報人的筆下，時代才得以於盡顯大風大浪之後，仍然波瀾叢生。

　　再回到金雄白的經歷本身，筆者可以描繪出一幅時代、報館、報人三方關係交光互影的複雜圖譜。首先，在時代與報館之間。《時報》自褪去康梁派系色彩後，就轉型為一份熱衷文學與政治的「學界」報刊，聲譽極好。到黃伯惠接手後，為適應報界競爭，逐漸偏重社會新聞；北伐革命時，《時報》在新聞檢查下銷路下降，又以黃色新聞為補救之路，引領上海報界狂熱傚仿，終被舉報「誨淫誨盜之嫌」，而險遭停刊。在時代的際遇下，《時報》的變遷走的就是一條，從「黨人報」到「文人報」，再到「商人報」之路。雖然，所謂的「狄平子所樹立的報格大大下降了」〔註 124〕，並非恰當的評斷〔註 125〕；但非常明顯的是，在《時報》轉型的邏輯中，時代的變幻直接決定了報館旨趣的迥異，在商言商的《時報》難逃商業報刊的「阿喀琉斯之踵」。那麼，延續到抗戰時代，《時報》「報格」的斷裂也就注定了閉館的宿命。〔註 126〕

〔註 123〕 李金銓：《記者與時代相遇：以蕭乾、陸鏗、劉賓雁為個案》，載李金銓編，《報人報國：中國新聞史的另一種讀法》，中國香港：香港中文大學出版社，2013年，第 448 頁。

〔註 124〕 徐鑄成：《報海舊聞》，上海：上海人民出版社，1981 年，第 23 頁。

〔註 125〕 方漢奇（編）：《中國新聞事業通史（第二卷）》，北京：中國人民大學出版社，1996 年，第 191 頁。

〔註 126〕 在中國特殊的半殖民主義語境中，在商言商的民營報刊往往無法堅守以民族和國家利益為旨歸的辦報理念，在不同時期會採取不同程度地犧牲「報格」的方式來換取營業安全。所謂「報格」的斷裂，其實是對資本主義私營報紙自我標榜和經營實踐的矛盾，即「營業化轉型」之二重性的形象化表述。這種二重性實際上是新聞在資本主義商品化過程中的內生矛盾。當時許多報人推崇或構建的新聞觀，之所以不能從根本上彌合商業報紙的營利訴求與社會

　　其次，在報館與報人之間。金雄白進入《時報》正值報人職業身份漸趨明確的時期，外勤記者取代公雇訪員，讓金雄白有幸成爲第一代外勤記者；而《時報》熱衷於社會新聞的轉型，更直接成就了他外勤記者「四大金剛」的美名。可以說，正是《時報》讓他的長袖善舞得以進入「時代」，並由此開啓了他的報業和政界之途。反過來，他的個人命運也與《時報》捆綁在了一起，他善於交際的不羈性格，對《時報》社會新聞的採編來說，不啻如虎添翼，具有極大的促進作用。然而，當他難脫「利用報紙以攫財弋位之心」的時候，《時報》不顧舊情關係，直接將他解雇；當《時報》被舉報「誨淫誨盜之嫌」的時候，也只能讓這位已經離職的「始作俑者」去做犧牲品。《時報》既給金雄白帶來了發揮才能的機會，也限制了他施展手腕的情勢。既容許了個人的能動性，也界定了這種能動性的極限。

　　最後，在報人與時代之間。報人必須在適當的時機，與時代配合無間，才能讓自己得以於時代書寫間留名；而所謂「與時代配合」，也就是在時代的重要轉折點，報人必須要選擇一條與時代相一致協調的安身立命之路；否則，不與時代配合，就算風光一時，終將會被時代湮沒而除名。北伐革命使上海一度成爲全國的政治中心，金雄白親眼看見諸多報人藉此一躍而成爲黨國要人。身爲外勤記者「四大金剛」的他原本資歷不差，名氣也大。他也深知，「新聞記者是做官的終南捷徑」〔註127〕，也對張季鸞「小罵大幫忙」的絕妙手法了然於胸。〔註128〕但他的經歷實在是一個反例。他雖然在衝向政治一線的時候，得以親身採訪各色走馬燈式的政治人物；但衝動犯上、率性而爲的個性〔註129〕，對

　　　　期待報紙所擔負責任之間的差距，正是因爲這種內生矛盾無法調和。可以說，「營業本位」往往成爲大眾化商業報刊的「阿喀琉斯之踵」。參見李傑瓊：《半殖民主義語境中的「斷裂」報格——北方小型報先驅〈實報〉與報人管翼賢》，北京：中國社會科學出版社，2015年，第212頁。到了抗戰時代，日軍侵入上海租界，《時報》爲了生存，屈辱地接受了日僞方面的新聞檢查，因此也備受報界愛國人士的批評。但屈辱妥協並不能改變覆亡的命運，1940年9月，黃伯惠自動關閉了《時報》。出版了三十六年的《時報》宣告終結。參見：方漢奇（編）：《中國新聞事業通史（第二卷）》，北京：中國人民大學出版社，1996年，第191頁。
〔註127〕金雄白：《記者生涯五十年》（上），臺灣：躍升文化事業有限公司，1988年，第97頁。
〔註128〕金雄白：《記者生涯五十年》（上），臺灣：躍升文化事業有限公司，1988年，第126頁。
〔註129〕金雄白：《記者生涯五十年》（下），臺灣：躍升文化事業有限公司，1988年，第12頁。

「不吃官司不成名記者」的信奉〔註130〕，均使他難脫「以社會新聞獵奇、聳人聽聞」的小報人之風。而這顯然與國民黨由「軍政」到「訓政」，以黨治國，以黨治報，謀求「新聞界黨化」，不許報人「蓄意搗亂」，不許報刊「有傷風化」的大勢〔註131〕不協調。所以，金雄白後來就被蔣判處了政治前途上的「死刑」，也間接種下了他日後離蔣投汪的遠因。

　　報人與時代相遇，報人是有極大的主觀能動性的。正是他們書寫時代，才使得新聞成為了歷史的初稿。但反過來，時代並非是一個等待書寫的靜態對象，它直接圈定了報人發揮能動性的代價與界限，它又何嘗不書寫報人？陳冷因為對「與時代配合」直接說不，終在時代書寫下漸漸隱名，被列入「難以歸類的民國報人」這一類目。而金雄白，雖然積極尋求著「與時代配合」，卻不得其法，走上了一條與時代不協調的安身立命之路。一時之盛，不過雪泥鴻爪，意義何在？他終究未能成為時代書寫主線上一個留得住名字的人物。

（本文發表於《新聞與傳播研究》2018 年第 1 期）

〔註130〕金雄白：《記者生涯五十年》（上），臺灣：躍升文化事業有限公司，1988 年，第 103 頁。
〔註131〕方漢奇（編）：《中國新聞事業通史（第二卷）》，北京：中國人民大學出版社，1996 年，第 394 頁。

附錄四：中國共產黨創辦的第一個大學新聞系——中國人民大學新聞系

　　1954 年 7 月《中共中央關於改進報紙工作的決議》提出，要「擴大現有的大學新聞系的學生數目，逐步地充實省（市）以上的報紙、通訊社、廣播電臺、期刊和出版機關的幹部」。[註1] 這年全國只有兩所大學辦有新聞專業設置：復旦大學新聞系、北京大學中文系新聞專業。而截至 1954 年，全國有報紙 248 種，中小城鎮廣播站、縣廣播站 806 座，還有新華社、中央人民廣播電臺、中國新聞社等新聞機構，新聞人才匱缺。

1957 年人大新聞系一年級學生聽完社會主義思想教育課後進行討論，馮文岡攝

〔註1〕《中國共產黨新聞工作文件彙編》中卷第 328 頁，新華出版社 1980 年版。

　　當時相當多的新聞界人士認為，大學新聞系培養出來的學生沒啥用，新聞人才要靠黨校來再培養；也有主張招大學文科程度好的畢業生施以短期業務訓練的辦法來培養新聞人才。前一種認識以時任上海《解放日報》總編輯張春橋的說法最典型，他認為「新聞無學」、「無學就無教」，說新聞系解決不了新聞人才的問題。他甚至指著時任人民日報副總編輯安崗和他自己問：「有幾個名記者是從燕京和復旦新聞系裏出來的呢？你我和鄧拓是從新聞系裏培養出來的嗎？」1954 年秋，當時主管新聞工作的胡喬木電話指示安崗，讓他去人民大學創辦新聞系並任系主任。安崗回憶，他接到電話後有三點猶豫。一是沒上過大學，讓他來當新聞系主任覺得不大對位；二是年輕沒有經驗，當時安崗 36 歲，擔心辦不好。三是不希望離開報社。兩天後，安崗去見胡喬木。胡喬木說，新中國新聞事業受到新聞人才缺乏制約，老新聞工作者雖在，但也有不適應今天建設局面的弱點，現在「老的，向新事物學習；新的，我們有意識地讓他們成長」；去人大辦新聞系，不僅是一個職業工作，這是黨交給的一項任務，即用馬克思列寧主義、毛澤東思想建立適合中國形勢的一個新聞教育陣地。於是，安崗接受任務，開始籌備新聞系。〔註2〕

　　1955 年春，中國人民大學新聞系籌備處在北京市東城區東四六條中國人民大學本部掛牌辦公。籌備工作得到了中共中央宣傳部、高等教育部以及中國人民大學校長吳玉章的大力支持，還得到新聞界老前輩沈鈞儒、胡愈之、薩空了、顧執中等的積極幫助。安崗將東北《工人報》編輯朱友石、學校工業經濟系秘書彭陵調到籌備處，開展招賢納士的工作。隨後余致濬、黃河、胡迦陵、秦明、章南舍、魯西良、華青禾、汪溪、張文遠、宋瑞祥、劉貫文、朱倫章等行政管理和新聞教學骨幹先後調入；學校文學、漢語、外語三個教研室劃歸新聞系；又請北大新聞專業畢業生王明蕃、徐佳懋、胡允信、傅繼馥；人大外交系蕭緒珊到系任教。安崗還邀請本校著名教授何洛、汪金丁、趙澧授課。因此，「當時新聞系的教師隊伍老中青都有，最老的不過 40 多歲，最年輕的才 20 歲出頭，30 歲左右一大批，梯隊比較明顯。」〔註3〕關於行政

〔註2〕參見李建新《中國新聞教育史論》第 196～197 頁，新華出版社 2003 年版；《安崗新聞工作 60 年》第 202～203 頁，經濟日報出版社 1997 年版；《中國人民大學新聞學院歷史概述》，《新聞學論集》第 25 輯 306～307 頁，2010 年，《木鐸日新──人大新聞學院紀事》，刊印內部資料，2010 年。

〔註3〕藍鴻文《我觀安崗的新聞教育思想》，《面向新聞界》第 432 頁，中國人民公安大學出版社 2007 年版。

和黨的組織，學校任命鄧茂生爲系黨總支書記，申余爲副書記；任命胡迦陵爲系副主任，成立了新聞理論與實踐教研室、報刊史教研室。〔註4〕

1955 年 4 月 29 日，中國人民大學新聞系在東直門海運倉 11 號大院（原朝陽大學舊址）成立，安崗正式就任（兼任）新聞系主任。同年 9 月中國人民大學新聞系開學。人大新聞系招收的第一批學生是 91 名三年制新聞專業調幹生。他們均是省和中央媒體的編輯記者、大區級媒體組長級別的編輯記者，有 3 年以上新聞工作經歷，畢業後回原單位。因缺少師資，業務經驗豐富的藍鴻文、瑪希、王蕭山學習一個月後，被抽調爲新聞系教師。中國人民大學新聞系在半年內完成了從無到有的跨越，開啓了中國共產黨創辦正規大學新聞系的帷幕。

開學後新聞系順應全面學習蘇聯的熱潮，邀請了蘇聯專家來系任教。1955 年間，人大新聞系邀請蘇聯專家別爾格洛夫授課。「他的課大體是這樣子，上了兩次課以後，中國人就打瞌睡了。因爲聽課的這些人都是中國的幹部，大概都有午睡的習慣，而且他講的都是蘇聯的那一套，聽著更有點不耐煩，半年的時間，合同還沒有滿，他就回去了。」〔註5〕蘇聯專家 K・H・倍林斯基講授書刊編輯課程，人大新聞系還將這位教授 1954 年 10 月在蘇聯出版的書翻譯爲《書刊編輯學大綱》，於 1956 年 8 月由人大出版社出版。「編輯學」的翻譯，成了後來編輯專業爲「學」的依據。〔註6〕

1956 年，中央黨校新聞班和中國人民大學新聞系聘請蘇聯基輔大學新聞系主任斯洛保加鈕克和蘇聯列寧格勒大學新聞理論教研室主任阿列克塞耶夫，分別講授《俄國報刊史》和《新聞理論與實踐》。時在北京大學中文系新聞專業負責人羅列曾旁聽過兩位蘇聯專家的講課，他說，「他們都是照本宣科念講稿，念一段講稿，翻譯、口譯一段，課堂非常沉悶；講課有不少內容都是列寧、斯大林有關著作的原話；偶而講到中國報刊史事例，史實都弄錯了。所以聽課的人不感興趣。」〔註7〕這兩位專家聘用合同沒有到期就回國了。

〔註4〕　《中國人民大學新聞學院歷史概述》，《新聞學論集》第 25 輯 307 頁。

〔註5〕　安崗《我辦新聞系、辦剪報公司、辦新聞印刷廠》，《成長的歲月，中國人民大學新聞系早期師生憶往事》，第 13～14 頁，學苑出版社 2008 年版。關於別爾格洛夫目前沒有其他證據，僅留存於安崗的回憶中。

〔註6〕　王振鐸、司錫明編《編輯學通論》第 2 頁，河南大學出版社 1989 年版。

〔註7〕　《羅列教授等親歷新聞教育往事回憶》，余家慶訪談整理《中國教育口述史》第 2 輯 60～62 頁，重慶大學出版社 2013 年版。

　　1958 年初，新聞系由海運倉搬遷到鐵獅子胡同 1 號。同年 6 月，根據中共中央宣傳部和高等教育部的決定，為了「集中師資力量搞好新聞學研究和多快好省地培養又紅又專的新聞戰士」，北京大學中文系新聞專業合併到中國人民大學新聞系。

　　隨著北大新聞專業合併到人大，人大新聞系在讀學生增至 804 人，教師增至 96 名，規模空前擴大，不僅成為「人大第一系」，也成為全國最大的新聞系。當時的系領導是：人民日報副總編輯安崗繼續兼任系主任，系副主任孫覺（女）、蔣蔭恩、魯西良、羅列，其中羅列主管教學工作。在課程設置上，新生入學的第一年，學習四大理論課：馬克思主義哲學、政治經濟學、科學社會主義、現代革命史。專業課有 20 多門必修課、10 多門選修課。〔註 8〕畢業後，大部分學生成為了省市報、廣電系統和新華社及各分社的業務骨幹。

　　1959 年初，孫覺（女）被任命為新聞系黨總支書記，安崗調回《人民日報》工作，不再擔任黨總支書記，但兼任新聞系系主任。1961 年底，安崗不再兼任系主任，學校任命羅列接任新聞系主任。1966 年，羅列又接任新聞系黨總支書記，同時學校增補余致濬為新聞系副主任。

　　1970 年，中國人民大學停辦。人民大學新聞系的教師和資源，整建制地併入北大中文系成為該系的一個專業，專業負責人為藍鴻文、秦珪。1971 年，北大中文系新聞專業招收了第一批「工農兵學員」，至 1976 年共招收五屆「工農兵學員」（1972 年未招）。1978 年，中國人民大學復校，北大中文系新聞專業回歸到中國人民大學，人民大學新聞系恢復建制，羅列兼任系主任（當時他任文科系統「五系二所」領導小組組長），副主任為余致濬、秦珪。1981 年，羅列不再擔任系主任，赴職汕頭大學，學校任命何梓華為新聞系副主任。1982 年，余致濬任代理系主任。此後到 1984 年，學校任命新的領導班子，何梓華擔任系主任，秦珪、鄭超然為副主任。1988 年 7 月 27 日，在人大新聞系的基礎上，建立中國人民大學新聞學院，任命何梓華為副院長，主持工作，幾個月後，何梓華為院長。

（本文發表於《新聞界》2018 年第 1 期）

〔註 8〕參見李建新《中國新聞教育史論》第 201〜203 頁，新華出版社 2003 年版。

附錄五：少數民族新聞傳播研究開創者、集大成者──白潤生

2018 年 6 月 24 日，少數民族新聞傳播史研究新範式、新方法研討會暨白潤生先生學術思想座談會在中央民族大學召開。在這次座談會上，與白潤生教授相交多年的師友、摯友、學友從為學、貢獻、為人、育人等方面分享了諸多珍貴故事，高度評價了白教授三十年聚焦少數民族新聞史研究的學術貢獻。現任西藏民族大學新聞傳播學院院長的周德倉向白潤生教授致敬，並代表其學院向白教授敬送一面上書「少數民族新聞傳播研究開創者、集大成者」的牌匾。「白潤生先生不僅開創了少數民族新聞傳播的新氣象，集少數民族傳播文化之大成，而且是我的學術啟蒙老師和終身導師」。

有學者說，白潤生三十年磨一劍，「以身相許」少數民族新聞史研究，艱苦奮鬥克難處，寵辱不驚風雲淡，白潤生教授為當下中國學者樹立了一面鏡子。正是帶著這樣一份崇敬之情，筆者日前拜訪了白潤生教授。身姿挺拔，笑容慈祥，行動雖緩慢，思維卻靈活，既熱情，又健談，這是筆者初見白教授時的第一印象。在他居於中央民族大學社區的家裏，白教授一邊翻閱著近些年出版的各種學術成果，一邊在回憶中徐徐為筆者展開了一幅堅持從事少數民族新聞傳播研究的學者氣象和歷史圖景。

「我是懵懵懂懂地走進了中國新聞學術界的領域」

談及怎樣的契機關注到新聞學術研究這個領域時，白潤生頗為自嘲地給當時的自己下了一個評價，就是「懵懵懂懂地走進了這個領域」。1983 年，白

潤生被中央民族學院（現中央民族大學）派遣到中國人民大學新聞系教師進修班進修。「雖然我之前接觸過新聞工作，在報社工作過，但對於新聞史、新聞理論等研究領域，還是兩眼一抹黑」。這對於當時的白潤生而言，既非常重視這次機會，也是一種思想負擔。於是，為了學好新聞學，他卯足了勁，下足了工夫，從 ABC 學起，從甲乙丙丁的基礎開始逐步進入到研究領域。「當時我提出的問題，就比如說相比於中國新聞事業史，為什麼中國文學史的名字裏沒有『事業』兩個字，為這些基礎問題，我時常請教方漢奇老師和甘惜分老師。在他們的耐心指導下，我終於一步步邁進了新聞學的學術領域。」

工夫不負苦心人，在經過了一年的學習後，白潤生從人大新聞系進修班順利畢業。他當年十萬字體量的畢業論文《報告文學簡論》（與劉一沾合作）也在 1985 年由新華出版社出版。1984 年，經國家教委批准，中央民族學院創辦了學制四年的新聞專業。白潤生立即投入到中央民族學院新聞專業的建設中，成為了新聞專業僅有的兩名教師中的一員，「幾乎教授了全部的新聞專業主幹課程」。這一教課，白潤生馬上發現了一個問題。「當時來念書的學生基本上都是少數民族，他們將來還要回到少數民族地區工作，可我發現，當時新聞專業開設的課程中沒有一門是有關民族的。」這種形勢就對當時中央民族大學新聞專業的教學提出了考驗，白潤生也就是這個時候開始「琢磨怎麼適應這個形勢，解決這個問題」。

1988 年，白潤生發表了《先秦時期兄弟民族的新聞與新聞傳播》一文，「其中不僅探討了先秦時期奴隸社會的信息傳播活動，還在考證過程中涉及到了一段甲骨文『卜辭』的翻譯工作」。此文發表後，引起了學術界的關注。這算是白潤生正式踏入少數民族新聞史研究領域的第一步。1989 年，時年 50 歲的白潤生開始招收碩士研究生，研究方向就是當代民族報刊研究，「這在全國，講民族新聞史的，帶民族新聞研究生的，僅他一家」。〔註 1〕當年入門弟子有兩位，一位是土家族，一位是錫伯族。一開始，課程的講述並沒有太大的進展。「最初也就想給他們講講《西藏日報》《內蒙古日報》或者《新疆日報》，後來我感覺不行，總要有一個完整的脈絡。」於是，白潤生和兩位學生一起開始了書稿的籌劃。「我擬大綱，寫講義，他們謄抄，就這樣搞出了一部 25 萬字的《中國少數民族文字報刊史綱》。」

〔註 1〕 見唐虞：《鬧中取冷白潤生》，載《中國青年報》1995 年 11 月 30 日第 8 版《人物彩照》欄。

1994 年，這部國內最早關注少數民族新聞史的著作出版，獲得了學界的較高的評價。在這部著作的序文中，方漢奇先生這樣寫道，「本書的出版彌補了這方面的不足，對中國新聞史學科的發展和一部完整的全面的中國新聞通史的編寫工作，將起到一定的推動作用。對新聞學、社會學、民族學和廣大文史學科的研究工作者，也將有所裨益。」

此後，方漢奇先生又將白潤生拉進了《中國新聞事業通史》課題組，以倒插筆的形式在通史的第二卷第二十章裏補充進了少數民族新聞事業產生與發展的歷史。「後來他主持和完成了方老師幫助申請下來的社科基金項目《少數民族語文的新聞事業研究》，寫作出版了《中國少數民族新聞傳播通史》和《當代中國少數民族新聞事業調查報告》。」2010 年 90 萬字的《中國少數民族新聞傳播通史》榮獲第二屆國家民委社會科學研究成果二等獎，2013 年近 25 萬字的《當代中國少數民族新聞事業調查報告》又榮獲了第六屆高等學校科學研究優秀成果獎三等獎。

自從 1983 年《寫作趣聞錄》的出版，到 2013 年《當代中國少數民族新聞事業調查報告》的獲獎。再到當前（2018 年）在這三十多年的時光裏，白潤生共出版了 15 部著作（不包括以他人為第一作者的合著成果），且有 5 次獲省部級獎項，參與編著的著作 13 部.主持國家級和省部級科研項目 2 項，發表了 130 餘篇學術論文，其中《承載民族夢想：中國少數民族文字報刊的百年回望》譯成英文發表在《中國民族》（英文版）2017 年第 4 期（總第 67 期）上，這是我國學者第一次面向國外介紹中國少數民族文字報刊的歷史概況。這既象徵著白潤生治學「三十年如一日」的辛勤耕耘，更代表了一位學者在少數民族新聞傳播研究領域所能達到的學術高峰。

堅守在少數民族新聞傳播研究領域的「一顆晨星」

2013 年夏，在哈爾濱舉辦的第八屆「世界華文傳媒與華夏文明國際學術研討會」期間，時任國家社科基金重點項目（後來又獲准立項國家社科基金重大項目）「中華民國新聞史」研究主持人的倪延年教授誠懇地向白潤生發出了參加「中華民國新聞史」研究團隊的邀請。「這個我也挺高興。為什麼高興？就是因為這表示少數民族新聞史獲得了人家的認可，中國新聞史就是中華民族的新聞史。」而「中華民國新聞史」項目實施近五年間，白潤生一直以認真踏實的學風引領項目進展的每一步。2016 年暑假完成了子課題《民國時期

的少數民族新聞業》30 多萬字的初稿，又按照會議決議要求修改成了 26 萬字。倪延年教授對此評價道：「先生您認眞治學的精神和助人爲樂的品格使我和團隊其他同行肅然起敬，是項目團隊成員尤其是我本人的學習榜樣。」

談及參與歷屆「世界華文傳媒與華夏文明國際學術研討會」的經歷，白潤生頗爲自豪和感慨，「自 1995 年在武漢，到 2017 年在廣州，我前後參與了十屆，可以稱得上是」十全十美」。對我來說，每一次參會都是一次非常好的學習交流的機會，而且幾乎每次參會的經歷都非常曲折，都有故事值得回味」。其間，白潤生向筆者詳細回顧了自己在 2007 年 7 月參與臺灣國立政治大學舉辦的第五屆「世界華文傳媒與華夏文明傳播學術研討會」的曲折經歷。「虧了有貴人林玉鳳鼎力相助，這一次參與才能夠成行！」白潤生還將這段傳奇的經歷寫成了一篇名爲《我與林玉鳳及其大作》的回憶文章，發表在了中央民族大學所辦的《金秋》雜誌上。

雖然，自己從事學術研究的道路，多番遭遇了曲徑通幽、柳暗花明、一波三折的經歷。但能夠堅守在少數民族新聞傳播研究的領域，白潤生如同一顆寂寥的「晨星」。在白潤生學術思想座談會上，眾多學者都對白潤生在這一領域的堅守，做出了崇高的評價。中國新聞史學會名譽會長趙玉明笑稱，自己和白潤生是同齡人，都是「80 後」。二人 1983 年在中國人民大學的新聞史教師進修班相識，此後一直在不同的新聞史領域耕耘，「白老師搜集少數民族新聞史的資料，可比我搜索廣電史複雜得多，這些年，每次見面他就說發現了一個滿文報紙或者藏文報紙等等，這類研究跟普通的史學研究可是不一樣的。」

北京大學程曼麗教授對白潤生「一步一叩首」的研究之難印象深刻。找到資料是一難。白潤生曾說，找民族新聞史料就像找散落在民間的珍珠，只知道價值連城，卻不知道在哪兒。最初給少數民族地區發信，回覆率不到 30%；翻譯則是另一難。許多少數民族文字的資料需要找到不同的「翻譯」，白潤生笑稱要拿著少數民族文字的資料「叩拜」精通不同少數民族語言的師生，這些年不知道求過多少人。

暨南大學劉家林教授和白潤生曾是一個宿舍的同學，他積極受邀參與了這次座談會。他也曾在文章中向白潤生表達了敬意。「白潤生教授說起來是我的同學，也是我的老大哥和老師。1983 年在人民大學進修的時候，我和他同住一間宿舍。他爲人忠厚，很謙虛，很刻苦，文章寫得也不錯。他曾經跟我

說自己一生很曲折，我和他一樣，都是窮人家的孩子，我們這輩子都不順。
2014年他新出了一本《守護好我們的精神家園》，我看後直落淚，很感動。白
潤生雖然是老人，但寫文章的筆調完全不同，我們在一起進修的時候他就已
經出過書了，當時（我）很羨慕他。直到現在我都以方老師和白潤生爲我的
榜樣。」〔註2〕

　　當然，白潤生的堅守不僅僅體現在學術研究的艱辛與執著上，在中央民
族大學新聞專業的建設過程中，他也堪稱是堅守崗位的模範。「我到民族大學
參與創辦新聞專業，開始就是一個教研室主任和我，後來我們招兵買馬，請
來了許多人，但由於各種各樣的狀況，一些人來來走走，實際上從頭到尾和
我們一起堅持留在這裡的，可謂寥若晨星。」中國新聞出版傳媒集團董事長
馬國倉是白潤生的學生，也是中央民族大學新聞專業的首屆畢業生，他清晰
記得專業初創之時的「一窮二白」，「當時沒有基礎，什麼都缺乏，師資缺乏、
教育缺乏，唯一不缺乏的是辦好學科的熱情。民族新聞教育更是靠白潤生老
師這樣的拓荒者一片一片開拓出來，拓荒者不易，拓荒者最可敬。」

　　2011年10月，第三屆中國少數民族地區信息傳播與社會發展論壇在雲南
紅河學院舉行學術報告會。當主持人介紹與會嘉賓時，白潤生的名字贏得了
潮水般的掌聲，真是轟動效應。當時鄭保衛教授就對他說，「這比什麼都重要。」
他的研究得到了學界的認可，不僅在民族地區民族院校享有盛譽，即使像在
復旦大學這樣的名校也極有名氣，比如復旦大學的劉海貴教授就對他的博士
生莊金玉叮囑過，「研究少數民族新聞傳播史就要讀白老師的書，與他面對面
的交流，當面請教」。同樣，臺灣的學者也對其學生有過類似的表達，對白潤
生的治學頗爲贊許。到了2018年6月24日，中央民族大學舉行少數民族新
聞傳播史研究新範式、新方法研討會暨白潤生先生學術思想座談會。國家民
委民族理論政策研究室副主任張俊豪向白潤生在民族新聞史研究領域取得的
開創性貢獻以及在中央民族大學新聞傳播學科人才培養、學科建設方面所做
出的突出貢獻表示深深的敬意，並對白潤生的中國新聞史是中華民族新聞史
的民族觀、文化觀、歷史觀深表贊同。中國新聞史學會少數民族新聞傳播史
研究委員會會長白貴教授在致辭中說，「白潤生教授從80年代開始全身心投
入少數民族新聞史研究和人才培養，豐富了中國新聞史的書寫，白先生的研

〔註2〕　陳娜：《做學術要有大理想——訪暨南大學新聞與傳播學院教授劉家林》，載
　　　　《新聞愛好者》2016年第2期。

究不僅僅是專業領域奠基性的貢獻,更具有構建多元一體中華民族共同體的意義」。這些來自學界的掌聲和讚譽正是對白潤生「堅持做這個學問、堅持辦這個學科」的認可和致敬。

「我對年輕人的期待就是堅持、恒心、毅力」

目前,少數民族新聞傳播的研究已經相比過去有了很大的發展。「一是相比於過去幾個人的單打獨鬥,從事研究的年輕人加入了進來,已經形成了一個研究方陣」,白潤生扳著指頭,細數了如周德倉、於鳳靜、袁愛中(回族)、張麗萍、牛麗紅、李逢雨(朝鮮族)、阿斯買・尼亞孜(維吾爾族)、帕哈爾丁(維吾爾族)、林曉華、莊曉東等優秀的年輕學者。「再一個是研究範圍擴大,由報刊史擴展到了少數民族新聞實踐與傳播文化的探索;還有一個就是挖掘程度的不斷深入,伴隨著少數民族地區新聞事業的發展,學界關注的議題更加聚焦到了少數民族文化民生工程等方面,並且取得了一些令人欣慰的成果」。白潤生一一介紹了近期他爲一些新著如於鳳靜的《當代東北地區少數民族新聞傳播史研究》、牛麗紅的《新聞播報導中的西北民族問題研究》、王曉英的《民族新聞傳播簡輪》、林曉華的《媒介化社會與少數民族發展研究》、張麗萍的《內蒙古民國報刊史研究》、袁愛中的《西藏民族文化傳播的歷史、理論與現實》等所做的書序,對這些新著表示了極大的肯定。

2002 年 6 月,白潤生時年 63 歲的時候,就已經正式辦理了退休手續;到了 2012 年 7 月,他又送走了三位關門弟子,算是徹底結束了鍾愛的教學生涯。可是他現在的狀態卻是「退而未休」。他說自己現在雖然離開了工作崗位,但並非真的「一身輕」。最近,他在修改自己在少數民族新聞傳播史研究新範式、新方法研討會上的發言稿,還在努力完成《中華民國新聞史》項目所要求少數民族新聞業的科研任務,還在考慮如何參加在天津舉辦的《中華民國新聞史》編纂委員會第四次會議暨項目組第五次工作會議。他一直還想修訂《中國少數民族新聞傳播通史》,對其中的一些用詞和書寫體例等方面做些調整,以饗後學。

最後談及白潤生對年輕學者的期待,白潤生的回答斬釘截鐵,「我對年輕人的期待就是堅持、恒心、毅力」。他自己的學術經歷就是這六個字最佳的案例。正是憑藉著堅持、恒心、毅力,白潤生才取得了如此豐碩的研究成果,贏得了學界的普遍讚譽。「敢探未發明的新理」「敢入未開化的邊疆」,這是陶

行知先生的話。而在少數民族新聞傳播史研究新範式、新方法研討會暨白潤生先生學術思想座談會上，與會專家學者都認為，用這句話來評價白潤生在少數民族新聞傳播史上的努力，最為恰當。

　　採訪結束之時，白潤生向筆者展示了學界泰斗甘惜分先生於1985年給他的題字。這是一首《卜算子・詠梅》。其中言道：「無意苦爭春，一任群芳妒，零落成泥碾作塵，只有香如故」。這是甘老對白潤生的勉勵，也堪稱是白潤生學術生涯的最佳寫照。

（本文發表於《教育傳媒研究》2018年第6期）

附錄六：描繪上海《時報》新聞業務變革的縱貫線——評余玉《上海〈時報〉新聞業務變革研究》

    上海《時報》是中國近現代新聞史上非常重要的一份報刊。它誕生於清末民初的上海，曾一度引領起上海報界新聞業務的革新風氣。先是受寵於知識分子而獲得與《申報》《新聞報》鼎足並立的「大報」名望，後因熱炒「黃色新聞」「報格下降」而流入「黃報」的定位。在它長達 35 年的歷史中，報館主人幾番更迭，辦報路數多次變易，既貫穿了「政黨辦報」、「文人辦報」和「民營商業辦報」三種範式，也因爲「隨時多變」的特徵而給它的歷史蒙上了多重恍惚且難以把握的色彩。2015 年，加拿大漢學家季家珍的《印刷與政治：〈時報〉與晚清中國的改革文化》一書面市，這是國內關於《時報》研究的第一部譯著。這部著作雖然講述了一段關於清末改革文化的啓蒙故事，但其關注點仍聚焦在狄楚青主持《時報》的前期，仍在關照《時報》發展的整體性上留有缺憾。2017 年底，余玉的《上海〈時報〉新聞業務變革研究》出版，這是國內第一部關注《時報》研究的專著；而且非常難能可貴的是，這部專著以新聞業務變革的主線貫通了《時報》的前後階段，第一次將狄楚青時期「文人報」的變革與黃伯惠時期「商人報」的轉型融匯在了一起，形成了一條在研究話語上連接起以往割裂分述的縱貫線，在中國近現代報刊史的圖譜中首次確定了《時報》作爲一個整體的座標。

    對於審視《時報》的整體歷史而言，如何看待黃伯惠時期「商人報」的變革應該是一個難點。所謂難點，一者是歷史上《時報》同人本身對此的態

度就莫衷一是，令人疑竇叢生。僅以 1932 年 6 月 27 日《時報》發行一萬號紀念刊這一細節為例說明。這一天，《時報》首用三色套印的技術出版了一萬號紀念刊，並刊登了《時報萬號》的紀念文章。文章言道，「《時報》產生於庚子之後，正當國難之時，於今又值遼滬之厄，國難未已，是《時報》此一萬號中，與國難相始終」；「每至一次國家患難劇烈之時，時報同人盡其全力以奮鬥；而同時時報之銷數，亦必風行一時，為任何報紙所不及」。而談到此後發展，更表明，「對於報紙，一以普及人民之智識為職志，而不以贏利為目的」；「對於國是，一以國家人民為重，而無其他特殊之主張」。〔註 1〕與此同時，《時報》舊主狄楚青和老報人徐凌霄也紛紛作文以賀，他們的表達一面稱讚《時報》與國難相始終、與狄氏感時憂國的辦報初心相一致之「不變」，另一面卻幾乎未曾褒獎已經接辦十年之久的黃伯惠主持下《時報》由「文人報」而「商人報」之「變」，這著實令人費解。其實，將自身的發展歷史與國難的更迭、時勢的變易相比附，這是近現代民營商業報刊自我標榜以求聲譽的慣常表達。在商言商原本是民營商業報刊運營的內在邏輯，20 世紀 20 年代末到 30 年代末期，正是南京國民政府的「黃金十年」，也恰恰是近現代民營商業報刊發展達致鼎盛的時期；而《時報》此時已由「文人報」轉入「商人報」的發展軌道，既憑藉社會新聞、體育新聞、圖片新聞等變革獲得了極大的社會反響；也因為熱炒起上海報界的「黃色新聞」而被蒙上了「黃報」的標籤，甚至一度被舉報有「誨淫誨盜之嫌」而險遭停刊。在這樣的時刻，仍然強調為「國難」奮鬥的使命，做出「不以贏利為目的」和「以國家人民為重」的標榜，則難免會讓讀者產生恍如隔世的觀感。

　　再者是近現代新聞史書寫主題的框限，更使研究者在《時報》前後時期的連綴上不好把握。十分明確的是，在以文人論政和報人報國為描述主題的中國近現代新聞史上，民營商業報刊原本就是一條若即若離的線索。《時報》的發展道路雖然貫穿了「政黨辦報」、「文人辦報」和「民營商業辦報」三種範式，但真正能使《時報》與啟蒙和救亡、改良和革命等時代主題產生直接關聯的，也就是康梁和狄楚青時期，而黃伯惠時期就像一段無關宏旨的歷史，既不易找到較為妥善的審視方位，也很難藉一套完整而貫通的話語將整個《時報》的發展描述出來。因此，時至今日，當我們去閱讀《時報》相關的研究

〔註 1〕余玉：《上海〈時報〉新聞業務變革研究》，北京：人民出版社，2017 年，第344～345 頁。附錄五：上海《時報》時評選錄。

成果，可以明顯感覺到的是關注狄楚青時期的文章和關注黃伯惠時期的文章明顯呈現出截然不同的敘述話語。

面對上述難點，本書的作者巧妙選擇了新聞業務變革這一主題，將狄楚青時期的變革與黃伯惠時期的轉型連接在了一起，從而一舉跨越了敘述話語上《時報》由「文人報」而「商人報」的斷裂。

為什麼新聞業務變革的主題是可以的呢？一方面因為在歷史上，這一主題真實符合了《時報》的「初心」，而且貫通了整個《時報》的發展歷史。《時報》創刊之初，其最大志趣就是在新聞業務上的變革。當時狄楚青宣稱，「吾之辦此報非為革新輿論，乃欲革新代表輿論之報界耳」。這句話放到現在可以理解為，我要闖出一條報業內容建設和產品呈現的全新形式，全方位改革媒體的產品模式和呈現方式，這樣的宣言對處於改革探索進程中的當事人來說，無疑是觸及了行業發展的里程碑級課題，即要引領當時的媒體前進的方向。此後，黃伯惠接手，「在他的理想中，不但要與申新兩報競一日之長，還希望在中國的新聞事業上能放一異彩」。〔註2〕為此，他積極主持了《時報》的轉型，在業務上也做出了許多改革。因此，可以說，新聞業務變革就像《時報》的「初心」，照亮了這份報紙35年的歷程。

另一方面，作為中國近現代媒體發展過程中最願意也最容易接受西方經驗的部分，新聞業務變革也成就了《時報》在新聞內容、類別和生產流程等方面引領全國潮流的地位。在狄楚青時期，《時報》在報紙樣式和新聞體裁方面大膽創新，版式、時評、專電、新聞通信等多項業務創舉具有典型意義，而且在業務上的每一項創新都對當時報界產生了廣泛影響，並對後來的新聞業影響深遠。在黃伯惠時期，《時報》則通過社會新聞、體育新聞、新聞圖片等業務革新探索出一條報刊與社會互動的途徑，報刊內容滿足了讀者需要，迎合了浮華的都市市民生活，以鮮明而另類的辦報思路與同時期報紙形成區隔，打開了銷路，也使得《時報》後期在上海報界有所立足，在新聞史上佔據一席之地。

那麼，作者是怎樣通過新聞業務變革將《時報》的前後階段給連接起來的呢？在宏觀論述中，作者嘗試性地對《時報》新聞業務變革與變遷過程作了整體性勾勒，展示了《時報》以1921年為界前、後兩個階段的主要業務革

〔註2〕金雄白：《記者生涯五十年》（上），臺北：躍升文化事業有限公司，1988年，第114頁。

新成就，勾畫了該報新聞業務變遷、轉型過程，並揭示新聞業務變革所帶來的社會影響。在具體論述中，前期《時報》走的是文人報的路子，其新聞業務變革主要集中於「新聞體裁」的創新，其中包括報型與版面、時評、新聞專電、特約通信等方面。可以說，正是由於狄楚青、陳景韓等報人的主持，《時報》才得以甫一出臺便一鳴驚人，打破了上海報界的沉悶之風，引起上海各報紛紛效法；既成就了自身「知識階級寵兒」的良好聲響，也問鼎了申、新等大報所擠佔的報業市場，達到與之平分秋色的地位。後期被黃伯惠接手，進入商人報的軌道；《時報》的新聞變革自此也發生轉型，進入到「新聞題材」變革的階段。在黃伯惠、金劍花、金雄白等報人的主持下，《時報》的政治色彩漸趨淡薄，消閑意識逐步強化，版面內容也轉型為注重社會新聞、體育新聞和圖片新聞等方面。也正是在這種辦報風格下，《時報》處處別出心裁，事事不同凡響，在當時的全國各大報中一枝獨秀，既塑造了與前期迥異的報紙個性，更開創了我國報紙大量刊登社會新聞和體育新聞的先河。

最後，本書的結論部分落腳到了對《時報》歷史定位進行評價的層面。作者認為，前期《時報》引領了近代報界業務革新風潮，後期《時報》則迎合了都市市民的消費心理。《時報》的發展既培養了一批著名的職業報人和記者群體，其對新技術的敏感也加速了新聞觀念的更新與發展。當然，作者也看到了《時報》在發展過程中的諸多不足，例如辦報刻意遠離政治而有損辦報使命，辦報沒能盈利而不利於民營報業發展，煽情性「黃色新聞」則屢遭世人詬病等方面。最後，作者從新聞專業主義的視角將其對《時報》的理解做了進一步的深化。前期《時報》新聞業務革新催動我國新聞專業理念的孕育和發展，後期《時報》新聞業務轉型助力我國新聞專業理念的形成。「總體觀之，《時報》以極大的革新勇氣和創新精神著手新聞業務變革，引領了我國報刊新聞業務改革的新路向，為中國報界注入新鮮血液，輸入鮮活能量，激活了報刊新聞業務變革的活力，成為我國新聞業務改革的風向標。《時報》業務革新喚起我國報業發展的競爭意識，吹起新聞業務革新風潮，力推了我國新聞專業理念的萌芽與發展，從而開啟我國報業朝現代化轉型之路，因而，『《時報》體現了報業健康、進取的一面，它和《申報》在業務上的競爭，為中國報業開啟現代化之路作出了貢獻」。」〔註3〕

〔註3〕 余玉：《上海〈時報〉新聞業務變革研究》，北京：人民出版社，2017年，第308頁。

　　此外，作為一部新聞史專著，本書的思考既立足於學術層面的意義，也飽含著現實關懷的啓悟。本書以《時報》新聞業務變革為突破口，對其業務革新成就進行了提煉、抽象、總結，揭示辦報規律。如果撇開時空，可以使當今報業繼承和借鑒其業務革新傳統和規律性內容，無疑對當今的新聞業務改革有現實啓迪作用。

　　方漢奇先生在本書的扉頁有一段精要的評價：「這是第一本系統研究上海《時報》新聞業務變革的精心之作，將成為今後《時報》研究者繞不過去的基石」。整體來看，作者在進行《時報》新聞業務變革的主題論述的同時，既沒有迴避清末民初報刊業務演進、我國新聞專電發展、「黃色新聞」概念的引入與內涵變遷等相關方面的研究；也涉及到狄楚青、羅孝高、陳景韓、雷奮、包天笑、黃伯惠乃至黃伯惠接辦《時報》時間等具體細節的考辨。史料翔實，論證充分。總而言之，這部著作如同一條描繪《時報》新聞業務變革的縱貫線，既彌合了《時報》由「文人報」而「商人報」的學術話語斷裂；也連接起了新聞業務變遷的歷史與現實，從而對當下的新聞改革盡顯關照。

（本文經刪改發表於《新聞愛好者》2018 年第 12 期）